新 潮 文 庫

蝿 の 帝 国

軍医たちの黙示録

帚 木 蓬 生 著

新 潮 社 版

蠅の帝国　軍医たちの黙示録　目次

蠅の帝国

軍医たちの黙示録

先の大戦で散華《さんげ》された
あるいは幸いにも生還された
陸海軍の軍医の方々に
本書を捧《ささ》げる

樺太周辺
古屯
気屯
西柵丹
恵須取
樺太
珍内
ソビエト連邦
間宮海峡
オホーツク海
蘭泊
真岡
広地
本斗
豊原
大泊
稚内
北海道
N
0
100km

東南アジア周辺
タイ
仏領
インドシナ
南シナ海
フィリピン
太平洋
タイピン
マレー
クアラルンプール
メルシン
シンガポール
スマトラ島
ボルネオ島
セレベス島
モロタイ島
ニューギニア島
アンボン
セラム島
蘭領東インド
バタビヤ
スラバヤ
ジャワ島
N
0
500km

地図製作：アトリエ・プラン

空爆

私が福岡県の大刀洗《たちあらい》陸軍航空廠《こうくうしよう》勤務を命じられたのは、昭和十九年の九月だった。卒業して考えてみると、前の年に医学部を卒業して以来、気の安まる暇もなかった。卒業して内科の教室に残って修業を始めた矢先、陸軍短期現役軍医候補生として、小倉歩兵第十四連隊に入営した。そこで二ヵ月間の教育を受け、十九年九月に軍医中尉《ちゆうい》に任官した。その命課《めいか》が〈大刀洗陸軍航空廠々員に補す〉だったのだ。

内心ではほっとしていた。東洋一の規模と言われた大刀洗の航空廠を見たことはなかったものの、内地は内地である。教育期間中の成績の悪い者から、外地に飛ばされるという噂《うわさ》がたっていて、私は私なりに懸命になって軍事教練を受けたつもりだった。それが功を奏したのかもしれなかった。

実際に赴任してみて、飛行場の広大さに驚くとともに、周辺に設置された軍需施設の多様さにも目を見張った。もともとは飛行第四戦隊の基地だったが、それが熊本《くまもと》の菊池飛行場に移駐したあと、陸軍飛行学校が開校されており、その他にも第五航空教育隊、航空機製作所、航空廠などが飛行場の北側に隣接して建設されていた。西側には、整備要員を教育する技能者養成所、一キロ南には、少年飛行兵を養成する甘木生《あまぎ》徒隊も置かれている。また花立山を隔てた北方二キロ先には、重爆用と戦闘機用の滑走路を一本ずつ持つ北飛行場も造られていた。

これらの軍事・軍需施設に勤務するのは、軍人に加えて動員学徒や女子挺身《ていしん》隊員、社員や工員、徴用工などで、合計すると、三万人近くにはなったろう。私が勤める医務室はそれらのうち軍人を対象としていて、航空隊と飛行学校の怪我人《けがにん》や病人を診療すればよかった。

医務部長は中年の軍医少佐で、その下の医官が私を入れて三名、もちろん私が最も年少で、文字どおり駈《か》け出しの医者だった。医務室では、大学病院同様に毎日外来診療に従事した。その限りにおいては、航空廠といっても戦時色は全くといっていいほどなかった。

おまけに赴任早々、外地の巡回診療にいかされて、遊覧飛行気分まで味わうことができた。飛行第四戦隊隷下《れいか》の部隊は、内地のみならず外地にもあり、最初は九州南端の知覧《ちらん》、ついで朝鮮の釜山《ふざん》、三度目は大陸の上海《シャンハイ》まで、飛行機で移動した。見たこともない眼下の景色を眺めながら、私は今日本が戦争の重大局面に立たされているという事実どころか、戦時だという認識さえも忘れがちだった。

とはいえ、巨大な滑走路の脇《わき》には、いつも百機ほどの戦闘機や爆撃機、輸送機が並んでおり、夜明けとともに、航空機の離着陸が始まる。下宿から医務室までの行き帰り、あるいは昼休みに、それらの飛行機を眺めているうちに、機種の違いと名称も少しずつ分かってきた。

複葉機の九五式戦闘機や低翼単葉《たんよう》の九七式戦闘機、一式戦闘機〈隼《はやぶさ》〉や二式戦闘機〈鍾馗《しょうき》〉、三式戦闘機〈飛燕《ひえん》〉、そして真新しい四式戦闘機〈疾風《はやて》〉も、二、三ヵ月もすると見分けがつくようになった。双発複座の戦闘機〈屠龍《とりゅう》〉の離陸を見たときには、翼の異様な長さに頼もしさを覚えた。巡回診療で上海まで乗った飛行機が百式輸送機だったことは、あとになって知った。

爆撃機もさまざまな機種が並んでいた。単発の九八式軽爆撃機や双発の九九式軽爆撃機、四発で、あたりを圧する大きさの九二式重爆撃機、百式重爆撃機〈呑龍《どんりゅう》〉、機首が雁《がん》のように長い四式重爆撃機〈飛龍《ひりゅう》〉など、ここは航空機の見本市といっていい場所だった。

昼食時、天気が良ければ私はいつも円墳の上にいた。本来医務官は、本部の中にある将校集会所で他の将校達と一緒に会食するように定められている。私はそこの固苦しい雰囲気が嫌いだったが、これも新米軍医の務めと思い我慢した。部長や先輩軍医たちは他の医療関係者と共に昼食をとることが多かった。

早速に食事を終えると、本部から出て五百メートルほど歩く。そこに円墳があった。高さ三メートルくらいで、滑走路の西の角にあたり、絶好の展望台といえた。心地よい陽を浴びながら、廠内の活動すべてが一望できる。

円墳のすぐ西には、戦闘時に私が赴かなければならない比較的大きな有蓋《ゆうがい》の防空壕《ぼうくうごう》があった。中は八畳ほどの広さがあり、電燈《でんとう》もつく。そこが私の戦闘時定位置で、運び込まれてくる負傷者を手当てすることになっている。

さらに西の方に眼を移すと、民間の車輛《しゃりょう》が物資材料を運び入れているのが見える。中央では、金ピカの肩章《けんしょう》をつけた高級軍人が立ち働いている。東の方では、整備兵が四、五十人、〈呑龍〉にとりついている。そして滑走路では、離陸機や着陸機など、戦闘機や偵察機の入れかわりが激しい。草の上に寝ころび、目を閉じて、エンジン音で機種を当てるのも、私の秘《ひそ》かな楽しみだった。あまり当たらなかったが、〈飛燕〉が出す液冷エンジンの独特の音だけは聞き分けられる。果たして目を開けると、脚を出した飛燕がゆっくり頭上をかすめて着陸した。しばらくすると再び飛び発《た》って行ったが、あっという間に青空の一点になり、その速さは他の戦闘機を圧していた。様々なエンジンの音を聞きながら、私は最大限に平和な気分を満喫する。目の前にある有蓋防空壕に私がはいる日が来るなど、とうてい想像できなかった。

飛行訓練も、たびたび円墳から、高見の見物ならぬ低見の見物ができた。練習生や教官が乗るのは、決まって赤トンボだ。正式名称は九五式一型練習機で、二葉の機体は橙色《だいだいいろ》に塗られていた。その赤トンボが二機、前後して離陸する。もちろん教官機が先で、練習機が後だ。やがて二機は水平飛行にはいる。練習機の動きはどこかぎこちない。こちらの思い込みもあるだろうが、まるで綱渡りが持つ棒のように翼も上下に揺れている。それを教官機があとを振り返り振り返るようにして先導する。私は陽の下でしばらく目を閉じ、もうそろそろ医務室に戻る時間だと思って目を開ける。先刻の練習機が、今は教官機と平行して上手に飛んでいた。

こんな穏やかな光景も、年を越して二十年になると慌《あわ》ただしくなった。南方海上から帰って来た爆撃機や戦闘機が次々と着陸する。機体から出た戦闘員たちは、一刻を惜しんで食堂へ駆け込む。待っているのは酒と食事で、彼らはそれまでの極度の緊張を束《つか》の間《ま》緩めるのだ。

滑走路脇のスカートに残された機体にはすぐさま整備兵たちがとびつく。損傷を受けた戦闘機は、整備工場の方に引っ張られて行く。

その頃、私も新しい任務を任されるようになっていた。外来での診療の他に、特攻機で南方に出陣していく若い兵士たちを診る仕事だった。若いといっても彼らは文科系出身の操縦予備学生たちで、私との年齢差は三歳から五歳に過ぎない。彼らは出撃の前日、医務室に出頭して、出動許可のサインをもらわねばならず、その役目が、一番下《した》っ端《ぱ》の医官である私にまわってきたのだ。

不許可のサインなどできるはずがなく、診療は全く形式的なものだった。彼らにしてみれば、生きているうちに会える最後の医者が私だったのだろう、サインはそこそこにすませ、雑談になることが多かった。

軍医殿はどこの出身でありますかと訊《き》かれて答えると、お互いに瀬戸内海沿いの近くの町であったりした。医学部はどこの大学でしたかという質問で、九州帝国大学の同窓だと分かったときもあった。九大の文学部と医学部は二キロくらいしか離れていなかった。海岸には松林が広がり、豊臣秀吉が朝鮮に出兵した際に茶会を催したとされている場所もあった。医学部の敷地内になっていて、そこに千利休釜掛《かまかけ》の松がある。

「あの何の変哲もない松は、自分も行って見ました」

その予備学生は言った。「しかし利休が本当に釜をあの松に掛けたのでしょうか」

「場所は確かにあのあたりだったろうが、松自体は何代目かららしいよ」

「そうですか、やっぱりそうでしょうね」

彼は笑顔になり、話は中洲《なかす》の歓楽街の思い出に飛んだ。私がそこを流れる那珂《なか》川で鰻《うなぎ》も釣ったと言うと、目を丸くした。潮が引いた時刻、独特の仕掛けをした短い釣竿《つりざお》を石垣の間に突っ込んでいく。三十分もやっていれば最低一匹は獲《と》れた。

「自分は鰻ではなく、もっと白くて大きな、化粧した生き物を物色していました。鰻と同じで、たいていはツルリと逃げられましたが、筆おろしをさせてもらったのも、あそこです」

二人で大笑いをした彼が敬礼をして退室していくのを、私は複雑な気持で見送った。相手はこの数日のうちに敵艦に突っ込んで死ぬ者、こっちは安全な内地で生き残る者だった。

そんななか、私は医務室に二度目のサインを求めに来た特攻隊員に出食わした。

「軍医殿、十日ぶりです」

まだ二十歳そこそこの彼は、入室するなり丸坊主《まるぼうず》の頭を真直《まっす》ぐたてて言った。確かにその顔には見覚えがあり、私は戸惑いながら椅子《いす》を勧めた。

「自分が乗った戦闘機、知覧を飛び発ったあと、枕崎《まくらざき》の沖合いでエンジンの調子が悪くなりました。それで僚機から離れ、知覧に引き返しましたが、機関故障のため着陸するのがやっとで、機は大破しました」

「怪我は？」

「自分は、右足首を少しくじいただけです」

「それはよかった」

胸を撫《な》でおろした。航空廠に着任早々の頃、着陸に失敗した戦闘機が炎上して、大やけどを負った搭乗員が医務室に運ばれて来たのを診ていたからだ。応急処置のあと、すぐに陸軍病院に送ったが、翌日死亡との連絡が後日はいった。

「はい、不幸中の幸いでした」彼は律義《りちぎ》に答えた。「それで鹿児島から陸路引き返してここに到着したのが一昨日です。順番が回ってきたので、明日発ちます」

「また？」私は思わず訊き返していた。

「はっ、今度こそは本懐を遂げようと考えております。大切な戦闘機を一機駄目にしていますので、失敗は許されません」

彼は背筋を伸ばして答えた。私には返す言葉がなく、黙って出動許可書にサインをした。

「軍医殿、ありがとうございました」

彼は立ち上がり敬礼をした。私もゆるゆると立ち上がり目礼をする。きびすを返す彼が、右足をかばうようにして歩くのが目にはいった。

翌日は晴天で、昼休み、私はいつものように円墳の上にいた。戦闘機が次々と離陸していく。九七式戦闘機だ。私の頭上すれすれに飛ぶのだが、操縦士がそれぞれ手を振るので、私も右手を上げながら応じる。一機二機三機四機五機と、九七式戦闘機を数えた。最後の六機目の搭乗員がちぎれんばかりに手を振る。二度目のサインを求めに来た彼だった。私は思わず立ち上がって手を振り続ける。

円墳の上に突っ立ったまま、私は前日サインをした出動許可書が全部で六枚だったのを思い出した。サインをもらった彼らが、兵舎でその後何をしたのだろうかと、ぼんやり考える。トランプでもして時間つぶしをしたのか、夜になって振る舞われた酒で、しこたま酔ったのか、それとも家族に遺書を記したのだろうか。特攻機に二度も指名された彼は、まさか二通目の手紙など書けないはずで、どうやって残り少ない時間を埋めたのだろう。

私は特攻機の機影が青空に溶け込んだのを見届けて、円墳の草の上で仰向けになる。戦況の悪さはもう誰もが感じていた。特攻機が向かった沖縄も、近々落ちるという噂《うわさ》も聞かれ、その唯一《ゆいいつ》のつっかえ棒がこの大刀洗だとも言われていた。

しかし今のところ、ここは平和そのものだった。こうやって、円墳の上に寝ころがっていられるのが、平和の証拠だ。滑走路近くには、百機以上の航空機が遮蔽《しゃへい》もされずに甲羅干しされている。四、五日前、高射砲の陣地が新たに築かれたが、まだ試射もされていなかった。戦場に生きているという実感を持っていたのは、私がサインした出動許可書を受け取ったあの特攻隊員たちだけではなかったろうか。

それから一週間くらいたった三月二十七日、朝の雲量は〇～一の晴天だった。滑走路には陽炎《かげろう》が立ち、向こうにある藁《わら》葺《ぶ》きの農家がゆらゆら揺れている。滑走路脇のスカートには、いつものように百機近くが整然と並んでいた。格納庫の前に整備兵たちが四、五十人集まり、そのうちの一部はもう作業にとりかかっている。

私は本部を出て医務室へ向かっていた。腰に吊《つ》るした軍刀の先を自転車のスポークに突っ込まないように、注意深くペダルを漕《こ》がねばならない。腕時計を見ると、十時までまだ六、七分ある。

そのとき、通路脇に設置されたスピーカーから、「空襲、空襲」という叫びが聞こえた。また演習かな、と私は一瞬感じた。スピーカーは航空廠のあちこちにとりつけられており、平時から通達や呼び出しに大いに活用されていた。私の頭のなかでは、スピーカーは平時用の機器だったのだ。

「空襲、空襲」

しかしスピーカーが繰り返した次の瞬間、これは演習などではないと思った。自転車から降りて、空を見上げる。青空に敵機の影はない。白い雲が浮かんでいるだけだ。耳を澄ませても、飛行機のエンジン音はしなかった。

「敵大型機は多数。現在日向灘《ひゅうがなだ》上空にあり」

再びスピーカーが叫んだ。これは戦争だ。私は覚《さと》った。となると、戦闘時定位置に急行しなければならない。自転車にまたがり直してペダルを踏んだ。

医務室にはいってまず鉄帽をかぶった。慌てふためいている事務職員に、衛生准尉《じゅんい》が退避を呼びかけている。

「部長は？」その准尉に私は訊いた。彼は答えず、眼で外を示した。医務室横の防空壕を覗《のぞ》くと、果たして医務部長がいた。壕の一番奥深い所に坐《すわ》って動かない。

「部長、敵機はまだです。医務部の処理を命令して下さい」私は言った。

青白い顔をした軍医少佐は、ウンともスンとも言わない。怯《おび》えた眼を宙に浮かせたままだ。暗い防空壕の中で、佐官を示す赤い刀帯だけが不気味に鮮明だ。私は待った。しかし返事はない。職員たちはどうしていいか分からず、医務室から逃げ出す者や、恐る恐る防空壕にはいってくる者もいる。他の医官の姿も眼で追ったが、もうどこかに避難したらしく見えない。

「もうこちらで専行するしかない」私は准尉に告げ、自転車に乗った。

円墳の近くにある戦闘時の私の定位置は、木の屋根の上に土を盛った有蓋《ゆうがい》の防空壕だが、付近に爆弾をくらえば、ひとたまりもない。それに比べ、本部地区には、地下深く掘られ戦闘指揮所も併設された大きな地下室があった。普段そこには誰もはいりたがらず、あちこちに蜘蛛《くも》の巣が張っている。円墳脇より、その地下壕のほうが安全なのは確かだ。今いる場所から本部地区まで五百メートル、円墳までもやはり五百メートル、同じ距離だった。私は迷った。

しかし戦闘時の定位置は守らねばならない。私は意を決して円墳に向かった。

途中に湿地帯がある。盛り土をされた通路はそこだけ狭くなっていた。両側の湿地帯の一角に虫取り草の群落があるのを、以前から私は見つけていた。ベトベトした棘《とげ》のある葉の上に小さな虫を乗せると、カスタネットの形をした葉が閉じて虫を捕獲する。もちろんその前に、虫は粘液にからまれて身動きできなくなっていた。

その狭隘部《きょうあいぶ》の通路を走り過ぎようとしたとき、軍医携帯嚢《のう》を忘れて来たことに気がついた。中には、応急処置用の一式がはいっている。落ちついていたつもりだったが慌てていたのだ。医務室まで引き返そうと思ったとき、それまで耳にしたことのない轟音《ごうおん》を聞いた。腹に響くような不気味な音だ。しかもだんだん大きくなっている。私は空を見上げ、あやうく腰を抜かしそうになった。

敵機だった。青い空を背にして、黒々とした機体が見事な雁形《がんけい》編隊を組み、こちらに向かって来る。通常の航空機よりもはるかな高度を飛んでいるのに、機体が大きく見える。一編隊は十数機から成り、それが五、六編隊で一波をつくっていた。エンジンの音は、これまで聞いたこともない種類で、重々しくしかもゆっくりとリズムを打っている。不気味でもあり、荘厳《そうごん》でもある。

その荘厳な敵機の大群が、この静かな航空廠《こうくうしょう》に襲いかかっている。迷った私は飛行場を見渡した。これまであちこちでうごめいていた兵士たちの姿は、ひとりも見えない。全員、どこかにもぐり込んでいた。味方の百機ほどの機体は、丸裸で地上に取り残されている。

このままでは殺されると私は思った。医務室に戻るどころか、円墳まで行き着く余裕さえもうない。先刻の医務部長を臆病者《おくびょうもの》と蔑《さげす》んだ気持など、かき消えていた。「とびこめ」と私は自分で自分に号令をかけた。自転車を放り出し、近くにあった無《む》蓋《がい》防空壕に飛び込んだ。

無蓋防空壕は、滑走路周辺のあちこちに設けられていたが、径一メートル、深さ二メートルの素掘りの穴に過ぎない。艦載機などの小型機が地面すれすれに襲ってきたとき、機銃弾を避けるためのものだった。しかし大型爆撃機が落とす一トン爆弾に対しては、防禦《ぼうぎょ》効果などない。

それでも私は、穴の底で芋虫のように身体《からだ》を丸め、小さくなった。せめて、遠くに落ちた爆弾の小破片が身体に突き刺さるのは免れたかった。

轟音の中で恐る恐る上を見上げる。小さな青空があった。しかもその半分を、今しがた放り出したつもりの自転車の車輪が覆《おお》っている。スポークの間から白い雲が透けて見えた。

敵機は、まだその小さな視野にはいっていなかった。ひょっとしたら、彼らはこの飛行場を標的にしているのではなく、北部の博多や小倉を目指しているのではないかという期待が頭をかすめる。それなら助かる。しかし次の瞬間、その希望的な予測を自分で打ち消す。彼らにとって、博多や小倉よりは、この航空廠の方が重要なはずだ。しかも今、百機あまりが無防備で甲羅干しをしている。攻撃されないはずがない。

攻撃された場合、と私はまた先を考える。

五百キロ爆弾が投下された地点には、径十メートル、深さ七メートルの円錐《えんすい》形の大穴ができる。そしてその周囲の直径三十メートル以内では、大地震のように地面が波打つ。この素掘りの防空壕《ぼうくうごう》などひとたまりもなく崩壊する。

となると、私が無傷でいられるのは、この穴から三十メートル離れた場所に爆弾が落ちたときのみだ。敵は全部で何個の爆弾を用意しているのだろうか。一機あたり十個か。五十機が襲って来れば五百個、百機なら千個だ。一方この大刀洗航空廠の広さはほぼ二キロ真四角、そこに満遍《まんべん》なく爆弾を落としたとしても、三十メートルくらいの間隙《かんげき》は容易にあく。しかも、ここから東の方に位置する本部地区や航空機製作所の方に、爆弾は過密に落とされるはずだ。いきおい、こちらはまばらな投下になるかもしれない——。数十秒の間、私は頭で忙しく計算していた。

算段し終わった直後、天地をひっくり返すような大音響が五、六秒続いた。やはり東の方角だ。どうやら整備工場が第一波第一編隊の標的になったらしい。爆発音も、そこだけに集中している。固くなった首を捻《ひね》り、上を見ると、爆弾を投下し終えた編隊の一部が見えた。私はまた考える。一編隊が十五機として、一機十個、全部で百五十発がわずか百メートル四方の整備工場に落とされる。文字どおりの一網打尽で、逃げ出せる隙《すき》は針の穴ほどもない。

これが名にし負う絨毯《じゆうたん》爆撃かと私は思った。

第一編隊が通過し、第二、第三の編隊がやってくる。頭を壕の底にくっつけながらも、首を巡らせて空を見上げる。区切られた青空に敵機がやって来て、尻《しり》からボウフラに似たものを吐き出す。ボウフラの数は一機当たり十個以上だ。十三、四個はある。それでも第二編隊が落とす黒いボウフラは、ここからはまだ東寄りだ。落下物は空中にきちんと並び、重力の法則に従ってしずしずと下降していく。あれが、頭上で落とされたら、もはや逃げるすべはない。

第三編隊くらいになって、私はその音から落下点を推測できるようになっていた。敵が標的を、東から西に少しずつ移動させているのは間違いない。いずれあとの編隊の攻撃目標は、この防空壕のあたりになる。

落下音に耳を澄ます。まだ向こうで、こっちではない。ひょっとしたらここを飛び越して、あっちに行ってくれないだろうか。たとえ、爆弾が真上で落とされたとしても、風に流されて三十メートルぐらいずれてくれないだろうか。私は期待をこめ続けた。

その頃には、空中を伝わってくる音に加えて、大地を揺るがす振動が直接身体に届くようになっていた。

それでもひとつの編隊と次の編隊の間には、音と振動が途切れる奇妙な休止期がある。私と同じように、その間、この航空廠で身を伏せているすべての者が息を殺しているのだ。

私はまた青空を見上げる。味方の高射砲が迎え射《う》っていた。しかしけちった花火のようにまばらで、高さ不足だ。

迎撃攻撃機が、時々単機で舞い上がるのも見えた。九七式戦闘機だ。しかしこれも敵の爆撃機の高さまでは到達しない。やっと近くまで上がっても、編隊がつくる後方への乱気流を乗り切れず、フラフラと腰くだけになる。まるでカラスと蜂《はち》の戦いだった。

次の編隊が来た。今度は雁行《がんこう》ではなく、十数機が縦一列になっている。すぐに爆弾投下が始まる。落下点は飛行場の東の一点から真直《まっす》ぐ西に向かっているようだ。しかも微妙に南寄りになっている。このままいくと、その直線は、ちょうどこの穴の上を横切りそうな気配があった。

危険だ。爆弾投下の横断線がここを通過する前に壕を飛び出して、さらに南の方に駈《か》け出すべきだろうか。いや待てよ。今壕を出るなど無謀というものだ。ここを動くべきではない。私は肚《はら》を決める。

そのとき、私の横に黒い影が飛び込んで来た。二十歳《はたち》そこそこの若い兵士で、鉄帽もかぶっていない。身体を震わせて、私に身体を押しつけてくる。私を押し出して、自分が壕の底にくっつきたいのだ。そうはさせじと、私は底にへばりつく。いさおいその兵士は、私より一尺ばかり高い所で、身を伏せている有様になる。首筋に兵士の荒い息がかかった。

「おい。隣にもうひとつ無人の防空壕があるぞ」

「軍医殿、すみません。自分はそこにおりました。ひとりでいると恐《こわ》いので、ここに来ました」

「仕方ない。ここにおれ。なるべく頭を低くしておけ」

この言葉は自分に言い聞かせるものだった。鉄帽だけは彼に渡すまいとして私は顎《あご》紐《ひも》を握り締めた。

爆弾の落下点は、東の方から確実に近づいてくる。一発と一発の落下地での間隔はどのくらいのものだろう。五十メートルは離れているまい。三十メートルくらいか。

この無蓋の防空壕は、周囲三十メートル以内の被弾であれば、崩壊する。こっちは土から掘り起こされた芋虫同然、いや鍬《くわ》先で身体をたち割られた芋虫になる。

私はその兵士の下で、できるだけ身体を縮める。残酷な考えだが、彼の身体が無蓋を有蓋に変えてくれているような気がした。あとは、爆弾の通過点が北か南にそれてくれるのを祈るだけだ。せめて三十メートル、いや二十メートルだけでもいい。私は実際に祈り、念じた。

断続的に地響きと爆発音が近づく。音は爆発音のみで、破壊されたはずの工場、格納庫、飛行機などがつぶれる音は全く聞こえない。しかし私の頭のなかでは、それらが爆破される光景がありありと想像された。今の音は、戦闘員宿舎だ。次の音は営繕工場。もうすぐこの湿地帯が現場となる。

死の確率はどのくらいだろうか。八割だろうか。いやそれはいくら何でも高過ぎる。それでは私が困る。二割か。いやそれは低過ぎる。敵の攻撃力はそれよりも優秀なはずだ。となると五割だろうか。なるほど、それがいいところだろう。

悔やまれるのは、戦闘時定位置まで行かなかったことだ。そこで死んだのなら、あとでとやかく言われなくてもすむ。しかしここで死んだとなれば、臆病者、粗忽者《そこつもの》の非難がついてまわる。しかも軍医でありながら医薬嚢も携行していない。もしこの一波がすみ、私が生きていたら、円墳脇《わき》の戦闘時定位置に戻ろう。

そこまで考えたとき、突然耳が聞こえなくなった。至近弾だ。身体が上下左右に揺れ、壕の壁が崩れた。土が覆いかぶさる。その間何秒もなかった。

まだ意識はあった。こわごわ身体を動かしてみる。身体は動き、上半身を埋めた土は意外と簡単に払いのけられた。それでも重いのは、隣で身を縮めていた兵士が私にもたれかかっているせいだ。

「おい、どけ。爆弾は通り過ぎた。今は司令棟あたりだ」

返事はない。

「至近弾だったな。危なかった」

上にもたれかかっている彼に話しかける。九死に一生を得た気持を分け合いたかった。これだけ正確な攻撃をする敵機が、同じ場所を二度襲う愚などしないはずだ。

兵士はまだ返事をしない。私が彼の肩を揺すると、石のように穴の底に転がった。よく見ると、頸部《けいぶ》を血まみれにしてこと切れている。

私は腰を抜かさんばかりに驚いた。ついさっきまで言葉を交わし、ぶるぶる震えていた兵士がもう死人になっている。しかも彼と私はほんの十五センチくらいしか離れていない。

こちらはといえば、上衣の胸のあたりにべっとり返り血を浴びているのが、唯一《ゆいいつ》の被害だ。医師でありながら、隣に負傷者が出たことさえ知らなかった。何という皮肉だろう。

この兵士の故郷には、両親も健在だろう。戦死公報を受け取った親兄弟の嘆きはいかばかりか。戦死の詳報を書くのは中隊長だ。中隊長なら型どおりの簡単な公報になってしまう。私が明日、詳しい顛末《てんまつ》を書いて送ろう。何もできなかった私のせめてもの弔いだ。咄嗟《とっさ》にそう思った。

爆弾投下の音が止《や》んでいた。さっきのが第二波で、次ぎに来るのが第三波だ。この間隙を盗んで、自分の戦闘時定位置に行き着こう。私は決心し、死んだ兵士の身体を大股《おおまた》に跨《また》ぐ。

ところが自転車がなかった。自転車に爆弾が落ち、その破片があの兵士の頸《くび》に突き刺さったのだ。道のあった所には、巨大な円錐形の穴が開いていた。湿地というのに、穴の壁土だけは異様に乾いている。

ゆっくり見回すだけの時間はなかった。円墳まで三百メートル、しかも何の遮蔽物《しゃへいぶつ》もない。私は円墳目指して全速力で駈けた。

円墳脇のその有蓋防空壕は滑走路の端にあり、いざ戦闘となれば最も死傷者が出る場所と予想されていた。戦闘時、私がそこの配属になったのもそれが理由だ。

息せき切って辿《たど》り着き、防空壕に飛び込もうとしたとき、中から出て来た兵士に押しとどめられた。

「軍医殿、大丈夫ですか。怪我《けが》をされています」兵士は私の上衣の血を指さす。

「これは返り血だ。ピンピンしている。入れてくれ」

「どうぞ」

中には十人ほどの兵士がいた。全員が無傷で、しかも私のように、恐怖に引きつった顔はしていない。

「軍医殿、ここは絶対にやられません」さっきの兵士が言う。

「たとえやられても、軍医殿が来られたので百万力《ひやくまんりき》だ」奥の方で誰かが言い、笑いさえ漏れた。

浮かれた調子で、周囲の兵士たちが外の様子を訊《き》いてくる。私は返り血を浴びるまでのいきさつを手短に説明する。

「自転車が影も形もないのですか。その自転車の後輪が防空壕の上にかかっていたのだとすれば、あと一、二メートル落下点がずれていたらお陀仏《だぶつ》でしたね」

私の上で死んだ兵士のことは話していたが、みんなの眼中にはなかった。死んだ者より生きている者のほうが大切なのだ。改めて私の上衣の血痕《けつこん》を見て、目を丸くする。のんきなものだった。

第三波はやはり数分後に襲って来た。しかしさっきの無蓋防空壕の心細さとは雲泥《うんでい》の差だ。くぐもった爆音と爆発音が届き、かすかに地面が揺れるのみだった。

「軍医殿、ここは全く安全地帯でしょう。よくぞ、ここに防空壕を造ったものです」横の兵士が言う。確かに、空対空の戦闘なら、ここに死傷者が集まるかもしれない。

しかし空対地の戦闘では、ここはもう滑走路から離れた田園地帯なのだ。敵機からすれば、こんな所に落とす爆弾などもったいないに違いない。

第三波のあとにも第四波の敵襲があり、合計十一波か十二波まで続いたろうか。私たちが潜む円墳脇の防空壕は埒外《らちがい》に置かれたままだった。

防空壕と滑走路の距離は五百メートルしかない。しかしこの五百メートルは、数日前私がサインをした特攻兵の赴く南方海上と、日本列島との距離ほどの意味をもっていた。

とはいえ私は、敵の襲撃の執拗《しつよう》さには、改めて恐怖を覚えた。素掘りの防空壕にいたとき、敵機の目的は飛行場とその付設施設に対する絨毯《じゆうたん》爆撃だと思っていた。三十メートル置きに爆弾の落下点を東から西に移し、さらに北から南へ移動させれば、目的は完了する。その三十メートルの間隙の中にうまく無蓋防空壕がはいってくれるかが、ほんの数十分前の問題だったのだ。実際は至近弾を浴びて、私のトにいた兵士が即死した。

しかし現在の様子では、碁盤の目が残した空白の場所に、五百キロか一トン爆弾を落としているようなのだ。そこには、爆薬の節約という観念が全くみられない。

地響きと爆発音がするたび、あれは本部だ、今度は兵舎だ、いや格納庫だと、はしゃぐように騒いでいた兵士たちも、一時間以上も同じような攻撃が続くと、口数が少なくなった。外の光景は見えないものの、被害の惨状は想像に難くないのだ。

軽く見積もっても、五メートル真四角に一個の爆弾が落とされたのではないかという気がした。平らな飛行場そのものも、もう穴だらけといっていいのではないか。単にこの防空壕は、穴だらけの縁に位置しているだけのことだ。気紛れ爆撃手が、余った爆弾を、蜂の巣のようになった飛行場から少しずらし、まっさらの所に落とす気になれば、私たちも一巻の終わりだった。

「軍医殿、終わったようです」

壕の入口近くにいた兵士が知らせた。声が上ずっている。「しかし、長かったですな」別な兵士の声もくぐもっている。

全員で恐る恐る外に出た。私はそれまでの癖から、すぐ脇にある円墳の上に登った。真東に延びる滑走路の光景が異様だった。

コンクリートの平地が、遥《はる》か向こうの端まで見通せた。これまでは、滑走路の上に陣取った多数の航空機が視界を妨げていたのだ。

航空機はすべて燃え尽きていた。中には、まだ赤、白、青の混じった炎を上げている機体もある。火葬後の遺体のように、骨組みだけをさらした機もあった。機首の部分に黒く転がっているのが頭だ。エンジンは燃えにくいらしい。時折、周辺で、色のついた炎がチロチロと燃え上がった。

私は大火にあった遺体の列を連想した。滑走路のスカートで焼かれ、頭蓋骨《ずがいこつ》を並べている百数十体の航空機――。

悄然《しょうぜん》としている私の顔の近くを、白い物体が掠《かす》め落ちる。物体が空中にあるときは、陽光に当たってキラキラと輝く。爆弾の破片だろうか。文鎮や物差しくらいの大きさで、まるで燕《つばめ》のように軽々と飛来してくる。手に取るとまだ熱く、重い。辺縁はギザギザで、切り口が蒼白《あおじろ》く輝いていた。機体の破片だろう。

遠くで兵舎や関連施設が赤い炎を上げていた。あちこちで、地中から地表に人が出て来ている。破壊し尽くされたように見える建物の下に、生きている兵士が何人もいるのが不思議だった。

こうしてはいられない。私も勤務に戻らねばならない。戦場整理の大仕事が待っているはずだ。

医務室の方向に足を向けた。しかし道そのものがない。食虫植物の群落があった所も、どこか分からない。湿地帯近くにあった例の無蓋防空壕《むがいぼうくうごう》を探そうとしたが、付近には、弾痕としての円錐状の穴が、累々《るいるい》と形成されているだけだ。無蓋防空壕はかっ消えていた。もちろん頸に致命片を受けたあの兵士の死体も消滅している。

彼は二度殺された。一度目は弾片で出血死、二度目は直撃弾で木っ端微塵《こっぱみじん》——。私は周囲に生温《なまぬる》い空気が漂っているのにもかかわらず、首筋に冷たいものを感じた。もしあのとき、移動していなければ、私も吹き飛ばされていたろう。あの兵士も私も忽然《こつぜん》とこの世から消えるわけで、誰も証人がいない。完全な死者であり、行方不明者だ。

明日、私があの兵士の戦死詳報を書くとしても、遺体が消失した今、誰であったかを同定《どうてい》できるだろうか。

私は折り重なって並ぶ円錐状の穴の縁を、くねくね曲がり歩いて、ようやく医務室に着いた。医務室の被害は少なく、部員全員が無事だった。

「医務部長はどこに？」

蒼白《そうはく》な顔をして、何から手をつけていいか分からない様子の衛生准尉《じゅんい》に訊いた。准尉は、爆撃直前と同様に、無言で奥の防空壕の方を示した。しかし眼は私の上衣にべっとりとついた血糊《ちのり》に釘《くぎ》づけだった。

医務部長は、防空壕の中でまだ壕の壁を睨《にら》んでいた。三時間も経過しているのに、元の位置、元の姿勢のままだ。指揮を仰いでも無駄だと私は悟った。戦場整理は所詮《しょせん》若い医師の任務だ。先輩の医師二人は負傷者のもとに呼ばれたのか、姿はない。

私はまず全般の被害状況を把握するため、巡視をすることに決めた。死体の収容はそのあとだ。

東方にある整備中隊は、最も濃密な爆撃を受けていた。地上にあった建物はすべて破壊され、一帯は平坦《へいたん》になっている。ここには中隊自慢の防空壕が造られていた。深さは三メートル近くあり、材木で天井を覆《おお》い、その上に一メートルの厚さの土がかぶせられていたはずだ。

生き残った兵士五、六人が手持ちの道具で土をどけている。そこが元の防空壕の位置らしい。

「軍医殿、この下に全員が生き埋めになっています」

一刻も早く助けなければという口調だったが、私はもう遅いという気がした。五百キロ爆弾の直撃を被《こうむ》らなくても、衝撃で地面は揺れ、壕は崩壊する。出入口が完全に塞《ふさ》がれてしまえば、中の避難者は脱出できない。窒息死を待つのみだ。私が最初にもぐり込んだ素掘りの防空壕は、無蓋だったからこそ這《は》い出せた。

「中に人がいます」

土が払いのけられ、径一メートル程の穴が開いていた。「おい、大丈夫か」

兵が叫んだが、もちろん返事はない。今度は私が覗《のぞ》き込む。奥は暗くて見えないものの、光が届く範囲に、死者の顔がびっしり地表を向いて並んでいる。その数四、五十は下らない。顔が例外なく白く、苦痛に歪《ゆが》んでいるのは窒息死の証拠だ。

私は穴から顔を起こし、首を振る。

「全員窒息死だ」

「中隊は全滅です。自分以外は」

その中年の兵士は滑走路の方を指さした。「自分たちがこの防空壕に着いたとき、中は満員だったのです。お前たちは他の防空壕に避難せよ、と上官に言われました。それで付近の壕を探したのですが、もう編隊が近づいて来たので、諦《あきら》めて滑走路の向こうを目ざしました」

その兵士は、ちょっと見てくれと言うように、穴掘りの連中から離れて私を促す。

「自分だけは初めから防空壕を探すのではなく、滑走路の南まで必死で走りました。しかし、迷って遅れた連中は助かりませんでした」

果たして滑走路の手前に、十数人が倒れていた。一見して出血死だと察しがついた。無蓋防空壕で、私の十五センチ上で死んだ兵士と同じだ。

爆弾の破片は一瞬に百メートルは飛ぶ。そのとき地面の凹《くぼ》みに伏せていればいいが、立っている肉体は機銃掃射を受けるのと同じになる。いくつもの破片が突き刺さるのだ。

あと二百メートル、いや百メートルでも滑走路を駆け抜けていれば、助かったかもしれない。私は各死体の下で凝固している血塊《けっかい》を見やったあと、きびすを返して本部の方に向かった。

そこでも生き残った兵士たちが戦死者の収容に精を出していた。これだけ死者が多いと、誰も死体に触れるのを恐れない。まるで埋まった材木や、黒焦《くろこ》げになった木材を並べるように、素手で遺体の始末をしている。

「副官殿が見つかりました」

兵士が報告に来て、私は正門の近くまで急いだ。副官は廠内《しょうない》の誰もが知っているいわば有名人だった。三十代半ばの中尉で、色黒の長身瘦軀《そうく》、眼鏡の奥の目がよく動いた。いつも廠内の各部署をひとりで巡察し、十日に一度は医務室まで顔を出した。私にも二、三度ならず口をきいたが、愛知県の農家の出らしく、廠内の見廻りも、百姓が田畑を毎日見に行くのと同じですよ、と言っていた。

遺体は正門のすぐ脇《わき》に寝かせてあった。軍衣も鉄帽も血に染まっている。

「この土管の中で絶命されていたので、棒で突き出しました」

兵のひとりが説明した。なるほど正門横の浅い溝に、四、五メートルの長さのセメント製の土管が転がっている。人がやっとはいれるくらいの口径だ。

おそらく副官は、空襲第一波の際、うちの医務部長とは違って、本部地区で果敢に戦闘指揮をとっていたのに違いない。しかし第二波が爆弾の落下点を西の方に移し、本部地区がいよいよ危険になったとき、退避した。地下防空壕に行く暇はないので、廠外に出ようとしたのだろう。ところがようやく正門近くに辿《たど》り着いた頃、爆弾は近くまで迫っていた。こうなるとあちこちにある無蓋防空壕よりも、セメントの土管のほうが安全に見える。誰もがいだく考えだ。

爆弾そのものは本部前の車廻しに落ちていた。土管との距離は四十メートルほどだ。通常なら助かった命も、爆弾の破片が足の方から土管の中を通り抜けたために、失なわれた。出血死だった。

私は廠内で収容された遺体を、すべて本部前の広場に運ぶように命じた。並べる場所は収容場所ごとに区分けした。

集められた死者は、ざっと数えただけでも六百体はある。

私には軍医としての最後の仕事が残っていた。平時でいえば検死だ。ノートを手にした書記と中隊長を従えて、ひとりひとりを見てまわった。検死といっても、詳しい致命傷の具合までは立ち入らなくていい。重要なのは、死者の姓名の同定だ。

しかしこれが案外難しかった。出血死の死者は形相《ぎょうそう》があまり変わらない。しかし窒息死の場合は、苦悶《くもん》の形相のまま顔が硬《かた》まるので変化が著しい。頭部の一部が損傷されていれば、それこそ誰が誰だか判《わか》らなくなる。火傷《かしょう》でも、全身がふくらんで元の姿は完全に失われる。戦友を呼んで確認させても、氏名が判明しない。私は止《や》むをえず、死者のポケットを探って、印鑑や給与表がないか確かめた。戦地ではないので、各人が認識票を所持していないのが恨《うら》めしかった。

こうやって氏名の同定をすることが、せめてもの死者に対する弔いだと、私は胸の内で思い定めていた。

戦死者名簿に名前が載らなければ、戦死にはならない。死体が確認されない場合は、それも戦死として取り扱わない規則だった。

三時間ほどかけての作業で、ようやく死者の八割ほどの判別ができた。書記も中隊長も私も、これがせいぜいのところだと、黙って顔を見合わせた。

あとは死体処理の問題が残っていた。私は医務部の職員に命じて、陸軍病院に連絡をとらせた。承諾の返事を得て、私たちは死体をトラックの荷台に乗せる作業を始めた。

陸軍病院でも、これほど多数の死体を焼くだけの施設はないはずだ。おそらくそのまま一ヵ所に埋めるか、一ヵ所で焼却して、灰を埋めるかだろう。それは私の関知するところではない。

死体は既に死後硬直を起こしていた。しかしこれは、二名の兵士が私の笛の合図で、地上からトラックの荷台に放り投げるのには好都合だった。それぞれが死者の首と足を持って、かかえ上げればいい。私は次々と到着するトラックの前で、音頭《おんど》をとるように笛を吹き続けた。

「あの若い軍医、非情なやつだ」

後方でそんな声が聞こえ、私は振り向く。十人ほどの将校の一団がそこに突っ立っていた。〈高見の見物をする暇があるなら、手伝ったらどうだ〉もう少しで口に出しそうになったが、こらえて睨《にら》みつけた。これほど多数の死体を丁重に運び上げれば日が暮れてしまうのだ。

トラックの荷台には幌《ほろ》をかぶせたが、全部を覆いきれるものではない。荷台の上に何が乗っているか、隙間《すきま》から容易に察しがつく。困ったと思いながらも、途中道で出会った住民たちが合掌でもしてくれれば、慰霊にはなる。私は是《ぜ》としてトラックを送り出した。

その夜、損害の比較的少なかった将校会議所で、生き残った全員に酒が振る舞われた。医務室から医務部長と先輩医師二人、私の四人が出席した。

私の上衣にベットリついていた血は、オキシフルで拭《ふ》いていた。しかしなかなかとれるものではなく、赤茶けた色は残った。

「あんたが死体処理に専念したおかげで、我々は負傷者の治療に走り回れた」

先輩医師からは感謝されたが、部長はまだ呆《ほう》けたままの表情で、盃《はい》を口につけていた。

席を見渡すと、二割くらいが空席になっている。あのあたりにあの顔の将校がいたのだがと、私は今は亡《な》きその人たちの顔を思い浮かべた。

「敵の攻撃もあっぱれでしたな」

私の斜め前に腰かけているちょび髭《ひげ》の中尉が言った。そういう発言で、誰かが目くじらをたてるような雰囲気でもなかった。敵から完膚《かんぷ》なきまで叩《たた》きのめされた今、異論の唱えようがなかった。敵機の照準には一分の狂いもない。不意討ちだけの効果ではなく、技術的にも優れていたからこそ、これだけ甚大《じんだい》な被害を受けたのだ。私の戦闘時定位置である円壕あたりが、この本部からはわずか五、六百メートルしか離れていないのに、被弾しなかったのが何よりの証拠だ。

他の将校たちが口々に同意する声を聞きながら、私は高度不足で迎撃弾が届かなかった高射砲や、カラスの大群に対する蜂《はち》の動きしか示せなかった戦闘機を思い浮かべた。

勤務を終えて航空廠を出たのは、暗くなってからだった。自転車のないまま徒歩で下宿に向かった。

正門の近くには何軒かの農家があったが、どこも明かりがつき、夕食をとっている気配が感じられる。中から笑い声が聞こえる家もあった。このあたり、滑走路との距離は五百メートルくらいしかない。私がいた円墳と同様、この五百メートルが運命を決めていた。

翌日、廠内の行方不明者の一覧が回覧されてきた。その数三百名くらいはあったろうか。私の十五センチ上で昇天したあの若い兵士が誰であるか、私には見当もつかない。とすれば戦死詳報を書いたところで、役にも立たない。彼は戦死者として扱われず、単なる死者になるだけだ。

溜息《ためいき》をついたとき、彼の熱い息の感触が首筋に甦《よみがえ》ってきた。

犠牲者の多さの責任をとらされて、廠長の中将には謹慎命令が出された。

この空襲で、大刀洗航空廠は文字どおりの半身不随に陥った。そして四日後の三月三十一日、第二回目の空襲がまたしてもＢ29の大群によってもたらされた。それはもはや自力では動けぬ病人に対するとどめの一発に等しかった。

蠅《はえ》の街

昭和二十年八月十五日を境にして、各新聞の紙面が一変した。六日に広島、九日に長崎に壊滅的打撃を与えた〈新型爆弾〉が、実は〈原子爆弾〉であったと全紙が報じるようになった。やがて、広島と長崎に〈原子病〉という不可解な病気が発生し、手の施しようがないという記事が出始めた。

そして八月三十一日、京都帝国大学医学部を卒業して病理学教室に入局したばかりの私は、S主任教授に呼ばれた。

「君も知っていると思うが、広島に原子病が発生している。これは人類がかつて経験したことのない新疾患だ。我々医学者が放っておいていいはずがない」

S教授はそう言って、「大学で〈原子爆弾症調査班〉を組むことになった。ついて来る気はないか」と私に訊《き》いた。

命令も同じだと思った私は二つ返事で引き受けた。

「だがね、広島には宿舎がない。食べ物も少ない。野営と空腹、ことによったら命も危ないかもしれない。原子病は、残存している放射能によって起こるらしいからね」

厳しかった教授の目は、最後のところでいたずらっぽく光った。調査班の指揮はS教授と内科のM教授が執るという。病理学教室のK講師も加わり、他大学からの応援もあると聞いて、私はひとまず胸をなでおろした。

九月八日の夜、リュックサックに米や着替え、簡単な医療器具と薬、解剖用のメスや鋸《のこぎり》を入れて、京都駅を発《た》った。無蓋《むがい》貨車は立錐《りっすい》の余地もなく、復員兵士を満載していた。夜通し貨車に揺られ、石炭粉にまみれて着いた朝の広島は、一見すると空襲を受けた他の都市とたいして変わらない。

しかし骨組だけ焦《こ》げ残った駅舎や、泡立ったコンクリートの表面、見渡す限りの焼け野が、不気味な死の街の匂《にお》いを感じさせた。街の右方には、いまだに空高く黒煙をあげてくすぶっている小麦工場が見えた。

宇品《うじな》の軍医部に行けば、先に出発しているK講師と連絡がとれる手はずになっていた。宇品線の箱型貨車は客もまばらで、私は乾いた砂がぶ厚くたまった床に腰をおろした。外が見えないだけに心細い。これから先の未知の病気との対決に、私の気持は興味と恐怖で半分ずつ埋められ、微妙に揺れ動いた。

宇品軍港の入口には、〈暁部隊〉と書かれた大きな表札を掲げた衛門があった。それをくぐると、軍用らしい無傷の建物が連なっていた。

軍医部を探しあてて、調査班の目的地を確かめると、来た道を逆にたどる牛田《うした》地区だと分かった。私はまた広島駅にとって返した。

地図を広げて、行く先を確認する。中国山脈から下った太田川は、幅広い渓谷を出て、五指を広げたように分岐する。その先にいわば六つの島ができており、牛田地区は東寄りの支流の山裾《やますそ》にあった。

太田川に沿って行く途中で、饒津《にぎつ》神社の前を通った。大きな鳥居や燈籠《とうろう》が爆風に折られて、石塊となって地面に転がっている。牛田の入口にある寺の大きな伽藍《がらん》も、屋根と壁を吹き飛ばされ、骨組だけをようやく残して建っていた。

牛田は爆心からやや遠いためか、家々は無傷で建っているように見えた。しかし実際に村中にはいってみると、どの家も柱が歪《ゆが》み、戸や障子がはずされていた。瓦《かわら》だけは雨露をしのぐ程度に繕ってはあるものの、壁は雨戸や畳を立てかけ荒縄で縛られている。一軒の家の軒下に粗末なテーブルが置かれ、三人の巡査が坐《すわ》っていた。戸板に〈牛田駐在所〉の張り紙が見えた。

声をかけると、「調査班の方ですね」と言って、年長の巡査部長が中に招き入れてくれた。

奥に呼びかけて妻に茶を用意させ、私が何も訊かないうちにしゃべり出した。

「私はちょうどあの日、親類に不幸がありましてな、前の日から山奥の村へ行っちょりました」

朴訥《ぼくとつ》な広島訛《なま》りには妙な臨場感があり、私はこれも既に調査の一部だと自分に言い聞かせ、ひと言も聞き漏らすまいと思った。

「ピカドンの朝は、自転車でここへ戻る途中でした。あとひとつ峠を越せば広島という所まで来た時です。ピカッとあたりが光に包まれ、続いて途方もない大音響がしました。私は自転車を放り出して道端に伏せました。てっきり、近くに爆弾が落ちたんじゃと思うたんですが、何ともないけん、顔を上げてみると、あんた、山の上に天にも届くような雲柱がもくもくと湧《わ》き上がっちょるじゃありませんか」

巡査部長は短い口髭《くちひげ》を指で撫《な》で、お茶をひと口飲んだ。

「これは広島に何かとんでもない異変があったに違いないと直感したけん、ペダルを踏んで牛田まで来たときにゃ、もうこの家の前の道路は、避難民の流れで埋まっちょりました。それが、あんた、誰も彼も、ふた目と見られん恰好《かっこう》ですけん、胆《きも》をつぶしました。女は丸坊主《まるぼうず》、男は吹き飛んだ帽子の下の髪の毛が、剃《そ》り取ったように焦げちょります。どの顔も膨れあがって、ゆで蛸《だこ》です。着物もぼろぼろの布切れになって、裸も同然ですわのう。おまけに、両腕の皮がずるりと剝《は》げて、手の先にぶらんと下がっちょる――」

巡査部長は私の前で立ち上がり、幽霊のような手の恰好をして見せた。

「その皮の束を大事に抱えるようにして、腑《ふ》抜《ぬ》けた顔でよろよろと流れて行くんです。私はもう啞《あ》然《ぜん》としてしもうて、やっとしてから、みんな大火傷《おおやけど》を負うちょるんじゃと気がつき、目を開けちゃおれんでした。こんな惨《みじ》めな人たちの行列が、やがてのことに、このあたりの道端といわず、田畑といわず、ばたばた倒れて屍《しかばね》になっていきました。最近まで、私どもは明けても暮れても、あたり一面を埋めた屍《し》体《たい》を焼くのに、かかりきっちょりました」

目の前に地獄絵が広げられたかのような気がして、息をのんだ。巡査部長は部屋の隅から地方新聞を持って来て、開いてみせる。原子病の予防と治療をめぐる記事が紙面を満たしていた。

「この裏にも、ひとり熱を出して寝ちょります。お疲れさんでしょうが、診てやってつかあさらんか。まだ若いのに、兵隊に取られたばっかりでしたがな。ピカドンで自分も胸に傷を受けたちゅうのに、戦友を救い出そうとして、筏《いかだ》で天満《てんま》川を五回も往復したんじゃそうです。ピカドンの傷は大したこともものうて、十日には家へ帰れて、親も喜んじょりました。それがのう、急に原子病に取りつかれて、ものも言えんで、喉《のど》をかきむしって苦しんじょります」

私が調査班に加わったのは、原子爆弾症患者の病理解剖のためで、治療のためではなかった。しかし巡査部長から頼まれては断るわけにはいかない。それに、患者の症状がどのようなものか、この眼で診ておくのも任務のひとつに違いなかった。

巡査部長のあとについて部屋を出た。裏の家との境にある土塀は崩壊していて、私たちはそこを抜けた。

家の中をのぞくと、異様な臭気が鼻を襲った。座敷に臥《ふ》せっている患者は、まだ少年の面影を残していた。新聞で見たとおり、頭髪がすっかり抜け落ち、目も濃いみかん色に染まっている。

「原子病にかかった者は、意識がずっと確かじゃけん、よけい可哀相《かわいそう》です」

患者にかける言葉も失っている私に、巡査部長が言い添えた。

体温計を出して計ると四二度三分あった。にもかかわらず脈拍は微弱だった。

患者はしきりに自分の喉を指して、そこが痛いことを告げようとしていた。口を開けさせて、持参の懐中電燈を出して照らす。舌は黒褐色の厚い舌苔《ぜったい》に覆《おお》われていた。扁桃《へんとう》から軟口蓋《なんこうがい》にかけて、どす黒い泥のような汚物がつき、口腔《こうくう》を塞《ふさ》ぐばかりに腫《は》れ上がっている。

痛みは相当なものに違いない。既に呼吸困難が始まっていて、胸のあたりがゴロゴロ鳴っていた。

患者は不安に満ちた眼で手を合わせた。助けてくれと言っているのだが、私にはどうすることもできない。涙が出そうになるのをこらえるのが精一杯だ。

私が医療箱に入れていたのは、カンフル注射だけで、薬は胃腸薬くらいしかない。とりあえず注射だけをした。注射をする間、患者は気持良さそうに目を閉じた。

それでも家族は喜んでくれ、両親に玄関先で何度も頭を下げられた。

「もう保《も》たんでしょうな」

崩れた土塀を跨《また》いでから巡査部長が言った。私は言葉も出ず、顎《あご》を引くだけだった。

巡査部長の案内で、牛田国民学校まで歩く。そこが原子爆弾症調査班の本拠地に予定されていた。

二階建の校舎も、爆風を受けてひどく傷《いた》んでいた。柱の大半は折れ、屋根は中程でくの字に凹《くぼ》み、建物全体が歪んでいる。

校庭には、運び出された机や椅子《いす》が積み上げられていた。教室の壁が吹き飛ばされているため、どこからでも出入りできた。中の天井は半ば抜け落ちて、階段もはずれてしまっている。

教員室だけはまだ使えるのか、四、五人の職員が机についていた。

「ある建築家が、こげな所に一時間もおるのは危険じゃと言いました」

出て来た校長が、こわごわと周囲を見回して言った。しかし他に調査班を置けるような場所はない。私はとにかく、ここで他の班員が到着するのを待つことにした。

午後遅く、調査班の本隊を乗せたトラックが着いた。病理学教室のK講師も一緒で、京都帝大や他大学の外科、内科の医師も含まれ、総勢七人だった。案内役の軍医大尉《たいい》が校長を説得して、とにかくこの国民学校を借用することに決まった。

頭頂部が禿《は》げて赤ら顔の軍医大尉は、互いの自己紹介が終わると、「状況を申します」と前置きして黒板の前に立った。

黒板に牛田地区の略図を描き、原爆投下時から現在までの集落毎《ごと》の死傷者の発生具合を説明した。現在はやはり原子病が多く出ており、私たち病理班が目的にしている病理解剖用の死者も、毎日かなりの数に上るようだった。

私たちは直ちに、検診場と病理解剖場の設営に取りかかった。

外科と内科の医師が受け持つ臨床班の検診場として、校庭の隅に大きなテントを張った。そこに机と椅子を持ち込み、顕微鏡や血球計算器などの検診器具を並べればすんだ。

病理班の設営はそう簡単にはいかない。元軍医で野戦の経験もあるK講師は、校内のがらくたの中から、いろいろ有用な物を見つけてきた。

まず、校舎の端にある広い学童便所を、解剖場所に決めた。そこを戸板と筵《むしろ》で囲って外から見えないようにし、手洗い場をそのまま臓器洗い場にした。長椅子を合わせて、破《や》れホースを水道の蛇口から引くと、立派な解剖台が出来上がった。縁の欠けた花瓶が、臓器のホルマリン浸漬瓶《しんしびん》に化けた。日暮れ前にすべての設営は終了した。

駐在所の向かいの家が、私たちの宿舎として提供された。いかにも大きい古びた旧家だが、この地区では珍しく爆風に耐えていた。がっしりした門は全く無傷であり、土塀もさほど崩れていない。多少被害にあったと思われる屋根瓦も修繕済みだった。縁側を巡らせてある奥の十畳と八畳の部屋が、私たちの居室になった。テント生活を覚悟していた私は、何とも申し訳なく思った。

広い庭の半分は菜園になっていて、そこには私の知らない野菜の苗が緑の列をつくっている。広島にはもう草木も生えないだろうと言われていたのは、完全に思い違いだった。

案内役の軍医大尉を送り出したあと、ろうそくの光の下で、改めて自己紹介をしあった。調査班の本部が、宮島近くの大野陸軍病院に設けられていることも初めて知らされた。そこに内科のM教授が率いる臨床班と、S教授が指導する病理班も既に到着しているという。

この牛田支部の陣営は、臨床班が内科のN助教授以下九名で成り、そのうちの医師二名と看護婦二名は一両日中に到着予定らしい。K講師を班長とする病理班は、金沢医大から派遣された医師と私、H技師の四人のみだった。

みんな疲れているはずなのに、明日以降の活動手順について、討議が始まり、一番若輩の私に書記役が回ってきた。今夜出た議論を明日中にまとめておくように、K講師から命じられ、私はほの暗い中で、懸命にノートをとった。

原子爆弾症の二大症状とされるアンギーナ（口峡炎《こうきょうえん》）と大腸炎が、二次感染によるものかどうかがまず問題だった。そうでないとすれば、放射線によって体内に作られた毒素が、扁桃腺《へんとうせん》や大腸に出て炎症を起こしている可能性もある。

後者の場合、排泄《はいせつ》臓器としての腎臓《じんぞう》、解毒《げどく》臓器としての肝臓もやられているはずだ。

一方、前者の二次感染の延長として、熱型やアンギーナの重篤《じゅうとく》さ、皮膚の出血斑《はん》をみると、敗血症も考慮しなければならない。

また原子爆弾の放射能に当たった人が、すべて原子爆弾症にかかるわけではない事実から、個々人の素因の差も推定できる。この場合、胸腺《きようせん》リンパ体質の内因が、胸腺の解剖で判明するかもしれなかった。

原子爆弾症が青壮年に出現しやすい事実も盛んに言われていたが、これも単に年齢素因に帰《き》することはできなかった。私が昼間診た若者のように、過労が病気の進行に関与している可能性も否定できない。

その他、生殖能力の減弱や、奇形児が産まれていないかなども、当然調べなければならなかった。

一夜明けた朝、私たちに食事が供された。私は蠅《はえ》が多いのに驚いた。軍の印のはいったアルミの食器に飯が盛られてくると、たちまち蠅の群が飛びかかる。羽音があたりの空気を震わせ、手でいくら追っても全く効果がない。

白米など久しく口にしていない私たちだが、食欲も萎《な》えて、しばらくは箸《はし》も持てなかった。K講師だけが、構わずに白飯に箸を突っ込んだ。

「蠅を見ると南京《ナンキン》を思い出すよ。いや、これよりもっとひどかった。ご飯の白いところが見えないんだ。それでも平気で食ったさ」

その脇《わき》で、家の主人が懸命に蠅叩《はえたた》きを動かした。

「ピカドンの後は、蠅が滅法《めつぽう》増えました。このあたりは、ええほうです。市中に行くと、それはそれはすごい蝿です」

「やはり、放射線がウジの孵化《ふか》を促進するのだろうか」

K講師が私に問いかけたが、私に分かるはずはなかった。ただ、蝿のウジが一斉に孵化する光景を思い浮かべて、私の箸の動きはますます遅くなった。

午前十時頃、私たち病理班は牛田で最初の剖検例を迎えた。

悲痛な顔をした五、六人のあとに、国民学校に上がったばかりの女の子もついて来ていた。泣き腫らした目をした大人たちに混じり、その子供は黙ったまま、あどけなく頭を下げた。私たちは最敬礼をして死体を受け取った。

控え場で、私は親族から病気の模様を聞き、ノートに記録する。

故人は三十五歳の女性で、八月六日の被爆時は火傷も負わず、右の鎖骨を折っただけだった。以後も大変元気にしていたが、八月末になって急に咽喉《いんこう》の痛みを訴え始めた。高熱を出して床につくと、頭髪がごっそり抜けるようになった。激しい下痢も始まり、やがて血便に移行した。その頃から皮膚に出血斑が現れ、九月八日に吐血、ついに昨日の九日、死の転帰《てんき》をとったという。

故人の父親が嗚咽《おえつ》しながら私に訴えた。

「ピカドンの時、あれの家族は、子供ひとりとあれを残して全滅しました。残った二人は怪我《けが》も軽くて、すぐに元気になりました。傷が治ると、あれは私どもがとめるのも聞かずに、毎日夫や息子たちの屍体を探しに、街に行ったんです。たったひとり残されたこの子が、不憫《ふびん》でなりません」

私は頷《うなず》きながら万年筆を走らせるだけだった。

故人は、長机を合わせたテーブルの上に横たえられていた。私たち四人は、牛田一号の遺体に対して、祈りと黙禱《もくとう》を捧《ささ》げた。

主執刀のK講師がメスを入れ、胸腔《きょうくう》が切り開かれた。心嚢《しんのう》には出血斑が無数にあり、肺は貧血性で、その一片は水に浮いた。

最も顕著な異変は腹部に見られた。大腸を開けたとき、私たちは思わず顔を見合わせた。腸粘膜一面に、縞《しま》模様あるいは点在性の厚い苔《こけ》がへばりついていた。所々に潰瘍《かいよう》もできており、その位置はリンパ装置に一致している。明らかな出血と壊死《えし》だった。

「細菌性の腸炎ならもっと小腸に変化があってもいいが、これは大腸に排泄された毒素による中毒という感じだ」K講師が言った。

腎臓も出血で彩《いろど》られていた。仮に細菌性の炎症があれば、黄色い脂肪の発達が見られるはずだが、それは確認できない。

開かれた咽喉は、奥深くまで大腸と同じ黒い苔が厚く連なっていた。扁桃腺はほとんど壊死に陥っている。食べ物が喉を通らないのも、呼吸が苦しいのも、無理はない。私は駐在所の裏で診察した若者が、ものも言えず、しきりに喉を指さしたのを思い出していた。

脾臓《ひぞう》は、予期に反して腫脹《しゅちょう》するどころか、小さくなっていた。細菌性の炎症としては奇妙であり、リンパ濾胞《ろほう》も、拭《ぬぐ》い去られたように平べったい。大腿骨髄《だいたいこつずい》は、本来なら黄色いはずなのに赤く、卵巣《らんそう》は極度に萎縮《いしゅく》している。そして特筆すべきなのは、全粘膜に及ぶ出血斑だった。

大まかな点検が終わると、K講師は小さな溜息《ためいき》をついて手を休めた。原子爆弾症という人類が初めて経験した病像が、今私たちの目の前にあらわになっている。そのむごい破壊の痕《あと》を見せつけられて、私たちは言葉を失っていた。

翌十一日は、七体の死者が剖検室に運び込まれた。その中の一体は、私が診た駐在所の裏の家の若者だった。

例によって、死者の病歴を書き取る役目は私に回された。

七体の病歴に共通していたのは、火傷も外傷もないか、あっても軽微なことだった。加えて、全例が放射能に汚染された市中を歩き回ったり、そこで作業をしたりしていた。

八月六日以前の広島の食糧事情は、他の都市と比べても劣っていなかったようだ。終戦後は軍の備蓄食糧が放出されており、市民の栄養状態はそれほど悪くなかったと言える。

七例は全員、爆心から一・五キロメートル以内で被爆していた。原子爆弾症の直接の原因が放射線にあるのは疑いがないが、病気を起こす誘因として、被爆後の過労も無視できないと私は思った。

駐在所の裏の若者も、天満川を何度も往復したらしかったが、その他の死者も、連日父親の看病をしたり、子供の屍体《したい》を求めて捜し回ったり、焼け跡の片づけに忙殺されたり、妊娠五ヵ月の身ながら牛田の親戚《しんせき》の家まで歩いたりしていた。

この日は、解剖台を二つ並べて、二組に分かれて剖検を進めた。午前中に三体、昼食もそこそこに、午後四体を剖検した。

たそがれ始めると、秋の日は暮れるのが早い。暗くなって、剖検室にろうそくを灯《とも》した。ゆらゆらと揺らぐ光の中の屍体は、不気味な青黒さで横たわり、私たちの影も大きく壁に映って動く。やがて急に冷気が襲ってきて、疲れきった私の背筋を冷たくした。

多忙な病理班と並んで、臨床班の仕事も、ようやく軌道に乗ってきていた。牛田七ヵ町の全住民に対する健康診断が主要な仕事だ。用意した調査票を配布して記入してもらい、ひとりの医師がさらに問診をする。それに基づいて、受診者の臨床的な区分けがされた。

検査場へまわされた受診者には、血沈や赤血球数、白血球数、血色素などの検査を行い、必要となれば、出血時間の測定や簡単な診察が実施される。

顕微鏡による血球検査は、全く同じ手順の繰り返しであり、医師と技師、到着したばかりの看護婦がかかりっきりになった。朝早くから手元が暗くなるまで、誰もが黙々として仕事をこなしていた。

集まって来た受診者も、まるで葬列のように口をつぐんでいる。集団検診場にありがちの騒々しさが全くない。正常の血球数がどれくらいなのかを、みんな聞き伝えで知っており、数値には敏感になっていた。

剖検に供される死体が到着するまで、私は前日の検査結果を聞きに来る住民に、数値票を渡す役につかされた。

「あたしの白血球が三千しかないんです。妹みたいに、原子病になるんじゃないでしょうか」

母親と一緒の若い女性が、真っ青な顔をして訊《き》いてきた。

「心配しなくてもいいです。原子病の人は、白血球が千以下になります。五百とか三百とか、今までで一番ひどいのは、五でした」

　私は慰めるように答えた。「三千なら一応注意信号は出ているわけですが、早くそれが見つかったのは幸運です。栄養をとって、何よりも安静にしておくのが人切です」

　若い女性と母親は、ほっとしたように何度も私に頭を下げた。

　九時を過ぎてから、解剖用の死体が一体届いた。身寄りのない老婆《ろうば》らしく、運んで来た警官と近所の男たちは、死体を放り出すようにして帰って行った。この時期、原子爆弾症が伝染するという噂《うわさ》が立ちはじめていた。老婆の死体が伝染病死のように扱われるのも、そのために違いなかった。

　私はふとペスト流行地の死の行列を思い浮かべた。一見すると、広島は嵐《あらし》の過ぎ去った後の荒廃はあるものの、ある種の安らぎに沈んでいる。しかし実際は、そこに住んでいた人たちにとって、依然として〈死の街〉なのだ。臨床班の前に群がる受診者たちの異様な熱心さと沈黙も、ピペットに吸い上げられていく自分の血液をじっと見つめる真剣な眼も、死の裁きを前にした人たちのそれなのだ。

　老婆の剖検は昼頃に終わったが、午後からはさらに死体が届くものと、私たちは覚悟していた。しかし午後三時頃、警察から連絡がはいった。今日は死亡予想の患者はもういないと言う。結局、その日の剖検は一体だけだった。

翌日から、私はK講師の指示で、剖検の手がすいたとき戸別訪問をするようになった。平たく言えば往診で、検診に来られないほどの重症患者の状況把握だった。臨床班が治療方針を固めるのには、重症患者の病状を詳しく知る必要があり、病理班にとっても、戸別訪問で剖検例の見込みをつけることができる。往診には一石二鳥の利点があった。

戦時中、医師は疎開《そかい》を禁じられていた。にもかかわらず私たちは少なくとも牛田に来てから、ひとりの医師にも会っていなかった。重症患者の多くが、医師に看取《みと》られずに死んでいっていると聞かされた。

医学部を出たばかりの私に、重症患者をまともに診察できる腕はむろんない。しかし臨床班の先輩医師たちは検診に追われ、往診の余裕などなかった。

大変な仕事をおおせつかったと思いながら、村人に案内されるままに患者の家に足を踏み入れた。

最初の家は山腹にひっそりとあった。七十歳近い老婆が、全身に火傷《かしょう》を負って臥《ふ》せっていた。他に家人はいない。聞くと、もともと女学校に通っていた孫娘と二人暮らしだったという。その孫娘はあの八月六日の朝、西練兵場に勤労奉仕に出かけたまま、他の千人を超える女学生とともに焼かれていた。老婆は自分の大火傷はそっちのけで、「孫娘が死んでしもうた」と何度も私に訴える。

老婆は庭に出ているとき、火傷を負ったと言う。家は爆心から三キロ以上は離れている。おそらく、爆心から押し寄せた熱風が、山腹で渦巻くようにしてここまで辿《たど》り着いたのだろう。火傷の範囲は体表の四分の一に及んでいた。幸い、手足の数ヵ所に化膿巣《かのうそう》と痂皮《かひ》を残すだけで、治癒《ちゆ》に向かっていた。

「包帯を換えても換えても、膿《うみ》でどろどろになりました」老婆が訴える。

傷は峠を越えている。あとは良くなるだけだと私が保証すると、老婆は安堵《あんど》した。

私は往診録に〈予後良好〉と書いて、その家を出た。

さらに山道を登って谷間に突き当たり、急な斜面を上がると、炭焼き小屋の質素な家があった。患者は十三歳の男の子だった。

火傷も外傷もないが、脱毛と黄疸《おうだん》、高熱と下痢を呈し、肩で息をしている。粗末ななりをした母親が、幼い子供二人を抱えて、おろおろしていた。

「この子は親孝行者で、わたしが止めるのも聞かずに、被爆後も歩いて工場に通っとりました。何とか助けてください」母親が泣き崩れた。

少年は口をきく気力もないらしく、「喉《のど》は痛くないか」と私が尋ねると、かすかに頷《うなず》き、顔をしかめた。

痩《や》せ衰えた皮膚に血の気はなく、末期であるのは明白だった。私は強心剤の注射をし、唯一《ゆいいつ》の手持ち薬〈紅汲《こうきゆう》〉を母親に渡し、しっかり看病するように伝えた。この錠剤は、陸軍が開発したもので、凍傷や火傷に際して組織再生を賦活《ふかつ》するとされていた。しかし少年にはもう無効であるのは間違いなく、私は往診録に〈予後不良〉と書いた。

再び山腹を下り、がっしりした構えの家に案内された。家の中もあまり傷《いた》んでいない。座敷に若い女性が、手拭いを姉《あね》さんかぶりにしたまま寝ていた。脱毛が恥ずかしいのか、私が手拭いを少しめくると、頬を赤くした。

被爆の時、爆心から二キロの地点で火傷したという。次第に髪が抜け出し、最近では高熱が続くようになっていた。

「頭の毛が抜けると、もう助からんと聞きます」

患者は諦《あきら》めたように私に言った。

私は首をかしげた。原子爆弾症にしては顔色が良い。型どおり診察すると、アンギーナもなく、大腸炎もない。しかも食欲が旺盛《おうせい》だと言う。

診察しているとき私の膝《ひざ》が患者の右腕に触れ、患者は痛そうに眉《まゆ》をしかめた。問うと、日赤《にっせき》の看護婦に何かの注射をしてもらったが、その跡が腫《は》れて痛いと言う。

私は腕を露出させた。痛いはずだった。上膊《じょうはく》外側に広汎《こうはん》な皮下膿瘍《のうよう》ができている。腫脹《しゅちょう》が強く、皮膚は真っ赤になり、熱をもっていた。これは原子爆弾症ではない。発熱は膿瘍からに違いなく、切開すれば治ると直感した。しかし外科医は、宇品まで行かないといないらしかった。ここからは数キロも離れていて、運ぶ車もない。この高熱では、途中で敗血症に進行する危険もある。

もうこの場で切開するしかないと思った。メスなど持って来ていない。麻酔もない。安全剃刀《かみそり》の刃ならあると言う。私はそれを煮沸《しゃふつ》消毒させた。

死体の皮膚には何十回もメスを入れたが、生きた人間に切開を加えるのは初めてだった。私は切開する箇所と方向を吟味して、皮膚にマーキュロを塗った。

「痛いけど、すぐ済みます。我慢して下さい」

私は言い、さっと五センチほど表皮に切開を加えた。しかし膿瘍に達しない。今一度、同じ箇所を深く切る。

「痛い」

患者が腕を引くと同時に、多量の膿《うみ》がほとばしり出た。膿盆《のうぼん》代わりの洗面器が膿で一杯になるにつれ、患者の腕が細くなっていった。

「これで必ず元気になります。安静と栄養が大切です」

目尻《めじり》一杯に涙をためている患者と、何度も礼を言う家族に私は言い置いて、外に出た。往診録には〈予後良好〉と書くつもりだった。

そこから十分ほど離れた家は、母と娘二人の三人暮らしだった。三人とも国民学校で検診を受けていたが、上の娘だけが白血球数が減少していた。三人は同じ条件で牛田で被爆し、その後姉娘のみ近所の勤務先に出勤を続けていた。しかも勤務先は牛田の近くで、爆心からは離れている。白血球数は母親が五千八百、末娘が六千に対して、長女は二千しかない。労作の影響を考えるしかない。私が安静と栄養を勧め、無理をしなければ、元気になると伝えたとき、今にも泣きそうだった姉娘の顔がパッと明るくなった。

村の世話人は、もう一軒、もう一軒と病人がいる家に案内し、昼食もとれなかった。もう今日はこれまでと立ち寄ったのは、もと広島高師で物理の教授をしていたという老人の家だった。全身倦怠感《けんたいかん》と食欲がないだけで、原子爆弾症の症状は出ていなかった。

元教授は、病気のことよりも、私に原子力の功罪について長広舌《ちょうこうぜつ》をふるった。これからは原子力をエネルギー源とする時代がやって来る。しかしダイナマイトの発明が一方で戦争の悲惨さを助長したように、原子力によってさらに人類は不幸になる、という主張に私は頷《うなず》くしかなかった。

こういう話を今まで誰も聞いてくれる者がいなかったのだろう。老教授は細君が運んで来たお茶を私に勧めた。ようやく長話が終わったとき、細君が私に告げた。

「お話し中なので遠慮しとりましたが、近くに重症患者がおって、先生を待っとります」

挨拶《あいさつ》もそこそこに家を出ると、外に十歳くらいの男の子がしょんぼりと立っていた。

「坊やの家かね。病人さんがいるのは」

私が訊くと、「さっき死んだ」と答えて、堰《せき》を切ったように大粒の涙を流し出した。

私は泣きじゃくる子供の手を引いて、家まで走った。ところが子供は恐《こわ》いのか、どうしても玄関から上がろうとしない。家の中からは、私が何度呼んでも、返事がなかった。

「坊やはひとりだったの？」

問うと、こっくり頷いた。それで恐かったのだ。私は靴を脱いで、奥へはいった。

玄関の次の間の庭に面した部屋に、女の死人が横たわっていた。さほど苦しんだ様子はないものの、掛け布団《ぶとん》もかぶっていない。子供がかけたのか、黒い着物で覆《おお》ってある。

念のため脈を診た。身体《からだ》の温みはわずかにあったが、脈は全く触れない。瞳孔《どうこう》の散大、心音の停止を確かめて、私は合掌した。そして、今しがたまで私を待っていたに違いない若い母親の目を閉ざした。老教授の家での長話が悔やまれた。

男の子は表から庭に回って、縁側から恐る恐る覗《のぞ》き込んでいる。その頭を撫《な》でながら、私には慰める言葉もなかった。夕暮れの田舎道をたどる脚が、引きずるほど重かった。

牛田に到着して一週間もすると、剖検する死者の数も減り、病理班の仕事も忙しくなくなった。臨床班の検診も一段落したらしく、往診には内科と外科の班員が出向くようになった。

大まかにとらえると、原子爆弾症は、原爆投下後二十日して爆発的に発生し、二週間ばかり猛威をふるったと言える。

大野陸軍病院にある調査班本部のS教授から、牛田地区の疫学《えきがく》調査をしておけという連絡がはいったのも、この時期だった。私に下調べ役がまわってきた。資料などあるはずがないので、町村内でまず聞き取り調査をするのが先決だ。その足で役所にも出向き、どういう調査法が可能なのか、見通しをつけようと算段した。

疫学調査は非常に難題だと、初めから予想はできた。病名なしで死亡した患者が多く、罹災者《りさいしゃ》の多くが近郊や県外に四散しているからだ。

私は早速に町会長の老夫婦の家に出かけて行った。町内でどのくらいの死人が出たかを訊くと、町会長は「うーん」と言って首を捻《ひね》った。原子爆弾被災当時、腑抜《ふぬ》けたようによろめいた人々が牛田地区に大勢押し寄せたらしかった。どこから来たのかと訊くと、みんな「あっち」と答え、どこへ行くのかと訊けば、全員が「向こう」と答えたと言う。町会長が「向こうは山じゃ。ここにおりなさい」と言ったところ、最後には庭一杯の罹災者を抱え込んだらしい。

「どれだけの人間が原子爆弾症で死んだのか、推測もつきません」

町会長はまた弱々しく首を捻った。

せめて牛田土着の罹災者の疫学だけでもつかみ、ひとつの雛型《ひながた》にしようと思った。町会長に道順を聞いて、牛田の所轄《しょかつ》警察署に出向くことにした。いくつかの橋を渡り、電線がちぎれて蜘蛛《くも》の糸のように垂れ下がったでこぼこ道を歩いた。電車の架線も切れ、脱線した電車が、歪《ゆが》んだマッチ箱のように放置されていた。橋のたもとに、焼け残った銀行があった。焦《こ》げた御影石《みかげいし》の肌に、人間の影が淡く残っており、私は以前新聞で見た写真の現場がここなのだと納得し、背筋が冷えるのを覚えた。

その銀行が警察署になっていた。訊いてみると、裏手に県の衛生課も移転しているとのことだった。

案内されて課長に会い、私は調査班の活動と今回の目的を説明した。しかしすぐに、原子爆弾症の資料はまだまとまっていない、との答えが返ってきた。広島市の資料はなくても、焼け残った牛田に関する死亡届のようなものでもないかと訊いても、「そんなものはありませんなあ」と、課長は首を振った。私の質問に答えられないのを挽《ばん》回《かい》でもするように、課長は得意気に話題を変えた。

「爆心は、現在想定されている元安橋《もとやすばし》から少しずれとるようですね。爆心から一キロの範囲内では、ほとんど即死しているんですが、その範囲が楕円《だえん》形なんですよ。これは人の被害だけでなく、建物の破壊状況からも判断されます。原子爆弾は、ある角度で傾いて爆発したんですかのう」

私たちのいる部屋は直射日光が真後ろから射《さ》し込み、汗ばむほど暑かった。そのうえ、やたらと蠅《はえ》が多く、部下の職員が私たちの頭越しに、何度もアースを撒《ま》き散らした。

その臭さがたまらず、私は成果もないまま衛生課をあとにした。ここはもう一度調査計画を練り直すべきだった。

帰りの道は、落胆のせいもあって遠く感じられる。ふと気がつくと、前を歩く人の汚れたシャツの背が、蠅で真っ黒になっていた。あたかも、蠅を背負って歩いているようだ。私の肩も同様で、両の肩に蠅がびっしりとまとわりついている。何度手で払っても、そこは自分の陣地だと言わんばかりに、蠅はまた肩にとまった。背中も同様なのに違いない。

見れば、街を行き交うどの人も、蠅をまとっている。しかしそれを追い払おうともせずに、黙りこくって歩いていた。火に焼かれ、肉親を奪われ、散々に打ちのめされても、何とか生き残った人々にとって、まとわりつく蠅など苦にもならないのに違いない。

死臭らしい何らかの腐臭が、熱した風に送られて来て、鼻をかすめた。私は重い足を引きずり、逃げるように牛田に戻った。

次の日の午前、駐在所に巡視に来た警官から、各地の死亡届が西警察署の司法課に集められているという情報がもたらされた。私は飛び立つ思いで、広島の西の端にある西警察署へ出かけた。司法課には五人の警官がいて、用件を言うと、空いた机を勧め、口数少なくお茶を出してくれた。

机の上に四冊のぶ厚い帳簿が置かれる。それが市内各所からの死亡届で、肝腎《かんじん》の死因も記載されていた。

牛田の箇所をめくると、九月十二日の時点で約四百通の死亡届が出されていた。十四歳から十七歳までの男女生徒が圧倒的に多い。これは爆心地に近い西練兵場に勤労奉仕に出ていたためだ。

七千名ほどの中学生や女学生が死亡したと新聞が報じていたが、おそらくこの年齢層の少年少女は全滅に近いのかもしれなかった。

私がノートを出して数字を書き写している間にも、何人もの住民が司法課を訪れた。司法課員とのやりとりが私の耳にも届く。

ここに何度も足を運んだらしい老人が、司法主任に懇願していた。

「ひと月も屍体《したい》を探しましたが見つかりません。ピカドンの時には確かに家におったはずじゃけん、あそこで死んじょるに違いないです。みんな灰になってしもうとるけん、分からんのです。これじゃ、いつまで経《た》っても、葬式もしてやれません。どうか死亡届を受け取ってつかあさい」

「そうおっしゃるが、葬式はいつでも出せますよ。万が一、死んだ人が出て来たらどうしますか」

中年の司法主任は老人をなだめる。「昨日も、諦《あきら》めとった子供さんが、八本松《はちほんまつ》の収容所で火傷の手当てを受けていたのに巡り合うて、ここに報告に来た人がおる。そんな例は五人や十人じゃきかん。ここは気長に探してみたらどうですか」

　老人は気を取り直すようにして出て行った。

「これまで司法課で受けつけた死亡届は、一万件ほどに過ぎません」

　聞き耳をたてていた私に、司法主任は話しかけた。「しかし、実のところ死者は十万とも十五万とも言いますからな。確認されていない屍体が多いはずです。八月六日から四十日経った今でも、市中を歩くと死臭がするでしょうが」

　私が頷くのを見て、司法主任はなおも続けた。

「一家が全滅して屍体を探す人もいない。警察も人手が足りんので、屍体を集めることができません。仮に集めて場所を移すと、誰の屍体か分からなくなってしまいます。それで、放置しておくことになっとるんです」

　とすると、今現在、広島の街全体が屍体遺棄場になっているのだ。街にこれほど蠅が多い理由がのみ込めた。

　四時間ほどの調査仕事を終えて、警察署を出たとき、後ろから来た女性が「まあ、あんた」と大声を出した。

　驚いて振り返ると、その中年女性は前方から来る男性をまじまじと見つめている。

二人は距離を縮めると、無言で見合ったあと同時に声をかけ合った。

「あんたは生きておられたのですか。どこもお怪我《けが》はなくて?」

「まあ、あなたもご無事で」

先刻の幽霊でも見たような二人の顔は、ようやく普通の表情に戻っていた。

「お子さんは?」男性が訊《き》く。

「主人と娘を失いました」

中年女性の目に涙が潤《うる》み出し、男性がいたわっている。私は足早に立ち去るしかなかった。

次の日、私たちの調査班に、ひとりの来客があった。原子爆弾が落とされた翌日、警防団員として、爆心地近くで救護活動をした人だった。K講師が当時の状況を聞くために、わざわざ来てもらっていたのだ。例によって、私は書記になった。

「わしら警防団は、トタン板を二つに折って屋根を作り、そこで屍体を次々に焼きました。しかし燃やす板片がないので、焼くのが間に合いません。屍体はみるみる山のように積まれて放置されました」

四十過ぎと思われるその警防団の男性は、自分でもどこから話していいのか分からないのだろう、脈絡も考えずに語り始める。K講師もそれをよしとしたのか、何も口をはさまない。

「近くの防空壕《ぼうくうごう》で、三十歳くらいの母親と小学一年生くらいの女の子が、眠るように並んで死んどりました。簡単服を着たその母親を美しい人じゃと思うたんですが、二十四時間後に見ると、真夏の熱気にさらされて、身体が膨れ上がっちょりました。どす黒くて黄色がかった汁が、鼻と口から溶けて流れ出とったのです。

大きな黒蠅が姿を現したのも、その頃からです。蚊は不思議とおりません。屍体の臭《にお》いが広島全体を覆っていて、蠅がまだ生きちょる人にも卵を生みつけます。それがウジになって、筋肉の間を這《は》いまわるので、その人たちは痒《かゆ》い痒いと苦しんどりました。これらの人たちもやがて死んでいきました」

蠅が瀕死《ひんし》とはいえまだ生きている人間に卵を生みつけるなど、私は知らなかった。蠅にも、いずれ死にゆく人間の見分けはつくのだ。

誰もが固唾《かたず》をのんで頷《うなず》く中、ひとりだけノートにペンを走らせていた。しかし私は、ノートをとらなくても、この証言のひと言ひと言は一生記憶に刻まれる気がした。

「爆心地にも行ってみました。猫の子一匹おりません。近くの寺院の周囲には、一メートルおきに女学生が仰向けに倒れ、手足を曲げたまま黒焦げになっちょりました。ちょうど爆心地と思われる所には、五、六人の屍体がありました。全員が日を飛び出させ、白糸のようなもので、頬の上に吊《つ》るされた恰好《かっこう》です。舌は、トウモロコシの二倍くらいに膨れ上がって、口から突き出とりました。両腕も両腿《もも》も、上から下まで裂けて、腹は片方が裂けて、腸がはみ出て、大きく膨れ上がっとります。陰茎も二倍の大きさ、金玉も大人のこぶしくらいに膨れて、黒紫になっとりました」

警防団の男性は、私たちが医師だと知って、屍体の様子をなるべく詳しく述べようとしていた。口が渇くのか、お茶で喉《のど》を潤《うるお》すと、もどかしげに言い継ぐ。

「屍体はみんな上向きです。どうしてか分かりません。爆心地から少し離れた所では、地面が見えんくらい、屍体が横たわっとりました。歩くのに、死んだ人の腰を踏むようにして進まにゃあなりません。ごめんなさい、ごめんなさい、と言うとるうちに、涙が出てきました。

どの水槽も屍体でいっぱいでした。屍体が水槽の縁から、てんこ盛りのように盛り上がっちょるんです。女の屍体は、ズロースの紐《ひも》だけが、膨れた皮膚に食い込んでいました。

道路から川に降りる斜面も、二メートルくらいの幅がありましたが、水際《みずぎわ》まで五人重ねで死んどります。川の水面には、屍体が筏《いかだ》のように並んどりました。家の壊れた材木が橋の欄干にひっかかっとるので、流れてきた屍体もずうっと堰止《せきと》められて、ひと続きになっちょるんです」

警防団の男性はひと息にしゃべり、またふうっと溜息《ためいき》をついた。「どこの有様も、昨日のように目の底に焼きついちょります」

私たちも一様に頷く。話を聞いただけの私ですら、原爆投下後の惨状がありありと脳裏に浮かび、当分は、いや今後も生きている間ずっと消えそうもなかった。

翌日の九月十六日、私はK講師に命じられて、祇園《ぎおん》にある三菱《みつびし》重工の診療所に足を運んだ。そこで多くの被災者が治療を受けたという情報がはいったからだ。死亡者がいれば、死体を貰《もら》い受けて剖検できるし、そうでなくても診療録を見ることができれば、原子爆弾症の詳しい症状がつかめるはずだった。

驚いたことに、爆心からは遠い所にある工場の屋根が、ねじ曲げられて凹《くぼ》んでいる。おそらく爆風が太田川の川筋をさかのぼって突っ走ったのだろう。

眼鏡をかけた学究肌の所長は、訪問の趣旨をすぐに理解してくれ、少し残念がった。

「もう一週間早ければ、原子爆弾症の死者が毎日のように出ていたのですが、今はもう死んでしまって、患者は予後良好の軽傷者が二人残っているだけです」

所長はこのひと月以上、診療に追いまくられたのに違いなく、目の下に隈《くま》ができていた。

「当工場では、あの日に限って、広島の土橋付近に、三百名ほどを勤労奉仕隊として出しました。家屋疎開《そかい》の手伝いのためです。三百名のうち、即死と行方不明が三十五名、その後の死者百七十名という被害でした」

所長は言い、視線を一瞬宙に浮かした。広島の惨状を目撃した人間が、それを語るとき、誰もが瞬時同じような無表情になる。ここでもそれが確かめられ、胸を衝《つ》かれる思いがした。

誰かに話しておきたい、しかし通常の話とは違い、口にするのには勇気がいる。それがその人の顔を瞬間的に無表情にするのだ。あまりに多くの死を一度に目にした人間の共通の心的反応かもしれなかった。

「診療所は、トラックで運び込まれる負傷者で一杯になり、まるで戦場です。みんな、水、水と叫びながら次々に事切れました。私は寝る暇もなく、無我夢中で働きました。やっと嵐《あらし》がおさまったと思ったら、次は原子爆弾症です。また四十名ほどを死なせてしまいました」

所長はひと息つき、眼鏡をはずしてハンカチでレンズをぬぐった。

三百人の均一な集団がほとんど同じ場所で被災し、しかもひとりの医師で治療を受けている。疫学《えきがく》資料としては申し分ないと私には思われた。

ここに通い、診療録を点検すれば、三菱重工土橋罹災者《りさいしゃ》の貴重な資料が出来上がるはずだ。

所長は申し出を快く承諾してくれた。そして牛田で行った病理解剖の所見にも興味をもち、私の話にむさぼるように聞き入った。

帰途、雨が降り出し、みるみる雨脚が激しくなった。傘を用意しておらず、ずぶ濡《ぬ》れになって歩いた。太田川の両側に連なる山並みが、低い雲の中に見え隠れしていた。

翌十七日も雨は激しく降り、風も出てきた。大野の調査班本部から頼まれて、この日、応援医師を二人出すことになった。ジャンケンで二人が決まり、K講師と一緒に雨の中を出かけて行った。私はジャンケンに勝ったのを内心喜んだ。もうずぶ濡れはこりごりだった。

午後になって、二人の死者の剖検依頼がはいった。数日ぶりの解剖であり、私たち病理班の三人は、パンツとシャツ一枚の姿で、土砂降りの大雨の中、裸足で死体を受け取りに行った。

ラジオは大型台風の襲来を告げていた。死体を運び入れた私たちは、猛烈な風雨の中で剖検を始めた。半壊の校舎は、風で横腹が膨れ、何度もきしむ音を立てる。梁《はり》が落ちるような大きな音も聞こえる。やっと二体の剖検をすませ、死体の流失を防ぐために重しをつけ、学校を後にしたときはもう夜になっていた。

私たちの宿舎になっている旧家も雨漏りがひどかった。雨だけでなく、風にあおられた土砂までが落ち込んで来る。こんな夜に寝てはおられず、私たちは徹夜の覚悟を決め、二本のろうそくの光の中で顔を寄せ合っていた。そこへ大野の調査班本部に行っていたK講師が、全身濡れねずみになって帰って来た。

「途中で聞いたんだが、四、五年前の大雨のとき、このあたりの家が山津波で何軒も流されたらしい。この雨はそのときの大雨と似ていると言うんだ」

K講師は濡れた衣服を着替えながら言う。ますます不気味さがつのった。

十一時過ぎ、風の唸《うな》りのなかで、半鐘《はんしょう》がけたたましく鳴り出した。道を何やら叫びながら人が走って行く。

家の主人が顔を出して、上ずった声で私たちに告げた。

「堤防が危《あぶな》いそうじゃ。貴重品を二階に上げて、護岸《ごがん》の手伝いに来て下さい」

資料や解剖用具の類《たぐ》いを二階に運び、おっとり刀で私たちは玄関に出た。道の脇《わき》あたりはもう浸水し始めていた。

決壊の危険があるという神田橋のたもとまで急いだ。そこには三、四人の警防団員が来ているだけで、道具も俵とスコップしかない。

私たちは必死で土嚢《どのう》を作っては、問題の場所に積み上げた。しかしこれで決壊を防げるとは到底思われない。

「こんな所で死んではつまらんな」

班員の誰かが言い、「大野に行った二人はいいな。ジャンケンに負けておくべきだった」と、別のひとりが応じた。

すると急に風が止《や》み、ちぎれ雲の合い間に星がまたたくのが見えた。どうやら台風の目にはいったようだ。

川の水かさは堤防の下一尺ばかりを残して、それ以上の増水の気配を見せない。

「上流の方で土手が切れたんでしょう」

警防団員が上流に目をやりながら言った。

なるほど、このあたりだけは最悪の事態にはならずにすみそうだった。提燈《ちょうちん》の明かりで堤防裏を照らし、漏水を点検していた人も、腰をおろして煙草《たばこ》に火をつけた。私たちもそこに集まり、土手の上で疲れた身体《からだ》を休めた。いつの間にか、空が白み始めていた。

雨風が止んだのは、台風の目にはいったのではなく、台風そのものが通過したからのようだった。

白み出した空はやがて青味を増し、前日とは打って変わって秋晴れの気配を見せている。牛田は山の手を残し、一面太腿近くまでの濁水に浸《つか》っていた。コンクリート製の神田橋は、中程で折れ曲がり、流失寸前だった。

剖検した死体が流されていないか不安になり、私たちは国民学校に急いだ。死体は無事だったものの、臨床班の検診用の器具はすべて泥まみれになっていた。もはや使い物にはならず、今後の検診は不可能だった。

ところが災難はこれだけではすまなかった。午後になって、大野の調査班本部が遭難したという報告が届いた。内科のM教授は即死、私の上司のS教授は行方不明、牛田から応援に行った二人の医師も死亡したらしい。

川もない大野にそういう災害が起こるだろうかと、私たちは耳を疑った。しかし事態を確かめようにも、大野へ行く道は寸断され、橋は落ちて、通信も不通になっていた。

軍医として応召する前、S教授の薫陶《くんとう》を受けていたK講師は、険しい顔つきをしたまま、柱を背に長い間動かなかった。

日が暮れると、暴風雨のあとの静寂があたりを包み込む。誰もが口をきかない。通《つ》夜《や》の席のような沈黙のなかで夕食をとり終えたとき、激しい地響きと轟音《ごうおん》が家全体を震わせた。地震かと私たちは蒼《あお》ざめた顔を見合わせたが、間もなく、裏手にある寺の大きな伽藍《がらん》が倒壊したのだと家の主人から知らされた。私が牛田にはいった日に目撃していた伽藍だった。

原子爆弾に耐え、昨夜の台風にも耐えた伽藍が、この静かな夕暮れにひとりでに崩れ落ちたのが、何かの終末を象徴しているように、私には思われた。

怪我人《けがにん》があるので診てくれという使いが来て、私がその家にやらされた。大伽藍は、跡形もなく平べったくなっていた。患者の家は寺に近接していたが、傷は右足の小さい擦過傷のみだった。その女性患者は、傷よりもショックで口もきけず、喘《あえ》いでいた。私は、大丈夫だからこのまま様子を見るように家人に言った。

「二度あることは三度あるちゅうが、寺はこれで災いをすましたんじゃろ。しかしわしらには、今度何が来るやら」

患者の夫が声を震わせながら私に言った。

眠られぬ夜を過ごした翌日、山積みになった検診表を、臨床班と病理班が協同で整理することになった。このまま何もしないでいると、よけい悲しみが増すというK講師の提案だった。

午後になって、大野の被害状況の詳細がようやくもたらされた。一昨日《おととい》の暴風雨の夜、調査班本部のおかれた大野陸軍病院では、食堂にM教授やS教授の他、ほぼ全員が集まってデータの検討を行っていた。そこへ、突然、地鳴りと大音響を伴い、山津波が食堂の中央部を駆け抜けるようにして襲ったという。裏手にあった溜池が決壊したのだ。食堂は泥土とともに流失していた。

M教授は即死、S教授は海まで流されて死亡、ジャンケンで負けて応援に行った二人の医師も土砂と木材の下敷きになり、救い出せないまま息を引き取った。その他にも死者と行方不明者が百五、六十人いるという。

班員たちが日夜苦労してつくり上げた研究データも、すべて泥土に埋まり使いものにならなくなっていた。

翌九月二十日も快晴だった。検診用具が全部だめになり、検診を中止したにもかかわらず、ぜひ続けて欲しいという要望が伝えられた。

「器械が水浸しで使えなくなりました。お気の毒ですが、どうにもならないのです」

臨床班の医師が丁重に断っている。

「また、やって下さるのでしょうか」相手は懇願していた。

「ええ、できるだけ努力してみます」

やりとりを聞いていた私は、胸が詰まった。調査班の本部が甚大《じんだい》な被害を受けたのにもかかわらず、私たちは仕事を中止するわけにはいかないのだ。

大野に行ってみたいという意見も出たが、K講師は激しく首を振った。

「向こうに行ったところで、医師がすることはない。救助隊員に任せておけばいい。それよりもここで残った仕事を仕上げるのが大切だ。それが亡《な》くなった先生や同僚に対する、せめてもの手向《たむ》けだよ」

誰も二の句を継ぐ者はいなかった。

私たち病理班が、病理解剖標本とデータを持てるだけ担《かつ》ぎ、帰途についたのは九月二十三日だった。やっと通じた船便で出発した。

海軍兵学校のあった江田島《えたじま》沖を通り、音戸《おんど》の瀬戸《せと》を過ぎた。甲板から陸の方を望むと、呉《くれ》湾に至る両岸の山肌には地滑りの跡が到《いた》る所に見え、呉線の鉄路もずたずたに断ち切られている。

やがて呉軍港あたりに近づくと、山裾《やますそ》や島陰にさまざまな軍艦が多数見えた。そのどれもが、無秩序に傾き、船尾や船首を海に突っ込んでいる。その中には、航空母艦〈天城《あまぎ》〉のぼろぼろになった姿もある。

「菊のご紋章がおいたわしい」

私の脇《わき》にいた老婆が言い、艦首に手を合わせていた。

戦争という人為的な災難と、自然災害が同居している光景を前にして、私は索漠《さくばく》とした気持に圧倒されていた。知らず知らず唇をかみしめ、ともかく生き残った者はしっかりと地面を踏みしめ、生きていく他ないのだと思った。

焼尽

昭和二十年三月十日の午前零時十五分、私は空襲警報のけたたましい音で目が覚めた。実をいえば、その二十分ほど前から、夢うつつのなかで、軍医学校の宿舎に満ちはじめた騒がしさを感じとってはいた。

起きて服を整え、防空壕《ぼうくうごう》に避難する前に、当直士官が指さす東の方に眼をやった。空が赤々と染め上げられている。場所は隅田川の向こう、東部地区だ。敵機の群は、超低空で、燃え上がる炎《ほのお》のあたかもすれすれに焼夷弾《しょういだん》を落としては消え去る。隅田川の西には眼もくれないでいるところからすると、首都の東部地区を焼き尽くすという意図が明白だった。

防空壕にはいった私は、本所《ほんじょ》にある実家が気になった。そこには両親と祖母、弟二人、もしかすると妹もいるはずだった。私の眼には、迫り来る火焔《かえん》の下で最後まで踏みとどまり、火叩《ひたた》きとバケツリレーで消火に努めている父たち住民の姿が目に見えるようだった。

しかしこの火焔の前では、貧弱な消火手段は全く歯が立つまい。防火用水を頭からかぶって濡《ぬ》らした防空頭巾《ずきん》も、たちどころに乾き、燃え上がる。配給された地下足袋《じかたび》や運動靴のゴム底も、高熱のアスファルト道路の上では燃えてしまう。

そのうち周囲はもう十重二十重《とえはたえ》に、厚い炎の壁に囲まれている。何とか火焔の薄い所をみつけて逃げまどっても、至る所で合流火焔の猛火に追いつめられる。

両側の家屋が一斉に燃え上がる間の道路で、火焔は奔流《ほんりゅう》のように走る。人も家畜も荷物も、手当たり次第に焼き尽くしていく――。

「中尾少尉《しょうい》、君の家はあっちの方ではなかったか」

隣にいたK軍医中尉が睨《にら》みつけるような目で訊《き》いた。

「本所です」私の返事の声は掠《かす》れている。

「いかんな」

K中尉は顔を歪《ゆが》め、黙った。K中尉は、いざというときに編成されている軍医学校の第一救護班の班長だった。その下に私を含めて十名の軍医、二十名の看護婦がついている。

この第一救護班に出動命令が下ったのは、午前三時十分だった。担当地域は江東地区の全域である。定位置は錦糸町《きんしちょう》駅近くにある本所国民学校で、私がかつて通った小学校だった。父の内科医院は、そこから二キロと離れていない。私はどこか不幸中の幸いのような気がしたが、本当に幸いになるのかは分からない。しかし、もしかしたらという一縷《いちる》の望みは失いたくなかった。

私たち救護班はトラック四輛《りょう》に分乗し、牛込の若松町、柳町と暗夜の街をひた走った。小川町、須田町《すだちょう》、岩本町と過ぎ、神田川の流れの方向に隅田川に向かって東進する。

岩本町から浅草橋にかけて、至る所で家が焼け崩れていた。電柱が倒れ、電線や電車の架線が交錯して地上を這《は》っている。あちこちに人の屍体《したい》が転がり、木炭自動車の残骸《ざんがい》や、家財道具を一杯に積んだリヤカーや大八車が焼けくすぶっていた。

東部地区の焦熱地獄の火が隅田川を渡ったのは、これで明らかだった。火焔は地を覆《おお》い、時には竜巻のような炎の旋風となって天を焦《こ》がし、いとも簡単に川を飛び越えたのだ。

道路には、ガラス、トタン、板、釘《くぎ》、家具、布団《ふとん》、壁土などが散乱し、救護班のトラックは難行を極めた。

そのうちあたりは少しずつ白んできた。両国橋の手前付近から、道路に横たわる屍体はさらに数を増した。何十人とうずたかく重なりあった黒焦げの屍体の山が、あちこちに見られる。私は爆撃の激しさを思い、一抹《いちまつ》の希望も萎《な》えてしまうのを覚えた。

そして隅田川に眼をおとしたとき、私の希望は完全に絶たれた。黒々とした川面《かわも》には無数の屍体が流れている。衣服をつけている者、半裸の者、全裸の屍体、男女の区別もつかない黒焦げの屍体が、後から後から流れてくる。

川縁《かわべり》のわずか二メートル幅で続く岸辺にも、折り重なって屍体が並んでいる。川上から川下まで、延々と横たわる屍体の列は、火の熱さから逃れようとして水際《みずぎわ》に集まった結果だろう。追いすがって荒れ狂う炎の下で窒息し、あるいは焼け死んだのだ。

四輛のトラックは、午前六時、やっと指定された国民学校に着いた。学校の建物だけは奇跡的に焼け残っていた。講堂の中は避難民で溢《あふ》れている。こんな被災状況下で、はたして生きている人間がいるのだろうかという危惧《きぐ》は払拭《ふっしょく》された。私はまた希望を抱《いだ》きはじめた。もしかすると、家族は無事なのかもしれない。

早速に講堂の片隅を片づけ、机や衝立《ついたて》、毛布で急造の救護所を設営する。避難した人たちは、治療を受けるために、迷路のような長い列をつくった。

大半の者は、逃げる途中で何らかの創傷や火傷を負っていた。しかし最も多いのは、煙と埃《ほこり》が眼に入って起こった急性の結膜炎だ。この結膜炎のために眼が見えなくなり、方向を失い、煙に巻かれて死亡した人は大変な数にのぼるだろう。

温めた生理食塩水でよく洗眼をし、異物を除去して眼薬を点眼すると、痛みは消えた。こんな簡単な処置にも、被災者たちは「軍医さんはお上手ですね」と感謝してくれる。

　私は治療中にも、何かの拍子で焼け残った医院で私と同じように被災者を治療している父の姿を思い描いた。その脇《わき》では、東京女子医専に在学中の妹や、この三月、北大医学部に合格したばかりの次弟が、かいがいしく手助けをしているのかもしれなかった。

　午前八時頃、窒息患者がいるとの報告で、私は講堂の隅まで行った。焼け焦げた毛布に若い女性がくるまっている。顔色は青黒く、意識はなく、脈はわずかに触れるものの、呼吸は定かではない。すぐに胸を開いて聴診する。心音はかすかに聴こえる反面、呼吸音はほとんど聴きとれない。直ちに人工呼吸と酸素吸入を開始し、強心剤の注射をした。血圧は最高が八十、最低が四十で異常に低い。煙の中での酸素欠乏と、有毒ガスの中毒による窒息と診断する。

　横にはまだ一歳くらいの男児がいて、無邪気に私の仕草を眺めていた。

　人工呼吸の腕が疲れてくると、班長のK中尉が他の同僚に交替を命じた。ひとり三十分で、疲れた身体《からだ》に鞭打《むちう》って、十名の軍医と二十名の看護婦が代わる代わる人工呼吸をした。しかしなかなか自発呼吸は起きない。何度も絶望の淵《ふち》に落とされたが、その都度K中尉に励まされた。

自発呼吸が起こったのは何と、午後八時を過ぎてからだ。十二時間、人工呼吸を続けたことになる。

その間にも私たちは避難者の治療を続けた。ほとんど全員が火傷を身体のどこかに負っている。重傷患者の多くは、背部や臀部《でんぶ》の広範囲の火傷であり、火焔の中を逃げまどい、後方から火焔を浴びたためだ。

中には、非常な痛みと恐怖のため興奮状態になり、騒ぎたてたあと、急に血圧が低下し、顔面蒼白《そうはく》になって冷汗を流しながら意識を失う者もいる。強心剤の注射と輸液は欠かせない。

火傷部位には消毒後、亜鉛華《あえんか》大豆油を塗布し、密に繃帯《ほうたい》をした。しかしこれらの患者がここを出たあと、はたして何日か後に再びきちんとした治療を受けられるかは定かでなかった。

講堂の隅に、二十歳《はたち》くらいの青年が青い顔をしてうずくまっていた。石原町の町工場の工員だという。左上腕にひどい創《そう》を負っている。

彼は仲間と最後まで踏みとどまり、消火に当たっていたが、火はたけり立つばかりだ。とても手のつけられる状態ではなく、逃げようとした途端、工場が焼け落ちた。

左腕に何かが当たり、血が噴き出したらしい。問いかける私に涙眼でぽつりぽつりと答える。

「反射的にタオルで傷を押さえて逃げました。完全に炎の壁に囲まれていて、胸は早鐘のように打ちました。もうおしまいだと思った瞬間、頭の血が全部引いた感じがし、意識が遠のきました。

何秒たったか、何分たったか、誰かが耳元で大きな声を出していました。気がつくと、五十がらみの体格の良い男の人です。家族と一緒に逃げる途中、足をとめたらしく、早く逃げんと焼け死ぬぞ、と叫ぶのです。そしてぼくのひどい出血を見て、腰の手拭《てぬぐ》いを裂いて止血にとりかかりました。

お父さん、早く逃げなきゃ危ないよ、と急《せ》きたてる家族に、俺は大丈夫だ、この人を助ける。お前たちは一緒に逃げて両国駅に行け、急げ、と叱《しか》りつけました。

それからぼくの横にしゃがみ、かかえ上げ、引きずるようにして、コンクリート建ての国民学校まで運んでくれたのです。ぼくを講堂に入れて、男の人は家族のあとを追って出て行きました」

若者はそう言ってさめざめと泣く。幸い腕の出血は止まっており、火傷もひどくなく、補液《ほえき》一本で元気を取り戻した。

私はかすかに希望を抱いた。若者がいた町工場が石原町なら、実家とは二キロメートルも離れていない。ひょっとしたら父たちも逃げおおせているのではないか。

そう思う反面、父の性格からして、医院をあとにして逃げるよりも踏みとどまって、むしろ他の住民の世話をした可能性も考えられる。いややはり、後者の可能性のほうが高いはずで、また胸が塞《ふさ》がれた。

昼前、警防団の男たちが私たちの救護所を聞きつけ、トラックに重傷者を乗せて運んで来た。

「上野、浅草、下谷、神田は全滅です。道には黒焦げの屍体が累々《るいるい》としています。隅田川は屍体で埋まっています。生き地獄を見てきました」

団員が興奮した口調で告げる。私たちと同じような光景を、彼も白昼の陽の下で目撃したのだ。

重傷者の多くは黒焦げで、火傷の水泡は破れている。その上に煤《すす》と埃と泥がついて真っ黒になり、かつ汚水に浸《つか》っているので強烈な臭《にお》いがした。

煙を吸い込んだせいで気道に浮腫《ふしゅ》が生じ、呼吸困難を呈している。顔も浮腫で腫《は》れ上がり、息も絶え絶えだ。嘔吐《おうと》する患者も多い。首を横に向け、吐物を飲み込まぬようにして、腕をまくり、ビタカンファーを注射した。

午後になり、二十五、六歳の警防団の青年が、数名の団員に助けられて担《かつ》ぎ込まれた。頭をぼろ布でぐるぐる巻きにしている。爆弾の破片が、かぶっていた鉄兜《てつかぶと》を正面から貫いたのだと言う。

診ると、鉄兜の正面には鳩《はと》の卵大の不正形の穴があいていた。患者の前頭部には、梅干くらいの創ができている。ここから破片が頭蓋《ずがい》内にはいれば、大変な重傷で、今まで生きていたのが不思議なくらいだ。

しかし脈は正常であり、呼吸や意識状態も悪くはない。前頭部の創にゾンデを入れて探ってみたが、破片らしいものには触れない。むしろ創の下には堅い前頭骨がさわり、これにも異状がないようだ。

私は試みに後頭部を調べてみた。すると前頭部の射入口のちょうど反対側の皮下に、拇指頭《ぼしとう》大の異物を触れる。あるいはこれが破片ではないのか。その部位を切開してみると、はたして筋膜と後頭骨の間に、鋭く削られた小指頭大の破片があった。

爆弾の破片は鉄兜を正面から貫いて、その勢いで前頭部の皮膚も貫き、頭蓋骨は貫けないまま、筋膜の間を頭蓋骨にそって半周、反対側の筋膜下で止まったわけだ。九死に一生とはこのことで、破片の剔出《てきしゅつ》は雑作なく、青年はとたんに元気になった。

夕方近く、班長のK中尉が私の傍に来て言った。

「君の実家はこの近くではないのか。行ってみなくていいのか」

私は一瞬迷ったものの、「行く必要はありません。自分の持ち場はここです」と答える。

K中尉はそれ以上何も言わず、暗い眼をしただけだった。

今さら実家のあたりをうろついたとして、何ができよう。生き延びていれば、この講堂にやって来ることだって考えられる。私は千々に乱れる思念を振り払うようにして、次々と並ぶ患者たちの診療に専念した。

あたりが暗くなったが、ここは燈火《とうか》管制の必要はなかった。電燈などどこにもなく、むしろ火災の余燼《よじん》が今なおいたる所で燃え続けていた。講堂内では、石油燈や懐中電燈の光で、私たち救護班員だけが黙々と作業を続けている。

夜気はさすがに冷たくなってくる。避難民の大半は、持って来た毛布をかぶっているが、着のみ着のままで板張りの上に横になっている人たちもいる。疲れ果てて、寒さにふるえながら丸くなっている人もいる。

夜半近く、人工呼吸で自発呼吸を取り戻した女性が熱を発したとの報告を受けた。聴診してみると、気管支炎と肺炎の可能性が大だった。補液をし、身体も暖めてやるものの、熱は上がるばかりで、呼吸も荒くなる。外が白む頃、ついに息を引き取った。

死後処置を終えた看護婦たちは、涙をこらえながら自分たちの白粉《おしろい》や紅を持ち寄り、美しく化粧してやる。男の子は、少し離れた所で祖父に見守られながら、無心の寝息をたてていた。

ようやく外が明るくなった早朝、近所の防空壕《ぼうくうごう》にいる人から往診の依頼があった。もともと病気だったが、一昨晩の空襲のなかを家族に連れられて逃げまどい、やっとこの近くの防空壕に辿《たど》りついたという。

K中尉の命令で、二十四時間ぶりに国民学校の外に出た。看護婦ひとりを伴い、案内に従って朝の通りに立った。あたりは見渡す限り遮るもののない荒廃した平地になっていた。

道路には依然として屍体が散乱していた。付近の屍体はすべて一糸まとわぬ裸体で、一酸化炭素の中毒死特有のピンク色の膚《はだ》をしている。煙の中を逃げる途中、中毒で意識を失い、倒れたあと炎が衣類をすべて焼いて吹き飛ばしたのだろう。

道路の真ん中に、やはりピンク色の裸体の女性が、両膝《ひざ》と両肘《ひじ》をついて、四つん這《ば》いの姿勢で伏せていた。その下に何か転がっている。近づくと、生後数ヵ月と思われる男児だった。もちろんこの子も裸で、こと切れていた。

涙をこらえ佇《たたず》んでいる看護婦を促し、往診の場所に急いだ。

案内された防空壕の中では、長時間にわたる恐怖と疲労で生気を失った五、六人がぐったりとうずくまっていた。やっとの思いで運んで来たに違いない毛布や包みが、布団代わりになっている。病人はその中程に、焼けた布団にくるまり、半座位で横たわっていた。六十歳は過ぎている老人で、周囲の人たちの父親だという。

まず脈を診た。手は冷たく、脈は触れない。急いで胸を聴診する。心臓も肺も静寂だ。懐中電燈で瞳孔《どうこう》を診る。瞳孔は散大《さんだい》、対光反射もない。死んでいた。

医師になってまだ一年、私はまだ一度も人の臨終に立ち会い、死の診断を下したことがない。ここで死と告げれば、この老人は永久に葬《ほうむ》られる。まだ父親の死を知らず、案じ顔でいる家族に死を告げてよいのだろうか。

私は今一度、脈と心音と瞳孔反射の消失を確かめた。

死を告げると、家族の号泣が起こった。その悲痛な叫びを背後に聞きながら、私と看護婦は防空壕から出た。

講堂に戻る途中、このまま看護婦に言い置いて、本所の実家まで行ってみたい衝動にかられた。ここから三キロも離れていないはずだ。しかしこの焼け跡の惨状の中では、実家の位置さえも定かではなく、日が暮れるまでに探し当てられるとは限らない。

私は衝動を静かに呑《の》み下した。

避難民の治療で三月十一日も忙殺され、夕方からは交代で仮眠をとることになった。仮眠組は二階の教室に上がって三時間ほどの眠りをとるのだ。

午後八時頃、衝立《ついたて》の向こう側で診察していたM少尉《しょうい》が、私の傍に来て耳打ちした。妊娠しているらしい女子が腹痛を訴えているという。自信がないので頼む、ということらしい。班長のK中尉は仮眠のため二階に上がっており、起こすのも気がひける。仕方なく、私のところに連れて来るように言った。

間もなく、十八、九歳の娘が前に坐《すわ》った。防空頭巾《ずきん》を大事そうに右手に持ち、古びた男物の国民服の上衣を着ている。下は両膝につぎの当たった久留米《くるめ》絣《がすり》のもんぺで、黒いズック靴をはいている。なるほど腹の部分は大きく飛び出し、男物の国民服でも隠しようがなく、下二つのボタンははずされていた。

診察を引き受けたものの、私は内心でうろたえていた。東京医歯専の学生時代から軍医を志していた私は、産婦人科には全く興味がなく、実習もできるかぎりサボっていた。父親の内科医院も時々は手伝ったが、そこで妊婦に会うことはまずなかった。私に診察を譲ったM少尉も、同じ事情だったのに違いない。今さら彼のところに戻すわけにもいかない。肚《はら》を決めた私は、内心おずおずと、しかし外見は堂々と問診を始める。

「月経は？」の私の質問に、彼女は何のこだわりもなく、「月のものはあります」と答える。「その機会はあったのですか」の質問には、「分かりません」という返答だ。問診はここで頓挫《とんざ》した。

「何も心配することはないのですよ。必ずあなたのために一番良い方法をとってあげます。個人の秘密は絶対に守ります」

くどいくらいに私は諄々《じゅんじゅん》と言いきかせた。しかし娘の表情には何の感情も現れず、返事も核心に触れない。私は弱りきった。

助け舟を出してくれたのは、脇《わき》についていたベテラン婦長だった。

「先生、どうも妊娠ではないようです。浣腸《かんちょう》をしてみましょう」

私の耳元で言う。ここは任せるしかない。

二階の別室で婦長が浣腸をすると、水洗便所が一杯になるほど大量の排便があったという。再び私の前に坐った娘の腹は平たくなり、爽快《そうかい》そのものといった顔をしていた。

訊《き》けば近所の屋敷に女中奉公で住み込んで以来、気疲れからかひと月の間、一度も排便がなかったらしい。娘は元気な足取りで帰って行った。

その夜から衛生材料にも不足品が出はじめた。なかでも、小手術に欠かせない局所麻酔薬のプロカイン液が完全に底をついたのは痛かった。

折悪《あ》しくそのとき、避難者の中にいた四十代半ばの痩《や》せて長身の男性が受診して来た。右手中指の瘭疽《ひょうそ》で、指先が赤く腫れ上がり、爪《つめ》の下は化膿《かのう》している。痛みがひどく、このまま明け方の軍医学校への自動車便まで待たせるのは、いかにも酷だ。

何とか抜爪《ばっそう》の手術をしてやりたいものの、局所麻酔薬が欠品とあっては一の足を踏む。考え込んだ私に、たまたま衝立の中をのぞいたM少尉が助言してくれた。頸動《けいどう》脈《みゃく》を圧迫して失神させ、その瞬間に抜爪を完了するというのだ。何のことはない。柔道の絞め技を麻酔薬代わりに使うわけで、名案と言えば名案だった。しかもM少尉は柔道二段の腕前だ。

私はこの方法でやることを決め、器械消毒その他、手術の準備を完了させた。

M少尉が「失礼」と言いつつ、やにわに患者の頸部気管の両側の頸動脈を圧迫し、脳への血流を一時的に止める。患者が失神した直後、私のほうは間髪を容《い》れずに抜爪、排膿、掻爬《そうは》を完了した。

その直後、患者は激しい全身痙攣《けいれん》を呈し、速やかに意識を回復した。

「気分はどうですか」

恐る恐る尋ねる私に患者が答える。

「とても気持がよかったです。何だか広い美しい野原を、ふわっと歩いているようでした」

いかにも爽《さわ》やかな表情で何度も私たちに頭を下げた。

真夜中近くになって仮眠を交代し、早朝に洗顔と、乾パンに味噌汁《みそしる》だけの食事をすませて、二日目の診療を開始した。

午前十時頃、私のところへ看護婦が蒼《あお》い顔をして告げに来た。

「妹さんが見えています」

私は思わず腰を浮かした。講堂の入口まで行ってみると、紛れもなく妹が立っている。

「お前、無事だったのか。お父さんたちは？」

私が訊くなり妹はわっと泣きくずれた。ざっと見たところ負傷らしきものはしていない。しかし手も足も汚れ、髪も梳《と》かれないままだ。

空襲の夜、妹は市谷仲之町の東京女子医専第二寄宿舎の防空壕にいたという。防空壕の足元からしのび寄る冷えに耐えながら、長い夜を過ごし、夜明けを待ちかねて、薄明かりの中を家族探しに出かけた。しかし寮にいた彼女には戦災証明がなく、戦災者優先の電車には乗れない。牛込から本所まで歩くしかなかったのだ。本所あたりに着いても、見慣れた町並みは一夜にして変わり果てていた。どこがどうなっているのか分からない焦土の山が見渡す限り続いていた。

　探しあぐねての帰り道、暗味《くらみ》が増すと、焦土のそこここに、燐火《りんか》が燃えた。そこに屍《しかばね》がある証拠だった。

　溢《あふ》れる涙を拭《ぬぐ》いもせずに歩き続ける妹に、「お前さんも誰か亡《な》くしたね」と声をかけ、都電に引き上げてくれた男性がいたらしい。

「今日も、お前歩いてここまで来たのか」

　私の問いに、妹は涙を拭いながら頷《うなず》く。夜明けとともに寮を出、四時間かけてこの近くまで来たとき、国民学校に軍医学校の救護班が来ていることを聞いたという。もしやと思い、白衣の看護婦に尋ねたところに、私がのこのこと姿を見せたのだ。

　気がつくと、K中尉が赤い目をして後ろに立っていた。妹に「大変だったね、さぞつらかったろう」と声をかけたあと、私に厳しい眼を向けた。

「まだご家族は見つかっていないのだろう。妹さんと一緒に行って、探したまえ」

　私はまだ迷っていた。妹が一日がかりで探して駄目だったのだから、一家五人、もはや存命は望めまい。それよりも、今日の前に並ぶ患者の治療に精魂傾けるのが、軍医の本分なのではないか。

「中尾少尉、これは往診だ。すぐに行け」

K中尉が声を荒らげて言い、私の傍に寄り、小声でつけ加えた。「俺たち救護班にも、午後三時頃には帰還命令がでる予定だ。それまで、まだ四、五時間ある。どうか行ってくれ」

私はK中尉の前で敬礼をすると、妹と一緒に講堂を出た。

私は目ざす賛育会病院の方へ歩きながら、昨日往診した石原町の防空壕付近よりも、焼け方が激しいのを見せつけられた。まさに見渡す限りの焦土で、地平線までも見えている。

賛育会病院の付近も、どこがどうなっているのか、見分けがつかない。焦土整理のために十数人の警防団員がスコップで掘り返している場所が、病院跡だという。私が軍服を着ているせいか、妹が自宅の番地を口にすると、二人があのあたりだと言いつつ、案内してくれた。

そのうちのひとりが、中尾医院はこの辺ですと言ってくれたが、二階建の建物はおろか、庭木さえ残っていない。わずかに樹木の根元だけが焦げて形をとどめ、樹皮の色を残している部分から樹脂のようなものを噴き出している。

「あれが防空壕でしょう」

警防団のひとりが、少しこんもりと盛り上がった焦土を指さす。もうひとりが手助けを頼みに行き、五、六人で掘り起こし始めた。何ひとつ道具を持たない私と妹は、言葉を失い、焦土の下から現れてくる物を凝視するしかない。

やがて、自宅の庭に造っていた壕の入口が見え出す。そこはおそらく濡《ぬ》れた座布団《ざぶとん》で被《おお》われていたらしく、完全には焼け切っていない数枚が出て来た。

父と上の弟は、壕の外で必死の防火活動をしていたのだろう。燃え尽きた二個の頭《ず》蓋骨《がいこつ》が見えた。鉄兜《てつかぶと》をかぶったほうが上の弟に違いなく、頭蓋骨は既に灰同然になり、わずかに大腿骨《だいたいこつ》が原形をとどめている。

妹がよろけそうになるのを、私は支えた。全身から力が抜けていく。しかしまだ、壕の中をこの眼で確かめなければならないのだ。

崩れ落ちた壕の天井をとりのぞいた下も、やはり焦熱地獄だったのに違いなかった。二日間にわたって焼かれた死体は、既にところどころ白骨になっている。学生服を着た胴体は下の弟だ。

「このボタン、あたしが正月にかがってあげた」

妹が、胴体の横にかがみ込み、陶製の美校のボタンに指を触れる。下の弟は絵が好きで、昨年美校に入学したばかりだった。

母と祖母は分離できないような、一塊になっていた。その下から見つかった貯金通帳と生命保険証書には、二人から流れ出た脂《あぶら》が沁《し》みとおっていた。

警防団のひとりが、どこからか拾って来た焼けていびつなアルミの弁当箱をさし出す。あたりを見渡しても、死体を火葬できるような木片はひとかけらもない。

私と妹は、アルミの弁当箱に、拾えるだけの骨を拾い、入れようとした。しかしたいていの骨は、手で摑《つか》んだとたん灰となって砕けてしまう。拾い得た骨は少なく、とうていアルミの弁当箱を満たすまでには到《いた》らない。揺れるたびに弁当箱はカラカラと音をたてた。

焼け残った胴体や背中の一部は、野犬にあばかれないように、深く埋め戻してもらう。

警防団の団員たちに礼を言い、別れたあとも、私と妹はその場に立ち尽くした。どのくらい立ち尽くしていただろう。しゃがみ込んでさめざめと泣く妹を、私は助け起こした。

肉親を埋めた焦土の中の実家の位置をしかと記憶にとどめ、妹に声をかける。妹は黙々と歩く間も、アルミの弁当箱を胸に抱いたままだった。

国民学校の講堂に戻ると、救護班はもう撤退の準備をしていた。

K中尉は、泣き腫《は》らした妹の顔を見てすべてを理解したようだった。帰る方向が同じなら、トラックに乗って行くようにと勧めた。

講堂にはまだ未処置の患者が多数残っていたが、軍医学校からの命令には逆らえない。処置した患者数が千九百五十三名に上ることをK中尉から聞かされた。処置を受けた患者、また受けていない患者にも、私や妹同様、家族を失った人たちが多くいるに違いなかった。

トラックの中で、婦長は妹の肩をしっかり抱いてくれていた。

軍医学校の正門で、妹とは別れた。学費の納入時期がさし迫っているはずだった。これから先、その出費は私が責任を持たねばならない。死亡届や家督相続、相続税などの処理をし、母が守り抜いた貯金通帳や生命保険証書も、いずれ片付けなければならない。私にその余力は残っているだろうか。いや残っていなくても、これは生き残った長男の務めであり、へこたれるわけにはいかない。

しかしアルミの弁当箱だけは、妹からとり上げることはできなかった。

翌日、目白で小児科医院を開業している叔父と面会し、一週間後にアルミの弁当箱を引き取ってもらった。本格的な火葬と葬儀を叔父の世話ですませたのはそのあとだ。

三月下旬、軍医学校は、今後の首都空襲に備えて、神奈川県相模原《さがみはら》に移転していた臨時東京第三陸軍病院に、大半が移動した。

叔父に託していた父母と二人の弟、祖母の骨は、四月十三日、山の手方面の大空襲で叔父の医院が丸焼けになったため、跡形もなくなってしまった。

徴兵検査

私は昭和十二年慶大の医学部を卒業、すぐさま生理学教室にはいり、助手となった。そして六月末、徴兵検査を受けた。出頭すべき会場は、本籍が京橋区築地《つきじ》にあった関係上、本郷区役所になった。練馬の自宅でパンツをはいていると、母が見とがめた。

「あなた、西洋式の下着はだめです。越中《えっちゅう》か何かでないと帰されますよ」

有無を言わせぬ言い方に、私は逆らわず、母がさし出した真新しい越中を締めた。

検査会場は区役所の講堂になっていた。大勢の青年が、肩章《けんしょう》もものものしい軍人たちの指示を仰ぎ、右往左往している。いよいよ検査が始まって、私は驚いた。パンツの者はひとりもいない。全員が申し合わせたように越中か六尺ふんどしである。こんな場でパンツをはいていたら、それこそ赤恥をかく。母の意見に従ってよかったと、胸をなでおろした。

身長、体重、胸囲と順番を待って計測をすませたあと、視力、耳、鼻、胸の聴診、性器、肛門《こうもん》の検査がある。最後にびくびくしながら、徴兵官である髭《ひげ》の歩兵中佐の前に立った。

「菊田栄二、第一乙種合格」

大声で言われたので、前の連中にならって復唱し、「ありがとうございました」と言った。帰ろうとすると呼び止められた。

「待て。お前は菊田先生の御子息か」

意外な質問だったが、私は「そうであります」と答える。父は慶応義塾普通部の英語教師をしていた。

「わしは去年まで普通部で配属将校をしていた。御父上は御立派な先生じゃな。お前もしっかりせにゃあかん。ところで兵役について何か希望があるか」

「はい。短期現役軍医を志願するつもりです」

私はかしこまって答える。

「いや、お前は現役兵で入営することはまずあるまい。その必要はないじゃろう」

私は表向き残念そうな顔をしてみせたが、内心にはこれで一生兵隊に行かずにすむという安堵《あんど》があった。

帰宅すると、叔母までも来ており、二人で結果を待ち構えていた。乙一と聞いてひとまず安心した様子だった。というのも、二年前に甲種合格となった兄の例があったからだ。昨年歩兵連隊に入隊したものの、教練中に木銃《もくじゅう》で胸を突かれ、胸膜炎になって陸軍病院に入院していた。

そもそも徴兵検査の判定には、甲種、第一乙種、第二乙種、丙種、丁種がある。体格が強健と認められた名誉な甲種の若者は、翌年入営して、二年間の兵営暮らしをしなければならない。乙種はいちおう民間に残される。しかし甲種人員に不足を生じた場合は、第一乙種から繰り上げられる。従って、確実に民間に残されるのは、不名誉とされている第二乙種以下だ。

「やっぱり、あれが効いたのよ」

叔母が意味ありげに母に言い、二人で頷《うなず》きあっている。問いただすと、母が差し出した越中には〈おまじない〉が仕掛けられていた。それが何かを聞いて、私はあきれ果てた。

叔母は、友人から、「三十三の厄年の女性のアソコの毛を、気づかれずに抜き取って、検査のとき下着につけて行くと、霊験あらたかです」と言われたらしい。半信半疑な叔母に、友人はさらに「そのおまじないは、誰それさんの息子さん、誰さんの甥《おい》御《ご》さんにも効いたので、疑いありません」と太鼓判をおしたという。

叔母からこの話を聞いた母は、兄の例で懲《こ》りていたので、藁《わら》をもつかむ思いで試みることにした。しかし、厄年の女性を探すのは容易でなく、仮に探し出したとしても、気づかれずに陰毛を取るなどさらに困難を極める。母の同意を得た叔母は、銀行に勤めている夫に頼み、三十三の厄年の妻をもつ部下に謝礼を払い、現物を入手したのだ。そんな代物《しろもの》が縫い込まれた越中を締めたのは何とも気味悪く、早速に母に渡し、捨ててもらった。

甲種合格は免れて、いちおうひと息ついたものの、十日もたたない七月初め、北京《ペキン》郊外で盧溝橋《ろこうきょう》事件が起きた。日中両軍が武力衝突し、新聞は毎日のように、ここは戦火不拡大、いや断固膺懲《ようちょう》だと様々に書きたて始めた。日が経《た》つにつれ戦争は拡大していく。〈天に代わりて不義を討つ〉の歌声が巷《ちまた》に満ち出した。

かつて兵役を経験して予備役になっていた先輩知人にも、全く軍隊を知らない先輩にも、突然召集令状が舞い込むようになった。〈男子の本懐これに過ぐるものなく――〉の挨拶状《あいさつじょう》が次々に届くと、私もうかうかしておれない気持になった。

誰でも入営すると一兵卒である。しかし医師であることが知れるとすぐに見習士官にされることが分かった。軍医はすべて将校という軍規があるため、見習士官になれば将校の勤務につかせることができる。この新制度には、医師を残らず軍医として使おうとする下心も見てとれないことはない。逆に言えば、医師なるがゆえに召集される可能性も高い。

私の属する生理学教室のS助教授は、医師免許証を持っていなかった。臨床はやらず一生を基礎医学に捧《ささ》げるのだから、高い金を払って免許証下付を申請するのも阿呆《あほ》らしいと豪語していた。しかしこれだと、召集されれば二等兵から叩《たた》き上げの苛酷《かこく》な道が待っているだけだ。尻《しり》に火がつき、二十円の印紙を貼《は》って免許証下付願を出した。

しかし見習士官という宙ぶらりんの役も、シャクといえばシャクである。短期現役を志願して軍医候補生になれば、指定の歩兵連隊で軍曹の身分で二ヵ月間の実務経験後、曹長待遇の軍医見習士官になる。さらにこの見習士官を二ヵ月務めれば、大学医学部や医大卒は軍医中尉《ちゅうい》、医学専門学校卒は軍医少尉に任官する。私の場合は前者だ。任官して一年間軍医の仕事をしたあと、予備役に編入される。予備役なので再召集の恐れもあるが、当分は安泰である。

ところが八月上旬、新たな勅令が出て短期現役の制度が改変され、軍医候補生の期間も、見習士官のそれも一ヵ月に短縮された。その代わり任官後の現役期間は、一年から二年に延長された。

私は考えに考え、父にも相談した。父の意見は、「時勢だから仕方がない」だ。母も父には異は唱えない。教室での研究生活を棒にふるのは惜しいが、ついに志願し、軍医候補生として赤坂の近衛《このえ》歩兵第三連隊に入営した。

晴れて軍医中尉として任官したのは十二月下旬だ。辞令も官報に出た。年の瀬もおし迫った日、将校の軍服を着た私たち同期の新任軍医は、教官であった軍医大尉に引率され、陸軍省へ行った。しばらく待たされたのち、紙片を持った巨漢の軍医中佐が姿を見せた。

「今から、諸子の任地を教える。分かったら復唱せえ」

そう言って紙片を読み上げ始める。

「陸軍軍医中尉何某、陸軍士官学校付」

「はい、陸軍軍医中尉何某、陸軍士官学校付」

「よし、次。同じく何某、近衛歩兵第四連隊付」

そんな具合に次々と任地が決まる。馬に乗ったこともないのに騎兵連隊付になった者もあれば、飛行連隊付にされた者もいる。命じられた当人は、おっかなびっくり顔で復唱する。

成績が悪かったのか、なかなか私の順番が来ない。じりじりしていると突然、名前を呼ばれた。

「同じく菊田栄二、福山陸軍病院付」

全く予期しない地名を聞いて、私は思わず「ハア」と言ってしまった。

「福山を知らんか。山陽線の福山だ」

腑《ふ》に落ちないまま復唱したあと、何だかそんな所もあったような気がしてきた。私が卒業した本郷西片町《にしかたまち》の誠之《せいし》小学校は、この備後《びんご》福山藩の藩校の名残だったような気もする。

それにしても、縁もゆかりもない所にどうして決まったのか、理由が分からない。

しかし決まった以上、赴任しなければならない。年が明け、正月の三箇日を過ごして東京を発《た》った。大阪の叔父の家で二日間を過ごした。

大阪を朝出て、昼過ぎに福山駅に着いた。思いがけず出迎えてくれたのは、大学の三年先輩であるN軍医中尉だ。個人的なつき合いはなかったが大学病院でよく見かけた顔だった。卒業後すぐに短期現役をすませて外科の医局にいたところを召集されたらしい。郷里が福山であり、今は陸軍病院の庶務主任をしているという。

知人などいないつもりで来た私には、N中尉の存在は心強い。とはいえ、その服装がいかにも田舎臭いのにはげんなりした。若さが感じられず、今までいた近衛連隊の若い将校と比べると雲泥《うんでい》の差である。近衛連隊では、軍帽の前を高くしてナチス張りにしたり、上衣を短か目にし短袴《たんこ》ズボンの大腿部《だいたいぶ》に膨らみをもたせたりしていた。肩章も充分に彎曲《わんきょく》させて中央部を高く山型にしている。軍服の色からして、カーキ色というより、緑色がかったものがはやっていた。

N中尉は外見に頓着《とんちゃく》しない豪放磊落《らいらく》型だと分かった。後輩の私の面倒をよく見てくれ、下宿探しも一日でけりがついた。

陸軍病院は、拍子抜けするほど小さかった。それもそのはず、平素は隣の歩兵連隊の傷病兵が入院するだけだ。日中戦争が始まり、今後戦傷病患者が多く送還されるのを見越して、周囲の田畑を整地してバラック病舎を建てている。病棟は小さく、事務本館、薬局、兵舎、炊事場、ボイラー、倉庫などの管理部門の建物とも、てんでばらばらにつながっていた。

陸軍病院に来たものの、私は医学部を出たばかり、しかも半年いた教室は基礎医学だったから、臨床には疎《うと》い。階級だけが中尉なのだ。内科に、召集された臨床豊富な三十代半ばの見習士官がいたので、その腰巾着《こしぎんちゃく》のようにして教えを乞《こ》うた。何のことはない、陸軍中尉が見習士官の見習をする形になった。

暇なときは、病理検査室のストーブに当たりながら無駄話をする。

外科は庶務主任のN中尉と、やはりベテランの見習士官が担当していた。薬剤師は、召集の年配の薬剤少尉がひとりいる。その他にも午後になると、隣にある歩兵連隊付の軍医少佐と少尉、見習士官が病院にやってきて、形だけの仕事をし、雑談に加わった。

軍医中佐の院長はでっぷりした体格で貫禄《かんろく》充分に見えたが、およそ医師らしい仕事は何もしない。病室には足を運ばず、〈病院長回診〉のゴム印を病床日誌に捺《お》させるだけだ。反面、慰問演芸団との交渉や、奉仕活動に来る国防婦人会の応対には熱心だった。

この院長は札束が繰れなかった。月給日には、机の上に十円札を端から一枚一枚並べて数える。すると一枚足りない。呼ばれた主計下士官が札束をまとめてパラパラと繰る。

「確かにあるはずですが」

「そうかな」と答えた院長は、また十円札を丁寧に端から並べて数える。

「おお、あった、あった。御苦労であった」

ようやく主計下士官は放免される。

病院内での食事は、見習士官以上院長まで、一緒にとった。連隊で、連隊長以下将校全員が将校集会所に集まって、昼食をするのと同じである。

院長は新任の私に、話しかける楽しみを見出《みいだ》したようだった。

「君は何ちゅうても現役やからな、医学のことも何やが、軍隊のことも少しは知らなあかんな」

「はあ」私は神妙に応じる。

「ところで君、第一師団司令部はどこにあるか知っとるかい」

と、第二、第三、第四など順番に訊《き》かれる。

こっちとしては、師団司令部の所在位置は小中学校の地理で教わっているので、答えるのはわけない。

「ほう、割によく知っている。そら感心や。ほんなら歩兵第一連隊はどこにあるのや」

連隊に至ってはうろ覚えというか、さっぱりである。歩一と歩三が東京にあり、〈またも負けたか八連隊〉が大阪、〈それでは勲章くれんたい〉の九連隊が京都にあることくらいだ。

「そらあかん。君は何ちゅうても現役やからな」

院長はまた私に念をおして続ける。「僕ももとは医者の書生やったから、何も知らへなんだ。見習医官のときに、皆の前で教官からえろう叱《しか》られてな。口惜《くや》しいよって、その晩寝らんで一晩で皆覚えた」

「そうですか」私は感心してみせる。

「ほなら君、キシホウロクちゅう、ええことに気いついたんや。君知っとるか」

焙烙鍋《ほうろくなべ》は知っているが、キシホウロクは聞いたことがない。首を振ると、院長は大得意で説明を始めた。要約すると、第一師団の騎兵が第一連隊で、第十二師団までは師団の番号と同じだが、その次に二個連隊から成る騎兵旅団が二つある。従って、第十三師団以降は騎兵連隊の番号が、師団の番号に四を足さねばならない。砲兵は同様にして六を足すので、〈騎四砲六〉になるらしい。

別の日にはまた別の質問が飛んでくる。

「君は自分の給料、何ぼ貰《もら》えるか知っとるかい」

そんなことは前以《まえも》って調べたことはない。

「ははは、自分の給料知らんちゅうのも暢気《のんき》やな。君は中尉の二等級やから、本俸は月八十五円や。そやけどここは動員部隊やよって、二割の加俸がつく。それに居残り料や何やかんやがはいって、食費なんぞを引かれて、まず百円余りやろな。なかなかええもんやないか。わははは」

院長の言うとおり、初めて手にする給料はそのくらいあった。下宿代は二食付で月二十五円、日用品と小遣いで二十五円近く使っても、月給の半分は丸残りになった。

院長は麻雀《マージャン》好きで、私たちもよくつき合わされた。隣の連隊では、前線へ補充する兵の訓練と演習に余念がなく、休日も返上だった。そのとばっちりで師団から通達があり、病院でも、日曜日もできるだけ出勤することになった。とはいえ病院だから特に忙しいわけもない。院長は私たちのところにやって来て、「どうも退屈やな、麻雀でもやろ」と勧誘する。

給仕が牌《パイ》を取りに自宅に走らされ、院長と卓を囲む。院長は半ば禿《は》げ上がった額を光らせ、始めは快調だ。しかし連隊のY少尉が親満貫《マンガン》をやって、院長が振り込む。もう回復の見込みはない。苦り切った院長が宣言する。

「人が命がけで戦争しとるのに、役所で麻雀などはいかんな。やめよう」

これで病院での麻雀は沙汰止《さたや》みになったが、夜分、自宅へ何回か呼びつけられた。自分が勝つと機嫌が良く、ミカンなどが供される。私を玄関に送り出すときも、鼻唄《はなうた》まじりである。

「この寒いのに、よう負けに来てくれますなあ。わははは」

しかし負けたときは、「どうも今晩は気乗りせなんだ。せっかく呼んで、断るのも何やったし」と、早く帰れといわんばかりに気色《けしき》ばむ。

寒さがやわらぐにつれ、前線から戦傷病患者が続々と送還されるようになった。一汽車着くと、何十人、場合によっては百人近くも入院患者が増えた。そのため、経過が長くなった患者は、別府や湯田《ゆだ》の温泉療養所に送るか、東京の大病院へ転送しなければならない。人数が少なければ下士官以下の護送、何十人ともなると軍医将校が引率官として出張した。もちろん公費である。東京への引率は羨望《せんぼう》の的で、私も順番が回ってくるのを心待ちにしていた。

しかし東京への大人数の転送はそうざらにはなく、軍医の出番も少ない。あるとき少人数を連れてK衛生軍曹が東京出張になった。早速、私たちと雑談していた院長のところへ申告に来た。羨《うらや》ましかったのは私だけではない。申告を終えた軍曹がまわれ右をして帰りかけるのを、院長が呼びとめる。

「おい、ちょっと待て。何もそう硬くならんでもええ。東京へ行ったらやな、麻雀の点数表、買《こ》うて来てほしいやがな」

麻雀をやらないK軍曹はきょとんとしている。院長が何回か説明して、やっと呑《の》み込めたようだ。さっと気をつけの姿勢をとる。

「K軍曹は東京で麻雀の点数表を買って来るであります」

型の如《ごと》く大声で復唱したので、院長が慌《あわ》てて腰を浮かした。

「そんな大きな声で言わんでもええ。ま、あんじょう忘れんようにな」

K軍曹は四、五日して予定通り帰って来た。万事異状なく任務を果たした旨《むね》、院長に報告して医務室に戻り仕事をしていた。そこへ院長がやって来て、軍曹を廊下に呼び出した。私たちは耳をそばだてた。

「この前頼んだ点数表やな。あれどないした」

「あっ忘れました」

K軍曹がしきりに頭をかく。

「何や、せっかくあんなに頼んだのに、駄目な奴《やつ》やな」

この日一日、院長は「駄目な奴やな」を繰り返した。

三月になり、野球チームを作る話がもち上がった。I主計曹長と世間話をしているうちに、私が野球をかじっていたのを知って、曹長が俄然《がぜん》乗り気になったのだ。曹長は乙種幹部候補生出身だが、商業学校在学中は投手兼四番打者だったという。夏の全国中等学校野球大会の予選に出場し、県内では優勝した。しかし他県の代表に敗れて、甲子園の土は踏めなかったらしい。

曹長がグローブとバットを持って来て、二人でキャッチボールとバッティングを始めた。私が彼の球を打ち返すと、曹長が感心する。「中尉殿はよう打たれますな。この辺にゃ私の球を打てる者、そうおりまへんで」

私をおだてているのか、自分の自慢をしているのか分からない。

何はともあれ、野球のできそうな者を病院内で物色した。私が教えを乞うている内科のH見習士官は、野球を知らなかったが硬式テニスがうまく運動神経もあり、背が高いので一塁手にする。病院内に売店を出している店主が野球好きと分かり、誘うと捕手を買って出た。投手はもちろんI曹長で、私が三塁手だ。

患者に野球がうまいのがいると聞いて行ってみると、歩兵軍曹だった。前線で下腿《かたい》部《ぶ》貫通銃創を受けて、送還されていた。もう退院間近というのを引き延ばして入院を続行させ、遊撃手を務めてもらうことにした。その他あちこち物色して、九人を揃《そろ》えた。

一回練習したら案外うまくいき、さっそく試合をする気になり、相手を探した。郵便局にもできたてのチームがあり、さっそく合意に至る。グランドには、近くの小学校の校庭が最適で、I曹長と一緒に頼みに行った。二つ返事だったが、校長はひとつ条件をつけてきた。当日の球審は校長自身が務めたいと言うのだ。願ったり叶《かな》ったりで、これも決まった。

三月中旬の土曜日の午後、小学校の校庭に行く。練習を始めるとすぐ、郵便局チームがやって来た。揃いのユニホーム、スパイク姿である。それに比べ、こちらは軍隊の短袴《たんこ》ズボンにテニスのズック靴で、大いに見劣りがする。

しかし応援団は全く反対だった。白衣の勇士がずらっと並び、その間に白衣の看護婦たちが花を添えている。

試合開始で、敵の先攻となったのはいいが、あちこちで落球が起こる。敵は球がバットを掠《かす》りさえすれば一塁セーフとなる。慌《あわ》てたI曹長も制球を乱し、一回だけで二点献上してしまった。この調子で九回までいけば、何点取られるか分かったものではない。心細い限りだ。

ところが二回になると、曹長の剛球が唸《うな》りを生じはじめ、内外角をうまく突く。たまに当たっても三塁ゴロで、私の前に転がる。難なく拾い送球し、一塁手のミットにおさまる。

大声援のなか二回、三回、四回と互いに無得点のまま推移し、私たちの好機は五回に到来した。一、二塁に走者を置いて、三番打者の私が打席にはいる。打った球は遊越となり、二塁走者が生還、一塁走者のH見習士官が好走して三塁をおとしいれる。その間に私も二塁に達した。四番打者I曹長の打球は、私の真上を過ぎ、校舎の板塀に当たった。グランドルールでこれが二塁打となって、二者生還し、この回三点を取った。以後は両チーム無得点で、病院チームが三対二で押し切った。

陸軍病院が郵便局に勝ったという噂《うわさ》は、その日のうちに町中に広まり大評判になった。院長までが鼻高々で、私や曹長のところまで来て労をねぎらってくれた。

ところがこのことが師団司令部に伝わり、陸軍の将兵が地方人、つまり民間人と競技するのはよくないと達示《たつし》が来た。結局、一試合をしただけで、野球チームは解散した。

これが仇《あだ》になったのでもあるまいが、四月になって院長が転勤し、別の召集の軍医中佐が赴任して来た。そしてすぐ、師団の軍医部長による衛生査閲が行われた。軍医部長といっても、師団そのものが留守師団なので、現役のバリバリではなく召集の老大佐だ。

病院の診療や勤務状態の視察が終わると、下士官に筆記試験が課される。その間に一室に将校を集めて将校教育が実施された。しかしこれは表《うわ》べだけのもので、単なる茶飲み話である。

軍医部長と新任の病院長、連隊の軍医少佐と、もうひとり軍医部長に随行して来た少佐が、ひとかたまりになって話に花を咲かせている。私たち中尉《ちゅうい》や少尉、見習士官はそこから少し距離を置いて、こちらも雑談である。

すると突然、軍医部長が「おい、菊田中尉」と呼んだ。私はびっくりして起立する。

「君は給料を何ぼ取っとるのかね」

「はっ、百円余りであります」

「ほう、そらええなあ。僕等三等軍医、今の少尉やな、それに任官したときはたった三十五円じゃったよ。物価も安かったというけれど、物にもよるがそう変わらんかったからな。家を持つのも大変じゃった」

羨ましそうな口調に、私は「そうでありましたか」と答えるしかない。

俸給は、軍医の呼称が改められた際に大幅に上げられたのかもしれない。つい二、三年前までは、軍医の大、中、少尉はそれぞれ一等、二等、三等軍医と言った。佐官になるとやはり一、二、三等がついて軍医正、時には医正と呼ばれた。その上は少将が軍医監、中将が軍医総監である。

この短いやりとりでの私の応対が評価されたのでもあるまいが、四月中旬、私は隣の連隊付になった。しかしここも暇だった。午前中に隊の診察が終わり、将校集会所で昼食がすむと、することがなくなる。私は午後は古巣の病院に行き、適当に時間を過ごした。

そしてひと月も経《た》たない五月初旬、私に新たな連隊命令が出た。

——昭和十三年度、福山連隊区徴兵副医官を命ず。よって師団司令部における徴兵諸官会議出席のため、二泊三日の予定を以て広島に出張すべし。

何のことはない。一年も経過しないうちに、徴兵検査をされた身から、検査をする側にまわったのである。

同僚たちはみんな羨ましがったが、私にはその理由が分からないまま、経理室で旅費を貰い、午後の汽車に乗った。

二等車はがら空きで、数えるくらいの乗客しかいない。後方の入口からはいると、前の方の席に軍人らしいのがひとりいる。上衣を脱いで掛けてあるため、階級は定かでない。しかし剣吊《けんつり》の皮の裏が赤いので佐官だろう。

私は敬礼したものの、一緒にいるのは窮屈なので離れた席に坐《すわ》ろうとした。するとその軍人から「こっちへ来い」と手招きされた。断るわけにはいかない。

「ほう君は軍医じゃな。四十一か、四十一は確か福山じゃったな」

向かい合わせに坐った私の襟章《えりしょう》を見て、相手が言う。私は名刺をさし出した。

「こりゃいかんな。これはいかん」

名刺をジロジロ見て言う。何がよくないのか私は解《げ》せない。

「この歩兵第四十一連隊補充隊付の補充隊がいかんのじゃ。補充隊と書くと、本隊が動員して、今おらんことが明瞭《めいりょう》じゃ。本当の命課はそうでも、ただ歩兵第何連隊付と書くように防諜《ぼうちょう》上決まっとるんじゃよ」

なるほど言われることには一理ある。四十一の本隊は、ちょうど師団長板垣征四郎《いたがきせいしろう》中将の指揮下で、徐州攻囲戦を展開中だ。

目の前の軍人は歩兵少佐で、「まあええ、一杯やれ」と言い、私に立て続けに酒を注いでくれる。

「ところで君は何じゃね。どこへ行くんじゃね」

「徴兵検査の副医官として会議に出席します」

「そりゃ君、御苦労じゃ。副医官なら、例の関節運動ちゅうのを君がやるんじゃろ。君はまだ若いからええが、年寄りになるとえらいもんじゃて。いちいちやって見せとると、その晩は便所に行ってもしゃがめなくなるぞ」

そう言えば、昨年も検査でそんな動きをさせられたような気がする。四肢の支障や関節の動き方を診るために案出された運動方法だが、順序がかなり複雑である。見本を示すため百回も二百回もやってみせるのでは、大変な労働になるだろう。

「少佐殿はどちらへ行かれるのですか」

私は話題を変えた。

「それがじゃ、わしは松本の連隊のもんじゃがな。本隊は山西省にいるんじゃが、大隊長がひとり戦死してな。その補充要員じゃ」

ピストルや双眼鏡が網棚に置いてあるのもそのためなのだ。

「この齢《とし》になって、気候も何も知れんとこへ急に行かされるんじゃから、軍人ちゅうのもええ商売じゃないのう。もっとも、そのために今まで飯が食えたんじゃといえば、それまでじゃがな」

少佐は頭髪もだいぶ薄く、額の皺《しわ》も深い。しかし酒好きなのには私も弱った。二合瓶がたちまち空になる。

「この辺はえらい田舎じゃな。酒を売っとる駅もないのう」

恨めしげに車外を見、しきりに時刻表を繰った。

翌日の会議で、私は検査する側の構成と担当を初めて知った。通常、連隊区司令官である陸軍大佐を筆頭とし、県庁もしくは市派遣の文官が一名、軍医少佐の正医官、軍医中尉か少尉の副医官、それに補助員として兵科下士官、衛生下士官、文官がつく。総勢八名か九名である。

副医官が受け持つのは眼科、耳鼻咽喉《いんこう》科、関節運動であり、正医官は内科、レントゲン検査、陰部、肛門《こうもん》の検査を担当する。連隊区司令官は、正医官が合否（丙種以上合格、丁は不合格）判定した壮丁《そうてい》名簿により、兵種を決定し、壮丁に言い渡す。

いよいよ検査に出発する前に、向こう三ヵ月間の出張旅費として、七百四十三円を貰《もら》った。私が生まれて初めて手にした大金であり、言われるままに郵便局に行って貯金した。以後はこの貯金通帳を持ち歩き、小出しにして使えばいいのだ。

こうやって私は翌日から福山連隊区、つまり広島県の東半分を、検査をしながら巡回することになった。

検査の対象は、徴兵適齢者いわゆる壮丁と呼ばれる、満二十歳に達した日本男子全員である。例外は高等専門学校や大学に在学中の者で、こちらは徴兵延期の手続きをして卒業後に受検する。去年受検した私がその例だ。

対象者には連隊区司令部から通達があり、定められた日にその地区の検査場に集合する。場所は雨天体操場が適しているので、たいてい小学校が当てられる。

まず早朝に、教室で筆記試験がある。これは軍の要望というよりも国の施策らしく、一般国民の間における教育や知識の普及程度を調べるのが主眼だった。

午前八時に私たち検査官の一行が到着すると、全員が整列し、皇居遥拝《ようはい》、君が代斉唱が始まる。そして徴兵官である連隊区司令官が〈徴兵告諭《こくゆ》〉を朗読後、一場の訓示をする。ついで民間側の徴兵官である県庁の兵事課長が一席を弁じたあと、私たち実務者が検査上の注意事項を話す。

この式次第がすんで、壮丁はひとりずつ下着ひとつの丸裸になり、順番に検査に並ぶ。このときパンツはやはり例外で、越中か六尺ふんどしである。

最初に歩兵曹長が、身長、胸囲、体重、座高を計測する。眼や耳、手足が不自由な者と身長が百五十センチに満たない者は丁種不合格で、トラホームと性病の検診を受けただけで退場、放免となる。

その他の者は、衛生曹長が裸眼視力を測定する。これが案外難物である。丸印のどこが欠けているのか言わせるのだが、「横」や「斜め横」の返事が困る。

「横では分からん。右か左か、はっきり言え」

衛生曹長の一喝に、そうでなくても緊張している壮丁たちは、恐怖でかちからになる。こっちから見て右なのか、丸印の側に立っての右なのか、よけいに判断がつかなくなってしまう。

頭髪に規則はなかったが、たいていは丸刈りにしてきていた。稀《まれ》に長髪の者が来ると、歩兵曹長がバリカンを出し、前頭部から頭頂にかけて一直線に刈って、身長計を当てる。無言の意地悪である。

視力測定がすむと、いよいよ私の前に来る。耳鼻咽喉科と眼科、そして例の関節運動の検査が私の仕事だ。

驚いたことに、福山はトラホームの多い地方だった。漁村地帯では、大半が罹患《りかん》していた。また裸眼視力の弱いものは、眼鏡で矯正視力が充分にあるかどうかを判定しなければならない。

手元には、青表紙と称される二つの小冊子『視器検査法』と『耳器検査法』があった。文章が軍隊的文語調でいかめしいが、普通の医学書よりは要領よくまとめられている。作成者は森林太郎《りんたろう》、つまり森鷗外《おうがい》である。

これをあらかじめ熟読暗記しておけばよかったが、不勉強なままで現場に来ているからうまくいかない。こっちは慌《あわ》てており、相手は上がっている。加えて早朝からの緊張で疲労が出ているので、今しがた見えた表が見えなくなったりする。

そんなときは、しつらえた暗室に連れ込んで、スキャンスコピーや眼底検査をする。それでも原因がつかめない者が毎日一、二名はある。

聴力検査でも、何回繰り返しても同じ結果が出てこない場合がある。視力も含めて怪しいときはしつこく繰り返し、最後には兵事課長を呼び、それとなく観察してもらう。さり気なく名前を呼びかけたり、目がみえているかを注意させる。徴兵忌避の目的で見えない、聴こえないと言い張っているのかを見破るのと、要注意人物として挙げておくためである。

検査旅行の初めの頃は、これで手こずり、夜遅くまでかかった。しかし一週間、二週間とこなしているうちに要領が分かり、午後三時頃には百二、三十名の検査を終えられるようになった。

案の定、二等車の中で老少佐に指摘された関節運動は楽ではなかった。相手が容易に順序を覚えてくれないのだ。上がっているせいもあるが、生来鈍重な者もいる。馴《な》れてくると、私は動かず、前の者の運動をよく見てそのとおり行うように命じた。できない者は、覚えるまでそばに立たせて置いた。すると立たせていた者が黄色いヘドを吐いて卒倒した。驚いたが、一時的な脳貧血だった。

私の検査がすんだ者は、徴兵医官のところへ行く。衝立《ついたて》の内側で一般内科聴打診をされたあと、ふんどしをはずして肛門と性器の検査を受ける。この正医官の診察も楽ではなさそうだった。聴打診で、青年層に蔓延《まんえん》している結核を見つけるのは困難が伴う。怪しいときは、血沈もしていた。

そうやって総合判定がなされ、甲種、第一乙種、第二乙種、丙種が決められる。名誉あるものとして喧伝《けんでん》されている兵役も、地域社会にとっては大きな犠牲である。従って、各市町村ごとにほぼ同等な率でとらねばならない。だから、その日の受検者中、甲種合格は大体何名にするか予定をたて、地域差が出ないようにする。加えて海軍兵や騎兵、砲兵などは、色盲であってはいけない等の面倒な規則がある。

これまでも地域に平均してとっていると、それこそ複雑極まる。もちろん細かい兵科の区別は後でするものだが、身体検査的な資料はこの時点で出ていなければならない。この事務のために、元下士官であった連隊区司令部の軍属が同行していた。徴兵医官と軍属は、検査終了後も打合せをしたり、論議を尽くしたりしていた。

淋毒《りんどく》性尿道炎と名簿に記入されると、もういけない。検査班には歩兵曹長と衛生曹長、軍属の他に県庁判任官が二、三人いる。その中のひとりが、この壮丁を別室に呼び込んで説諭する。小学校の作法室や当直室など、畳のある部屋が好んで使われた。じっくり話ができるからである。

「お前はこんな恥ずかしい病気になって、畏《おそ》れ多くも天皇陛下の軍人になれると思うか」

まず一喝があり、どこでどう感染したかを根掘り葉掘り質問される。相手の女性の名前も白状しなければならない。必ずしもその道の女性とは限らないからだ。

このあたりで、もし憲兵が参観していれば、加わることもある。

「学校の先生にはどう申し訳するか」

「誰かに治療法を相談したか」

次第に叱責《しっせき》じみてくる。壮丁はかしこまるだけだが、そのあと調子はしんみりしたものに変わり、母親のことに言及される。

「お母さんに申し上げたか。お前を今まで育ててこられたお母さんの御苦労を思ってみたか」

こうなると、壮丁は涙を流し始め、やがてワッと泣き出す。お決まりの順序であり、最後に落としどころが待っている。

「もういい。分かったらいい。早く治すようにせえ」

これで許される。

誰が一番上手に早く泣かせられるかが、よく一座の興味の中心になった。自分は一時間足らずで泣かせたとひとりが言えば、いや俺は三十分もかからなかったともうひとりが威張る。後には記録争いの形になり、名簿が回ってきて淋病の記録があると、ひとりがニヤリとして立ち上がった。

概して、最も軍人精神が身についているように見える歩兵曹長が一番下手だった。

「どうもいかん。俺がやっては泣かんわい」

と、最後には棄権してしまった。

私たち検査官一行が数日間滞在している間に、その地の名士や有力者が集まって招宴が開かれる。町村長、助役、在郷軍人分会長、小学校校長、消防団長、町村会議長、警察署長、医師、青年団長などが顔を揃《そろ》える。

酒がはいりだすと、下世話な話題になってくる。私はそんなとき、最もどぎつい猥《わい》談《だん》を平気でやるのが、たいてい警察署長と小学校校長であるのに驚かされた。

あるときそんなひとりの校長が前の席に坐《すわ》って酒を注いでくれたので、私は半分嫌味で訊《き》いてみた。

「校長先生は、いったいどんな顔して生徒の前で勅語を読まれるのか、それが見たいものです」

「そりゃ商売ですよ。軍医さんの検査と同じです」

すました顔で一蹴《いっしゅう》された。

宿舎は旅館だが、田舎だからたいていの旅館が料亭と検番《けんばん》、芸者置屋を兼業していた。これが曲者《くせもの》だ。招宴についた芸者に、過度に馴れ馴れしくしていると、先方をその気にさせてしまう。

酔って泥のように寝込んでいる夜中、襖《ふすま》の開く音と衣《きぬ》ずれの音を夢うつつのなかで聞く。いつの間にか寄り添われ、揺り起こされる。髪の香を嗅《か》がされると、もうこちらも何が何だか分からないままに、事が成り立ち、翌日は二日酔いと体力消耗でふらふらである。

徴兵検査に出る前、これは青年軍医の修業の場である、と連隊の上官である軍医少佐に言われたが、なるほどと納得させられた。

検査班の上官である徴兵医官S軍医大尉も、この道では大家のように私には見えた。

「大尉殿は、検査で毎日イロイロなものを見られて楽しみですな」

宴会の席で町会議長に訊かれても、すました顔で切り返す。

「ええ、いろんなのがありますが、やはり私のが一番ええですな」

答えてから、横にいる私を諭すように続けた。どうやら大尉はなかなかの愛妻家らしかった。

新婚まもない頃に徴兵検査の副医官にされ、旅行先でその道の女性に寝床を共にさせられたという。性病感染を恐れ、かつ新妻にすまない気持から、一晩中刺激に耐え、節度を守ったらしい。

連日我慢を重ね、ようやく一日の暇を得て家に帰ると、愛妻は生憎《あいにく》生理中だった。我慢の緒が切れて、強引な一夜を過ごし、翌朝は早く起きて、次の検査地に向かった。風呂《ふろ》にはいるとき、不覚にもふんどしにべっとり血液が付着していて、人に知られないよう隠すのに困ったという。

S軍医大尉は、私がまだ充分にものを知らないのを見破ったようだった。休日に、私を広島の自宅へ招いてくれた。かつての新妻や子供たちに私を紹介し終えると、早速に書斎に連れ込んだ。本棚からぶ厚い医学書を取り出して開いてみせる。頁《ページ》の間には二十枚近くの卑猥《ひわい》な写真がはさんであった。

前任地が関東軍憲兵隊司令部だったので、憲兵が民間人から押収《おうしゅう》したのを貰《もら》ったのだという。さすがに満州土産だけあって、日本人同士のみでなく、中国人や西洋人、黒人の各種の姿態が花盛りで刺激的だった。

夕方になって、大尉は市内の料亭に私を誘った。芸者も三人来て酒もはいり、にぎやかになった頃、女将《おかみ》を呼んで何か話をしていた大尉が、部屋から出て行った。なかなか戻って来ないのに気がつき、女将に尋ねる。

「もうお帰りになりました。旦那《だんな》はここにお泊めするようにとのことでした」

したたかに飲んで床にはいったとき、傍にはべっていたひとりが着替えをすませて、出直してきた。三人の中では一番の器量良しだったが、事が終わったあと、「あんた下手ね」と言われ、酔っていたとはいえ、私はいたく傷つけられた。

相手は商売、こっちはたいした経験がないのだから、じれったかったのは当たり前だ。これぱかりは実技あるのみであり、いくら本を読み、絵や写真で勉強してもうまくなるはずがない。

翌日S軍医大尉と顔を合わせたとき、招宴の礼を言った。夜の事には一人とも触れないままだった。

以後、奮起した私は何事も勉強と胆《きも》に銘じることにした。その日でみると、なるほど徴兵検査は青年軍医の修業の場である。検査の要領がだんだんうまくなるかたわら、下手と言われた例の事も、逐次、上達してきた。

検査旅行では、高等官である連隊区司令官と軍医二人、そして判任官の県庁の課長を含めた四人は、その他の班員とは待遇が全く違っている。地元有力者による宴会では同席するが、常日頃は決して食事を共にしない。昼に届けられる弁当の中味も、もちろん異なっていた。

庄原《しょうばら》という所で、他のお偉方三人は広島市から通勤になり、宿には私ひとりが泊まった。

夕食にはもちろん酒がつく。ひとりで飲み食いするのは味気ないので、女中をひとり給仕にはべらせた。普通、旅館の女中は高等小学校を出て見習いにはいり、人前になった頃、嫁に行くために辞める。よって、十代の後半から二十歳《はたち》前後の者が多い。

ところがこのときの女中は三十代の半ばで、私にはずいぶん年増《としま》に見えた。話をしているうちに、離婚しているか、わけあって別居しているような内情が分かってきた。

上べは奥様然としてザアマス言葉を使うものの、時々田舎言葉が混じるのがおかしくもある。

酒が進むにつれて彼女は、私が旅先では奥さんと別居で何かにつけ不便だろうと訊いてきた。私には結婚する意志がまだなかった。軍人とはいえ職業意識はない。短期現役だから、二年間の現役がすめばまた生理学教室に戻り、人生をやり直すつもりでいた。

しかし彼女にはこれが全く理解外のことらしい。無理もない。田舎の人間にとって、兵隊にはいるといえば二等兵で入営することである。そして歩兵なら一年半、他の特科兵なら二年間の兵営生活を終え、一等兵となって満期除隊する。上等兵になったり、加えて下士官適任証でも授与されれば、もう大出世だ。例外は中等学校以上を卒業した者で、幹部候補生で入隊してうまくいけば少尉になれる。しかし田舎では、この例は極めて稀《まれ》なのだ。

そのため、中尉である私のような階級の軍人に、妻がいないということが彼女には全く信じられないらしい。いろいろやりとりをしているうちに、彼女が妙なことを言い出してきた。平たく言えば誘惑である。これまで女性に言い寄ってふられた経験はあるものの、先方から求められたのは初めてだ。チップが欲しいので謎《なぞ》めいた言い方をするのだろう、だまされてはいかん、と私は自分に言いきかせる。しかし相手はどうも本気のようでもある。

いったん膳《ぜん》を下げに去ったあと、彼女は床をとりに戻って来た。やりとりしているうちにいちゃつきが本物になり、事が成り立ってしまった。お互い満足のいく首尾となり、私はひそかに自分の実技の上達を味わった。

ところが彼女が去ったあと、不思議なもの淋《さび》しさとともに、後悔が頭をもたげてきた。その道の芸者なら、後始末に悩むことはない。しかし素人《しろうと》の女中だったから、何がしかの金をやらねばなるまい。そっと握らせるのが通人なのだろう。黙って帰らせたのは、何とも無粋なやり方だった。かといって、今から女中部屋まで追いかけていくのも、よけい変である。

翌日の朝食のとき、金を用意して待ち構えていると、その日に限って別の女中が来た。この女中に頼んで金を渡してもらったのでは、昨夜のことを白状していることと同じである。これはまずい。

そのうち何とかなると思い直して、検査場に出かけて行った。

午前九時、十時が過ぎ、こちらも脂《あぶら》がのり、検査にも調子が出てきた。そのとき、入口の方に、小さいざわめきが起こった。

眼をやると、二、三十人はいる女性の一団で、全員が白い割烹着《かっぽうぎ》の上に〈国防婦人会〉と染め抜いたたすきをかけている。先頭では軍旗まがいの団旗までもかかげていた。

どこの検査場でも、一日二日はこうした意気盛んな婦人連が見学に来る。いつものことであり、たいして気にも留めなかった。

ところが、この行列の先頭に立ち、旗手として堂々と行進入場して来るのは、あろうことか昨夜の女中ではないか。私は思わず腰を浮かす。度肝をぬかれ、心ここにあらず、一連の検査もうわの空になった。

女性団が検査場をよく見渡せる所定の席についたところで、連隊区司令官が講話じみた挨拶《あいさつ》を始める。例の年増の女中は一番前に坐って、真面目《まじめ》に拝聴しており、「誠にごもっともでございます」というように何回も頷《うなず》く。

司令官の訓示がすむと、女性たちは三々五々に別れて、各検査場のそばに寄って見物する。彼女は私の前に来ても、頷きながら壮丁たちの検査を見ている。上眼づかいの私とばったり視線が合ったが、顔色も表情も変えない。平気の平左《へいざ》であり、うろたえているのはこっちだけだ。いよいよ一行が引き揚げてしまうまでの一時間、私は気が気ではなく、背中にじっとり冷汗がにじんだ。

その日の夕方、その女中がまた給仕に来た。検査場でのことは何ひとつ口にせず、金銭も欲しがらない。前日よりやや親しく口をきいただけで、床をとりに来たあとも、何も起こらなかった。私は狐《きつね》につままれたような気持で横になり、目を閉じた。

検査場には、国防婦人会だけでなく、師団長や参謀長、軍医部長、参謀将校などが、検査状況視察の名目でやって来る。しかし何の楽しみもない田舎には来ない。何か面白いものがある所へ来る。

瀬戸内海の某島に行ったとき、師団の高級参謀である中佐参謀がわざわざやって来た。

この島は九州と阪神地方の中間にあり、往復する船が潮待ちのため一晩碇泊《ていはく》することが多い。大方の船乗りは上陸して女性を買うが、女の方が小舟で漕《こ》ぎ出して来て、縄梯子《なわばしご》を昇って船室で泊まるのもある。陸で待っている前者を陸軍と言い、後者のほうを海軍と称する。どうやら陸軍のほうが格が一枚上らしい。

船が碇《いかり》を下ろして夕陽が沈みかける頃、櫓《やぐら》にあがる赤旗を合図に、女たちは一斉に小舟を漕ぎ出す。馴染《なじ》みになると、翌朝女が男の汚れた下着類を陸へ持ち帰る。きれいに洗濯しておいたのを次の機会に届ける情緒こまやかさが濃厚で、海軍のほうが格は下でも味があるのだ。

中佐参謀がわざわざこんな小島にやってきたのも、十中八九、下心があるからで、例の小舟の夜景を見て満悦顔だった。その後の招宴の席では泥臭い女性たちに囲まれ、頬もゆるみ放しだ。夜には何事かあったはずだが、私のほうには予期に反して何事も起こらず仕舞いだった。

三次《みよし》に出かけたときには、期せずして鵜飼《うかい》を見ることができた。川は日本海に流れ入る江《ごう》の川で、三次あたりでも相当の川幅がある。暗くなった川上の方から、大きな炬火《きよか》を点じた十艘《そう》以上の舟が、町の橋の下付近まで下って来た。縦横に鵜を操って鮎《あゆ》を獲《と》る。それを二十艘近い小舟に乗った見物客が眺めるのだ。周囲を見渡すと、橋の上も堤防の上も見物人で一杯だった。漁を終えた鵜飼舟は、炬火を小さくして暗闇《くらやみ》の中に去って行く。

長く行を共にしている連隊区司令官Y歩兵大佐は、予備役編入を控えていた。これまでずっと各学校の配属将校をやり、ようやく大佐になったのだという。もともと連隊区司令部は在郷軍人と接触が多い職場で、在任中に適宜就職先を捜すのに好都合なのだ。

予備役編入は要するに馘《くび》であり、歓呼の声に送られて出征する民間人が多い昨今、あまり恰好《かっこう》がよいものではない。今後の生活の不安もある。

検査を終えて、私はY大佐と一緒に電車に乗り、福山駅に帰って来た。この電車に接続して出発する本線の列車に、師団長が乗っているということだった。師団長のほうも留守師団の長だから、予備役の召集将官である。とはいえ、同じ予備役でも、師団長だから人事権を持っている。

Y老大佐は師団長に会い、勤続可能性の可否を訊《き》いておきたいのだろう。電車が福山駅のホームに着くや、大佐は飛び降りて、ぶらつく軍刀を手でおさえながら走った。陸橋の階段を駆け上がる必死の後ろ姿が見えた。

私たちの電車のほうがやや遅れて到着したようで、本線の列車はほどなく出発して行った。

私がゆっくり歩いて改札口を出ると、大佐が後から追いついて来た。苦しげな息をしている。

「とうとう閣下とは話ができなかった」

私が訊かないのに、老大佐は息を整え整えぽつりと言った。

三ヵ月の検査旅行がすみ、大佐は予定どおり予備役、つまり馘になった。そして淋しく東京に帰って行った。

私も連隊付に戻り、その一週間後、出征部隊の方に転属になって、外地に向かった。

徴兵検査の旅行中、生活は出張旅費でまかなうから、月給日など忘れてしまう。時折福山の下宿に帰ると、連隊本部から早く月給を取りに来いという電話がかかってくるくらいだった。

私は丸残りの月給で、電蓄《でんちく》とレコードを買った。シューベルトの〈未完成〉、ストラビンスキーの〈春の祭典〉、ベートーベンの〈第八〉、モーツァルトの〈小夜曲〉などだ。〈未完成〉はブルーノ・ワルターの指揮だが、福山の店にはなく、大阪の方から取り寄せてくれた。

福山地区のような田舎の若者にとって、徴兵検査はひとつの区切りだった。大半の青年は高等小学校を卒業すると、阪神方面に働きに出る。徴兵検査、つまり兵隊検査で故郷に帰り、お互い再会し、飲み食いし夜更《よふ》けまで騒ぐのが常だ。兵隊検査を済ませて、嫁取りする者もある。

私にとっても、この徴兵検査が青春の終わりだった。このあと規定の二年ではなく、何年にもわたる軍医生活が待っていた。

偽薬

昭和十八年に満州医大を卒業した私は、その年に召集を受けた。三ヵ月の軍人教育と軍陣医学教育を終えて、秋に結婚した。

結婚と同時に、奉天《ほうてん》（瀋陽《しんよう》）の北東七十五キロにある鉄嶺《てつれい》の三等陸軍病院に軍医中尉《ちゅうい》として赴任した。本院の病床数は四百、私は内科の診療主任だった。分院もひとつあり、そこにも三百名の患者がいた。

肺結核の軽症患者が多く、病院で体力を回復すると、前線の原隊に復帰していく。年齢は二十代から四十代までが大半で、病気が治ってくると健康人と大差がなくなる。

病院では禁酒禁煙が言いわたされていた。肺結核の患者が多いので当然の措置だった。しかし夜の点呼が終わると、病棟は三等旅館さながらに変貌《へんぼう》した。カーテンの裾《すそ》に隠してあった煙草《たばこ》が吸われ、どこからか仕入れてきた酒がまわし飲みされる。ときには酔った患者同士が喧嘩《けんか》を始める。宿直についた夜などは、その監視と監督で忙殺された。

軍医中尉とはいえ、二十四歳の私はこうした患者の仲裁には貫禄《かんろく》不足であり、かつ向こうは酔っていて、一喝も効き目がない。頭を痛めた。

ある宿直の夜、何人かの病床日誌をめくっていて、患者の職業欄に眼がとまった。職業欄は病床日誌の一頁《ページ》目にあり、そこに「元松竹俳優」と書いてあったのだ。

実を言うと私自身、満州医大の学生の頃、奉天にあった小劇団に所属していた。もっとも私の担当は主として背景の絵描きであり、出演者不足の折に端役《はやく》に狩り出されるくらいだった。

これは調べてみる価値がある。私は俄然《がぜん》その気になり、次から次に病床日誌を取り出して患者の職業を点検した。するといるいる、ドサ廻りの役者だけでも五名いた。加えて画家、大工、電気工もいる。特に目を見張ったのは、東宝の助監督までいることだ。

本院にこれだけの人材がいるのだから、分院にも揃《そろ》っているはずだ。分院の患者には召集兵で年配者が多い。私は余暇を利用して分院に行き、病床日誌をめくった。予想は適中し、本院に劣らない人材がいることが判明した。

昭和十九年のこの頃、奉天や新京（長春）などの大きな町の部隊には、本土から本職の慰問団が来ていたが、人口一万人に過ぎない鉄嶺は素通りされていた。

それなら素人《しろうと》劇団をつくればいいのだ。私は早速病院長室に行き、この案を具申した。病院長は思案顔になった。

「貴君らが患者管理に手を焼いていることは聞いている。結構な案ではあるが、芝居をするといっても、いろいろ材料がいるだろう。それはどうするんだ」

「そのことについては自分に考えがあります。大丈夫です。病院に経済的な負担はかけません。それならば、よろしいでしょうか」私は自信たっぷりに答えた。

「貴君がそう言うのなら、やり給《たま》え。基本的には私も賛成だ」

病院長の許可を得た私は、さっそくその日の午後、元気な入院患者を病院ホールに集めた。

素人芝居の案を告げると、全員から「ほーっ」という声が漏れた。

「これに参加したい者は手をあげろ」

私が言うと、何と三、四十人の患者が手をあげた。私は嬉《うれ》しさを抑えて真顔で続ける。

「それでは、明日から準備にとりかかる。午前の回診が終わったら、参加できる者はこのホールに集まれ」

翌日、予想に違《たが》わず四十人近くが集まった。私は元の職業に応じて任務を七班に分け、それぞれに班長をつくった。

芝居の基本は何といっても脚本である。〈国定忠治《くにさだちゅうじ》〉や〈一本刀土俵入《いっぽんがたなどひょういり》〉など、みんなが知っている筋書きでもよかったが、全くの新作もまんざらでない。私は脚本班になるべく新作をと勧めた。

新作といっても、全くの白紙からでは筋も思いつかない。参考にする物語があるとやりやすい。幸いこれには不自由しなかった。入院している患者には、本土から慰問袋が送られて来ており、その中に『講談倶楽部《クラブ》』や『キング』が入っていた。それらの古雑誌は、各病室に山と積まれていたのだ。

芝居には背景も欠かせない。背景画を描いていた私は、紙が大量にいることは分かっていた。しかし病院には、そんな紙の余裕などない。頭を痛めたが、舞台班のひとりがこともなげに言った。

「軍医殿、簡単です。新しい紙などいりません。古新聞はたくさんあります。それを五、六枚ずつ糊《のり》で貼《は》り合わせます。つなぎ合わせたやつに絵具を塗れば、字なんか消えます。少なくとも遠くからは見えません」

なるほど、若僧の私と違って、年輩者には知恵がある。

ある日病室に行くと、ひとりの患者が頭の上に薄い油紙を置き、その上に、糊をつけて軟らかくした新聞紙を貼っている。

「一体何をしているんだ」私は訳が分からずに訊《き》いた。

「鬘《かつら》を作っております。型取りです」

「しかし、鬘の毛はどうする？」

「中尉殿、心配ありません。慰問袋にはいっている紐《ひも》をほぐして、墨で染めれば何とかなります」

その返事にほとほと感心しながら診療室に戻った。内心これは行けるぞという気がした。

入院患者の中で比較的元気な者は、院外散歩の許可が出ていた。病院の近くの龍首《りゆうしゆ》山《ざん》や駅のそばの公園まで歩き、体力を回復させるのが目的だ。

散歩に出かける前の患者に、私は指示を出した。

「芝居の準備中だが、何しろ物が足りない。お前たち、散歩するとき、下を向いて歩いてくれ。芝居に使えそうな物が落ちていたら、何でも拾って来い。板切れでも針金でもいい。手ぶらで帰って来るな、いいな」

命令どおり患者たちは種々の物を拾って帰り、ホールは雑多な品物で一杯になった。

病院はにわかに活気づいた。病室を訪れても、芝居のことで話はもちきりだった。うつ伏せになって脚本を清書している患者がいる。熱発《ねつぱつ》中の患者までが、髪の毛にする紐をほぐしている。

ホールに行くと、各班に分かれて各種の作業が進行中で、全員が顔を輝かせ談笑しながら手を動かしている。これまでには見られなかった光景であり、手を焼いていた飲酒や、患者同士のいざこざもいつの間にかなくなっていた。

脚本のほうは新作ではなく、時代物の旧作になっているようだったが、私に演目は明かしてくれない。ある日、衣裳《いしょう》班の班長が私のところに相談に来た。

「軍医殿、困ったことがあります。聞いていただけますか」

「何だ」

「時代劇用の衣裳がどうしても作れないのです。道中合羽《どうちゅうがっぱ》や手甲脚絆《てっこうきゃはん》、長《なが》どすなど、どこかにないものでしょうか」

「道中合羽、長どす、か」

私は考え込んでしまう。長どすには軍刀を使えないこともないが、これは軍刀をないがしろにするものだと、病院上層部から叱責《しっせき》される可能性が高い。道中合羽も、新聞紙で作れないこともなかろうが、迫真性に欠ける。

私ははたと思いつき、おもむろにその患者に言い放った。

「時代劇の衣裳と長どすの件は、俺が何とか見つくろう。心配しないで、芝居のほうに打ち込んでくれ」

喜んだ衣裳班の班長を送り出したあと、私はよく飲みに行っていた店の女将《おかみ》に電話をかけた。

小さい鉄嶺の町にも、数軒料理旅館があり、そこには芸者衆もいた。彼女たちなら、踊りの衣裳を持っているはずだった。

「今は自粛自粛で、踊りなどできはしませんが、衣裳はもちろんとってあります」

予想どおりの女将の返答だった。

当直明けの日、私はその女将の店を訪れた。もちろん手ぶらではない。

実のところ、病院の将校には月に九本の清酒と甘味品が配給されていた。将校の中には全く下戸《げこ》な人もいる。私はどちらかと言えば甘味よりも辛味を好み、清酒と甘味品を交換してもらっていた。従って私の官舎の押入れには、清酒の瓶が比較的ふんだんにあった。

私はそのうちの三本を妻に括《くく》らせ、女将への手土産にした。

「まあ、これは本物の月桂冠《げっけいかん》ではありませんか」

女将は酒瓶を見るなり顔をほころばせた。

時節柄、酒といえば合成酒が主で、本物の清酒は軍にしかないのだ。

交渉は寸時に成立した。一時間後、私は荷物を背負って病院に帰った。軍医中尉が大きな風呂敷《ふろしき》包みを肩にしているのだから、看護婦からは冷やかされたが、こちらには使命感がある。恥ずかしくもなく、体裁など構っていられない。

果たして包みの中には、着物の他に道中笠と雨合羽、手甲脚絆に長どすと、何でも取り揃えてあった。私に呼ばれた衣裳班の班長はこれを見て大喜びし、目に涙を浮かべた。私までも胸が熱くなった。
五、六日して、夜、私が宿直室にいると、演劇進行係の下士官がやって来た。
「中尉殿、公演もいよいよ三日後に迫りました。今夜、通しの練習公演をやってみます。つきましては是非見に来て下さい」

こう言われると行かない手はない。

「よし、すぐ行く」私は即答した。

ホールにはいると、「敬礼」の声と共に、一斉の拍手が起こった。私は思わず敬礼を返し、一番前に用意された椅子《いす》に坐《すわ》った。

すぐに場内の電気が消された。ひと呼吸ふた呼吸するうちに、目の前の幕がするすると上がる。ライトに照らされた舞台があらわになる。

私は思わず唸《うな》った。

舞台の背景画といい、樹木や茶屋、縁台など何から何まで揃っている。私は本物の劇場にいるのではないかと錯覚した。

そして登場した老婆《ろうば》の鬘も、実物と寸分違わない。そこへ、長どすを一本差しにした道中合羽に手甲脚絆のやくざ者がやってくる。これまた鬘は実によく出来ている。

芝居そのものも、なかなかのもので、特に女形を演じる役者のうまさには感心させられた。生き別れの息子を前にしての、母親の科白《せりふ》も真に迫っている。素人《しろうと》劇とは思えない。

やくざ者に身を落とした息子が、自分の母親は、瞼《まぶた》を閉じればいつでも見られる、とうそぶく名場面では、胸がしめつけられた。

四十分ほどで幕が下りると、私は起立して思いきり手を叩《たた》いた。嘘偽《うそいつわ》りのない感激だった。玄人《くろうと》劇でもここまでの感動は与えられないかもしれない。

進行係の下士官から感想を訊かれた私は、「百点満点、言うことなし」と、正直な評価を口にした。

三日後の第一回公演の日、ホールは白衣の患者、看護婦、それに病院勤務の衛生兵や傷病兵たちで満員になった。もちろん最前列の席には病院長や副院長、病棟主任の軍医たちが坐った。

電燈《でんとう》が消され、万雷の拍手と共に幕が上がる。

目の前に広がる見事な舞台装置に、隣にいた年配の副院長が思わず息をのむのが、私にも分かった。

芝居が始まるや場内は静まり返った。咳払《せきばら》いさえも聞こえない。誰もが身じろぎひとつせずに、舞台に視線を釘《くぎ》づけにしていた。

公演は大成功だった。幕が下りると病院長までが立ち上がり、手を叩いた。隣の副院長は私に向かって、「よかった、よかった」と連発する。私は劇の名場面のところで、副院長が、そっと指を眼鏡の下にもっていったのを知っていた。やはり私が感動したのと同じ場面だった。

翌日、病室に回診に行くと、公演の話で持ちきりだった。「ぜひとも、第二回公演をお願いします」と口々に懇願された。

酒の隠れ飲みや患者同士の喧嘩《けんか》はぱたりと鳴りを潜め、当直の夜の病棟も静かになった。

「あの芝居、一回きりで終わるのは惜しいな」

病院長までが、廊下ですれ違うとき私を呼びとめて言った。

余りに要望が多いので、二週間後、第二回公演も同じホールで実施した。前回見られなかった患者や職員の他、二度目の連中までもが押しかけたので、ホールの後ろや両端には立ち見が出た。

評判は病院の外にも伝わり、鉄嶺に駐屯していた歩兵部隊からも、病院長に対して観劇の申し込みが届いた。

「これは断れないだろう」私を呼びつけた病院長が言った。

こうなると完全に病院長のお墨付きとなり、劇団員たちの稽古《けいこ》にも熱がはいった。

〈一本刀土俵入〉の新演目も出来上がり、私は前回同様、練習公演に招待された。相撲取りになる夢破れて、茂兵衛《もへえ》はやくざ稼業《かぎょう》に身を落としてしまう。その流れ者が、探しあてたお蔦《つた》の前で土俵入をしてみせる場面では、はからずも落涙してしまった。それほど迫真の演技であり、堂々たる舞台装置だった。

歩兵部隊に対しては、殺到した観劇希望者を一回の上演ではさばききれず、連続三日公演を行った。〈一本刀土俵入〉も、〈瞼の母〉に劣らず好評を博した。

連続公演のあと、病院の近くに駐屯している六九三部隊から、思わぬ申し出があった。これまた私は病院長室に呼ばれた。手渡されたのは、部隊長から病院長に宛《あ》てられた公式文書だ。

——吾《わ》が部隊は任務の関係上、紙類、板、絵具、針金等、多種の物品を所有しており、上演に必要な物品があれば、いつでも連絡されたし。

読み終えた私は、劇団員たちの喜ぶ姿が眼に浮かぶ。六九三部隊は、関東軍全体の修理・修繕を受け持っている部隊で、私たちにとっては願ってもない協力者だった。十九年秋から二十年初夏にかけて、患者素人劇団は都合八回の公演を張った。六九三部隊の協力のおかげで、舞台は上演する毎《ごと》に本格化していった。

その一方で、内地の暗いニュースも病院には伝わって来ていた。本土の都市がひとつひとつ米軍爆撃機の大空襲にあい、廃墟《はいきょ》と化しているという知らせに、誰もが祖国の行く末に漠然とした不安をもった。

とはいえ、鉄嶺の町の上には敵機は一度たりとも姿を見せず、爆弾も落ちてこない。戦争はどこか遠い所で行われている、そんな他人事《ひとごと》のような暢気《のんき》さも混在していた。

この安穏さが一変したのは八月九日だった。ソ連の参戦が伝えられ、それからは連日、ラジオがソ連戦車部隊の南進を報じた。

戦車部隊は鉄嶺の町にもいずれは進撃して来るだろう。しかし私たちはどうすることもできない。半ば諦《あきら》めに似た気持で一日一日を過ごすだけだった。

八月十三日、関東軍司令部から私たちの病院に緊急命令が下った。

――鉄嶺陸軍病院は全患者を旅順に移送し、その後直ちに野戦病院編成を行い、安東省寛甸《かんてん》県城に向け出発すべし。

百名前後の後送なら、何度も経験し、手慣れてはいた。しかし、全患者八百名の後送、加えて野戦病院編成となると全く寝耳に水だ。

この日から病院長の指揮下、準備が始まった。各部署はごった返し、病院全体が本格的な戦争準備に突入していく。

ごった返しは病院内だけではない。官舎に住まう家族にも当然波及した。

私の妻は七ヵ月の身重で、どんなに隠しても隠しきれない身体《からだ》になっていた。病院の将校の家族は、私たち病院職員が寛甸に向けて出発する前に、鴨緑江《おうりよつこう》岸の安東《あんとう》（丹東）へ後送することが決まっていた。そのための荷造りで私も妻も忙殺された。もちろん持って行ける荷物は限られている。問題は、持参物の選択だった。

八月十五日の朝早くから、内科、外科の診療室はてんやわんやの大忙しになっていた。診断室では、衛生兵たちが何百という病床日誌に次々と転送のゴム印を捺《お》している。そのパタンパタンというせわしない物音は、部屋の外にまで響いていた。

患者は午後一時、鉄嶺駅仕立ての臨時列車で、旅順に向けて出発することになっていた。私は各病室を回り、後送のための準備の点検をし、患者に今後の療養上の注意を与えた。

十一時近くなると、配膳《はいぜん》の用意で院内はますます騒々しくなった。私は妻の身仕度が気になり、暇をみて病院に隣接した官舎まで走った。

玄関には、はちきれんばかりに詰め込まれた背嚢《はいのう》と、両手に下げられるようにした大きな風呂敷包みが二個置いてある。私は上がるなり、その包みを両手に持ってみた。よろけそうになるくらい重い。背嚢も同じだ。

「おい、こんなに何を入れているんだい」

私は部屋にいる妻に訊く。

「背嚢の中はわたしのもの。風呂敷包みには赤ちゃんの衣類とおしめ。それだけはどうしても要るの。向こうに着いてから生まれたときに、何もなしでは困ります」

簞笥《たんす》を開け閉めしている妻は、まだ何か持って行く物を探しているようだ。

「お前、これだけの荷物を、下げて歩いてみたのか。俺が連れてはいけないんだ。背嚢を背負い、これだけの荷物を持って、一体どれくらい歩けると思っている？」

私はいたわりを通り越して腹立ちまぎれで問いかける。

「大丈夫」妻の返事はそっけない。

「いいか。家族部隊に付き添う男はたった二人だ。他人に頼めないから、全部自分で運ばなければならない。おしめぐらい、向こうに着いてから何とかなるさ。赤ん坊の着物も二、三枚にしといたらどうだい」

私は言いつのったが、妻は聞き入れる様子はなく、逆に顔を強張《こわば》らせた。

「わたしが持って行くのですから、わたしの勝手にさせてください。あなたは来て下さらないのでしょう。今は夏でも、赤ちゃんが生まれるのは十二月です。真冬に赤ちゃんの着物がなくて、病気になっていいのですか。交換するおしめがなくて、一日中濡《ぬ》れたままにさせていいのですか」

妻は涙ぐんだ目で私を見上げた。

私は返事もできず口をつぐむ。七ヵ月の身重で、これだけの荷物を持って移動する妻の姿を想像して、暗澹《あんたん》たる気持になった。

こうしている私でさえも、いつ命を落とすか分からない。私の死後、第二の生命が満州のどこかで誕生し、厳寒のなかで、乳呑《ちの》み子を抱えた妻は右往左往する。生まれ出る子のために、何としても肌着を持っていくと言い張る妻の心情も、当然だった。

私は黙ったまま官舎を出た。

病院に戻ると、朝から何回も繰り返している院内拡声器が、また同じことを言っていた。正午から〈重大放送〉があるというのだ。

内科の診断室にはいると、患者後送の準備はすべて完了していた。机上には、紐でくくられた病床日誌がうずたかく積み上げられている。

衛生兵や看護婦たちは、不眠不休に近い三日間の激務で、みんな放心したようにぐったりしていた。

「中尉殿《ちゅういどの》、重大放送って、何でしょうか」衛生兵のひとりに訊《き》かれた。

「さあ、俺にもさっぱり見当がつかんな」

私は答える。時計を見ると十二時少し前だった。

十一時五十九分、院内放送で〈海征《ゆ》かば〉のレコード音楽が流れてきた。煙草《たばこ》をくわえていた衛生兵たちは慌《あわ》ててそれを消す。私たちは全員起立し、黙禱《もくとう》する。

正午を告げる時報が、余韻を残して響きわたった。院内は静まり返り、私は身体が不気味な緊張で硬直するのを覚えた。

突然〈君が代〉が流れ出す。その旋律が終わると、甲高い調子の声で、文を朗読しているような誰かの声が聞こえてきた。途切れ途切れに届く言葉の間に、ジャージャーという雑音がはいり、私には何を言っているのか、聞きとれない。

しばらくするとアナウンサーの声にかわった。

——ただ今、陛下のお言葉にもありましたとおり、日本帝国はポツダム宣言を受諾し、連合国に対し無条件降伏のやむなきに至りました。

沈痛な声に、私の硬直した身体はいっぺんに弛《ゆる》んだ。

負けた。負けたのだ。

何か熱いものが頭から足先まで突き通る。足が小刻みに震えてくる。張りつめていたひとつの信念が、音をたてて私のなかで崩れていく。

負けたのだ。

昭和十八年頃から、戦局が日本に不利に進展しつつあることは、病院でもひしひしと感じられた。しかし、降伏などということは想像だにしていなかった。

ついに日本も、イタリア、ドイツに次いで敗れ去ったのだ。

敗戦国民として生き残った私たちの未来に、いかなる運命が待っているのか。どんな苦難と侮辱が私たちに加えられるのだろうか。

涙がにじみ、粒になる。周囲で看護婦たちのすすり泣く声が上がった。私の目にも涙が溢《あふ》れ、静かに頬を流れ下った。

「畜生、畜生」

衛生兵たちがこぶしで目をこすっている。

私はいたたまれなくなり、診断室を出て、自室に戻った。長椅子《ながいす》の上に身体を投げ出す。身体が石のように重かった。

つけられたままの院内ラジオが、阿南《あなみ》陸軍大臣の自刃《じじん》を報じていた。

この玉音放送で、全患者を旅順に後送する件も、将校家族を安東付近に移動させる件も、急遽《きゅうきょ》中止になった。

そして夕刻、関東軍全軍に対して戦闘停止命令が出された。同時に約一週間後には全軍の武装解除が行われる旨《むね》の達示があった。

官舎に戻ると、妻も放心状態であり、背嚢も二つの風呂敷包みもまだ玄関に置かれたままだった。私は、身重の妻をひとりで出発させないですんだことに、ひとまず胸をなでおろした。

「これからどうなるのでしょうね」

妻が不安気に訊いてきたが、私にも分かるはずがない。

翌朝は雨で、私はいつものように病院に出勤した。内科診断室の窓から病院の表門が見える。雨は音もなく降っていた。門の脇《わき》に白旗が掲げられ、雨に濡れて、しおれた花のように垂れ下がっている。

病院内は、昨日までの喧騒《けんそう》とはうって変わり、静まり返っていた。誰もが夢遊病者のようなうつろな目をしている。各々《おのおの》の部屋で横になり、時折流れてくるラジオのニュースだけに耳をかたむけていた。

「これから先どうなるんでしょうね」

顔を合わせるたび、どちらからともなくそんな言葉が交わされる。捕虜としてソ連に連れて行かれるのか、それともしばらくして日本に帰されるのか。誰にも予測がつかない。しかし考えれば考えるほど、最悪の事態が予想される。私はもう先のことは考えないことにした。

昼過ぎに、病院長から呼ばれた。

「鉄嶺駅に、北満からの避難民の列車が着いている。その中に病人がたくさん出ていると、さっき駅の方から連絡があった。君、ちょっと行ってみてくれないか」

病院長命令には逆らえない。私は鞄《かばん》に救急の薬品を詰めて町に出た。

駅に続くどの通りも、中国人で溢れている。こんなに中国人がいたのかと、私は内心驚いた。三々五々たむろして、ひそひそと何か話し合っている。軍医中尉の軍服を着て軍刀を下げている私に、中国人たちは容赦ない視線を送る。視線には明らかに反抗と侮蔑《ぶべつ》の色がこめられていた。

駅には、貨物列車で編成した避難列車が到着していた。各車輌《しゃりょう》には、はみ出るほどの老若男女《ろうにゃくなんにょ》が詰め込まれていた。どの顔も、汗と埃《ほこり》と煤《すす》で汚れきっている。

赤十字の印のついた鞄を下げて近づくと、救いを求めるような眼が一斉にこちらに向けられた。どこから来たのかを訊くと、牡丹江《ぼたんこう》という答えが返ってきた。牡丹江市といえば、鉄嶺よりさらに五百キロほど北上してハルピンに至り、そこからまた三百キロほど東に行かなくてはならない。

「朝の仕度をしているときに、全市の日本人に緊急避難命令が出たのです」

中年の女性が私に訴えた。「一時間後に列車は出発する。一刻も早く駅に集まってくださいと言うので、布団《ふとん》は敷きっ放し、朝の御飯のガスもつけっ放し、着のみ着のままで駅まで走りました」

見ると彼女には手荷物らしい物もなく、衣服も普段着だ。

「そりゃもう、何と言っていいか分からないくらい、恐ろしい光景でした。駅まで走って来て、町の方を振り返ると、町のあちこちから火の手が上がっているんです。空が暗くなるくらいで、ただただ恐ろしくて――」

一緒にいた老婆も言い添えた。老婆の連れ合いらしい六十過ぎの男性は、しっかりと革トランクをかかえている。その老人も言う。

「いよいよ列車に乗り込む段になると、我先にと改札口に押しかけて大混乱です。なかには、手を引いていた子供が手から離れて見失い、大声で探しまわっていた母親もいました。わしのトランクも、もう少しでどこかに飛ばされてしまいそうでした」

私は駅長室の横の部屋に案内され、そこで病人を診た。

血圧が上がって動悸《どうき》や頭痛を訴える者、持病の喘息《ぜんそく》を悪化させた者、転んで手足に擦過傷を負った者などであり、重病者はいなかった。傷の手当をし、投薬をしてひととおりの治療を終えた。

お礼かたがた挨拶《あいさつ》に来た中年の引率責任者が、言いにくそうに私に相談をもちかけた。聞くと、牡丹江から鉄嶺に着くまでに、恐怖と心配から列車内で十三人がお産をしたという。

「大部分が早産のようでしたが、幸い死産はありませんでした」

ほっとした顔を見せた彼の依頼は、その十三人の赤子に産湯《うぶゆ》をつかわせてくれないかということだった。

私は残念ながら、自分の手で赤ん坊を取り上げたことはない。大学のときに三回ばかり出産の見学をしただけだ。辞退したが、懇願された。

「列車には医師も産婆も乗っていません。何とかお願いします」

そこまで頼まれると後へは退《ひ》けない気がした。第一、出産ではなく産湯なのだ。やりそこなう心配もない。私は引き受けた。

さっそく盥《たらい》が用意され、貨車の中からぼろに包まれた赤ん坊が次々と運ばれて来た。

私は何とかなるだろうと肚《はら》をすえ、赤ん坊を受け取る。柔らかい赤い塊といったほうがいいくらいの小ささだ。それを我ながら不器用な手つきでつかみ、恐る恐る湯の中につけた。

突然、オギャーと泣き出す。びっくりしたのは私のほうで、危うく手を放しそうになる。

それでもようやくひとり目を終え、お湯を替えてもらう。五人目くらいになると、いくらか要領も覚えてきた。しかし腋《わき》の下を、本当の汗か冷汗か分からないものがタラタラと流れ落ちる。

十三人の産湯を終えたときには、難しい手術につき合わされたときのように、全身くたくたになった。

病院に帰り、病院長に治療のことは報告したが、産湯については黙っていた。

その後も毎日のように雨が降り続いた。

日が経《た》つにつれて、病院の中もどんどん様変わりしていった。下士官や兵は階級章をちぎり取り、上官に会っても敬礼する者はほとんどいなくなった。院内は千数百人の男女が、ひとつの囲いの中で集団生活をしているだけという様相を呈していた。素人《しろうと》芝居を始める前の喧騒ぶりが再来した。

それまで病院の御法度《ごはっと》とされていた衛生下士官や衛生兵たちと、日赤救護班の看護婦たちとの恋愛沙汰《ざた》も公然化された。

その組み合わせの噂《うわさ》を耳にするたび、私たち軍医は、へえーと驚かされる。軍医はその手のことについては、完全に蚊帳《かや》の外に置かれていたのだ。

院内の点呼も、いつの間にか行われなくなった。夜になると酒を買って来て飲んでいるらしく、騒ぐ大きな声が病室から遅くまで聞こえた。

街中では、中国人の日本人に対する空気が、次第に険悪になっていった。もはや日本人のひとり歩きは危険になった。昼間、日本人の女性が十数人の中国人に取り囲まれ、路上で強姦《ごうかん》されたというニュースも伝わってきた。

病院の東側にある龍首山の麓《ふもと》で、日本軍に協力した満州国政府の中国人たちが二十数人、青竜刀で首を切られ、死骸《しがい》はまだ野ざらしになっているという噂を聞いた。

そんななか、ソ連軍の鉄嶺進駐は八月二十二日で、即日、軍も病院も武装解除を受けると知らされた。その前日、二十一日になって、将校だけが院長室に集められた。日頃は何かと威勢のいい病院長だったが、このところ人が変わったように元気がなくなっている。

「いよいよ明日は武装解除ですが、その後のことは何も分かっていません。一切は、ソ連軍の指示に従うまでです」

ここまで言って病院長は言葉を詰まらせた。「ソ連軍がこの病院に乗り込んで来た場合、どんな事態が生じるか、全く予測できません。武器を取り上げられたうえで、軍人として耐えがたい侮辱を受ける場合も、なきにしもあらずです」

病院長は蒼白《あおじろ》い顔のまま続ける。

「そこで庶務課長とも相談して、本日、全員に青酸カリを配ることにしました。君らから看護婦や衛生兵たちにその旨、よろしくお話し願います」

言い終えると、深い溜息《ためいき》をついた。

私は呆気《あっけ》にとられた。予期しない事態が起きたからといって、自分から死ぬことはなかろう。戦争は終わったのだ、と思った。しかし私の隣にいた軍医大尉は、納得したように頷《うなず》いている。

病院長が顔を上げて続けた。

「ついては今夜、病院の倉庫にあるだけの酒を出して、最後の宴会をしたいと思います。準備ができましたら、またお知らせ致します。どうか御参集願います」

丁重なもの言いで告げたあと、神妙な表情でみんなを見渡した。

患者千名、将校、下士官、兵が二百名、それに多数の家族を統《す》べる者として、病院長はその責務をひしひしと感じているのに違いない。その重圧は分かるが、私は青酸カリと宴会以外にとるべき措置があるような気がした。

夕方から、将校と下士官と兵の三組に分かれて、最後の宴会が開かれた。五十がらみの召集の庶務課長が、病院長と副院長のあとに挨拶に立ち、乾杯の音頭《おんど》をとった。

「キリストは最後の晩餐《ばんさん》のあと磔《はりつけ》になりましたが、我々は一体どうなるんですかな」と笑いながら言い、「乾杯」と右手を持ち上げる。

誰も笑う者がなく、しずしずとコップ酒を口にもっていく。まるで通夜《つや》の席だ。私は沈んだ気分を奮い立たせるように、コップ酒をたて続けに二杯あおった。どうにでもなれという気持になり、さらに一杯をがぶ飲みする。

兵舎の方からは、兵たちが賑《にぎ》やかに手を叩《たた》き、歌を歌っている声が聞こえてくる。病院長でも将校でもない彼らは、この戦争終結を手放しで喜んでいるのだ。

外はまだ音もなく雨が降り続いていた。

「戦闘があって大砲をぶっ放すと、空気中の塵《ちり》が異常をきたして、雨が降るんだそうですな」

いつの間にか脇《わき》に来ていた庶務課長がしたり顔に言った。「戦場でも、戦闘のあとにはよく雨が降るそうですよ」

庶務課長の赤い顔を見ながら、私は相槌《あいづち》をうつ気にはならず、黙って酒だけをついでやった。

雨はしかし夜の間にやみ、翌朝はどんよりした曇り空になっていた。

午前八時、私たちは営庭に整列した。向かう先は、武装解除を受ける鉄嶺練兵場だ。

整列し終えた頃、再び雨がぽつりぽつり落ち出した。

「また雨だ。嫌になるね。びしょ濡《ぬ》れで武装解除か」

列の中にいる兵が呟《つぶや》き、空を仰いだ。

病院の玄関の方に眼をやると、看護婦たちが私たちを見送っている。どの顔も今にも泣き出しそうだ。病院の窓という窓にも、白衣を着た入院患者たちが心配気な表情で鈴なりになっている。

私たちが武装解除を受け、どこかに連れて行かれれば、病院に残るのは患者と看護婦だけになる。彼らの心配も、もっともだった。

どうなるのか、果たして病院に戻って来られるのか、私も分からず、黙って彼らを見返す。朝、官舎を出た際に見た妻の不安気な顔も思い出された。「大丈夫だよ、必ず帰って来る」と、妻には言い置いていた。

白旗を掲げた病院の表門を通り、小雨のなかを練兵場に向けて出発した。通い慣れた門を通り過ぎるとき、私はひょっとしてこれが最後になるのではないかという予感にかられた。不吉な予感は、振り払おうとしても、なかなか頭から去らない。

練兵場まで続く畑道の両側には、中国人の群衆が立ち並んでいた。数千人はいるだろう。大声で何かを口々にわめき、私たちを見ている。こぶしを振り上げて、叫んでいる若い男もいた。

今は私たちも武器を身につけている。しかし練兵場に着いて武器を渡してしまえば、丸腰になる。そのとき、この群衆はいかなる行動に出るのか。

私は腰の軍刀を握りしめて、群衆をにらみつけた。とはいえ、自分たちがもう張り子の虎《とら》になっていることは充分分かっていた。

林の中を通り過ぎて練兵場に着くと、鉄嶺の町に駐屯している約四千人の日本兵が既に整列していた。素人芝居をしたとき、さまざまな道具や材料を提供してくれた六九三部隊や、歩兵部隊、それに今年になって急に編成された砲をひとつも持たぬ砲兵部隊などだ。私たち陸軍病院の将兵も一番端にくっつくようにして整列する。

雨は上がっているが、低いどんよりとした雲が私たちの上に覆《おお》いかぶさっていた。

誰も口をきかず、号令をかける隊長もいない。小一時間たって、奉天から鉄嶺に通じる国道を、大型トラック数台とジープ一台が走ってくるのが見えた。

「来た、来た、来たぞ」

後ろの方で兵隊たちの声があがった。

トラックとジープは、私たちの列の百メートル前方で停止する。五、六十人のソ連兵がトラックから飛び下りると、横一列に並び、自動小銃をこちらに向けて構えた。

ジープから降りて来たのは、四十がらみの背の高い将校らしい男と、中国服を着た若い女性だ。将校は整列した日本兵の正面まで歩くと、マイクを通じて何か言った。

「私が貴地部隊の武装解除に来た責任者である」

横にいる中国服の女性が流暢《りゅうちょう》な日本語で通訳する。

そのあと将校は各部隊に対して、それぞれ細かい指示を出した。女性がそれを通訳する。

各部隊の整列している前に、所持している小銃や帯剣《たいけん》がうずたかく積み上げられていく。

しばらくすると、通訳の女性が一段と透き通るような声で言った。

「将校の軍刀は、出さなくてよろしい。軍刀はそのまま持っていてもよいと許可が出ました」

一瞬、部隊の中から短いどよめきが上がる。軍人の魂とも言うべき軍刀を、手放さずにすんだ安堵《あんど》感《かん》を私も感じた。同時に、ソ連軍の寛大な処置に感謝した。

そのときだ。後方で、ウォーッという喚声が上がった。振り返って見ると、先刻道端に立って私たちに罵声《ばせい》をあびせていた中国人の群衆が、堰《せき》を切った水のように練兵場になだれ込んで来ている。

ソ連軍の警備兵たちは一斉にそちらに向きを変え、口々に何か叫びながら、自動小銃を空に向けてぶっ放した。群衆の動きはそこで止まり、声を上げながら移動して、私たち日本軍の将兵を取り囲むかたちになった。

ようやく騒ぎがおさまると、ソ連軍の将校は各部隊に対して、今後の落ちつき先を指示した。

病院関係者は、そのまま帰り、現在の業務を続けるということになった。くすぶっていた漠とした不安のひとつがなくなり、私はほっとした。

しかし次の不安が待ち受けていた。私たち病院の将兵は、町に向かって歩き出した。一方、本科の各部隊は、鉄嶺の町から二キロ離れた兵舎の方に行進を開始したのである。

練兵場に入り込み成り行きを見ていた中国人の大群衆が、再びウォーッという大喚声を上げた。万歳や怒号、さまざまな声と叫びが林の中にこだまする。

突然、石が私たちの列に飛んできた。石は頭といわず肩といわず、容赦なくぶち当たる。列は乱れ、各自が頭を両手でかばうようにして駈《か》け出す。群衆も口々に何かを叫びながら追いかけて来る。誰かがつまずき、私は足をすくわれて前につんのめる。その私の上に何人かが将棋倒しに倒れた。頭上では中国人の罵声と怒号がうずまく。私の足を誰かが踏みつけ、蹴《け》った。

私は死にもの狂いで這《は》い出し、あとは病院までひた走りに走った。

鉄柵《てっさく》に囲まれた病院の中に飛び込むと、ひと息つき、後ろを確かめる。練兵場方向に曲がる道のあたりには、数百人の中国人がいて、まだ大声で怒鳴っていた。しかし院内まで襲撃して来る気配はない。

私は草の上に腰を下ろして荒い息を整えた。来るべきものが来たという感慨がした。同時に、いったん小さくなっていた不安がふくらむ。これから先どうなるのか。しかしいくら考えても分かりそうもない。私は立ち上がり、病院の玄関から中にはいった。廊下を診断室の方に歩いていると、後ろから走って来る足音がして、名前を呼ばれた。

「中尉《ちゅうい》殿、すぐ官舎の方に行って下さい。午後にも暴動が起きるかもしれません。自分も、内科病棟の元気な兵隊を二十名ほど連れて行きます」

衛生伍長《ごちょう》はそう言うなり走り去った。

私は再び病院を出て、官舎まで駈けた。国道に一番近い官舎付近では、怒鳴り声と物を叩《たた》き壊す音、板をはがすような音が響いている。身体《からだ》を寒気が突き抜ける。それを払い落とすようにして自分の官舎に行くと、もう兵隊たちが到着していた。

この数日間で私と妻が準備していた柳行李《やなぎごうり》やトランクを、兵隊たちが運び出す。軽々と肩にかついで病院の方に戻っていく。そのうちのひとりに妻を同行させた。残ったのは、私の官舎当番をしてくれていたＦ一等兵と私だ。

最後に持って行く物はないか、家の中を物色する。もう家の中に目ぼしいものはなさそうだった。

「あとはみんな、あの連中にやってしまえ」

私が言うと、Ｆ一等兵は口をとがらせた。

「あいつらに盗《と》られるくらいだったら、燃やしたほうが気が楽です」

吐き出すように答え、燃える物は全部、風呂場《ふろば》の焚口《たきぐち》に運んだ。そこで叩き壊しては焚口に投げ込む。下駄《げた》も下駄箱も盥《たらい》も紙くずも、古着も、音をたてながら燃えた。

そのうちＦ一等兵が官舎の外から私を呼ぶ声がした。外を覗《のぞ》くと、笑顔があった。

「中尉殿、ひと風呂浴びませんか。何やかや燃やしていたら、風呂がわきました。こんな時に、官舎で最後の風呂を浴びるのも乙なものです。心配ないです。自分が張り番をしています。どうぞ」

「馬鹿《ばか》。風呂にはいっているときに、あいつらが襲って来たらどうなる。俺はふりちんで逃げるはめになる」

答えながら、私もつりこまれて笑う。

「中尉殿がはいらなければ、自分がはいります。これから先、何日間も風呂にははいれないでしょうし」

「勝手にしろ」

私が最後の荷物をまとめていると、風呂場からF一等兵のうなる浪花節《なにわぶし》が聞こえて来た。この土壇場《どたんば》に何という暢気《のんき》さかと、呆《あき》れ返るどころか、おかしさがこみ上げる。

風呂から出て身づくろいをしたF一等兵と荷物を担《かつ》ぎ、病院に急ぐ。相変わらず、国道沿いの官舎の方からは、ざわめきや物を壊す音が響いてきた。

病院まで荷物は運んだものの、院内に私たち夫婦が入りこむ部屋はなかった。病院長と相談して、空室のある看護婦宿舎に、病院内に入りきれなかった四家族がとりあえずはいることになった。看護婦宿舎は病院の営門の真前にあったが、いざというときには、兵舎の兵隊の応援が頼める。私と妻は荷物と共に四畳半の一間に落ちついた。

夕方、Ｆ一等兵が顔を出した。

「中尉殿、官舎を見られましたか。全くもって驚きました。あれから間もなく、あそこにも何百人という暴徒が押しかけて、何でもかんでも手当たり次第、持ち帰りました。最後には、畳から床板、瓦《かわら》や屋根の板までです」

「お前が最後にはいった風呂桶《ふろおけ》は？」

「もちろん風呂もです」

Ｆ一等兵は初めて怯《おび》えたように顔を強張《こわば》らせた。

日暮れ前、病院の周囲が静かになってから、私は官舎の近くまで行ってみた。

何ということか。私たちが今朝まで住んでいた家々は、全く変わり果てている。火事で丸焼けになった以上の廃墟《はいきょ》だ。私は、敗戦の具体的な姿を見せつけられた気がした。

私の家の庭にあったコスモスの花が、踏みにじられ倒れそうになりながら揺れ、そこに夕日のほのかな光が降りかかっていた。

この日を境に、鉄嶺の町は日本人で溢《あふ》れかえるようになった。北満の都市から、避難民や開拓団、関東軍の将兵たちが毎日、数百人単位で辿《たど》り着いたからだ。

市内の学校や旅館、料理店は、その日本人ではちきれんばかりになった。どこに行っても、汗の臭《にお》いのする人いきれが建物内に充満している。人々の形相も変わり、誰もが目を吊《つ》り上げていた。私たちの三等陸軍病院は、こうした新参の日本人の診療をも担当しなければならなくなった。

病院の倉庫には乾燥重湯末《おもゆまつ》が大量に残っていた。病人用の食物で、お湯で溶けば重湯ができる。しかし実際にそうしてみるとカビ臭くて、とても飲める代物《しろもの》ではない。古い物だが入用なら無料で配布する旨《むね》の通知を避難民に出すと、翌日から乳児をかかえた母親たちが四、五百人、病院にやって来た。我先にと争うようにして持って帰り、倉庫に山と積まれていた重湯末はまたたく間になくなった。遅れて駆けつけた母親たちに、私たちは頭の下げどおしだった。

しばらくして、ある噂《うわさ》が鉄嶺の町に広がった。陸軍病院はソ連軍の好意により、病院の患者を連れて避難民より先に日本に引き揚げる。ついては、船の収容人員に余裕があり、山口県人を優先的に連れて帰ることになった、というものだ。噂によって、優先的に引き揚げる県の名称がいろいろ違った。

この噂の真偽を問いただしに来る日本人が日を追って増えた。

「いかなる理由で、その県人を先にするのか、理由を訊《き》きたい」と詰め寄る男性もいれば、「私たちの避難所は重症の病人をかかえて困っている。そうした病人を先に帰国させるよう取り計らってもらいたい」と嘆願する老人もいた。私たちは毎日その対応で忙殺された。

「そういうことがあるはずがありません。帰るときはみんな一緒です」

私はなだめ続けた。しかしある日、中年の男性が真剣な表情で、私に食ってかかった。「何を言っているのだ。この病院から毎日診察に来ている熊井先生が言っていることだ。嘘《うそ》のはずがない」

私は返事に窮した。病院には熊井という軍医はいない。ともかくその男性には帰ってもらい、私たちは思案した。

ひょっとすると軍医以外の者かもしれなかった。私たちは病院の上等兵に、熊井という名前の男がいるのを思い出した。

兵舎の下士官室に熊井上等兵を呼びつけ、兵舎掛の准尉《じゅんい》と一緒に詰問《きつもん》してみた。上等兵は滅相《めっそう》もありませんと、首を振るだけだ。

この上等兵ではないと確信した私と准尉は、分院の方に赴き、職員や入院患者の名簿をくってみた。すると入院患者の中に、熊井という軍医中尉がいるのを発見した。

分院の下士官たちに聞くと、案の定、毎朝彼は図嚢《ずのう》を下げて町の方に行くという。

翌朝、私と准尉は分院近くの林の中で待機した。他人を尾行するなど、私には初めてだ。探険に出かける子供のように胸がわくわくする。

伝令役の分院の兵隊が、私たちの所へ駆けつける。

「分院を出ました」

「よし」

私と准尉は林からそっと抜け出る。

うららか日和《びより》で、図嚢を下げた熊井軍医が一本道を飄々《ひょうひょう》と歩いていく。町へはいると、彼はまっすぐ国民学校へ向かった。国民学校は避難所になっていた。熊井軍医は校門をはいると、百人を超える避難民で乱雑を極めている講堂に足を踏み入れる。誰かが「先生が来たよーっ」と大声で叫んだ。

避難民たちはみんな笑顔で熊井軍医に挨拶《あいさつ》し、彼のほうも子供の頭を撫《な》でたりしている。なかなかの人気ぶりだ。

講堂の片隅でいよいよ診察が始まる。私たちは遠くから彼の診察ぶりを観察した。丁寧な診察である。その態度は、病院での私たちの診察と何ら変わりがない。

診察が終わると、おもむろに図嚢から何か薬を取り出して渡す。患者は感謝し、何度も頭を下げる。

列を成して並んでいる患者に、それが繰り返された。

「どうしましょうか」准尉が私に顔を向けた。

「ここで無理に連れて帰ることはなかろう。あんなに患者たちから感謝されているのだし、避難民にとってはなくてはならない人になっているようだ」

私は答えた。しかし念のため、診察を受けた女性に、山口県人が先に帰国するという例の件について訊いてみた。

「今日は言われなかったけれど、この前には先生の口から聞きました。実はわたし山口県人なのです」

それが返事だった。やはり噂の源は彼だったのだ。

首の根をひっつかまえてやろうと意気込んで尾行した私たちだったが、熊井軍医の診察態度や、ひたすら感謝している患者たちの顔を見た今、引き下がるしかなかった。

帰りの道すがら、私はまだ解《げ》せないでいた。医療を受けられない避難民を診察するのは分かる。しかし、どうして山口県人が先に帰国するなどという、非常識な放言をしたのだろうか。

分院に戻って、私は改めて彼のぶ厚い病床日誌を端から端まで読んだ。出身は山口県ではなく滋賀県だった。病名は肺結核である。しかし病歴の欄に、熊井軍医の奇行がいくつか書かれていた。

以前いた陸軍病院の検査室で、衛生兵がシャーレに分注した細菌検査の培地に、どういう拍子か指を突っ込んで全部を駄目にしていた。あるいは、患者を診察しても、健胃散とアスピリンしか処方せず、同僚や院長をあきれさせていた。

避難民を診察するのはいい。しかし根も葉もない噂をたてられては迷惑千万だ。

私は病院長と相談し、翌日から熊井軍医を軟禁することにした。分院の中では自由にしていいが、外に出てはいけないと言い渡した。診察行為も禁止し、彼が持っていた聴診器やその他の診察用具は分院で保管した。彼が下げていた図嚢の中には、はたして健胃散とアスピリンの他何もはいっていなかった。

私が熊井軍医に外出禁止と診察行為の停止を命じて聴診器を取り上げたとき、彼は寂しげな笑みを口元にうかべた。そしてひと言の文句も口にせず、ひょこひょこと私の部屋を出て行った。

やり切れない気持が残った。彼が一文の報酬も取らずに自ら進んでやっていた仕事を、私は取り上げてしまっていた。明日から彼は国民学校に行けなくなり、診てもらうのを楽しみにしていた避難民は、さぞかし落胆するに違いない。

丁寧な診察をしてもらい、薬を手渡される。それが健胃散かアスピリンに過ぎなくても、患者は押しいただいて服用する。薬なんかない時節なのだ。その偽薬で患者の病苦が軽減されることはあっても、いや増すことはない。

そして、山口県人が先に帰国できると彼が言ったのも、避難民の中に山口県人が多かったからかもしれない。あるいは、目の前の患者が別の県の出身者であれば、その県も加えた可能性もある。もちろん、生きる希望を与えるためだ。噂はすぐに広まり、噂は噂を呼んで、さまざまな県が、優先順位に含められたのではなかったか。

とはいえ、噂の拡大をこのまま座視するわけにはいかない。流言蜚語《りゅうげんひご》となり混乱が増すだけだ。私は自分の決定は仕方ないことだと結論づけた。

そして九月中旬、間もなくソ連軍が引き揚げ、代わりに中国共産党の八路軍《けちろ》が鉄嶺に進駐して来るという通知が病院にもたらされた。またしても、私たちは浮足立った。

そんなある日、患者による素人《しろうと》劇団の班長である下士官が、私の部屋に来た。

「今の情勢からすれば、いつ部隊も解散されるか分かりません。劇団最後の解散公演をやろうと、みんな言っています。今度は、鉄嶺に進駐しているソ連の戦車部隊の兵隊も招待したらどうでしょうか」

私も異論がない。ことにソ連軍の将兵を招くというのは名案だった。

ソ連軍が、武装解除した日本軍の将兵をソ連領に強制移動させているという噂はどこからともなく伝わって来ていた。鉄嶺にいた歩兵部隊も六九三部隊も、どこかに移動させられていた。ひとえにこの三等陸軍病院が、以前のままでとどまっていられるのは、八百名の患者がいたからだ。先月の十五日、患者をすべて後送し、野戦病院の編成をして移動を開始していれば、通常の部隊とみなされて、武装解除後に強制移動の憂《う》き目にあっていたはずだ。

加えて、新たに進駐して来る八路軍が、私たちをどう扱うかは未知数だ。ソ連兵に好印象を与えておけば、それが八路軍にも伝わり、措置が寛大になるかもしれない。招待は、病院長を通じてソ連軍の戦車部隊にもたらされた。

四日後の解散公演の日、ソ連の将兵は一台のジープとトラック二台に分乗してやって来た。五十人はいたろう。用意した最前列の席に病院長と私が案内したとき、先に着席していた観客は立ち上がり拍手で迎えた。それまで緊張した面持ちのソ連軍将兵は、ようやく表情をほころばせて席に着いた。

私は下士官らしいソ連兵の脇《わき》に陣取った。体格が私の二倍くらいはあり、椅子《いす》がいかにも窮屈そうだ。

最後の公演なので二部構成にし、間に賑《にぎ》やかな安来節《やすぎぶし》を入れていた。〈瞼《まぶた》の母〉も〈一本刀土俵入〉も、派手な場面がないので、筋書きの全く分からないソ連兵に受けるかどうか予想がつかない。しかしもともとの出し物はこの二つなので、他にやりようがない。

理解できるだろうかという心配は、例によって幕が開いたとたん吹きとばされた。オーッと喚声が上がったのはソ連の将兵の口からだった。隣のソ連兵は、いいぞと言わんばかりに私に握手を求めてくる。まだ始まったばかりなのにだ。

〈瞼の母〉も大方のところで粗筋は伝わったようだ。やくざ者の息子と生みの母親とのやりとりの場面では、彼らも固唾《かたず》をのんで見守っていた。

やんやの喝采《かっさい》となったのは、〈瞼の母〉のあとの安来節だ。舞台に上がったのは十人の踊り手で、全員が赤ふんどしであり、そのふんどしの中に、病院で使う氷嚢を入れている。動くたびに、水のはいった氷嚢がゆるいふんどしの中で揺れに揺れる。隣のソ連兵は、私の肩を叩《たた》き、あれを見ろというように、踊り手の股間《こかん》を指さした。

最後の出し物の〈一本刀土俵入〉で、心配が杞憂《きゆう》に終わったことを知った。ソ連軍招待客は、幕が下りると全員が立ち上がり手を叩く。もう一度幕が上がる。舞台には四十人くらいの役者が全員集合して、頭を下げる。安来節の踊り手は、まだ赤ふんどしで氷嚢のままだった。

手を叩きながら、目を潤《うる》ませた。隣のソ連兵が何か言いながら私に握手を求める。

その横に坐《すわ》った士官にも、手をさし出された。大成功のうちに素人劇団は最後の公演を終えた。

九月下旬、ソ連軍と交代で鉄嶺にやって来た八路軍は、私たちの病院に対してはそのまま静観の立場をとり、何の指令も出さなかった。

私の妻は予定どおり十二月、看護婦宿舎の一室で女児を出産した。しかしその直後、奉天に進駐していた国民政府軍の部隊が北方に向かって移動し始め、八路軍との小ぜり合いが起こった。内戦の勃発《ぼっぱつ》だった。

病院の将兵はいくつかに分けられ、八路軍のそれぞれの部隊の捕虜となった。私たちを抑留した部隊は〈工人教導団〉という歩兵部隊だった。そこに私と七人の衛生下士官、私の妻、そして私たちの乳呑《ちの》み子の合計十人が組み入れられた。厳寒の満州を移動する苛酷《かこく》な日々が待っていた。

脱出

昭和十九年の二月に軍医見習士官として召集された私は、まず北支《ほくし》にあった兵站《へいたん》病院部隊に編入された。下関から釜山《ふざん》に渡り、奉天、北京《ペキン》、石家荘《せっかそう》、太原《たいげん》を経て、病院のある河南省洛陽《らくよう》に到着するのに二週間を要した。

着任早速、所属する第十二軍に動員令が下り、中国における補給線を打通《だつう》するため、南下することになった。いわゆる湘桂《しょうけい》第一期作戦であり、中南支方面に点在する米空軍飛行場群の覆滅が目的だ。

所属師団は湖南省益陽《えきよう》と長沙《ちょうさ》についで、八月八日には衡陽《こうよう》を占領した。休む間もなく八月中旬より第二期湘桂作戦に参加して、桂林《けいりん》および桂林飛行場の占領を目的に南下を続けた。十一月二日にようやく桂林を占領した。半年そこそこの間に北支から中南支にかけて中国を縦断したことになり、距離にすると一万キロの大移動だった。地球一周の約四分の一を、二本の足で歩いて踏破した計算になる。

ところが桂林に着いて間もなく、私は赤痢と肺浸潤にかかり、体力を消耗して後送されることになった。

しかしこの後送が、思いもよらない長距離で、北から南に下って来たのを、またはるばる中国を北に向けて縦断する旅になってしまった。桂林から病院列車に乗り、衡陽、長沙、武昌《ぶしょう》を経て徐州に至る。その間に各地で傷病兵を乗せ、最後には十輛《りよう》編成の列車に三百名程度の患者が収容された。そしてさらに列車は北京に向かった。

三年ほど前までは、内地還送患者はこの北京の東にある秦皇島《しんのうとう》の港で、病院船に乗せられたそうだが、十九年末頃になると、敵潜水艦が東支那海に跋扈《ばっこ》しており、渡海は危険だとされた。列車はまた北上した。

病院列車の車輛には便槽《べんそう》がないものもあり、梅干樽《だる》や味噌《みそ》樽を改造した容器が隅に置かれていた。私を含めて、患者は何度も便器と寝台の間を往復した。異臭は車内にたち込め、常に窓を開けておかねばならない。しかしそうすると石炭煤《すす》がはいってきて、顔が黒くなる。痛し痒《かゆ》しの旅が続いた。

途中で飛び降り自殺をした患者も出て、死体を収容すべく、停車場でもない田園の中で、列車が一時間近く停まったこともあった。白衣で内地還送されるのを嫌っての行為だったようだ。

車内で死亡する患者も出た。そうした場合、停車場司令部のはからいで、プラットホームで葬儀がとり行われる。私たち患者は窓を開け、おごそかな式を複雑な気持で眺めやる。明日は我が身の光景がそこにあった。

列車は三週間かかって大連《だいれん》に着き、私は陸軍病院の将校病室に収容された。そこで約半年間療養し、何とか健康を取り戻した。

またもとの兵站病院に配属されるものと覚悟はしていたが、そのまま大連陸軍病院部隊に編入され、内心で安堵《あんど》した。兵站病院よりも陸軍病院のほうが数等倍病院らしい。ようやく本来の医師業務に戻れた感慨を嚙《か》みしめた。

患者として過ごした半年間、無聊《ぶりよう》の慰みとして始めた中国語の勉強は、軍医少尉《しょうい》に任官して以後も続けていたが、これがあとになって私の運命を変えることになろうとは、思いもしなかった。

満州地域の陸軍病院は、大連の他にも、ハルピン、新京、奉天、金州、旅順、興城、海城《かいじょう》、柳樹屯《りゆうじゆとん》にあった。

二十年八月十五日の終戦の詔勅《しようちよく》は、大連陸軍病院でも大きな動揺をもって迎えられた。私自身は、本院の営庭で、緊張のなかで詔勅の発語を聴いたが、患者のみならず、同僚の軍医や看護婦の間からも号泣の声が上がった。しかし彼らも、二、三日すると通常の業務に戻った。患者をかかえている陸軍病院としては日常の診療体制を維持することが最重要課題だったのだ。

元来、大連陸軍病院は、全関東軍の傷病兵の内地還送業務を行う特別な任務を持っていた。満州各地から陸続《りくぞく》と後送されてくる長期収容患者は、いったんこの病院に収容される。ここで原隊復帰と内地還送を識別し、重症者は内地までの病院船輸送に堪え得るまで、滞留治療が行われた。

しかし十九年以降に制海権を喪失してからは、病院船の安全が保障されなくなり、中支、北支、関東軍の還送患者はすべて、さらに北に位置する奉天陸軍病院に集められるようになっていた。朝鮮を経由して釜山から出港、門司《もじ》という航路が選ばれたが、二十年にはいると、この対馬《つしま》海峡ももはや危険海域となっていた。

大連陸軍病院の病舎は三つに分かれていた。大連港埠頭《ふとう》の近く大江町にある本院、東側の旧検疫所《けんえきしよ》病舎を利用した汐見《しおみ》隊、南山麓《なんざんふもと》小学校を利用した南山隊の三病舎だ。もともと本院には外科を主とする雑多な患者、汐見隊には内地還送の重症者、南山隊には原隊復帰可能の軽傷者が収容された。

これが終戦近くになった頃には、本院は外科、南山隊は通常の平病患者、汐見隊は結核患者を扱うようになっていた。この他、旅順陸軍病院の分院も市内に移駐してきており、八幡《はちまん》隊と呼ばれた。これら四つの病舎が、大連陸軍病院長の指揮下にあった。

私は本院に属し、南満州鉄道の駅周水子《しゆうすいし》にある家族診療所、関東軍経理部、関東軍補充馬廠《ほじゆうばしよう》などにも診療に赴いていた。最も苦労させられたのは、敗戦の二ヵ月前に受持ちとなった淩水屯《りようすいとん》の造船部隊の衛生管理だった。

大連から旅順に至る旅大道路を星ヶ浦から辿《たど》ると、黒石礁《こくせきしよう》を越えた次の入江が淩水屯である。日本は十九年頃から、ここをコンクリート船建造基地にしていた。全満州から労働者を集めて勤奉隊をつくり、ドック構築の土掘り作業に当たらせた。付近一帯の丘陵地には、おびただしい数の三角兵舎が建ち並び、そこに二万人を超す現地人労働者がいた。衛生環境は極めて悪く、アメーバ赤痢や回帰熱、発疹熱《はっしんねつ》、天然痘などが発生した。私の任務はその発見と隔離だった。

南山隊や汐見隊にも、時折用事があって赴いた。南山隊が大連満鉄病院の裏手にあって、比較的平穏な地区だったのに対し、寺児溝に位置する汐見隊近くの満人街は物騒な区域だった。特に十万人の苦力《クーリー》を収容する碧山荘《へきざんそう》付近では、夜になると絶え間なく銃声が聞こえる。下の方の波止場では、大型のソ連の輸送船が停泊し、船積み用の物資を動かすクレーンの音が昼夜の別なく響いていた。

終戦から一週間ほどして大連を占領したのは、蒙古《もうこ》兵の戦車部隊だった。腕時計の使用法は全く知らない反面、自動車の運転はお手のものだ。病院の自動車は、片っ端から彼らに奪われ、自家用にされた。

家々に国民党の青天白日旗《せいてんはくじつき》が上がるなかで、病院部隊の庶務課にいた准尉《じゅんい》が自決をした。捕虜となるのが分かっての決行で、手段はもちろん青酸カリである。敗戦時、部隊将校の全員とその配偶者に対して、致死量の青酸カリを入れたアンプルが配布されていたが、これが仇《あだ》になった。私ももちろん一箇所持していたものの、どさくさのなかで紛失していた。

八月下旬、大連市内のホテルや主な建物はソ連軍によって占領され、街にはソ連軍の命令で赤旗が多く見受けられるようになる。そして二十八日、車は右側通行に変わり、電車までも右側通行になった。

九月にはいると、大連日赤病院はソ連軍の病院に変わり、私たちの病院部隊にも、数日後のソ連軍による武装解除の命令が伝えられた。実際は病院部隊に武器はなく、施設や備品の引渡しを意味していた。隊内を整頓《せいとん》し、員数《いんずう》を揃《そろ》えて軍使の到着を待った。部隊の部署によっては鉛筆までも削って揃えたという。しかしやって来たのは軍使ではなく、現地人の暴徒だった。すべてが持ち去られた。私が担当していた凌水屯では、千トン級の船十六隻《せき》を艤装《ぎそう》する物資が倉庫に貯蔵されていた。これも一日で見事に何ひとつ残らず掠奪《りゃくだつ》された。

現地の中国人たちはその掠奪材で家を建て出した。誰も文句ひとつ抗議ひとつできない。

病舎自体にはソ連兵がわがもの顔で出入りして、被服倉庫を空にし、患者のかけている毛布まではぎ取って行く。この頃、看護婦は全員が髪を切り、兵服を着用し始めていた。

九月下旬、本院からの帰途、西広場で日本人の難民の列を見て、私は胸をつかれた。貧相な荷物を大人が担《かつ》ぎ、小さな子供までが風呂敷《ふろしき》包みを持たされている。大人も子供も痩《や》せ衰え、垢《あか》まみれであり、貧血であることがひと眼で分かる。

日本人や現地の中国人、ソ連の水兵が黙ってその様子を眺めている。横で雷車の吊《つり》革《かわ》を握っていた日本人男性が隣の同僚に呟《つぶや》いた言葉を、私の耳はしっかりととらえていた。

「われわれも、いまにあんなになるのでしょうな」

確かにそうに違いなかった。同僚の軍医は、難民の収容所になっていた実業学校に診療に行かされていた。子供は例外なく麻疹《ましん》後の栄養障害を呈しているらしかった。「栄養失調は薬では治らない」と、同僚は首を振った。

しかしこの有様は、大連に集結する難民だけでなく、日本の内地も同じかもしれなかった。敗戦後の内地には二百八十万人もの米兵が上陸するという噂《うわさ》を聞いたからだ。

十月になると、日本軍各兵科将兵たちは、捕虜として満州方面に移動させられていった。大連陸軍病院は現在の任務の続行を命じられていたが、残留している私たち職員に対して、食糧や給与の支給はない。もはや貯備食糧で細々と食いつないでいくしかないのに、多くの近隣病院から患者は次々と移送されて来た。

そして十一月、ソ連軍より、朝鮮経由で内地へ帰還させるという通告が届いた。もちろんこれが本当かどうか疑う向きもあった。大連には東洋一を誇る港があり、内地送還が真意なら、大連港から船で輸送するのが、最も安全かつ能率的なのだ。

しかし命令は命令である。大連駅までの移動には、ソ連軍のトラックが手配された。駅では五十輛配車されるという約束だったが、半分の数しかない。食糧と医薬品、衣料を優先的に積めるだけ積み込み、人間は荷物の上に重なり合って乗り込んだ。

列車はソ連軍警備のもとに、南満州鉄道を北上した。長時間の途中停車を繰り返し、三日目に、奉天よりはずっと手前、鞍山《あんざん》まであと三、四十キロ地点にある海城で下車を命じられた。そして駅から四、五キロ離れた第百七師団の元兵営に患者を運び入れた。営門から最も遠い三つの兵舎を大連陸軍病院が使用することになった。ここで本院が第一中隊、南山隊が第二中隊、汐見隊と八幡隊が第三中隊として編成された。

やがて旅順や金州、柳樹屯の陸軍病院、第百九十三兵站病院などもこの兵営に移駐して来て、さしもの広い兵営もいっぱいとなり、患者と職員の数を合計すると六千名の病院団地が形成された。病院としての体裁をまがりなりにも保ちながらも、ソ連軍守備隊のもと、捕虜収容所生活を続けることになった。

この移動の直前、希望者に召集解除の命令が出された。大連陸軍病院生え抜きの軍医は、ほとんどが現地での応召者である。つまり大連地区で開業していたか勤務医をしていて召集された医師であり、妻帯者が多かった。召集解除に応じて復員するのはいわば当然であり、残った軍医は、単身赴任の身であった軍医大佐のY病院長以下十三名だった。私も大いに迷った。しかしここで患者を見捨てて病院を去るのは、耐え難い。自分の病気を治してくれたのは大連陸軍病院であり、その後軍医として復帰したあとも、何かとY病院長から眼をかけてもらったことに、恩義を感じていたのだ。知人もいない大連でひとり復員したところで、先行きは不安定そのものと言えた。

しかし大連からの移動により、一層の前途不安を抱く者がいたのも当然である。軍医だけでなく、経理将校や下士官、看護婦、患者に至るまで、多くの現地復員者が出た。

兵営の衛兵所にはソ連軍の警備兵が詰め、監視のため度々巡回をして来た。営庭の片隅には帝国陸軍の小さな戦車が置き去りにされたままで、この光景が敗戦者となった日本の有様を象徴しているかのようだった。

病院団地はいつの間にか〈山の部隊〉と称されるようになった。ここは別に、海城駅近くに従来からあった海城陸軍病院は、元の位置に存置されており、そこにも患者や勤務者が千名近くいた。

移動して間もなく、Y院長がソ連軍の駐屯司令部に呼び出され、そのまま消息不明になった。ソ連軍機でシベリアのチタに連れ去られたという噂だけが残り、その後どうなったか、全く知りようがなかった。院長代理には庶務課長だった軍医少佐がなった。

本格的な冬の到来とともに、私たちの管理者はソ連軍から中国共産党八路軍に替わった。その交替は儀式など何ひとつなく、いつの間にかソ連兵がいなくなったといった印象だった。

ソ連軍の管理下では、将校は帯刀を許されていたが、中共軍は軍刀は没収し、そのうえ死亡患者の毛布や医療器械、薬品を持ち去った。

むろん管理が中共軍に移ったからといって、食糧その他の支給が始まったわけではない。一日二食、菜は塩汁に野菜の切れ端が一、二片浮いている程度になった。この栄養不足の影響をもろに受けるのは結核患者で、日々数人ずつの死亡者を出した。私たちは自給自足の道をきり開いていかねばならなかった。

治安は比較的安定していたので、外に働きに出ることが許可された。私たち軍医も数人ずつの医療班をつくって、巡回診療を行った。一般職員は、作業班を結成して農作業の手伝いに出かける。元気になった患者からは、もともとの職を生かし、時計の修理や鍋釜《なべかま》の修繕を行う者も現れた。各自、各班、収入の半分を病院に納め、食糧の購入に当てた。

二十一年の三月にはいると、海城近辺は国民党軍いわゆる国府軍と、中共軍の戦場になり、中共軍は山の部隊に対して使役兵の徴用命令を出してきた。第一次として、非衛生部員や健康を取り戻した患者二百名近くが駆り出され、すぐに第二次徴発の通告が届いた。今度は衛生隊要員として、軍医と看護婦が徴用されるという。

私はここで中国語が多少できるという理由で、否応《いやおう》なく徴用組に入れられた。四月中旬、中共軍は国民党軍の攻勢に押されて、海城を去り、田舎の方に移ることになった。私たちも中共軍と共に、海城を撤退した。

海城を去りかけていたとき、看護婦の間から自然に歌声が聴かれた。〈誰か故郷を想《おも》わざる〉の歌詞と旋律に、私は目を閉じ、聞き入った。

途中、柝木城《トウオムーチヨン》の手前で、使役に出されていた日本軍の将兵が、中共軍の監視下で道路作業をしているのに出会った。祖国が破れた構図が間違いなくそこにあった。柝木城の先にある小集落で、私たちはさらに細分化された。この時点で、海城は国民党軍の占領下にはいったと聞かされた。

私の属する班は、海城から百キロほど山の中にはいった岫岩《シウイエン》という田舎町の軍病院に編入されることになった。

岫岩は、大連、奉天、安東を頂点とする南満州のいわゆる三角地帯の中央にある盆地の中に位置している。この盆地は四方を山に囲まれ、以前から日本軍に〈匪賊《ひぞく》〉の巣窟《そうくつ》として厄介視されていた要害の地だった。

岫岩に到着してすぐ、私たちにあてがわれた所は〈文明旅館〉だった。名前だけは堂々としているが、その実は田舎の木賃宿だ。

明日から、いよいよ中共軍に入隊させられるというので、私たちは誰もが不安に包まれた深刻な顔をしていた。顔が合えば、声を低めて何かとひそひそ話になってしまう。

脱走の相談でもしているのかと案じたのだろう、宿のあるじ夫婦が代わる代わる部屋を覗《のぞ》きに来た。人の好《よ》さそうな夫婦であり、何かと気を遣い、「すぐに帰れますよ」とか「わたしたちの八路軍と一緒に行動すれば悪いことは起こりません」と、慰めや励ましの言葉をかけてくれる。しかしその合い間には深い溜息《ためいき》をつき、「アイヤ可憐《コーリエン》（かわいそうに）、アイヤ可憐」と呟いた。

はたして翌日、迎えが来て、私たちは町の中ほどにある陸軍病院に出向くことになった。病院の勤務要員として、各部署に配置されたのもその日のうちだった。

軍医と看護婦は別々に住むように決められ、私は劉《リウ》という名の中共軍の軍医将校と同室になった。ひとりの少年当番兵がつき、食事の世話から掃除、その他の雑用をやってくれる。

この病院は、いわば日本軍の兵站《へいたん》病院に相当した。前線から後送された傷病兵をしばらくの間収容し、必要な後治療を施しつつ、改めて前線に復帰させるか、さらに後方の病院に委《ゆだ》ねるかの判定をするのだ。

私は内科系の病棟をひとつ受け持たされた。毎日午前中の二、三時間、病棟に行き、衛生兵のお膳立《ぜんだ》てに従って簡単な診療をする。必要な指示を出せば、あとは衛生兵が投薬等の処置をしてくれるので、私自身、午後はたいてい暇になった。

中共軍の患者たちといっても、その様子は日本軍と大差ない。しかしもっと規律がゆるく自由で、元気な患者は病室で麻雀《マージャン》の卓を囲む。その麻雀はやたらと悠長で、一荘《イーチャン》に三時間くらいはかかる。花牌《ホアパイ》を混ぜてやるのが普通であり、金品を賭《か》けている風ではない。


「大夫《ダーフー》（軍医殿）もやりませんか」

患者たちからよく誘われたものの、私は到底その気にはなれなかった。中共軍の兵士はみな若い。大多数は二十歳《はたち》前後であり、三十歳を超す者は稀《まれ》だ。軍規そのものは非常に厳正で、上層部の指令には絶対の信頼を寄せ、嬉々《きき》として服従する。共産党指導による新生中国の未来に、露ほどの疑いももっていないように、私の眼には映った。

十日に一度、将兵全員が講堂に集まった。そこではいわゆる人民裁判のようなものが進行し、相互批判と自己批判、さらには反批判が熱っぽくやりとりされる。私たち日本人は客人扱いで、その場に行くことは強制されなかった。

私たちの外出は比較的自由で、股長《グーチャン》という上級者に申し出るだけでよかった。五月の満州は好時節であり、町には陽光が溢《あふ》れ、至る所でライラックやアカシアが花をつけている。その甘い香の漂う下を歩いていると、自分が抑留生活を強いられている現実を忘れかけた。

郊外の丘にある娘々廟《ニャンニャンミャオ》では春の祭が行われ、ドラや笛の音が高らかに鳴り響く。広場では着飾った老若男女《ろうにゃくなんにょ》が集まり、談笑したり、屋台をひやかしたりしている。その光景を眺めていると、ここが国共内戦の戦場であることなど、とても信じられなかった。

私は、町に着いた晩に世話になった文明旅館にも、時々遊びに行った。主人夫婦はいつも親切なもてなしをしてくれる。私たちが平穏に暮らしているのを知って、心から喜んでくれたが、私の気持はそれに安住できない焦燥にかられた。

私たちはここに長居はできないのだ。帰るべき故国がある。日々が安穏であればあるほど、その焦慮は胸の内で大きくなってきた。

六月にはいると、日本軍将兵の復員開始の噂が、岫岩の町にも流れて来た。

しかし復員するには、国民党が支配する地域にいなければならない。私は何とかここを抜け出して海城に戻らねばならないと、真剣に考え始めた。

片言ながら中国語のできる私は、病院部隊の幹部に、早く帰して欲しいと申し出た。

「いまに平和になったら必ず帰す。それまでは勤務に励むように」

幹部たちの返事は決まっていた。何度訴えても、彼らが本気になってとりあってくれる気配はない。それでも私はしつこく食い下がった。

ところがこの執拗《しつよう》さが仇《あだ》になった。病院上層部の眼には、私が〈工作不好《ゴンズオブーハオ》（勤務成績不良）〉の不良分子に映ったのだろう。六月下旬、人民裁判に私も出るように言い渡された。

その日の議題のひとつは、私の勤務成績と処分に関するものになっていた。百名近く集まっている講堂で、種々発言がなされた。

私自身の発言は許されず、私は、前の方の席に坐《すわ》っている同室の劉《リウ》軍医中尉《ちゅうい》と時々顔を見合わせる。

人の好い劉軍医は、日頃から中共軍の良さを私に説いてくれていた。共産党の将来を信奉しているからこそ、病院上層部は私を彼と同室にさせたのに違いなかった。しかし私は帰るべき祖国があり、そこには両親も、姉と二人の弟も待っている。長男の私がこの異国の地にとどまるわけにはいかないのだ。

私が劉軍医にそれを言うと、「今に自分たちは国民党軍を打ち破る。そうすれば、あなたも必ず日本に帰れる。私が病院長にかけあってやる」と、またしても例のお決まりの返事に行き着いた。

劉軍医の厚情は嬉《うれ》しかった。裁判でのやりとりの最後のほうで、座長の副院長は、劉軍医に発言を促した。同室者から見ての私の素行について、証言を聞きたかったのだろう。

「私が見るところ、安河内軍医《アンフーネイジュンイー》は、日々与えられた任務を立派に果たしていました。

かつて自分たちが戦った敵軍の傷病兵が患者であるのに、まるで自軍の患者を診るように、熱意をこめて治療していました」

劉軍医は訥々《とつとつ》と言ったあと、私の方を一瞥《いちべつ》し、続けた。「けれども、安河内軍医の祖国は日本であります。そこには、両親と姉妹が住んでおります。両親にとって、安河内軍医はひとり息子です。両親はどんなにか自分の安否を気づかってくれているだろう、安河内軍医は常々私に言っておりました。この望郷の念は、私にもよく理解できるものであります。以上です」

そう告げて着席したあと、しばらくの沈黙が訪れた。私がひとり息子だと言ったのは、劉軍医の機転に違いない。私は胸が熱くなった。劉軍医は同僚たちの視線を避けるようにして、顔をわずかに上に向けて前方を見つめたままだ。

しかしすぐに反論の弁が二、三人から出された。故郷を離れて戦っているのは誰も同じだという意見や、今まで日本軍がしてきた悪業の償いとしては、このくらいの働きは当然だという議論が出た。

私の人民裁判が始まって小一時間たったとき、院長はひと言私に宣告を下した。

「送安東《スンアントン》」

私はそれが何を意味するのか飲み込めず、きょとんとしていたが、劉軍医やその他

四、五人の親しくしていた看護兵たちが、気の毒さをこめた眼つきで私を見た。安東送りになることは、中共軍兵士にとって、よほどの厳罰に違いないと私は合点した。安東
私の安東行きは二日後と決められた。宿舎に戻ると、劉軍医の荷物は片づけられ、私ひとりになった。私をかばったために、彼が懲罰を受けたのではないかと心配したが、安東行きの前夜、彼ともうひとり、私の受持病院の李《リー》という看護兵が部屋を訪ねてきた。

「私にはどうすることもできず、すまない」

劉軍医は涙をためた目で言い、李看護兵も私の手を握って、しきりに慰める。

「きっとまたよいことがあります。気を落とさないように」

私にはまだ厳罰の実感と悲愴《ひそうかん》感もわかず、逆に劉軍医と李看護兵の厚情に途惑った。〈重罪人〉の宣言がなされた私の部屋にやって来て、こんなふうに同情することは、却《かえ》って二人の立場を危うくしないか、後日二人が何か不利な目にあうのではないか、そのほうが気になった。

翌日の安東送りは、四十名ほどの後送傷病兵の隊列に混ぜて行われた。私はあとに残す五名の日本人看護婦のことが何よりも心配だった。

彼女たちは門近くに並んで、涙を浮かべて私を見送ってくれた。自分の身よりもむ

しろ彼女たちのほうが不憫《ふびん》に思われ、いつかまたここに戻り、全員を連れ出さなければならないと思った。しかしまだその手立てについては、思慮の外だった。

私たちの隊列は、牛がひく二十輛《りょう》の大車《ダーチョー》の編成で成っていた。その中ほどの大車で、私の受持病棟にいた准尉《じゅんい》と一緒になった。中共軍には珍しく、三十歳を超えた将校だった。

「あなたは患者に親切で、大変良くやってくれた。それは私がよく知っている」

准尉は気の毒そうに話しかけてきた。「しかし、あまりしつこく帰国を訴え続けるので、他の日本人徴用者に悪い影響を与えると思われたのです。あなたの追放は可哀《かわい》相《そう》だが、致し方なかった」

私はこの機を逃してはならない直感がした。声を潜めて訴えた。

自分は安東に連れて行かれるらしいが、我々の本隊は、反対方向の海城にいる。安東に行っても勝手が分からず途方にくれるばかりだ。できれば海城の方に行きたいが、何とかならないだろうか。

内科患者だった准尉は、私の必死の訴えを真剣な表情で聞いていたが、最後に頷《うなず》いた。

「できない相談ではない。かけ合ってみよう」

しかしそんなに事がうまく運ぶかどうか、私はまだ半信半疑だった。

昼頃、大車の隊列は岫岩の町はずれにある兵站部隊に着いた。〈鉄梅支隊後勤処〉と書いてある建物の前で、大休止となった。

准尉は私を伴い、部隊の責任者のところに行き、かけあってくれた。話は二、三分でついた。私の願いが聞き入れられ、責任者の男は解放証明書を書いて私に渡した。

〈この日本人医師は、今日まで岫岩病院部隊で働いていたが、日本人勤務者が多過ぎるので、本人の希望により解放して自由に行動させるようにした。沿道の諸隊は万事便宜を計って欲しい〉

私が安東送りになっていることには一切触れていない。何ともありがたい証明書だ。准尉がうまく言い含めてくれたのに違いなかった。

責任者の男と准尉に、私は心の底から感謝した。

「私にはもう両親がいない。きみも国に戻ったら、両親を大切にしてくれ」

別れ際《ぎわ》に准尉はぽつりと言った。

患者輸送部隊と別れた私は、反対方向の北に向かって歩き出した。海城との距離は百キロ近くある。暑さを増した七月の日盛りは、将校カバンを腰に下げ、将校行李《こうり》を肩にかついだ身にはこたえる。

海城安東公路上には、大車で往来する輸送部隊がいた。書いてもらったばかりの証明書を見せれば、便乗できる可能性もある。しかしもし見破られれば、またもとの岫岩に送り届けられ、より一層の厳罰をくらう恐れもあった。私には万が一であっても後者の可能性のほうが懸念《けねん》された。ここは安東送りを免れただけでもよしと思うことにし、ひたすら歩き続けた。

岫岩を離れて十キロほどの所まで来ると、日が西に傾きかけてきた。木陰に腰をおろし、このまま野宿をするか、近くの村まで行き、どこかで泊めてもらうかの思案をした。

すると自転車に乗った学生風の男が、道端に自転車を停め、私の傍に腰をおろした。どういう事情でどこに行くのかと訊《き》くので、証明書を見せながら、海城まで帰るのだと答えた。

男は私の苦労をねぎらい、自分もその方面に行くので、道連れになろうと言う。願ってもない話であり、私は誘いにのった。男の先導で近くの百姓家に行き、その夜は納屋《なや》のような所に泊めてもらい、粗末ながらも食事にありつけた。彼がいなければこううまく事が運ぶはずはなく、私は自分の運の良さをありがたく感じた。

翌朝、百姓家を出るときも、男はなにがしかの金を家の主人に払ったようだった。海城に向けて出発する段になり、彼は私の将校カバンと行李を、自転車の荷台に乗せて運んでやろうと申し出た。前の日さんざん手こずった荷物であり、私は好意を受けた。

ものの二、三キロも歩いた頃、男は何かを思い出したように立ち止まった。

「しまった。昨夜泊まった家に忘れ物をした。ちょっと戻ってとってくる。ここで待っていてくれ」男が言った。

私はなるべく早く戻るように促し、道の脇《わき》の木陰に再び腰をおろした。

ところが一時間たっても男は戻って来ない。自転車で往復すれば、四十分もあれば帰って来られる距離だ。二時間待ち、三時間待ったところで、私はようやくだまされたことに気がついた。

しかしもう後の祭りだ。口惜《くや》しくて地団駄踏むより先に、自分の間抜けさ加減が情けない。腹が立つ一方で、気分は滅入《めい》り、その場にへたりこんだ。

行李の中の品々も惜しかったが、将校カバンに大事にしまっていた虎《とら》の子の解放証明書を失ってしまった。

考えた挙句、ここは再び岫岩に引き返す他ないと判断した。重い足をひきずって、暗くなりかけにようやく文明旅館に転げ込むことができた。

主人に事情を話すと、「他媽的《ターマーダ》（ちくしょう）」を連発して、自分のことのように怒ってくれた。しかし事を荒立てて、被害を公《おおやけ》に申し出ては、病院部隊に私の消息が知れる恐れがある。ここは泣き寝入りするしかない。

思い余った私は、翌朝、当たって砕けろの心情で、再度、鉄梅支隊後勤処に赴いた。責任者の男に面会を乞《こ》い、証明書の再発行を願い出た。

私の必死の訴えを聞いていた責任者は、今回も簡単に承諾してくれた。案ずるより産むが易《やす》しとはこのことか、私は土下座して礼を述べたいくらいだった。

しかし二度目の証明書は、初回のときのように入念な文面ではない。

――この日本人医師は、不要なので、海城に帰らせるものである。

いかにもそっけない内容だが、ありがたいお墨付きには違いない。私は押しいただいて引き下がった。

証明書を再び手にした以上、一刻も早く岫岩の町を離れたかった。

一か八かの度胸が、今の私にはついていた。今度こそはと思い、輸送行動中の大車を手を上げて停め、証明書を見せた。男は、乗れと言う。その大車は、あつらえ向きに、岫岩の盆地から海城に出る途中の析木城に行く便だと言う。

夕刻前に柝木城の集落に着き、そこの民家に一泊することができた。翌朝、前線の峠に向けて歩き出す。将校カバンも将校行李もない身軽さは、却って気を楽にした。

峠の登り道にさしかかったところに川があり、橋が破壊されている。仕方なく、服のまま腰まで水につかって渡った。

峠下にやっと辿《たど》り着くと、道端の小屋が前線司令所になっていた。隊長らしい男に証明書をさし出した。男はそれをじっと見ていたが、おもむろに顔を上げて言った。

「海城に行くのはやめて、しばらくここにとどまってくれないか。大夫（医師）がいてくれると助かる」

思いがけない申し出に、私は途惑った。こんな所にとどまれば、先はどうなるか分かったものではない。かといって、すげなく断ると隊長の機嫌を損ねる。何とかやんわりと切り抜ける他なく、私は、海城にいる同僚の軍医や看護婦の移動が既に始まっている、それに遅れると、朝鮮からの帰国に間に合わないと、必死で急ぐ理由を述べた。さりげない顔を装《よそお》いながらも、内心は冷汗百斗だった。

隊長の気持が変わらないうちにと思い、「謝々《シエシエ》」の挨拶《あいさつ》もそこそこに司令所を出た。急ぎ足で峠の歩哨線《ほしょうせん》を通過し、海城側の下り坂に出た。

一帯は中共軍と国民党軍が相対峙《たいじ》する最前線地区で、道にも人影がない。二キロほど下った集落が、国府軍の前線基地になっていた。将校らしい男に証明書を見せ、海城に行きたいと申し出た。

ところが将校以下の兵隊たちの態度はいかにもそっけなく、有無を言わさず庭の隅に連れて行かれた。私を物置小屋に放り込むと、外から錠前をかけてしまった。

予想もしない処置に面食らうと同時に、腹は煮えくり返る。しかしもはや文句を言っても始まらない。おそらく中共軍のスパイの容疑でもかけられたのに違いなかった。スパイでも、まさか命までは奪わないだろう。ここは肚《はら》を決め、不自由さをしのぐしかない。

一日二回、水と粗末な食事だけは出た。動き回っていれば、こんな食い物だけでは身体《からだ》がもたないと思われる質と量だが、幸い、こちらは身を横たえているだけだ。三日目の朝、呼び出され、簡単な検問を受け、特別な調べもなく放免になった。

拍子抜けするとともに、いったい何のための監禁だったのかと、また腹が立った。とはいえ抗議するわけにもいかない。ともかくこれで最後の関門は通り抜けたのだと、自分に言いきかせた。海城までの残りの距離は約三十キロだ。

私はひたすら歩き続けた。海城市内にはいったのは日の暮れ方で、原隊の病院の消息を方々たずねまわり、郊外の旧日本軍兵舎に辿り着いた。

しかしそこは、もぬけの殻だった。原隊は既に復員してしまっていたのだ。張りつめていたものがしぼみ、疲れが一度に吹き出し、私は空家となった兵舎跡にへたり込んだ。虚脱感に、腰を上げることもできず、身の不運を嘆いた。

あたりが暗くなっていく。いつまでもここにいてはどうにもならない。気をとり直して、また市内の日本人居留地に行った。かつて病院勤務の頃に一、二度遊びに行き、知り合ったT氏の家を訪ねてみた。

T氏は顔を覚えていてくれたが、食うや食わずで瘦《や》せこけていた私の哀れな姿に驚愕《きようがく》した。これまでの経緯を話すと、それがまたT氏を驚かせた。残留日本人会の世話役をしているT氏は、私にしばらく滞在するように言ってくれ、私はその好意にすがることにした。

五、六日居候《いそうろう》するうちに、私の体力は大方回復してきた。気力も戻ってくると、岫岩に残した日本人看護婦五人の身の上が心配になってきた。

このまま私ひとりが帰国しては、彼女たちに申し訳がたたない。幸い今の私には沿道の状況が分かり、中共軍の兵士の気心も察しがつくようになっている。連れ戻せる可能性は皆無ではなかろう。万が一、不成功に終わっても、私ひとりここに戻って来るのは比較的容易に違いない。

T氏にその目論見《もくろみ》を告げると、懸念はされたものの、私の決意が固いのをみて最後には同意してくれた。

八月一日の朝、二食分の弁当を腰に巻き、T氏宅を出た。海城から柝木城経由岫岩行きの公路上を、徒歩で南下し続ける。しかしこのまま進めば、また国民党軍の前線を通過しなければならない。前回のように怪しまれて納屋にたたき込まれないとも限らない。途中から右手にそれて、山中の間道を通ることにした。方角の見当をつけて登って行き、日が落ちてからも、暗がりの林の中をがむしゃらに突き進む。夜中に稜《りよう》線《せん》と思われるあたりを越え、少し下ったところで疲れを感じ、木の下に寝ころんでひと眠りした。

明け方に目が覚め、眼下を見おろすと、今いる場所は柝木城からは相当離れているものの、そのまま下って行けば岫岩公路に突き当たることが分かった。

谷川の冷水で顔を洗い、山を下ると果たして公路に出た。すると一キロも行かないうちに、中共軍の小部隊が小休止しているのに出くわした。隊長に頼み込み、岫岩の病院に戻るところだと言い、大車に便乗させてもらえないかと頼むと、あっさり受け入れられた。

夕方、岫岩に着き、そのままこの部隊の宿舎に厄介になった。中共軍は国民党軍と違って開放的かつ非官僚的で親しみやすい。どこの馬の骨ともしれない部外者の異国人の頼みを簡単に受け入れ、便宜をはかってくれるのだ。

翌日、病院に残っている看護婦に、私の書きつけた紙片を渡しに行ってくれたのも、その部隊の少年兵だった。うまく連絡がとれ、昼過ぎ、五人の看護婦と文明旅館で落ち合うことができた。

驚きっ放しの彼女たちに、私は海城の原隊が既に引揚げてしまっており、居留民だけが引揚げを待っていることを告げた。

「ここの病院をうまく脱出さえすれば、あとの沿道では何とかごまかして海城に辿り着ける。明日、私が身を寄せている部隊が、また柝木城方面に引き返す予定だ。その車に分乗させてもらえば、柝木城から先は何とかなる」

私は彼女たちの決意を促した。

「でももし逃げたと分かって、追手に捕まったら安東送りにならないでしょうか」

「わたしたちは五人ですから、どうしても目立ちます」

看護婦たちは口々に言い、尻《しり》ごみした。しかし結局は、思いきって実行することで話はまとまった。

「明日の朝、暗いうちに、身のまわりの物だけ持って、岫岩北郊の河岸にある橋のたもとに、隠れていてくれ。今いる部隊はそこを通りかかるから、頼み込んで乗せてもらう」

「大丈夫でしょうか」

「やってみるしかない」

私は勇気づけ、前に入手した解放証明書を取り出した。〈この日本人医師は、不要なので、海城に帰らせるものである〉という文面の〈医師〉を〈看護婦〉に書き変えた紙片を、彼女たちに見せた。

「これと同じ文章を今日のうちに書いて、各自持っておいてくれ。単独行動になったとき、必ず役立つ」

そう言って彼女たちを返し、文明旅館の主人夫婦には礼を言い、私は中共軍の小部隊に戻った。

翌朝、部隊の出発とともに私も大車に便乗させてもらい、約束の河岸まで辿り着いた。しかしそこには看護婦たちの姿はなかった。あるいは病院脱出が遅れているのかもしれず、私はやむなく大車をおり、部隊を見送った。

さらに一時間近く橋のたもとで待ってみたが、彼女たちは姿を現さない。日が高くなったところで、脱出が不首尾に終わったのだと思い定めた。せっかくの苦心も水の泡で、残念だがどうしようもない。私はこのまま岫岩を離れることにした。日本人がいつまでも公路上をうろついていては、早晩に眼をつけられる。足元の明るいうちに身の安全をはかることも大切だった。

迷いながら今しばらく橋のたもとで待っていると、中国服を着た民間人十人ほどの一団が二台の大車に分乗して、海城方面に向かっているのに出会った。大車の前に立ちはだかり、便乗させてくれるように頼んだ。

願いはあっさりと受け入れられ、飛び乗って中国語で話していると、相手の返事がぎこちない。ようやくこの一団すべてが日本人であることが判明した。

安東に住んでいた居留民だが、海城まで行けば引揚げられるという噂《うわさ》を聞き、家財を売り、中国人になりすまし、大車を雇ったのだという。しかし大車は析木城までの約束であり、その先は何の目当てもないらしかった。中国語はひとり二人がほんの片言話せるだけで、何ともおぼつかない。急に私が頼りにされることになった。

看護婦の救出は不首尾に終わったが、その代わりこの日本人居留民を無事に海城まで導いてやろうと私は決心した。

大車は快走し、夕方前に析木城の近くまで来た。大車を帰すと、その夜は付近の民家の片隅を借りて泊まった。

翌朝がいよいよ前線通過である。十名を超える日本人の一団が簡単に前線を通り抜けられるはずはない。私は三日前に越えた間道をとることにした。みんな私についてくる。

道々話しているうちに、一団の中のひとりは、どこでどうして紛れ込んだのか、みんなが知らない中国人であることが分かった。中年の粗末ななりをした農民風の男で、私の中国語での質問にも、おどおどして答えず要領をえない。驚き、あきれ返ったものの今さらどうしようもない。そのまま同行させるほかなかった。

山道にかかってみると、稜線までの道のりは、暗がりの中を夢中で下って来たときと違い、二、三倍にも遠く感じられた。

昼頃、山の中腹まで登ったところで、中共軍の前線司令部らしい民家にぶつかった。どうやら先夜通った道とは別の道のようだ。

素通りすれば却《かえ》って怪しまれるので、私は一同を代表して、安東から海城まで行く日本人居留民の一団だと説明した。

中共軍の隊長は好意的な笑顔をくずさないものの、どうして表通りの公路を通らないのか、不審がった。私はとっさの思いつきで、公路は橋が壊され川が渡りにくいので、裏道を通ったのだと答えた。ようやく納得してもらい、通過が許された。

何となく不吉な予感がした。全員が黙々と急ぎ足になり、稜線をめざして歩いた。

十分も登らないうちに、下の方から大声でこちらを呼びとめ、迫って来る者がある。不安にかられ、足をとめて待っていると、ひとりの兵士が馬を駆って追いついて来た。兵士はさっきの所まで戻るように言った。理由が分からないままでも、命令には従うしかない。

「きみたちの中に、中国人がひとり混じっていないか」

民家に戻ると隊長が訊《き》いた。

私は困った。混じっていると白状すれば、残りの者もあらぬ嫌疑をかけられる。否定すると、もし露顕した場合、さらに私たちの立場が悪くなる。

「知らない」

そう答えるしかなかった。

「それでは、これからひとりずつ調べる」

隊長は言い、全員を横一列に並ばせた。何とか日本語のできる兵士を呼び、日本語の試験をやらせ始めた。

私は列の一番端にいたが、例の中国人は私より端に来て並んだ。青くなって身をふるわせ、「どうする、どうする」と下手な日本語で呟《つぶや》く。今にも泣かんばかりだ。

どうすると言われても、私には分からない。すべてを成り行きに任せるしかすべはなく、私は知らぬふりを決めこんだ。

日本語の試験は、稚拙な日本語を話す兵士が、「みなさん、お元気ですか」とか、「彼は誰ですか」「夏は暑い」などと発音し、相手に復唱させるものだ。もちろん日本人には何の雑作もなく、より正確に発音できる。巧妙といえば巧妙な試験である。

ひとりずつ試験をすらすらとやりおおせ、いよいよ私の番になった。にわか試験官の兵士は、自分が知っている日本語をすべて使い切るつもりらしく、「アナタハ、ナニヲベンキョウシテイマスカ」と訊いてきた。

あやうく中国語で「中国語を勉強しています」と答えそうになったが、ぐっとこらえて、「私は——」と日本語で答えて、わざと詰まった。本来は復唱だけをすればいいところを、引き延ばし戦術に出たのだ。

首をかしげた兵士は、次の質問を繰り出す。

「アナタハ、ドコデ、ハタライテイマスカ」

「あなたは、どこ——」

今度は復唱しながら返事に詰まってみせた。いざとなればべらべらと日本語をしゃべってみせればいいので、「どこといっても、ここはどこ?」と、余分なことまでつけ加え、そらとぼける。内心では、どうにでもなれという気持だ。

ようやく試験官と私のやりとりが済み、最後の中国人の番になった。男はまっ青な顔で、私の陰に隠れるようにするので、私はわざと位置をずらした。

そのときだ。隊長が、「もうそこまででよし」と言い放った。

それまでの成り行きを見て、全員日本人に間違いないと思ったのに違いなかった。予想以上に長時間がかかったので、しびれを切らしたのだろう。中国人の男はおろおろしながら、まだ私の背後に隠れるようにしていた。

鷹揚《おうよう》な隊長に見送られて、私たちは再び民家をあとにした。また呼び戻されはしないかという恐怖で、疲れなど吹き飛んでいる。稜線をめざして一散に駆け登った。

途中、車軸を流すような夕立に見舞われたものの、誰ひとり小休止を言い出さない。全員がずぶ濡《ぬ》れのまま、ひたすら登り続けた。

やっとの思いで稜線を越え、国民党軍の支配地域に辿《たど》り着いたところで雨は上がった。ひと休みをして、濡れたシャツや服を絞った。気がつくと、いつの間にか、問題の中国人はいなくなっていた。おそらく夕立の中を無我夢中で走っている間に、姿をくらましたのだろう。

あれほど迷惑をかけながら、ひと言の挨拶《あいさつ》もせずに逃げるとは、失礼極まりない。彼としてはみんなに合わせる顔がなかったのか、それとも他に特別な事情があったのかもしれないが、何とも腹に据えかねた。

夕闇《ゆうやみ》の迫るなか、下り道を急ぐとようやく海城に至る街道に出た。早速に通りがかりの大車を停めて値段を交渉し、二台に分乗した。

大車の上に横になり、暗い夜空を見上げると、ほの白い銀河が長々と横たわっていた。

海城郊外の薄汚い安宿に着いたのは、八月五日の夜十時だ。私はこの五日間の岫岩往復行を反芻《はんすう》し、よくぞ無事に戻って来られたと、自分をいたわってやりたい気持だった。

翌日、海城市内にはいり、安東からの日本人と別れた。いたく感謝されたが、感謝したいのはむしろ私のほうだった。ひとりで山越えしていれば、また別な難儀がこの身にふりかかっていた可能性もある。

私はひとりでT氏宅に戻り、事の次第を報告した。T氏は無事を喜び、労をねぎらってくれた。T氏宅に一週間ほどやっかいになり、氏のはからいで便を得、奉天の難民収容所に移った。

八月下旬、この難民収容所で、私は岫岩に残して来た看護婦五人と出会った。あの夜、彼女たちのそわそわした動きから、部隊は何かを察知したとみえ、夜から翌朝にかけ、宿舎付近の警戒が厳しくなったという。

その後、病院部隊は北の方に移動し、その途中で、彼女たちへの監視がゆるんだ隙《すき》を見て、宿舎を抜け出した。八月の中旬だ。奉天に辿り着けば何とかなると判断し、道すがら検問に合うたび、私の助言でこしらえた〈証明書〉が大いに役立ったらしかった。彼女たちは涙ながらに私に感謝してくれた。あのとき海城に留まらず、岫岩に戻る決心をしたのは正しかったのだ。

この収容所で、私は運悪く回帰熱にかかり、足踏みさせられた。彼女たちの帰国を見送ったあと、半月後にようやく回復した。引揚げの順番を待ち、無蓋《むがい》貨車に乗せられた。

丸二日間、見渡す限り地平線という広大な満州の景色を見納めながら、錦州を経て葫蘆島《ころとう》に着いた。九月中旬、簡単な身体、所持品検査を受け、全身にＤＤＴの白い粉をふりかけられてＬＳＴ引揚船に乗り込んだ。

途中雨風にさらされて生きた心地もしなかったが、九州に近づくと天候も晴れ、島々の緑が目に沁《し》みた。

佐世保に上陸したのは昭和二十一年九月二十三日、私は二年半ぶりに祖国の地を踏んだ。

軍馬

私と馬の本格的なつきあいは、昭和四年、愛知医科大学（名古屋帝国大学医学部の前身）一年のときに始まる。この年、私は、陸軍衛生部依託学生に採用された。

「軍医になる」これが私の幼い頃からの夢だった。父がそうであったせいかもしれない。父はその後開業し、私が中学五年の正月、患家で感染した腸チフスで、あっけなく死んだ。母と私があとに残された。

幼い頃の軍医への憧《あこが》れは、小学二年のとき、既に作文に書いていた。その前の幼稚園時代も、好きな女の子を看護婦に仕立て、自分は軍医として戦争ごっこもした。大きな人形を、銃弾で傷ついた兵隊に見立てて、二人で介抱するのである。

その子は、広い庭のある洋館に住んでいて、私の目には童話の国のお姫様のように映った。そのお姫様が、軍医の私の命令に従ってかいがいしく動く。私の胸は恋心と使命感で満たされた。

母がひとり息子を軍人として戦場に送るのを望んだはずがない。しかし私は敢《あ》えて反発し、この宿願達成のため、学生時代はひたすら身体《からだ》の鍛練に邁進《まいしん》した。

大学の同級生に四名の依託学生がいたが、そのうちOとKと私が馬術部にはいった。早速に輜重《しちょう》隊の馬を借りて、先輩の指導を受け始めた。

実を言えば、乗馬そのものはこれが初めてではなかった。中学の頃、父と共に乗馬クラブで馬に乗り、「坊ちゃんは筋がよろしいです」と誉《ほ》められ、内心鼻高々になったものだ。

ところがそれは乗馬クラブのおとなしい馬の話で、軍馬となるとそうやすやすと思うようにはならない。馬が走れば、兵隊用の硬い軍鞍《ぐんくら》に尻《しり》が突き上げられ、鞍の上で身体が毬《まり》のように弾む。常日頃、大言壮語が癖《へき》のOは、私の前を走っていた。そのうちOの尻が、鞍との間から向こうが見えるくらいも浮き上がったと思ったら、落馬して柵《さく》の外に転がり出た。

私が乗る馬のほうは、遊んでいた馬と並んで草を食べ出した。拍車で蹴飛《けと》ばしても、文字どおり馬耳東風だ。同様に相撲部にはいっていたKは、尻を跳ね上げられて鞍から前に飛び出し、馬の首へかじりついた。体重八十キロ近いKを重く感じている様子もなく、馬は頭を下げてやはり草を食べ始める。Kは逆さまになってしばらく首に抱きついていたが、最後には力尽き、ぽとりと馬の前に落ちた。

全くもって、馬は人を見る。三人とも初日からすっかりなめられてしまった。

その日は、両膝《ひざ》の内側がすりむけて、ズボン下に血がにじんだ。風呂《ふろ》にはいったときの痛みはひどく、湯から飛び出したいほどだった。

それでも我慢を重ねて練習を続け、やがて冬休みにはいった。今度は豊橋の騎兵旅団で訓練を受けるため、合宿することになった。

私たち一行十一名の助教は、連隊一と言われる猛軍曹で、軍人らしく気合いに満ちた下士官だった。訓練は兵隊なみの厳しさで、血こそ出なかったが、両膝から尻にかけてまんべんなく赤くなった。その身体を湯舟に沈めるときの痛さはまた格別だ。特に皮のむけた睾丸《こうがん》のあたりが沁《し》みる。

Kがやせ我慢のために大声を張り上げる。

〽西郷隆盛、初めて東《あずま》に下る時、岩に腰掛け、蟹《かに》に金玉挟まれて、アイタタのこん畜生が何さらす、でも心地が良いワイナ。

残りの連中もおのおの睾丸をじっと握って、蛮声に唱和した。

合宿所は豊橋の色街の真中にあって、付近の置屋からは艶《なま》めかしい三味線の音が流れて来る。芸者衆にも路地で行き合ったりするが、学生服の私たちの姿は完全に無視だ。それでも湯上がりの艶姿《あですがた》を見たときなど、馬の尻ばかり見ていた目には、思いもかけない保養をもたらした。

〽キリギリスは、野暮な虫だよ、羽で鳴くなんて。わたしは、あなたの胸で泣くヨ。

湯舟でいつも蛮声を出すKの馬術は、お世辞にも上手とは言えなかった。演習場の高師《たかし》ヶ原《はら》には、急峻《きゆうしゆん》で狭い谷があり難所だった。急坂を落ちるように駆け下ると、すぐ登らねばならない。その谷底で落馬すれば、上からの勢いで地面にしたたかに叩《たた》きつけられる。兵たちはここを地獄谷と呼んでいた。

この地獄谷に、Kがイの一番に叩きつけられた。演習帰りのことで、落馬したKは馬に逃げられ、広い演習場の遥か彼方《はるかなた》を、夕陽を背にとぼとぼと歩いている。夕焼けを背景にして地平線上に浮き出た影絵が、惨《みじ》めさを通り越して美しかった。

猛軍曹の訓練法には特徴があった。朝に馬一頭を乗りこなし、午後に馬を替えてまたひとしぼりされた。時には一日三頭を乗り替えることもある。訓練を終えて疲労困《こん》憊《ぱい》した身体で、二、三頭まとめて手入れをするのはことの外辛《つら》い。

正月を過ぎたある日、大障害飛越《ひえつ》があった。傍で眺めていた下士官が優しく、「この馬で飛んでごらん」と体格の良い馬をさし出した。

ところがこの馬、飛ぶのが得意なのか、障害の上を一メートルも高く飛んだからたまらない。不意打ちをくらった私の尻は、鞍の上から完全に離れ、馬と別れ別れになって障害を飛び越えた。幸いドスンと落ちた所が元の鞍の上であり、危うく落馬はまぬがれた。

この日、Oは馬を障害にひっかけて落馬し、手を痛めた。私はOの馬と合わせて、四頭を洗うはめになった。

水槽に張った氷は厚く、飼馬《かいば》桶《おけ》を振り上げて叩き割った。汲《く》む水は冷たい。面倒臭くなり、馬の腹めがけて氷水をぶっかける。

「こらっ。馬が風邪をひく」

いつの間にか後ろにいた一等兵に怒鳴られた。馬も風邪をひくのかと私は初めて知り、神妙に首をすくめ、藁《わら》を丸めて馬の腹をこすり出した。

この合宿には、通いで先輩たちも参加したが、最後まで落馬しなかったのは、班長格の先輩と新米の私の二人だった。私は身体の節々に痛みを感じながらも、大いに自信を深めた。

昭和八年、大学を卒業した私たち四名の依託学生は、そろって名古屋の歩兵第六連隊に入隊した。曹長待遇の衛生部見習士官として、改めて軍事教育を受けるためである。

歩兵第六連隊は明治七年に編成されて軍旗を拝受、その戦歴は西南の役までさかのぼる。日清・日露戦争に出征し、大正時代の半ばにはシベリア出兵を命じられ、昭和三年には山東出兵の下令を受けて帰還していた。

この連隊での三ヵ月は、馬術をさらに楽しいものにしてくれた。というのも助教が、私にもう教えることがないと言って、隣の馬場で勝手気ままに乗り回すことを許してくれたからだ。

私は気の向くまま馬を操りながら、下手な残りの三人が、その助教からしぼりにしぼられているのを、優越感を覚えながら眺めていた。

六月三十日、軍医中尉《ちゅうい》に任官し、私は静岡の歩兵第三十四連隊に配属された。この連隊は、日露戦争で名を馳《は》せた軍神・橘《たちばな》中佐のいた部隊としてつとに有名だった。

この連隊での一ヵ月間も、馬には乗り放題で、私にはこれが軍隊生活とはとても思えず、連日、馬場で馬術を楽しむ日々に、時折申し訳ない気持になった。

そして八月一日、一年間の予定で東京戸山の陸軍軍医学校の生活にはいった。最初は陸軍士官学校に行かされ、軍医にとっても将校として必須《ひっす》課目である乗馬訓練とあいなった。

馬の鞍置きから馬の手入れ、厩《うまや》の馬糞《ばふん》の掃除という初歩的な教育は、私には四回目だった。それでも乗馬の時間になると嬉《うれ》しく、他の初心者の軍医の卵たちに教えてやりながら、馬場を気分良く駆け抜けた。

私たちの班は八名で、馬場には女子大学の前が時として選ばれた。女子大牛の見守る中での乗馬は、さすがに心躍った。しかし平常心を逸したのか、私はこの馬場で生まれて初めて落馬を経験した。

馬が、何のはずみか急に前脚を折ったからたまらない。私は鞍から手綱いっぱいの弧をかいて宙に舞った。手綱を放さなかったのが幸いして鞍の上に戻ったものの、馬もろともの転倒になった。

いかにも派手な落馬で、班友の中には私が下手くそだと誤解した者もいたが、馬術教官の目はさすがに高い。班からひとり選ばれ、別に編成された優秀班にはいった。

この班では高等馬術が教えられ、障害飛越も行われた。班員は揃《そろ》って馬術自慢の天狗《てんぐ》揃いであり、助教に「もっと障害を飛ばせろ」と要求する。

助教は軍曹とはいえ、全国の馬術の達者な下士官から選び抜かれた教官だ。生意気な若造たちだと思ったに違いなく、倉庫から沢山の障害を運び出した。これを士官学校の馬場いっぱいに並べさせ、繰り返しの飛越になった。

初めは低かった障害も、二回、三回、四回と飛び越すにつれて高くなる。五回ともなれば、初めに豪語した連中もひとり、二人、三人と落伍《らくご》していった。最後に助教が馬をとめたとき、後ろに従っていたのは私ひとりだった。

考えてみれば、人が跨《また》いでも通れるような障害が、馬に乗ったとたん飛べなくなるわけで、何ともおかしな話だった。

軍医学校では、主として軍陣衛生要務、軍陣臨床医学、軍陣防疫学《ぼうえきがく》を仕込まれた。特に教官から繰り返し諭されたのは、患者の地位を念頭に置かず、大将も一兵卒も同様に念入りに診察すること、早期の診断の大切さ、糞便や喀痰《かくたん》、吐物などの検査物を必ず自分の目で調べ、患者日誌は詳細に診察の都度記載することだった。考えてみれば医療の基本で、母校でさんざん教えられたことではあった。

軍陣医学と乗馬で一年間を過ごすうち、私は士官学校の図書館で、戦場で軍馬がどれほどの役目をしているか、興味を覚えて調べた。果たして薄っぺらな小冊子を棚の隅に見つけることができた。

日清戦争での出征人馬数は、日本が兵員二十四万に対し、馬数は五万八千である。一方清《しん》国は、兵員三十五万、馬数七万三千だ。日露戦争では、日本の兵員は百万九千、馬数は十七万二千である。ロシアは兵員が百二十九万、馬数二十九万九千となっている。

いずれにしても、兵員百に対して馬数は二割前後だ。私はこの数の多さに圧倒された。おそらく敵弾に倒れた兵員以上に、両大戦での軍馬の消耗率は高かったのではないか。以来私は、騎兵、砲兵、輜重兵と共に黙々と戦地に赴く軍馬たちに、敬意を新たにし、愛着が一層深まるのを覚えた。

翌九年七月三十一日、私は軍医学校を卒業し、原隊に復帰することになった。このとき第三十四連隊は既に満州に派遣されており、私はハルピンに向かった。

門司《もじ》から釜山《ふざん》に渡り、京城（ソウル）、平壌、新義州を通り、奉天に到着、そこから一路北上してハルピンを目指す。満州の広さには度肝をぬかれた。一夜明けて眺める窓外の景色は、昨日と全く変わらない。

連隊に到着早速、待っていたのは匪賊《ひぞく》討伐だった。討伐のさきがけ隊と共に早朝出発し、しんがりを務める中隊と一緒に夕暮れに帰隊する日々が続いた。

この連隊で私に与えられたのは、杏花《きょうか》号という気品を感じさせる馬だった。鹿毛《かげ》で鼻筋に白がはいっており、全体としては華奢《きゃしゃ》な馬体で、どことなく戦闘向きではない。軍医の私に割り当てられたのもそのために違いない。それを自分でも承知しているのか、行軍のときはいつもしんがりで、決して他の馬の前に出ようとはしない。軍医が戦闘の先に立つことはなく、後方に控えていればよいので、己の分をわきまえている馬ともいえた。

しかしひと月もたった頃、作戦行軍の際、何かにつまずいて前膝《まえひざ》をついた。私が落馬することはなく、鞍に乗ったまま起き上がらせたのがいけなかった。脚を悪くして病馬廠《しよう》に入らせてしまった。

このときの戦闘で、部隊は匪賊の頭目の乗馬《のりうま》を分捕ることができた。通常、支那馬は日本馬より小ぶりで見劣りがする。ところがこの頭目の馬は違った。たくましくて見るからに荒々しく、兵が数人がかりでやっと捕えることができたのだ。

まずは勇敢な上等兵が跨がったが、馬はたちまち頭を下げ、尻《しり》を跳ね上げ後脚を何度も蹴《け》り上げる。近くにいた兵たちは驚いて四散し、恐る恐る遠まきに円陣をつくった。その円陣の中で、真っ青になった上等兵が鞍《くら》にしがみつく。しかし見事に振り落とされて地面に転がった。

兵数名が寄って、やっと馬のくつわを取り、押さえたものの、馬は大きく鼻を鳴らして白眼をむいている。見慣れない日本兵が恐ろしいのだ。

「俺に貸せ、俺が乗る」

私はあとさき思案する間もなく声を出していた。肚《はら》を決め、円陣の中から前に出、おもむろに馬の手綱をとった。

〈軍医殿、余計なことをしないほうが――〉

兵たちはそんな目で見たが、誰もとめる者はいない。私も内心では躊躇《ちゆうちよ》したものの、ここで引きさがっては軍医将校の名がすたる。

数回馬の首を叩き、興奮を静めると、素早く鞍に跨がる。

すると嘘《うそ》のような瞬間が来た。あれほど鼻息の荒かった馬が緊張を解き、新しい主を得た嬉しさを表わすかのように従順になった。前進、後退も意のままである。呆気《あつけ》にとられて突っ立っている兵の輪の中で、私は軽く走らせる。まさに人馬一体である。兵たちの目には尊敬と憧憬《しようけい》の色がありありと見え、私は得意の絶頂の快感を味わった。

以来この馬はよくなつき、しかも私にしか乗りこなせない。中隊長に頼むと、乗馬にすることを許してくれた。その後、行動を共にするうちに肉づきも毛並みも良くなった。〈満州〉と命名した。

中隊の重機関銃分隊には、五、六頭の支那馬がいた。いずれも足が短く、顔も悪い。中でも器量の悪い二頭に、兵たちは〈勝太郎《かつたろう》〉とか〈市丸《いちまる》〉と名をつけていた。市丸はずんぐり胴の間抜け面《づら》であり、勝太郎は面がしゃくれている。兵たちも面白がり、「オイ勝太郎」「コラ市丸」と呼ぶ。

その点、〈満州〉には馬品があり、面相もよくて、いかにも頭目に愛された馬というような威厳が備わっていた。

翌十年の八月、連隊はハルピンから北の方に移動していた。満州国境の防備を兼ねた演習のためだ。

道は真っ白に乾いており、山と山の間をどこまでも縫っているように見える。これで山は終わりになってくれという願いは見事に裏切られ、峠を越えても前方に見えるのは坂道だ。

陽射《ひざ》しはかなり強いものの、日陰にはいれば冷たい北満の風を感じる。もう秋の気配は充分だった。

私たちの大隊が駐屯地を出てから三時間はたつのに、人には全く会わない。しんとした大気の中で、馬の蹄《ひづめ》と軍靴《ぐんぐつ》の音以外に物音はない。

前方がにわかに騒がしくなった。湿地にはいっていた。馬車をひく馬の脚を、湿地が吸い込む。一脚を抜けば、踏ん張る他脚が沈み、それを持ち上げようとすれば、残りがまた湿地にのめり込む。そうなると次の馬、また次の馬がうろたえる。

私は停止している人馬をやり過ごし、湿地の前に立った。湿地は三、四百メートルくらい続いているようだ。私は注意深く草の生えている場所を探す。草の根の固まりは、踏んでも沈まない。〈満州〉もそれが分かっているようで、私の手綱さばきを受け、慎重に進路を選び、見事に湿原を通り抜けた。大隊もこれを見て、縦隊の間隔を大きくとらせて、人馬、馬車ともにゆっくりと通過した。

湿地を過ぎたところで視界が開け、右側が南斜面になった。斜面いっぱいに花が敷きつめている。紫、白、赤と色とりどりだ。よく見ると、あやめ、ひなげし、りんどう、ききょうと、春夏秋の花々が一緒に咲き乱れている。空は晴れ渡り、微風に乗って、小鳥の声が耳に届く。私は〈満州〉の鞍に跨がったまま、しばし花を眺め、鳥の声を聞いた。

二日目、大隊は満人村落を通過した。十数軒の民家が道の両側に並んでいる。数人の満人が外に出、無表情で私たちを見ていた。

ふと私の目に白い物が映る。紛れもない割烹着《かっぽうぎ》だった。青い綿服を着た満人の後ろに日本人女性が立っている。日の丸の小旗を手にした三、四歳の子供を抱いていた。

満人村落のたったひとりの日本婦人は、思いがけなく日本の軍隊を見、なつかしさに目を輝かせていた。左腕で子供を揺すり上げ、右手を子供の手に添えて、日の丸の小旗を小さく振った。

翌日は、小さな町を通り抜けた。もう黒龍江《こくりゅうこう》は近いという。ハルピンのような都会とは雰囲気が異なる。家は石造りの二階家で、ベランダがついている。樹木はポプラが多い。それは並木であったり、林であったり、庭木だったりするが、どれも幾十年経た大木だった。

黒龍江の岸は公園になっていた。河の水が渚《なぎさ》の磯波のように、小さい音を立てて寄せては引いている。澄んだ水に巻き込まれた砂粒が、くるくる回りながら江岸に返り、また離れていく。目の届く限りの広い砂浜だが、人っ子ひとりいない。もちろん軍事施設もない。対岸のソ連側を刺激するのを恐れ、人が出るのを禁止しているのだ。河の向こうはシベリアで、見張り小屋らしい木造小屋がぽつんと建っている。ロシア兵がひとり外に出て、双眼鏡でこちらの様子をうかがっている。対岸には樹木もなく鳥も飛んでいない。湿地らしい荒野が広がっていた。

一時間ほどの小休止をしたあと、部隊は引き返した。この帰途から人馬の疲労が目立ちはじめた。落伍する兵も出、馬も落鉄《らくてつ》や鞍傷《あんしょう》が多くなった。

輓馬《ばんば》が倒れると、その分を他の馬が負担しなければならない。馬の疲労は幾何級数的に増える。私が乗る〈満州〉だけは、こうした強行軍も慣れているのか、息が上がっていない。私は〈満州〉を駆って最後尾から先頭に抜け、部隊と並行したり、一ヵ所に停まって兵たちの表情を読んだりした。

実のところ、部隊の最後尾にはトラックが一台ついていた。野営用具を別に載せてはいたが、落伍者収容の目的も持っている。しかし兵たちにはそれを告げていない。歯をくいしばっても自力で歩いてもらわねば困るのだ。

大隊長は行軍歩度を半分に落としたが、人馬の落伍は続出し、輓馬も二頭が倒れた。馬は倒れるまで全力をふりしぼって動く。従って疲労を早めに発見して、休ませ、水を飲ませなければならない。

「これ以上、馬は歩けません」

獣医が大隊長に意見具申をしたのは、予定した宿営地の二十キロ手前の山中だった。

「兵も疲れきっております」

私も口を合わせた。

大隊長はついに、この山中で野営することを決定した。

時刻はかなり遅いのに、日が暮れてしまわないのは、高緯度特有の白夜だからだ。しかしこの明るさが、仇《あだ》になった。仮眠してまだ眠さも残っている朝まだき、あたりがすっかり明るくなった頃、前方の高地の山中から突然、機関銃の集中射撃を受けた。匪賊は薄明を利用して前夜のうちに移動し、機関銃座を造ったのに違いなかった。

高地のすぐ手前にいた第一中隊に被害が多く、私は眠気も吹っ飛び、手当に忙殺された。被害は軍馬にも及んだ。

痛恨の極みだったのは、私の次級軍医であったM軍医少尉が、傷者を収容中、敵のチェコ製軽機の銃弾をあびて戦死したことだ。

小一時間の銃撃戦の後、匪賊は三人の死者を遺棄したまま逃走した。我が軍の死者は五人、傷者は二十人に及んだが、不意討ちをくらったにしては、被害は僅少《きんしょう》だと言えた。

M軍医少尉が乗っていた馬も、前脚に弾丸を受けて倒れ、起き上がれなくなっていた。このまま苦しませるのは可哀相《かわいそう》だと思い、私はピストルで馬頭を射《う》った。ところが弾丸は命中せず、鼻面をかすめて傷つけただけだ。馬は驚いて起き上がり、そのまま連行することができた。

翌十一年の五月、私たちの連隊に内地帰還の命令が下された。

支那馬の〈満州〉を内地に連れて帰ることはできない。

「この馬はどうなるのか」

私は係の下士官に訊《き》いた。

「ハルピンで競売にかけられます」

下士官はこともなげに答えた。これが私と一年半を共にした〈満州〉との別れになった。

五月二十三日、私たちを乗せた軍用列車は静岡県下にはいった。沿道の家々、田畑の中、踏切近くは旗の波だ。

静岡駅から連隊への道は近い。まっすぐ進んでは余りにもそっけないと思ったのか、連隊の将兵は万歳の渦の中、わざわざ町を大回りして行進する。

駿府《すんぷ》城址《じょうし》の兵営正門では、橘中佐と、同じく遼陽《りょうよう》の戦いで戦死した関谷連隊長の銅像が私たちを迎えてくれる。「歩調とれ、頭右《かしら》！」の号令がかかり、足並みを揃《そろ》えて私たちは兵営にはいった。

年を越して十二年の秋、教育査閲が実施された。その中のひとつとして将校馬術が課せられる。元来、歩兵の馬術などごく初歩のものでたいした技術もいらないが、査閲となると連隊全体の成績に影響する。連日、泥縄式の乗馬訓練が繰り返された。連隊付きの軍医の中からは、軍医長の推挙もあって、私ひとりが参加した。

訓練そのものも大いに楽しむことができたが、いよいよ査閲の日になって私は度肝を抜かれた。

練習の間、一度も顔を出さなかった馬が、よりによって私に当てられていた。その馬はいわくつきの癖馬で、将校が乗って障害を飛んだことがない。連隊でただひとり、乗馬自慢の某軍曹にしか飛ばすことのできないという悪名高い馬だった。

私とて、まさかこの馬がよりによって査閲の日に出てくるとは思わない。高級医官たちも、ひどいことをするものだと、同情の顔で私を慰めてくれる。私は憤慨した。つまるところ、軍医なら、たとえ飛ぶのに失敗しても言い訳が立つ、連隊の恥にはならないと、連隊上層部の思惑が働いたのに違いない。しかしそれならそれで、普段の練習の時から乗せてくれればよかったのだ。

しかし今となっては、乗ってみる他はない。私も癖馬みたいなものは、匪賊の頭目の馬〈満州〉で多少なりとも経験は積んでいる。ここは肚を決めた。

将校、下士官、査閲官たちが見守るなか、馬場馬術は幸い問題なく、上々の首尾で終わった。癖馬だけに乗りこなせば元気がよく、悪い馬ではない。

いよいよ障害飛越になった。〈歩兵の軍曹が飛ばせるのなら、俺にもできないことはなかろう〉、私の胸に戦意が湧《わ》き上がってくる。

油断なく手綱を短く持ち、馬が障害からそれるのを防ぎ、障害の真中に向ける。癖馬は障害に臆《おく》することもなく、見事に飛んだ。

「オーッ!」

査閲官と共に最前列にいた大隊長の感嘆の声が、私の耳に届いた。二度目の障害も難なくこなし、私はその癖馬から下りた。高級医官たちは、わがことのように喜んで駆け寄る。

「やってくれたね。真中をちっともそれずに、真中を」

真中をえらく強調して、口々に労をねぎらってくれたが、障害は真中も端も同じなのだ。どうせ飛ぶのなら、見映えの良さからいって真中がいい。

査閲終了後、騎兵の査閲官が私の馬術をえらく誉《ほ》めていたという。見る人が見れば分かるものだ。私は大いに溜飲《りゅういん》を下げた。

この査閲が役立ったのか、翌十三年三月一日、私は大尉《たいい》に進級するとともに、近衛《このえ》騎兵連隊付を命じられた。青天の霹靂《へきれき》ともいうべき名誉だった。

近衛師団は皇居の直接護衛の任務をもち、全国から集められた優秀な将兵で成り立っている。陸軍の星のマークの下を桜の花で飾った華やかな帽子をかぶる。

騎兵には陛下の公式の出駕《しゅつが》の際、馬車の前後左右を護衛する任務が与えられている。帽子には鳥毛の飾り、きらびやかな軍服をまとい、紅白の三角旗をつけた騎兵槍を立てる。

近衛騎兵には役目柄、皇族や華族の子弟が配されると聞いていたが、実際に配属されてみると、連隊長以下平民ばかりだった。ただひとり、二・二六事件で倒れた高橋是清《これきよ》の孫がいた。写真で見ていた祖父に似ており、大人しい獣医少尉だったが、短期教育のための入隊で、二ヵ月後別の部署に移って行った。

近衛騎兵連隊は戸山ヶ原の一角にある。裏には陸軍軍医学校と戸山学校が続く。茂った林のあちこちで雉《きじ》が鳴き、医務室の窓からは、餌《えさ》を漁《あさ》りに来る親鳥と雛《ひな》を見ることができる。その光景は東京の真中とも、軍隊の中とも思えず、私は自分が軍隊にいることさえしばし忘れた。

連隊の営庭の南側には、見事な八重桜の古木が並ぶ。古来、馬場には八重桜を植えるのがならわしらしく、ここも尾張徳川邸の馬場だったという話だった。

赴任して間もなく桜がほころび始め、満開になる頃、軍旗祭が行われた。これまで近衛勤務したことのある皇族や華族が、夫人同伴で臨席した。

その夫人方の面前で、連隊長は余興に女相撲をとらせた。女装の兵たちはなまめかしい衣装をひらつかせ、わざと大袈裟《おおげさ》に股《また》を広げる。赤い腰巻を見せてひっくり返る者、日本髪のかつらが抜けて慌《あわ》てて拾う坊主《ぼうず》頭など、珍場面続出で、夫人方も目に涙を浮かべて笑いこける。

その正面に陣取っていた私は、女相撲そのものよりも、夫人連中の笑いころげのほうを楽しんだ。

この騎兵連隊で私に当てがわれたのは〈静竜〉という十八歳馬だった。「軍医殿、兵に向かって、「俺は芳紀十八歳になる〈静竜〉に乗っている」と言うと、案外隅におけませんね」と冷やかす者も出た。芸者と間違えたのだ。

実のところ、馬で十八歳といえば老齢に属する。老馬を私に当てたのも、軍医にはこの程度でよかろうと見くびってのことに違いない。

しかし馬も人と同じで、年齢を重ねるごとに個性がにじみ出る。〈静竜〉はまだまだ現役だと言わんばかりに張り切っていて、加えて陛下の護衛に出ていた将校馬だっただけに、ひときわ馬品があった。私はすぐに気に入り、〈静竜〉のほうも私を気に入ってくれたようだ。

連隊のわずか二百メートル下にある私の宿舎からの出勤にも、〈静竜〉に跨《また》がった。陸軍省までの連絡にも、わざわざ馬で出かけた。陸軍省は外堀の内にあり、まずは連隊から電車道づたいに九段下に出る。当番兵と馬二頭を並べ、石畳の道を蹄《ひづめ》を鳴らして走る気分は格別だ。途中慌てて敬礼をする上官もあって、愉快さが倍加した。

とはいえ、騎兵連隊の中では、主計、軍医、獣医といった各部将校の馬さばきは、初めから度外視されていた。連隊長も、「各部将校の馬術は初歩の初歩」と頭から馬《ば》鹿《か》にしていた。それも当然で、彼らは馬の専門家であり、週二回、連隊長自ら指揮をとっての将校馬術が繰り返されていた。もちろん私たち各部将校に声はかからず、完全に仲間はずれだ。

もうひとつ気にくわないことがあった。騎兵連隊では、人より馬を大切にするのだ。馬衛生のよい班には賞品が出るのに、人衛生は一顧だにされない。軍医より獣医が大切にされるのにも、私の腹の虫がおさまらない。

「人間の衛生にも、もう少し配慮してもらいたいものです」

私が連隊付の中佐に抗議すると、一言のもとにはねつけられた。

「馬がなくては騎兵ではない」

私は内心腹わたの煮えくりかえる思いで中佐の顔を見返した。三十代半ばの年齢の割には皺《しわ》の多い老け《ふ》顔で、第一、騎兵としては見映えのしない猫背だ。

考えてみると、日中戦争も激しさを増し、騎兵そのものの使い道は限られるようになっている。騎兵は馬よりも軽装甲車に乗り、騎兵の高級将校たちも航空隊の整備隊にまわされたり、学校の軍事教官に配されたりしていた。この中佐も、陸軍省で使い道に困った組のひとりだろう。私はそう勝手に解釈して、以来この中佐とは口をきかないようにした。

騎兵連隊の厩《うまや》の中の騒々しさも、私には異様に思えた。お互いに大声で怒鳴り合っている。もう少し静かな環境で世話できないか、私が係の下士官に注意すると、睨《にら》み返された。

「軍医殿。馬は猛獣ですよ。兵に静かに注意を与えている暇はありません。怒鳴りつけていないと怪我《けが》をさせてしまいます」

逆に諭された私は、学生時代、馬に嚙《か》まれたことを思い出した。蹴《け》る嚙むという一番癖の悪い馬を乗りこなしてやろうと征服欲を出し、その馬に近づいたところ、ものの見事に左上膊部《じょうはくぶ》に嚙みつかれた。ひるんだところをさらに蹴られそうになり、ほうほうの体で逃げ出した。

確かに馬の力は強い。ちょっと嚙まれただけと思った腕は、予想外に腫《は》れ上がり、容易にひかなかった。

騎兵の将兵たちに相手にされず、大いにくさった私は、ここでは乗馬に専念することにした。朝一時間前に出勤して、馬術の練習を繰り返した。

幸運なことに、近衛騎兵の馬場には、馬術の神様と言われている遊佐《ゆさ》幸平少将が毎日見えていた。退役していたので私服姿だが、さすがに乗り手も一流、馬も一流である。

こうして朝の馬場は、騎兵少将と軍医大尉の二人だけの世界となった。もちろん相手は退役ながらも将官、こちらは下級将校なので直接口をきくことはない。それでも高等馬術の粋をこの目で確かめることができた。

私は特に障害飛越に力を注いだ。馬場の障害では物足りなくなると、連隊裏の自然障害に挑んだ。そこは広くはないものの、静かな木立の中に、山や急坂、倒木があって技術を磨くのにはもってこいだ。自然の中を単騎で飛びまわる気持も格別だった。

六月、騎兵連隊の査閲が近づき、連隊は千葉県習志野《ならしの》の兵舎に移った。習志野は広く、将校も兵も猛訓練に明け暮れた。私は医務室を衛生下士官に任せ、馬を出して勝手気ままに飛び回った。

数日後、前方から若い騎兵将校が当番兵を従えて、速歩《そくほ》でやって来るのに出会った。肩章《けんしょう》は中尉である。私は当然先方が馬の手綱をひかえて歩かせ、敬礼するものと思っていた。

ところがその中尉は敬礼もせずに走り去った。

「けしからん奴《やつ》だ。敬礼をさせる」

私がきびすを返そうとすると、後ろについた私の当番兵が制した。

「あれはM宮殿下であります」

なるほどと私は納得した。かねがねM宮殿下が習志野騎兵旅団の小隊長をしていることは耳にしていた。初年兵の教官でもあり、びんたも張っていると聞いて、びんたをくらった兵は、さぞかし光栄だなと苦笑していたのだ。

「いやけしからん。俺の大尉の肩章はいやしくも天皇陛下からいただいたものだ。いかに皇族とはいえ、上官を無視するとは言語道断」

大いに憤慨したものの、今さら追いついて問い詰めれば大事《おおごと》になる。

その後も、年若い皇族に対し、師団長以下のお偉方が、ペコペコしている光景を何度も見せつけられた。

「殿下の御意見は、ただただ敬服に値する」

と上級参謀も確かに言っていたのだ。実戦の経験もないくせに、皇族なるがゆえに出世も早く、あっという間に中尉にもなれる。腹の虫はおさまらないままだった。

いよいよ査閲の日が三日後に迫った。例によって査閲課目の中に将校馬術があり、連隊付将校には障害飛越が選ばれた。

広い習志野の一角に二キロにわたり、一個小隊が横に並んで飛べるほどの幅広い固定障害が設置された。その予行練習に、平素相手にもされなかった各部将校も参加せよとの連隊長命令が出た。

二等兵から鍛え上げられた騎兵大尉が、案内役になって先導する。その後方に連隊長以下十数騎が一列に続き、その後ろが各部将校の三人で主計、軍医の私、獣医の順だ。一定の距離を保ちながら、馬を進めた。

まずは小手調べの低い障害は、全員が飛んだ。次の三角形に組んだ大障害にかかるや、早くも主計の馬がそれた。馬に障害を忌避された者は必ず最後尾につかねばならない。

数ある障害の半ばを過ぎる頃には、騎兵将校の中からも落伍者《らくごしゃ》が出た。私は馬を早めて、先頭との距離を次第につめていった。

何回も何回も飛び、終わりに近づく頃には、私は連隊長のすぐ後ろに従っていた。以前私に「馬がなくては騎兵ではない」とうそぶいた猫背の連隊付中佐も、とっくに落伍していた。

連隊長がチラリとふり返って私を見た。いよいよ最後から二つ目にかかるや、「アッ」という声とともに、先導役の騎兵大尉の馬がそれる。しかし続く連隊長は、さすがに鮮やかにこれを飛ぶ。私も飛んだ。

とうとう最後の障害である。それは丘の中腹に壕《ごう》を掘り、その後ろに障害を置いた難物だった。

連隊長の馬は私も一度乗せてもらったが、まさしく良馬で、それが私の馬の前を雲のように軽やかに走っている。と、飛ぶかと見えた瞬間、壕を嫌ってさっと左にそれた。私は手綱を短くつめ、身体《からだ》を前のめりにする。つまずけば馬もろ共の姿勢をとった。

そして馬にはずみをつけて、上り坂をまっすぐに障害に向けた。馬は飛ぶ気充分だ。「しめた」と思った瞬間、馬は見事に飛んだ。あとは手綱をゆるめ、馬に任せて丘を駆け上がるだけだ。登りつめた所で馬を止め、百八十度旋回して後ろを見た。

広大な習志野の原を、遥《はる》かに遠く遅れた騎兵将校が、点々として馬を飛ばしている。中には、障害の前を輪をかき、ぐるぐる回っている者もいる。

「これが、お医者の馬術と嘲笑《ちようしよう》した騎兵の馬術か」

私は習志野の空に向かって大声で叫びたかった。騎兵のお家芸の馬術で、私は見事に平素のうっぷんを晴らすことができた。

しかしこれは連隊長には大きな衝撃だった。部下の進言もあってか、連隊長はこの障害飛越を、査閲課目からはずしてしまった。それもそうだろう。査閲官である騎兵中将の前で、騎兵の先頭を軍医にとられては、全くの面目つぶれなのだ。

代わりに、馬上から敵兵を斬《き》る課目が選ばれた。私に言わせれば、この馬上からサーベルを振るって敵を斬る戦闘法ほど馬鹿げたものはない。全く実効性がないのだ。

日露戦争で、日本の騎兵がロシアのコサック騎兵に太刀打ちできなかったのは、相手が槍騎兵《そうきへい》だったからだ。長い槍《やり》でまず叩《たた》き落とされ、地面に転がったところを馬上から突かれる。

歩兵に対しても、馬上からの斬りかかりは通用しない。事実、私が依託学生のとき高師ヶ原でしごいてくれた軍曹は、満州事変で出征するや、すぐに戦死してしまっていた。これは、日本騎兵に襲撃された中国兵が、わざと地上に転がり、下から小銃で撃ち上げたからである。これが歩兵の騎兵に対する基本的戦闘法だった。

少し前、近衛騎兵にアメリカの騎兵大尉が短期間配されて来たことがあった。彼は大口径の拳銃《けんじゅう》を持っていた。メキシコ騎馬兵との戦闘の経験からそうしているのだと、私に話してくれた。普通の拳銃で急所をはずしたところ、敵はそのまま太刀で斬撃《ざんげき》してきたという。大口径なら一発どこに当たっても、馬から落とすことができる。

査閲当日、連隊長以下の将校たちは、言われたとおり、馬上でサーベルを振るった。馬鹿馬鹿しいと思いながら、私も従った。軍医が剣を振るう事態になったらおしまいだ。我ながら情けなかった。

日本の騎兵がなぜいまだにこんな原始戦法を固守しているのか。それは騎兵連隊出身の皇族が多いせいで、騎兵の気位がひときわ高いからだろう。だが、気位では実戦に勝てない。

この近衛騎兵連隊で四ヵ月を過ごした後、十三年七月一日、私は第十五師団の野砲兵第二十一連隊に配せられた。この第十五師団は、大正十四年の軍備縮小の際廃止されていたが、日支事変のため復活したばかりだった。

しかしまだ編成は終了しておらず、私は名古屋の第三師団野砲兵第三連隊留守部隊にまず赴任し、編成業務に当たった。

偶然にも、ここは父がかつて軍医時代に勤務した所だった。予備役老将校の中には父を知っている人がおり、思い出話を聞かされた。父は負けん気が強く、上官の室に自分の椅子《いす》を持ち込み、相手が根負けするまで長談判をしたという。私の鼻っ柱が強いのも、父譲りかもしれなかった。

一週間後、連隊長以下高級将校に馬が配分されることになり、私たちは朝の営庭に集合した。

連隊長は、一見駄馬の感じがする赤毛のおとなしい馬を選んだ。次の連隊付中佐の馬は、馬品はあるものの少々落ちつきのない荒っぽい馬だった。この馬は案の定、五十メートルほど走ったとき、突如として尻《しり》を跳ね上げ、中佐は音をたてて落馬した。

したたか腰を打った様子で起きられず、馬掛《うまがかり》将校が慌《あわ》てて走り寄った。大事には至らなかったが、お蔭《かげ》でこの馬は全員から嫌われ、結局、一番最後の私が貰《もら》うことになった。

その日の午後、私はさっそくこの新しい愛馬を厩から引き出し、営庭いっぱいに乗り出た。前進、後退、旋回などの基本動作から、やや高等の8の字乗りに移る。いよいよ最後の、前後の脚を二調子で交互に進める早歩の追い込みにはいった時は、馬体が十二分に伸びるようになった。前後の蹄《ひづめ》があたって、心地良い音が営庭に響き渡り、なかなかの良馬だ。

私は、兵舎の窓から将校たちの眼がこちらに向けられているのに満足しながら、もう充分とばかり並歩におとし、手綱を放して馬の歩くのに任せた。呼吸が整ったところで馬を止め、当番兵に渡した。

「軍医殿は上手ですね」

一部始終を見ていた当番兵はぽつりと言って、すっかり汗をかいた馬を厩へ引いていった。

ところがである。その翌日、馬掛将校がやって来た。私の馬を、こともあろうにあの落馬中佐に譲ってもらいたいと言うのだ。中佐自身の申し出と聞かされて、断るわけにもいかなくなった。

どうやらこの留守部隊は予備役の集まりで、上手な乗り手もなく、馬は長く厩につながれていたらしい。それを急に広い営庭に引き出され、武者震いのあまり、これは下手と思った中佐を放り出したのだ。つまるところ私が中佐のために調教師になったようなものだ。

代わりの馬は、馬掛将校が特に気をつかってくれたせいか、馬品もある栗毛《くりげ》で、調教も充分にいき届いていた。不満はないものの、良馬をとられたという口惜《くや》しさは残った。

八月三日、編成を終えた野砲兵第二十一連隊は大阪港を出港した。

私はここに集められた軍馬の多さに驚かされた。なるほど将兵の数の二割はいる。しかしこれでは足りず、あとは中国で支那馬を調達予定だという。

獣医の話では、五十キロはある重機関銃一梃《ちょう》のために、予備の一頭を含めて馬五頭を配備したという。弾薬は、五百発入りの箱四個を馬一頭が運ぶ。山砲に至っては、分解した砲を馬六頭に積み分ける。山砲の弾薬は十二発で馬一頭である。その他の野砲、榴弾砲《りゅうだんほう》にも軍馬がつく。砲以外にも弾薬車や観測車、予備品車は、それぞれ三頭の馬で輓《ひ》くのだ。

輸送船は瀬戸内海から玄界灘《げんかいなだ》に出たが、折しも台風にあい、荒波の中にはいってしまった。

怒濤《どとう》は甲板を洗い、船員は綱をつたって行き来する。船員の中でさえ酔う者が出た。船長は台風に逆らわず、船を流れるままに任せた。棚の上の荷物は全部落ち、重い軍用行李《こうり》が右へ左へと移動していく。

そのうちひときわ大きな揺れが来た。叫ぶ間もなく、二列に並んでいた藁布団《わらぶとん》が、人を乗せたまま滑り出した。舷側《げんそく》で止まったが、藁布団が二組重なり、人間のサンドウィッチができあがった。

そのときだ。「馬が倒れるぞ」と兵が怒鳴った。

関係将校はそれっとばかり立ち上がったが、とたんにゲロを吐き始める。やっと船底の厩《うまや》まで降りると、そこは散々な有様になっていた。

軍馬たちはできるだけ足を踏んばって、身体を支えようとしている。一頭が倒れれば将棋倒しだ。波がかぶるのでハッチは全部閉めてある。馬体が発散する熱気と臭気で、あたりはムンムンとして、それだけでへどが出そうだ。

半裸体の兵たちは、柱につかまり、綱を支えに必死で馬を起こそうとする。その足元はふらつき、顔は蒼白《そうはく》だ。

その中で、ひとり酔いもせず、戦友を励まし、馬に気合をかける兵が日にはいった。その立ち働きは神業に等しく、へとへとになった兵たちも活気づき、私たち将校もふらつく足を踏んばって馬の手綱を二、三人がかりで支え持った。

私は、この阿鼻叫喚《あびきょうかん》の船底の中で陣頭指揮をとる兵を覚えていた。上船してすぐ、上甲板で、連隊長のキャビンの前とも知らず、仲間の兵を集め大声で猥談《わいだん》をしていた男だった。よほど叱《しか》りつけようかと思ったが、私の姿を見て立ち上がり、仲間と共に敬礼をしたのでそのまま放置していたのだ。

船の揺れは小一時間でおさまり、私たちは上下関係ない重労働から解放された。馬は一頭も倒れず、病馬も出なかった。

翌日は嘘《うそ》のように晴れた。船底の厩での例の一等兵の働きぶりは連隊長まで報告が行き、甲板で将兵が集合した前で、表彰が行われた。

輸送船は上海《シャンハイ》近くから揚子江をさかのぼり、我々は途中で小型の船に分乗した。全くの晴天続きで、一週間後、南京《ナンキン》の五、六十キロ下流で下船した。

部隊の駐屯地は、紫金山の近く、南京城内東北の一角にある元中国軍の兵舎だった。

数日後、営庭ではさっそく将校馬術が行われた。教官はあの落馬中佐であり、その乗馬は惜しくも私が手放した良馬だ。

私はここでも馬列のしんがりを走った。しかしそのうちに嫌でも先頭に立ってしまう。

「歩度をつめ、駆歩《くほ》進め」

この号令が、駆歩にはいる最初の中佐のかけ声である。ところが砲兵将校たちは、馬をセーブして歩度をつめることができない。馬が走り出すとそのまま走りまくって、馬場をひと回りして私の後ろにくっついてしまう。

「軍医殿が遅いですから」

挙句の果てには、そううそぶく。馬鹿《ばか》たれ、何をぬかすか、自分の下手くそを棚に上げて――。

私は怒鳴り返してやりたいのをぐっとこらえて聞き流す。こんな将校どもが、あの広大な習志野で馬を走らせたら、どこにすっ飛んで行くかしれたものではない。そのうち振り落とされ、夕陽の中をとぼとぼ帰ってくる破目になるのだ。

私は自分の馬を駆って、よく駐屯地の外に出た。南京の空はどこまでも青く、紫金山の山容は美しい。玄武湖の水も清く、湖畔に遊ぶ中国子女の姿は愛くるしかった。たいして戦闘もない南京で二年過ごした十五年の十一月四日、私に転属命令が来た。大東亜戦争に備え、台湾軍を主体として編成された第四十八師団の第一野戦病院長として、ひとり南京を去り、海南島に赴任した。

これで私の馬との生活は終わりを告げた。第四十八師団は、熱地作戦のための軍輛《ぐんりよう》編成であり、軍馬は一頭もいなかった。そもそも馬は暑さに弱く、熱地作戦には向かない。

海南島で、軍馬の代わりに私が乗り回すようになったのは、乗用車にトラック、サイドカー、そしてオートバイだった。

南京に駐屯を続けた野砲兵第二十一連隊は、十八年八月、南方派遣の命とともに、上海から上船し、サイゴンに上陸した。そしてタイ、ビルマと西進し、インパール作戦に参加、全滅した。

樺《サガ》太《レン》

私が陸軍衛生部依託学生の試験を受けたのは昭和十三年である。もちろん難関で、合格率は毎年ほぼ一割といわれていた。陸軍士官学校や海軍兵学校の入学試験なみの狭き門で、私は中学時代の教科書を引っ張り出して勉強したが、その年は見事不合格、しかし歯をくいしばって翌年再度受験した。試験が終わって自己採点してみると、かんばしくない。三度目も受けるかどうか悩んだ。

北大の医学部での勉強と修練に加えて受験勉強というのはつらい。しかし依託学生は軍医になる最短の道で、かつ支給金が貰《もら》える。私の父は炭鉱の職員で、高給取りではない。支給金が医専で三十五円、大学で四十円という月給は何よりの魅力だ。下宿代が二十五円、医学書も五円から十円、高いものは二十円はする。五円もあれば紅燈《こうとう》の街に出てとことん痛飲でき、さらに依託学生なら映画は半額の二十五銭になった。

やはり合格するまで受験勉強は続けようと意志をかため、夏季休暇で夕張に帰省した。縁側で父親と将棋を指していたとき、玄関口で「郵便」という声がして、母親が出て行く。紛《まが》うことない合格通知だった。天にも昇る気持がし、父親も私以上に喜んだ。何しろ仕送りの額を大幅に減らすことができる。

依託学生の身分は陸軍衛生部士官候補生で、もちろん現役である。経済的な利点の代わりに、義務のようなものがあり、私が苦手としたのは教練だ。北大の全医学生の陣頭指揮のときは、全く冷汗ものになった。毎月八日になると、陸海軍依託学生は一同揃《そろ》って護国神社に参拝した。

毎週水曜日の夜、構内にあるデルマの講義室に集まってのロシア語の講習も、苦手なもののひとつになった。ドイツ語は大して苦にならなかったが、あの訳の分からないロシア文字は見るだけで嫌になる。加えて六様の語尾変化である。アー、ベー、ヴェー、ゲーと初歩の初歩から教えられているうちに、デルマの講義室に向かう足取りまでが重くなった。

びっくりしたのは語学だけではない。厳寒の二月、依託学生全員が旭川《あさひかわ》の歩兵第二十六連隊に集められ、積雪と降雪のなかで、寝撃ち、膝《ひざ》撃ち、駈足《かけあし》、さらには通信訓練まで受けた。軍医には全く必要のない訓練ではないか、軍医部長にそう問いただそうと息巻く同期生もいたが、先輩依託学生にまあまあとなだめられた。

医学部を卒業する予定の昭和十八年、冬に帰省して実家の屋根の雪かきを手伝っているとき、誤って地面に滑落、骨盤骨折の重傷を負い、以来歩行が不自由になってしまった。治療に二ヵ月、歩行訓練にも三ヵ月を要し、その間、大学病院での臨床修練を受けられなくなった。卒業は一年遅れ、しかし繰り上げで十九年の十二月になった。

歩行が不自由なため、もはや軍医になるのは無理で、北海道庁と陸軍衛生部の間で検討がなされたのか、樺太《サガレン》の庁立真岡《まおか》病院勤務を申し渡された。

私としては医学部卒業まで、依託学生の身分を奪われず、月々の支給が滞らなかっただけでもありがたかった。大怪我《おおけが》をして出費がかさんでいたから、仮に依託学生でなかったなら、医学部を中退するはめになっていたかもしれないのだ。足が不自由になったのは不運だったが、無事に医師になれたのは幸運以外の何ものでもない。

そしてまた胸の内では、戦局が急を告げている情勢下で、軍医にならなくてすんだのも、あるいは幸運だったかなと思う利己的な気持もあった。考えてみれば、支給金を貰うだけ貰って軍医にならなかったのだから、食い逃げをしたようなものだ。両親は樺太行きを懲罰のように受け取っていたが、私の気持は全く違った。戦局が日本の南の方で悪化の一途を辿《たど》っている時期に、日本の北の果てに行くのだから、これまた僥倖《ぎょうこう》と思うべきだった。

樺太は宗谷《そうや》海峡をはさんで北海道の北にあり、北緯五十度線の南側が日本の領土になっている。ちょうど二本爪《づめ》のフォークが垂れ下がっている形をしていて、その爪の分かれ目あたりに樺太庁が置かれている樺太最大の町豊原《とよはら》がある。豊原の南に、稚内《わっかない》との連絡船が発着する大泊《おおどまり》の港が控えていた。

真岡は、豊原の西に位置し、樺太西海岸を代表する港町だった。同じく西海岸の少し南には、やはり稚内との間に連絡船が行き来する本斗《ほんと》の港がある。

豊原や本斗とは鉄道で結ばれている真岡からは、さらに北に向かって鉄道が延びているため、そこはまさに交通の要衝でもあった。

人口は二万五千人、水産業と製紙業が盛んで、王子製紙の真岡工場が偉容を誇っていた。

鉄道病院と庁立真岡病院の二大病院が、各々《おのおの》三百床あまりの規模を有していた。

真岡病院に赴任した私が驚かされたのは、建物の古さだった。そのうえ手入れも行き届いておらず、壁は煤《すす》け、そここに蜘蛛《くも》の巣が張っている。歩くと床板の所々で、ぎしぎしという音がした。

院内には、通常の患者の他に、樺太の各地に点在する炭鉱で事故にあった外傷患者や、発疹《はっしん》チフスの患者がいて、後者は伝染を恐れて隔離病棟に収容されていた。

赴任後、私が最初に受け持たされたのも、この発疹チフスの患者だった。製紙用の材木伐採に従事する中年男性で、運び込まれたときは、四十度近い高熱を呈していた。大学病院にいたとき、急性伝染病の診療経験がなかったため、医学書を見ながら診察を始めた。しかしなかなか診断がつかない。入院三日目に胸腹部に小さな発疹が現れた。もしやと思い、ワイルフェリックス反応を調べると、はたして陽性だった。

これで確定診断はついたものの、特効薬はない。解熱剤《げねつざい》と強心剤の投与、リンゲル液五百ccの大腿部《だいたいぶ》皮下注射の対症療法が取れるくらいだ。

高熱は続き、入院十日目に脳症を起こして死亡した。このひと月後にも、今度は炭鉱の職員に三名、同様の高熱患者が発生して入院してきた。やはり発疹チフスで、前回に懲《こ》りていろいろ文献を調べ、ピラミドンの大量投与療法を試みた。処置が良かったのか、三人は脳症にならず、無事に回復して胸をなでおろした。発疹チフスの死亡率は十〜十五パーセントで、三名を救命できたのは新米医師にしては上出来だった。

これと前後して、本斗の港湾で働く職員に腸チフスが流行して、真岡病院にも六名の高熱患者が入院して来た。既に二名は脳症と腸出血を起こしていて、入院間もなく死亡した。二名はそれに遅れること一週間、腸出血と穿孔《せんこう》性腹膜炎で死の転帰《てんき》を辿った。残り二名は、発病ひと月を無事超えたので一安心していたところ、一名が突然、心不全となって死亡し、結局無事に退院できたのは最も若い一名のみだった。

二十年の四月、外科病棟から急遽《きゆうきょ》患者が運ばれて来た。腹痛があって虫垂炎と診断され、開腹してみて腸チフスが判明したという。外科側としては面目ない症例だったが、幸い医師にも看護婦にも感染者は出ず、患者は二ヵ月後に回復した。

このあとも多くの腸チフス患者を診ている間に、私の診断の腕は多少なりとも上がった。舌苔《ぜったい》を診て、乾燥が強く、厚い黒褐色であるときは要注意であり、おおむね予後が悪かった。

真岡病院が私にとって得難い勉強の場になったのは、大学病院に比べて感染症の症例が豊富であるのと、もうひとつY院長が、死亡した患者の病理解剖に熱心だったことによる。満州医大出の院長はもともと病理が専門の内科医で、不幸にして死亡の転帰をとった患者が出ると、自ら家族と面談して、病理解剖の許可をとっていた。病院長直々の依頼となると、身内の遺体にメスを入れられるのを本能的に嫌がる家族でも、承諾してくれることが多かった。

赴任当初から、院長の解剖に立ち合わされ、その手際《てぎわ》の良さには何度も舌をまいた。三、四例目から、私も執刀を任され、小外科器械を手にした。北大病院では、病理解剖は見学者に混じって見ていただけなので、死体にメスを入れるのは生まれて初めての体験だ。

院長と私、そして古参の看護婦の三人で、遺体を前にして恭《うやうや》しく拝礼する。Y院長の指示どおり病理解剖術式に従って執刀、型のごとく胸部を露見した。

患者は郵便局長で、失態をおかした局員を叱《しか》っているとき、突然胸に手を当てたまま床の上に倒れたという。心臓麻痺《まひ》の診断がつけられていた。

私の眼は、異様に膨大した暗紅色の心臓に釘《くぎ》づけになった。はやる気持を制しながら、静かに心嚢《しんのう》を切開する。その途端、噴水状に多量の血液が凝血塊を伴って流出した。死因は心臓麻痺ではなかった。ヘルツ・タンポナーデだ。しかし、その出血部位はどこなのか。

院長の指示で、肺動静脈、大静脈、大動脈を、心臓からなるべく遠く切断して、心臓を摘出した。心臓を丹念に調べたが、どこにも出血部がない。多少不安を覚えながら、大動脈基部に慎重に鋏《はさみ》を入れようとした。そのときだ。基部の左面、小指頭大円形に大動脈壁が紙のように薄くなっているのを発見した。しかも縦に、鋸歯《きょし》状に破裂している。死因はそこだった。

「シフィリス（梅毒）ですね」私が言うと、院長は満足気に頷《うなず》いた。

梅毒による大動脈瘤《だいどうみゃくりゅう》が形成され、それが破裂して流出した血液が心嚢の中に充満する。そうなると、外側を締めつけられた心臓は、がんじがらめになって拍動できない。

これがヘルツ・タンポナーデだ。

家族にとっても本人にとっても、不名誉な病因の露呈かもしれないが、私たち医師側からみれば、単に心臓麻痺として片づけるよりも、数等倍科学的だ。私はこういう機会を与えてくれた院長に感謝した。

こうした通常の病院任務をこなしているうちにも、戦局は日を追って悪くなっていた。内地の都市が次々と空襲にあい、灰燼《かいじん》に帰している。広島と長崎に新型爆弾が投下され、甚大《じんだい》な被害が出たというニュースももたらされた。

前後して、ソ連軍が国境を越えたというニュースも耳にはいった。当初は単なる演習に過ぎないと言われたが、すぐに宣戦布告が伝えられた。樺太の北半分はソ連領だ。攻撃されるとすればこの地が端緒になるのが明らかだった。

八月十一日、北緯五十度線に近い古屯《ことん》や気屯《けとん》の町の住民に避難が呼びかけられた。

八月十三日には、ソ連機の越境偵察が見られるようになり、十四日には、翌日、重大放送がなされる旨《むね》の達示が、院内に徹底された。

十五日正午の玉音放送は、雑音が混じり聞きとりにくかった。続いて放送された樺太軍と樺太庁長官の布告で、ようやく日本が敗《ま》けたことが理解できた。

十六日、北太平洋艦隊の援護のもと、兵員の上陸が報ぜられた。既に国境の安別《あんべつ》にはいっていたソ連軍は、西海岸沿いに西柵丹《にしさくたん》、恵須取《えすとる》を襲い、さらに南下していると の情報ももたらされた。雨にもかかわらず、頭上にはソ連機の飛来が頻繁になった。

そしてこの直後、真岡に強制疎開《そかい》命令が下った。真岡病院に対しても、「本日午後二時より二時間以内に乗船せしめよ」という指示が届いた。

雨だけでなく風も出て、敷地内の樹木は枝を揺らしている。不安と恐怖の淵《ふち》に沈んでいた職員と患者は、尻《しり》に火がついたように荷物をまとめ始めた。

医師十二名だけは、院長室に集められ、Y院長の決断を聞いた。

「強制疎開の命令が出た以上、医師といえども、病院に残る必要は毛頭ありません。ただ、私は残ります。なぜなら、病院には今すぐは動けない重症患者がいます。北の方からの避難民も次々と南下しているからです。その中にも負傷者はいるはずです。私にとって、病院は船と同じです。沈みいく船に居残るか、最後に脱出する運命になっているのが船長です。皆さん、本当にご苦労さまでした。どうかご無事で」

院長は深々と頭を下げた。誰もが黙っていた。顔を上げた院長の目に涙がたまっている。我々十二名の医師は、ひと言も発せず院長室を出たが、私の気持はもう決まっていた。

私がこの病院に赴任したのは、いわば軍医としての任務の代わりだった。陸軍衛生部依託学生として給金をもらいながらも、不慮の事故で軍医になれなかったのだ。順当に軍医になっていたとしたら、兵隊より先に逃げるようなことはできない。

南下してくる避難民は、いわば前線から退去してくる傷ついた兵隊と同じだ。それを治療するのが軍医ではないか。幸い、古いといえども病院はここにある。衛生材料もふんだんにある。自分もここに残るべきだ。それが私の結論だった。

夕方近くになると、入院患者も看護婦も思い思いに散り去って、病院は空部屋ばかりになった。

感染症病院には、動けない患者が二名残っている。

「先生は行かないのですか」

細菌性赤痢で入院していた青年が訊《き》いてきた。下痢で入院してきて検便の結果、細菌性赤痢と判明、入院当初は排泄物《はいせつぶつ》の処理、氷嚢《ひょうのう》や懐炉《かいろ》の交換、食事の世話で、看護婦を大童《おおわらわ》にさせた患者だ。

私が大学病院にいた頃の赤痢の治療といえば、ひまし油、硫酸マグネシウムの下剤投与、リンゲル液の皮下注射、腹部温罨法《おんあんぽう》くらいしかなかった。

ところが前の年、新薬として届けられたサルファ剤のトリアノンの効果は、それまでの薬にはないものだった。二、三日の内服で下痢と腹痛がぴたりと止まった。

「きみが治ってから発《た》とうと思っている」

「いつ治りますか」

「あと三日」

「そのとき、もうここにソ連兵がやって来ませんかね」

「それは分からない」

「ソ連兵が来たら、ぼくはそっと逃げ出します。先生は心配しなくてもいいです」

「分かった」

そう答えて病棟から出たとき、Y院長と出会った。どうやら病院内がどうなっているのか、たったひとりで見回っている様子だった。

私は目礼だけをした。院長は何も言葉を発せず、すれ違った。「きみは残るのか」と訊けば、無用な負担をかけると見込んでの遠慮に違いなかった。

第一船団が真岡港を出航したのは、その日の午後五時過ぎで、病人と老人、児童、女性が優先された。

この日を境にして、真岡の住民は引揚げに心を奪われた。誰もが口にはしなかったものの、血走った目で携行する物を探し、港の方向を見やった。船は稚内との間をピストン輸送している。

女性優先の避難なので、看護婦もその中に含まれる。患者もそのうちに全員がいなくなった。重症患者でも、担架で運べるからだ。幸い発疹チフスや腸チフスの患者は、すでに死んでいるか、ある程度回復するかしていた。早く帰りたい気持をつのらせていたあの細菌性赤痢の青年も、もう排菌しなくなり、自力歩行が可能になって、十八日には病院を出た。

女性に優先的な避難が許されるとしても、女性がいなくなっては立ち行かない職場もある。郵便局がそうで、電話交換は女性の専門職だ。おいそれと男性職員に代われない。真岡郵便局では、二十人が残留志願者となり、交代で電話交換室を守っているという話だった。

病院の看護婦の中にも残留志願者がいたが、これは院長が断った。残った男性職員で何とかこなせるからだ。

敗戦になってひとつだけ良い方に変わったことがあった。真岡の町の燈火《とうか》管制が解かれ、夜にも電燈をつけられるようになっていた。がらんとした宿舎に帰って、電燈をつけ、一瞬はっとする。しかしもう、外に光が漏れないか心配する必要はないのだ。

八月十九日、珍内《ちんない》や恵須取方面から、海と陸の二手に分かれて南下した避難民が、真岡に集結するという情報がはいった。その数は五千人を超え、かなりの負傷者がいるという話だった。

病院には院長と私を含め、まだ四名の医師が残っていた。三名の医師の家族は、既に稚内に引揚げていた。

どんよりしていた雲は夕方になって深く垂れ込めてきたが、やがて猛雨となった。院長から、港に避難民の船が着いている、救護に向かってくれと命じられたのは、外が暗くなってからだ。

残留志願で残ってくれていた運転手Tと共に、病院自動車で港に向かった。暗いうえに、篠突《しのつ》く雨で、数メートル先も見えない。車の速度も自転車なみだった。

「これからどうなるのでしょうか」

T運転手が訊く。

「戦争は終わったのだから、悪い方には向かわないと思うよ」

「そうでしょうか。国境のあたりではまだ樺太軍がソ連軍と交戦していると聞きます。アメリカとの戦争は終わっても、ソ連との戦争は続くのではないでしょうか」

彼の不安をかき消してやりたいが、私のほうにも同じような懸念《けねん》があり、返答ができない。激しい動きを繰り返すワイパーを見つめるだけだ。

港には小さい船が蝟集《いしゅう》していた。闇《やみ》の奥で数十隻《せき》の船が波に上下している。あの程度の小船では宗谷海峡を渡りきるのは無理だ。

待合室に向かうと、そこは避難民で溢《あふ》れかえっていた。二階に続く階段も人と荷で一杯だ。私は入口近くを少しあけてもらい、救護所を開設した。

心臓病が一時的に悪化した老人や船酔いの女性、慌《あわ》てたために転倒して足や手、顔に擦過傷を負った男女など、四十人近くを診療しただろうか。やっと十二時近くになって患者が絶えて、港を出た。診療を手伝ってくれたTも私もへとへとに疲れていた。

暗くがらんとした病院に着くと、私は宿舎には行かず、医局のソファに横になった。疲れているはずなのに、気分がたかぶって眠りにつけない。「ソ連軍との戦争は続きますよ」と言ったTの声が、耳の底にこびりついたままだった。

翌朝、一時間ばかりうとうとしただろうか。私はいたたまれない気持にかられた。ようやく明るみ始めた窓の外に眼をやりながら、レインコートを羽織った。

外は濃霧になっていた。自転車に乗り、幾重にも流れるガスを突き抜けるようにして海岸に向かった。

海辺には既に三十人近くが集まり、硬《こわ》ばった表情で濃霧の奥の一点を凝視している。そこには六、七隻の駆逐艦が幻のように停泊していた。

ソ連の軍艦だと思った瞬間、港の両端からせり出した防波堤の中央を突き刺すようにして、三隻の上陸用舟艇が接近して来た。

「来たぞ」

誰かが叫び、集まっていた男たちが逃げ出す。私も自転車に飛び乗った。海寄りの道路をまわって病院前の十字路にさしかかったとき、砲撃音がした。真岡の町は、縦走した樺太山脈の山裾《やますそ》が海に没する傾斜地に、帯のように細長く横たわっている。艦砲射撃はその山裾の中腹を狙《ねら》っていた。ターンターンという砲撃音のこだまが、いくつも入り乱れた。

十字路から病院までは四、五百メートルの距離だが、坂になっている。足の悪い私は急いで登れない。頭上をビュンという音をたてて弾が飛び、行く手にプスッと土煙が上がった。必死でペダルを踏んだが進まず、自転車を放り出し、近くにあった防空《ぼうくう》壕《ごう》に飛び込んだ。

中には六人の先客がいた。脅《おび》えていた先客も、新来者が来ると安堵《あんど》するものらしい。

「先生、いいものがありますよ」

ひとりが言い、隅の方からビール瓶を掘り出してくれた。栓抜きまであり、まず私にさし出された。ラッパ飲みで三口くらい飲み、脇《わき》の男性に回した。不思議に、このビールで浮き足立った気持が落ちついた。

前方七、八百メートルの丘の上には、監視哨《かんししょう》と砲台があった。そこから聞き覚えのある高射砲の音がし出した。迎撃をしているのだろうが、その音も二分ほどで沈黙してしまった。

町の一角から火の手が上がっていた。防空壕近くの着弾がなくなり、私たちは恐る恐る壕を出た。自転車は手押しするしかない。坂の途中を踏切りが横切っている。避難民を乗せた下り列車が、学校の下あたりで立往生していた。弱々しい煙が、まるで喘《あえ》いでいるようだ。被弾も脱線もしていないようで、行き先のレールが安全かどうか、連絡を待っているのに違いなかった。

踏切りを渡って町長住宅の前を通りかけたとき、電話がけたたましく鳴る音が聞こえた。誰もいないようだ。鳴る音が止《や》まないので、私は玄関の戸に手をかけた。鍵《かぎ》はかかっておらず、そのまま押し入った私は、玄関口にあった電話の受話器を取り、もしもしと力強く呼びかけた。しかし先方が若い女性だとは分かったが、何を言っているのかははっきりしない。そのうち声は止んでしまった。ハンドルを何回も回してみたが、応答はそれっきりなかった。壁の時計に眼をやると、両針は七時三十五分を指していた。

外に出て、眼を町の方に転じると、もう火の手は十数ヵ所から上がっていた。艦砲射撃は止んでいたが、機関銃や自動小銃、手榴弾《しゆりゆうだん》の音が、いたる所で響いている。

病院に辿《たど》り着くと、そこだけはひっそりしていた。Y院長は院長室の窓を開け、私が自転車を押して来るのを見ていた。

「ソ連兵の上陸です」

廊下に出て来た院長に私は報告した。

「怪我人《けがにん》が病院に集まって来ますよ。先生頼みます」

「他の先生たちは？」

私は残留志願をしていた二人の先輩医師の名を口にした。

「夕べ、最終列車で豊原の方に向かいました。残った医師は私たち二人だけです。それに職員が五人」

私は不思議と驚かなかった。残留志願をした先輩医師二人は、院内に残ってはいるものの、気もそぞろという有様だったのだ。かといって責める気もさらさらない。二人共家族持ちであり、妻子はもう稚内に着いた頃なのだ。

院長の予測どおり、正午前から、ソ連軍の一方的な市街掃蕩《そうとう》作戦による犠牲者が次々と病院に到着した。負傷者のうち、歩ける者は人の肩にすがって歩き、またはおんぶされ、あるいは担架で運ばれて来た。

危険を冒して付き添った人たちも、いざ病院に辿り着くと、医者はたった二人、看護婦は影さえ見えず、その落胆ぶりはおおい隠せない。しかし患者を置き去りにして帰るわけにはいかない。

診療室で懸命に手当を施している院長と私を見て、ひとりふたりと手伝いを申し出てきた。断る理由などない。こちらは猫の手も借りたいほどなのだ。

自然発生的に結成された救護班の数は三十人を超えた。院長も私もそれらの人々に指示を出す余裕もなかった。ただガーゼや繃帯《ほうたい》、消毒液のある場所を教えるのみだ。

救護班はそれぞれ思い思いに負傷者の世話に当たった。私が治療し終わった患者に、見よう見まねで繃帯をしてやったり、空いているベッドに寝かせてくれたりした。面識のある女学校の老校長は、どこからか白衣を探し出してきて羽織り、ピンセットと膿盤《のうばん》を持って、負傷部位のガラス片をつまみ出している。終わると、別の男性がオキシフルとマーキュロで消毒し、ガーゼを当てて繃帯をしてやるという具合だ。

海産物問屋の主人は、三名によるリヤカー隊を組織してくれた。全員が白衣を着て、腕に赤十字の腕章を巻いて町に繰り出し、患者の収容にあたると言う。

「今、大勢の男たちがソ連兵に捕えられ、海岸の石灰倉庫や塩倉庫に閉じ込められています。そこへ行って、大声で医者と歯医者を探すのです。『おーい、医者はいないか』」

問屋の主人は私の前で実際に声を出してみせる。「なあに白衣に赤十字のマークがありますから、ソ連のサルダート（兵）も手が出せませんよ。要は気迫です」

主人はロシア語も多少できるらしく、ロシア語の単語を混ぜた。

午後になっても患者は続々と集まってきた。砲弾や銃弾による負傷者や、手榴弾で腹部に重傷を負った者、火傷《かしょう》の患者など、私にはどれも手慣れない治療ばかりだった。

その日、約五十名の患者が来院し、そのうち十一名が院内で死亡した。死者を弔う余裕などない。やむなく病院の裏庭に大きな穴を掘ってもらった。

外は焦《こ》げ臭く、空には一面の煙がたちこめ、町のそこここでまだ火がくすぶり、思いがけない所で火の手が上がった。

負傷者や付添人の話から、真岡郵便局の電話交換手たちが青酸カリで白決したということが分かった。私が町長の家で電話を取ったときが、彼女たちの最期《さいご》だったのかもしれなかった。今、郵便局はソ連の通信兵に接収されているという。

町長が犠牲になったことも知らされた。役場に出勤していた町長は他の職員とともにソ連兵に連行され、岸壁に並べられた。二十人あまりが自動小銃の一斉射撃を受けたという。

ソ連兵の市内掃蕩作戦から避難した住民は、山道を豊原に向けてひたすら歩き始めているらしい。真岡郊外の熊笹峠《くまざさ》では、真岡地区に配備された歩兵第二十五連隊がソ連軍の追尾を阻止しているという話だった。

その後の二、三日で、病院に集められたり辿《たど》り着いた患者は百名を超えた。もちろん救命できなかった重傷患者や、病院に来たとき既に息絶えている負傷者もいて、裏庭の大穴に埋めた死者の数は総計二十九名に達した。

救命できた患者の中には、死んだはずの町長も混じっていた。岸壁に並べられて自動小銃の標的になって倒れたが、幸い夜中になって息を吹き返し、その晩はかろうじて船に逃れて夜を明かしたのだそうだ。そして次の晩、渾身《こんしん》の力をふりしぼって民家に辿り着いて、人事不省に陥った。

病院に運び込まれたときは、右肺の貫通銃創、および右肩の大きな挫滅創《ざめつそう》が認められ、多量の出血をきたしていた。院長と私は点滴を施しながら傷の治療を行った。意識は一時間後に戻り、粥《かゆ》も受けつけるようになった。二十三日には熱も下がり、峠を越した。

真岡郊外の熊笹峠でソ連軍と交戦していた歩兵第二十五連隊所属の各部隊に、即時停戦命令が届けられたのは二十三日だ。その日のうちに武装解除が行われた。

病院のほうは、その後もないない尽くしだった。厨房《ちゅうぼう》にも人がおらず、看護婦もいない。医師も二人のみ、医薬品も食料も底をつきかけていた。

見かねた院長が、救護班の中にいたロシア語の多少できる青年を連れて、ソ連軍の軍司令部にかけ合いに行ったのは一週間後だ。事情を訴えると願いは聞き入れられ、真岡病院は救護病院として再発足することになった。ソ連軍の保護下にはいったため、味噌《みそ》や醤油《しょうゆ》の供給も受けられるようになった。町で開業していた医師や歯科医、薬剤師も集まり、さらに五名の看護婦も援助を申し出てくれた。

豊原の衛生課からは五箱の衛生材料も届いた。

こうやって病院の安全性が確保されると、病室は避難所の様相を呈しはじめた。大げさな繃帯をして威張っている男の横のベッドでは、明日も知れぬ重症者が呻吟《しんぎん》している。このことが後日、病院でスパイや反ソ的な人物をかくまってはいないかという嫌疑の萌芽《ほうが》になったのだ。

九月にはいって極東軍軍司令官命令が出された。
一、ソ連は樺太において民族の別を問わず医療を国営とする。
二、旧樺太庁真岡病院、鉄道病院、保険病院は従前の場所に復帰し、日本人の治療に当たるべし。

三、真岡病院は、ここ一週間以内に清掃の徹底を期すべし。もしその実、成果見られざるときは、責任者を銃殺に処す。

この第三の命令には驚き入ったが、私には心当たりがあった。二日前、看護婦が診療室に息せききって告げに来たのだ。

「先生、ピリヴォーチク（通訳）が来て、間もなく極東軍の軍司令官が病院の視察にやって来ると言いました。確かにジープが何台か上がって来ています。すぐお出《い》で願います」

「迎えるのは院長がいいだろう」私は答えた。

「院長先生は片岡先生に頼めと言われました。お願いします」

私は仕方なく玄関に出向き、軍司令官一行六人を迎えた。それから二時間、院内を案内したが冷汗ものだった。私が病院に赴任したときから薄汚い印象があったが、この九ヵ月でさらに汚れは目立つようになっていた。ギーギー床板が軋《きし》る廊下を通り、天井の蜘蛛《くも》の巣を見上げる軍司令官の顔に、不満の色がつのっていく。私は内心びくびくしながら、彼が何かぶつぶつ呟《つぶや》くのを聞いた。もちろん私の不充分極まるロシア語能力では、何を言っているのか分からない。

ついに炊事場と便所で、軍司令官の感情が爆発した。「ボーダーボーダー」と口走り、私に詰め寄って、ロシア語で何かをまくしたてた。ピリヴォーチクもこれを通常の会話とは受け取らないで、訳さないまま突っ立っていた。

しかし、私には軍司令官が私に何を怒鳴っているのか、直感的に分かった。「お前は医者でありながら、自分の病院をこんな汚い状態に放置しておいて恥ずかしくないのか」。私は内心で屈辱を感じながら案内を続けたのだ。

軍司令官の命令のあと、全員総出で病院の清掃をしたのは言うまでもないが、煤《すす》を払い、蜘蛛の巣を取り除いたくらいで、ピカピカになるような病院ではもとよりなかった。

それから四、五日して、ソ連の軍病院が上陸進駐して来た。真岡病院の半分を彼らが使用することになり、私は彼らの働きぶりを目《ま》のあたりに見せつけられた。真先に到着したのはサニタールカ（看護助手）で、揃《そろ》いの軍服を着ており、陽気に歌いながら仕事を始めた。天井を拭《ふ》き、壁を洗ったりしたが、それくらいできれいになるはずはない。すると、天井に模造紙を貼《は》りつけ、大巾《おおはば》のガーゼでカーテンを作り、窓を飾り出した。薄汚かった部屋は、見る見る清楚《せいそ》な部屋に仕上がった。

このサニタールカは部屋の掃除の他、患者の見まわり、メシストラ（看護婦）の下働きもした。

半年の講習を受ければサニタールカの資格がとれるが、メシストラは専門学校を出ており、この他、僻地《へきち》にはフェールシア（准医師《じゅんいし》）が配置されていることは、おいおい分かってきた。一般の医師はヴラーチと言い、大学教授のような地位の高い医師がドクターらしい。病院で立ち働くヴラーチが女医ばかりなので、所変われば品変わるものだと私は目を丸くした。

九月下旬、ソ連の軍医部長から発疹《はっしん》チフスが流行しつつあるとの報告を受けた。発疹チフスは敗戦前から、樺太にある炭鉱のあちこちで小規模の流行がおきており、昨今始まったことではなかった。軍医部長の話では、北朝鮮から二千名あまり農民を樺太に徴用して来たが、樺太に向かう船中で二十名を超える高熱患者が発生しているらしかった。

巨体でいつもクロパトキン帽をかぶっているこの軍医大佐は、防疫《ぼうえき》の関係でそれまでも何度も病院に顔を出していた。通訳から名前を聞かされても私は覚えることはできず、古びたクロパトキン帽から勝手に〈ボロズキノフ〉と呼んでいた。口うるさい男だが、どこか気の良い剽軽《ひょうきん》な面もあった。今回はかなり慌《あわ》てており、患者が出たら直ちに収容、感染には厳重な注意を払うように命じて帰って行った。

病院の裏庭には、このボロズキノフ軍医部長が持ち込んだ大型の乾滅器が設置されていた。一間四角で、中に衣類を吊《つ》るし、下から火を焚《た》いてシラミを滅殺するという仕組みだ。

ソ連軍は患者の摘発に懸命だった。一方で予防接種も施行し始めた。

この直後、ある家の主婦が押入れの中で死亡し、発疹チフスの疑いがあるので解剖してくれという依頼が、鉄道病院から届いた。自分の病院でやればすむものをと私は反発を覚えたが、元来が病理医であるY院長は快諾した。例の如《ごと》く、院長に指導してもらい、私が執刀した。結果は紛れもない発疹チフスで、すぐさまボロズキノフ大佐に連絡した。ソ連軍の防疫陣が色めき立ったのは言うまでもない。

十月になると、ファイニュウトという名の女医が、真岡の衛生課長として赴任して来た。ついで金髪の若い女性の小児科医もやって来て、私の隣室に陣取って、ソ連人の外来診療を受け持つようになった。

この頃から病院内は少しずつソ連式に変貌《へんぼう》していき、樺太庁立真岡病院は〈ソ連国立ホルムスク病院〉と横書きになった。さらにひとつの病院が、外来病院、入院病院、伝染病病院の三つに独立し、各々《おのおの》に院長がやってきた。経営も別々であり、各病院の境は厳重にベニヤ板で区切られてしまった。

それまで真岡病院にとどまっていてくれた日本人開業医三人も去り、残る日本人医師は再び私とY前院長のみになった。

真岡の町の日本人住民は三分の一に減った代わりに、袋をかついだソ連人の移民が入り込んで来た。空屋になった家が、一夜にしてソ連人一家の住居に早変わりするといった具合だ。新参のソ連人も残った日本人も、焼け跡の整理や防空壕《ぼうくうごう》の埋立てに立ち働いた。

Y前院長と私は、真岡に日本人が残っている間は、看板を立て替えた国立ホルムスク病院から去れない立場に立たされた。逃亡できたとして、途中でソ連の特高というべきNKVD（内務人民委員部）に捕まってしまえば、反ソ分子とみなされて、収容所送りになる可能性大だった。樺太に残された日本人は、反ソ分子と思われないようにするために、引揚げの日が来るまで、おとなしく振舞う。これが暗黙の了解事項であり、私とY前院長も、お互い胸の内を話すことはなかったが、同じ気持だったはずだ。

年が明けて昭和二十一年になると、樺太は軍政から民政に移った。入院病院の院長として赴任したのは、五十歳を少し超えたと思われる女医で、ユダヤ系という話だった。この女性は体格も堂々たるものだが、その実行力にも私は舌をまいた。

着任するとすぐ、病室の修繕や設備材料の調達、石炭の確保のため、あちこち関係部門を駆けずりまわった。これに目鼻がつくと、今度は馬ソリと馬二頭を買い、雑役夫も雇い入れた。

「次は乳牛を飼って、牛乳をふんだんに患者に供給します。その次は野菜の自給自足です。どこかに農耕地を買い求めましょう」

外来病院と入院病院、伝染病病院を掛け持ちしていた私を前にして、彼女は抱負を語った。この頃になると、私もソ連人の患者の診察にもピリヴォーチクは必要としなくなっており、彼女の言うことも概略は理解できた。話は理解できたが、気宇壮大な計画過ぎると思った。

病院は完全看護、完全給食で、付き添いは許されない。入院患者には、ソ連人、日本人の区別なく充分な黒パンとロシア料理が出された。

伝染病病院は少し事情が違った。港に船が着くたびに、袋を背負った移民が上陸した。船中で病気が発生するのは常で、下痢患者や麻疹《ましん》患者は有無を言わせず強制入院させられた。それに腸チフスや発疹チフス、流行性脳炎も加わって、病院には常時二十名くらいの患者がいた。とてもソ連人医師だけでは間に合わず、私も患者を受け持たされた。

日本人患者二名が流行性脳炎で入院して来たのは二月で、そのことを入院病院の院長であるユダヤ系女医に話したところ、二、三日して院長室に呼ばれた。

「ソ連製のペニシリンです。これを二人の患者に使ってみてください。その結果をわたしに教えてくださいさい。伝染病病院の院長にはすべて内緒ですよ」

結果は著効で、さっそく女医院長に報告した。その後も、肺炎患者が出たとき、院長に今度はこちらからペニシリンを懇願し、これまた卓効を得た。発疹チフスの患者が入院した際にも女医院長のところに行ったが、これが最後だと念をおされた。ペニシリンを所有しているのは軍病院の関係者だけで、院長は密《ひそ》かに横流ししてもらっているとのことだった。しかし当然ながら、このペニシリンは、細菌でなくリケッチアに起因する発疹チフスには無効だった。

病院の勤務体制や治療のやり方は、それまでの真岡病院と大して違いがなかったが、ただひとつ日本と異なっている点があった。それは、病因がわかっていようがいまいが、入院患者が死亡すると必ず病理解剖に付す点だった。Y前院長に言わせれば、これは理想的なやり方であり、日本も見習うべきらしかった。

とはいえ、入院患者のみならず、町中の変死体まで持ち込まれるのには閉口した。

夜昼の区別なく、三、四人のサルダートがどやどやと病院にやって来て、いろいろな死体を置いていく。銃で撃たれた死体もあれば、凍死体もある。解剖室に二、三体が積まれていることもあった。解剖にはY前院長も駆り出されたが、それでも間に合わないときは、院外の解剖医もやって来た。Y前院長の話では、解剖医の手つきは慣れたものだが、肉屋と変わりなく繊細さに欠けているそうだ。

病院での仕事の内容も、少しずつソ連式に変わっていった。最も戸惑ったのが診断書の発行だ。緑色がかった用紙に通し番号がついており、住所、氏名、生年月日、民族、勤務先、職別の欄があり、下段の十数行の空欄が私たちヴラーチの記載欄だ。

労働者が病気で治療を受ける場合、まずナチアーニク（職場長）の許可を貰《もら》わなければならない。ナチアーニクが当該患者の診察依頼を書いたスプラフカ（証明書）を持って、患者は外来病院にやってくる。

外来病院で患者を診た私は、まず三通りの処置のいずれかを選択することになる。第一は、軽症の場合の通院加療で、仕事の合間に病院に来て治療を受けてもらう。治療が終われば、もちろん職場に戻って働かねばならない。

第二は重症の場合の休業加療だ。仕事を休み、自宅養生しながら通院してもらう。そして三番目が入院加療だった。

外来病院では必要な処置や注射はするが、薬は患者自身が処方箋《しょほうせん》を持って国立の薬局に行って調合してもらわねばならない。これも日本人には慣れない制度だった。

私たちヴラーチは、初診患者にまず二日間の治療期間を与えることができた。次に外来に来たときには、さらに二日間与えられるが、合計十日間が許可しうる範囲だった。これを超える治療日数を要する患者は、定期的に行われるカミーシャ（委員会）の判定を通らなければならない。

私たちヴラーチの各自が一ヵ月間に出す休業患者許可数の統計が出されており、乱発をしていると当局からにらまれるという話だった。

患者が来ると私はそのつどスプラフカに記載して署名をし、さらにソ連医の署名ももらう。治癒《ちゆ》した患者は、この緑の証明書を民政局に持って行ってスタンプをおしてもらう。これで職場では、休んだ日数に対して賃金の支払いを受けるという仕組みだ。北は蘭泊《らんとまり》、南は広地《ひろち》から、通院十日で治らなかった労働者が、このホルムスク（国立真岡病院）にやって来た。

外来病院の待合室はいつも五十から六十人の患者で溢《あふ》れた。患者たちは十時になろうと十一時になろうと、やつれた病身を何とか保って待たなければならない。内科患者の診察は私の受持ちのようになっていた。患者が日本人の場合は何でもないが、ソ連人を相手にすると会話はぎこちなくなる。何とか診察を終えると、最終判断のためカミーシャがもたれた。カミーシャを行う構成員は、元軍医大尉《たいい》で衛生課長の任にあるファイニュウト女史、そして小児科医の金髪の女医、私、共産党員でもある看護婦の四人だ。委員長はもちろんファイニュウト女史だった。

私が診察結果の概略を説明すると、委員長が厳しい顔を患者に向ける。

「あなたはもう治っているので、安心して明日から働いてもよろしい」

すると患者は執拗《しつよう》に苦痛を訴え、懇願する。もともとカミーシャを受ける患者は、既に十日間の外来治療を受けて治癒しなかった者ばかりだ。さらなる治療と休業を希望しているから、それを〈治った〉と断じられては立つ瀬がない。

必死の訴えにも女史は耳をかさずに、にべもなく「治っています。働けます」の一点張りだ。ついに患者は根負けして退室する。

その日最後の患者になったのは、五十六歳の日本人だった。私が診察した結果は古い脳梗塞《のうこうそく》で、左半身に軽い麻痺《まひ》が残っていた。身体《からだ》が不自由なのにもかかわらず、生計のため缶詰工場の掃除夫として働いていた。

「最近こんな具合に手足の震えがひどくなってきました。仕事もできなくなってきたので、職をやめて療養したいと思います」

手を合わせて懇願する日本人の言葉を、私は拙《つたな》いながらもロシア語に訳した。

「なるほど掃除夫としては無理でしょうが、幸い目と耳は達者のようです。身体を使わず頭でできる仕事を選びましょう。見張り番はどうでしょうか。これなら坐《すわ》っていてもできます」

ファイニュウト女史が言い、スプラフカの頁《ページ》を折りちぎって、判断を書く。私と金髪の女医、共産党員の看護婦も署名する。そして私が通訳する。

初老の日本人は皺《しわ》の多い顔を半泣きにして退室した。

ソ連の民政下では、仕事をしないでパンの配給が受けられるのは六十歳からだった。彼もあと五年は、不自由な身体で寒いなか、どこかの工場の見張り番をしなければならないのだ。

春が来て、冬から解放されるのを待ちかねたように、赤の広場に変わった市役所前の広場で、メーデーの集会が行われた。その五月一日が終わると、真紅のユニフォームを着たソ連のサッカーチームが現れて、練習を繰り広げた。日本人のほうも負けてはおられじと、隅の方で野球に興じるようになった。

八月には、そこここで盆踊りも行われ、病院でも、日本人の職員や軽症患者で、盆踊りを実施した。もちろんY前院長が、三人のソ連人院長に前もって許可を取りに行っていた。病院前の広場に、小さな櫓《やぐら》を組み、柱に紅白のテープを巻きつけた。メーデーで使われた万国旗のロープも、頭上に張って、太鼓も用意された。花を添えたのは、この頃、病院の手伝いに志願して来た女学校の生徒十二人だ。空いていた看護宿舎に寝泊まりしながら、ソ連人メシストラの手伝いをしてくれる。盆踊りのときには、全員がゆかたに赤い帯、鼻緒の下駄《げた》ばきで参加してくれた。ソ連人のサニタールカやメシストラ、患者たちも庭に出て来て見物する。最後には、小児科の女医やユダヤ人の女医院長までも、踊りの輪に加わり、見よう見まねで手足を動かした。

踊りが終わったあと、元運転手で今は厨房《ちゆうぼう》で働いているTと私は、Y前院長の部屋に集まり、ウォッカで乾杯をした。

汗をかくほどに踊り呆《ほう》けたあとだったので、氷をいれたウォッカは喉《のど》にしみる。少し酔いがまわってくると、話は自然にこれからどうなるのかという不安に行き着いた。

「シベリア送りよりも、今の状態はましです。満州にいた関東軍だけでなく、樺太軍のほとんどはシベリアに抑留されているそうです。そこへいくと、ぼくたちは慣れた所でこうやって生きておられますし」

Tがコップの中の氷を揺らしながら言う。

「かといって、こんな宙ぶらりんの状態がいつまでも続くとは思えないです」

私はフラスコの中のウォッカをコップにつぎ足した。

「民間人はいずれ、内地に帰されますよ。みんな身ひとつ、一文なしの状態ででははありますが」

Y前院長はじっとコップをみつめた。「我々のような医師が帰れるのは、一番あとになると思います。問題はそこです。シベリア送りになった日本人将兵のために、医師がそこに送られる可能性もあります」

「しかし関東軍にしろ樺太軍にしろ、軍医はいます。何も我々民間人の医師が行くことはないと思いますが」

私はやんわりと反論した。言ってしまったあと、元依託学生としてはあるまじき発言だと反省はしたが、正直な気持だった。

「理屈はそうですが、理屈が通らないことをするのがソ連です」

Y前院長は真顔で声を低めた。前院長の家族がもう札幌に落ちついていることは耳にしていた。

祖国の民間人を最後まで診療するのは望むところだが、日本軍の将兵の面倒までは御免こうむりたいというのがY前院長の本音に違いなかった。

敗戦から一年たった八月、よく晴れた日の朝、ソ連検事局からの使いでソ連人女性が診察室にやって来た。私に渡された紙には、〈今日の午後二時、軍法会議に出頭せよ〉と書いてあった。

不審気な私の顔を見てとって、彼女は神社を拝むような仕草を二、三度してみせた。どうやら、元の神社がその場所ですよ、と言っているようだった。

午後の診療を中止して、所定の時間に神社に出向いてみて驚いた。一年前まで立派な社務所だったところが改造されて、裁判所のようなものになっている。

しばらくして、港湾局の通訳をしているという日本人がやって来て、私に挨拶《あいさつ》をした。これから軍法会議にかけられるのは、私が診察をした患者であり、証人として私が呼ばれたという。

程なく一室に招き入れられた。正面には、裁判長と思われる三十半ばのカピタン（大尉）が坐り、その両脇《りょうわき》にも軍人が坐っていた。

被告席にいる中年男性は、確かに私が診察した患者だった。

開廷宣言と宣誓に続いて起訴状が読み上げられる。

――被告は昨年九月以来、海軍局の雑役夫として勤務していたが、去る四月一日より二十五日まで、十六日間無断欠勤をした。ただ十六日間のうち二週間は医師の証明書が出ている。ところがそこには座骨神経痛の病名のもと、通院加療、すなわち職場から通院するように指示されており、休んでよいとはなっていない。さらに重大なことに、最初と最後の二日間は、全然診断書が出ていない。その行為はソ連刑法第五十八条によって――

聞きながら私はまたかと思った。南樺太が占領されて一年、大方の日本人はソ連の制度がどのくらい恐《こわ》いものかは、骨身に沁《し》み込むほど体験し、あるいは見聞していた。被告もこれは二、三年、いやあるいは五、六年の収容所送りになると直感したに違いない。沈黙のあと、彼は決然として顔を上げた。

「私は元来事務員で、肉体労働に従事したことはありません。敗戦とともに家は灰燼《かいじん》に帰して一物も残らず、着のみ着のままの状態になりました。幸い海軍局に職を得て、仕事ができるようになったのであります。

それ以来ずっと働いてきましたが、毎日海中から丸太を引き揚げ、現場に運ばねばなりません。冬が近づくにつれて寒くなりましても、私には防寒具や手袋の持ち合わせがありません。手足はヒビとアカギレで血がにじみ出し、指先は凍えてどうにもならなくなりました。加えて持病の神経痛の痛みも出てきました。

何度かハジャーイン（親方）に事情を訴えて、適当な仕事に変更してくれるように頼んだのですが、聞き入れられませんでした。冬の間、手足のアカギレと左足の神経痛に悩まされ続けました。冬がようやくゆるみかけ、アカギレとヒビも多少よくなりましたが、神経痛はおさまりません。

四月十日の晩、左大腿《だいたい》から左足にかけての猛烈な疼痛《とうつう》に悩まされ、そこに悪寒《おかん》も加わって一睡もできませんでした。明けて十一日になりますと、幾分楽になって病院に行くことができたのです。

私は日本流に考えて、病欠をしても事後承諾をしてもらえると思っていました。ソ連の事情にも疎《うと》く、つい知らずにソ連刑法を犯す羽目になったのであります。決して他意があったわけではありません。私はそれまでも、また病欠のあとも、その日その日最大の努力を傾け、ソ連への協力を惜しみませんでした」

真情溢《あふ》れる陳述であり、被告の目には涙さえ浮かんでいた。

これに対して、証言が求められた。私は被告の病状が深刻で、誇張ではない点をそれとなく強調した。

休憩をはさんで再び顔を合わせ、裁判長の判決があった。

――被告は十六日間のサボタージュを敢《あ》えてしており、この行為はソ連刑法第五十八条により、六ヵ月の刑に処せられるべきものである。しかし医師の証言によると、事実上働く能力を失っていたと判断でき、悪意があったとは解せられない。なおソ連の法律に疎く、知らず知らずのうちに罪を犯すに至ったことは、被告のために悲しむべきことであり、情状酌量すべき余地がある。よって六ヵ月の執行猶予《ゆうよ》に付し、その間、月給の二十五パーセントの罰金刑に処するものである。

はた目にも被告は安堵《あんど》した表情になり、深々とお辞儀をした。

「先生、よかったですね。一時はどうなるかと思いました」

裁判所からの帰り道、通訳はほっとした面持ちで私に言った。「あの五十八条で、樺太からシベリア送りになった日本人は、この真岡だけでも百人を下らないそうです。中には五百人くらいはいると言う者もいます。これが樺太全土となると、どのくらいの人数になるか、見当がつきません」

彼は最後のところで怯《おび》えた目を私に向け、肩をすぼめた。私は返す言葉も見つからず、重い足を動かし続けた。

九月になってのある朝、私が外来病院で診察をしているとき、突然四人のサルダートがはいって来た。

「今朝、巡察にまわっていると、山の根にこの子が捨てられていた。まだ息はある。何とか助けてくれないか」

腕に赤子を抱いたサルダートが悲痛な顔で訴える。

「母親はまだ見つからない」

別なサルダートも首を振った。

赤子を受けとると、まだ臍《へそ》の緒もついている。日本人の男児であるのは間違いない。

私が看護婦を呼ぶと、駆けつけたのは盆踊りでも活躍した女学生たちだ。またたく間に私の診察室は産室に早変わりした。臍の緒を切り、産湯《うぶゆ》をつかわせ、強心剤も射《う》った。わいわいがやがやという女学生たちの真心が通じたのか、赤ん坊は牛乳を飲み出し、泣き声さえ上げた。

救命はできたものの、病院内に産科はない。ひとまず一般内科病棟で育てようということになった。母親代わりになったのは、やはり女学生たちだ。牛乳の調合から授乳、おしめ作り、おしめ替え、着物のこしらえまで、彼女たちが受け持った。赤ん坊は日増しに丈夫になっていった。

十月になり、赤ん坊をどこに里子に出したものか、看護婦たちが心配しはじめた矢先、Y前院長の姿が病院から消えた。

外来病院の部屋で診察を終えた午後三時頃だった。ピリヴォーチクがやって来て、こう告げた。

「たった今、裏の収容所で患者が出ています。往診して下さい」

私が行こうと申し出ると、ピリヴォーチクはY前院長でなければいけないと言う。夜になっても、翌日になってもY前院長は戻らず、三日目、前院長の居室も封鎖されてしまった。

「バラサイ（消滅）ですよ」

私と顔が合った際、元運転手のTは小声で言った。

なるほどNKVDの仕業だと考えれば納得できる。とはいえ、Y先生がどういう反ソ行動をしたのか、私には全く分からなかった。ソ連という国の底知れぬ恐ろしさが、ぱっくりどこかに穴をあけているような気がした。

そうした見えない暗い穴を恐れて、この件に関しては、誰もが口をつぐみ、触らぬ神に祟《たた》りなしという気持で日々を過ごした。

しかし水面下では情報を集めることは怠らなかった。甲斐《かい》あって、二週間後、前院長は豊原の収容所にはいっているという話がもたらされた。その直後、今度は日本人の通訳が、ソ連人のピリヴォーチクから聞いた話だとして私に内緒話をしてくれた。

「Y先生は、ある日曜日、内地に向かう密航船に日記帳を託したのです。ところが船は大泊沖でソ連の監視船に捕まり、荷物の中からその日記帳が出てきました。日記帳の内容に反ソ的な部分があって、刑法五十八条に問われました。刑が十年か二十五年かは、今のところ分かりません」

聞きながら私は、バラサイという言葉を思い出して背筋が冷たくなった。

私には日記をつける習慣はなかったが、仮につけていれば反ソ的な文章を記したに違いない。いや樺太に居住していた日本人で、本心から親ソ的な者は誰ひとりいないはずだ。

ソ連は、日本の敗戦が濃厚になった昨年の八月九日、日ソ中立条約を一方的に破棄して満州に攻め込んだ。この地では北緯五十度線を越えて、四十万人の日本人が住む南樺太に進軍したのだ。樺太軍との交戦は内地の敗戦後も続き、八月二十三日になっても、豊原へのソ連機の爆撃は続けられた。

ソ連軍の国境突破後、島民は稚内に近い大泊に続々と避難して来た。大泊にいた全船五百余隻《せき》は、軍が無料支給した燃料を使って、大泊と稚内の間を必死でピストン輸送をしたのだ。ソ連海軍によって宗谷海峡が封鎖されるまでに、約五万人が稚内に渡ったという。

しかしこの間にも、北洋漁業の基地である真岡は、ソ連海軍の艦砲射撃でその三分の二を灰にされてしまった。真岡に配置されていた日本軍は、武装解除のため豊原に移動したあとであり、ソ連は軍隊の駐屯しない町を破壊したことになる。

そして進駐が終わるや、樺太の住民は居住地からの移動を禁じられたのだ。武装解除された日本軍将兵は、収容所から漸次《ぜんじ》北樺太やシベリアに送られているとも聞く。

こうした事実を知れば知るほど、日本人は義憤を書き綴《つづ》りたくなるだろう。そしてこの樺太真岡の実情を内地の人々に知ってもらおうとするならば、こと細かに書き綴った日記帳を密航する同胞に託すはずだ。

まさしくY前院長と私の違いは、日記を書く習慣があるかないかの差でしかなかった。

十一月のある日、夕方ひとりの青年が私を尋ねて来た。

「Y先生とは、豊原の未決獄で一緒でした。先生は毎晩夜中に引っ張り出されて、手《て》強《ごわ》い取調べを受けていました。ピストルで口をこじ開けられて脅されたそうです。その後、悲観されたのでしょう。自殺を計ったということも聞きました。幸い発見されて、未遂に終わったようですが、私は釈放されたのでよくは分かりません」

痩《や》せた蒼白《あおじろ》い顔で言い、最後に「ここでこんな話をしたことは、どうか内密にお願いします」とつけ加えた。

私は暗然たる気持になった。屈辱を加えられるくらいなら潔《いさぎよ》く自死を選ぶのも、Y先生らしいと思ったからだ。

そして二十一年も暮れがけの十二月中旬、今度は稚内から逆に樺太に密航して来て捕まり、釈放されたと言う中年男性の訪問を受けた。

「Y先生は、可哀相《かわいそう》に、十一月五日、覚悟の自死をされました。心身ともに疲れ切っておられたので、神経衰弱の結果だと思います。その晩のうち、どこかに運び出されたそうです。私はその前、先生と同室だったので、紐《ひも》をやって自殺幇助《ほうじょ》をしたと嫌疑をかけられました。いくら知らぬ存ぜぬといっても、向こうの特高の取調べはきつく、ようやく四日前に釈放されたばかりです」

中年男性は、私の部屋であたりの気配をうかがうように、落ちつかない視線を動かした。

私は自殺が未遂に終わったのか、中年男性の言うように既遂に至ったのか思案した。そしておそらく、自殺は何回かにわたって企図され、最後は既遂になったのだという結論に行きついた。

ソ連ではすべての死体は解剖のために運び出される。行き先は病院の解剖室だろう。

私はさっそく豊原の病院に勤めている知人と連絡をとった。しかし、収容所から運び出された自殺者を解剖したという記録は見つからなかった。

私の頭のなかは再度〈バラサイ〉でいっぱいになった。バラサイには、死亡ではなく、流刑地《るけいち》送りという意味もこめられている。Y前院長が豊原の収容所で死んでいないとすれば、北樺太かシベリアに送られたと考えたほうが筋が通る。Y前院長の医師としての腕を活用するには一番の方法ではないか。もう四十過ぎとはいえ、私のように足が不自由なわけでもなく、身体《からだ》は強健だった。

悲観した挙句の自殺よりも、流刑地送りでも何でもいい、Y前院長にはどこかで何としても生き延びていて欲しい。それが私の偽らざる願いだった。

樺太に残留を余儀なくされた日本人が待ちに待った引揚げ船は、それから数日後に訪れた。十二月の下旬、第一船が真岡港を離れた。

私が最後の船で稚内に帰り着いたのは昭和二十二年の八月上旬だった。敗戦から二年を真岡病院で過ごしていたことになる。陸軍衛生部依託学生だった私が、祖国のために少しでもその責務を果たせたのかどうか、私には今もって分からない。

土_もぐ龍_ら

昭和十八年十一月、戸山の陸軍軍医学校を卒業した私は、北支山西省に布陣する第六十二師団隷下《れいか》の独立歩兵第十一大隊付となり、十二月末に現地に赴任した。

翌十九年四月中旬から京漢線打通作戦が始まり、開封から洛陽《らくよう》近くまで進軍南下した。国民政府軍の抵抗は弱く、作戦は有利に展開した。

しかし大陸は酷暑の季節で、実際の戦闘による戦死よりも病死のほうが多かった。行軍中に、疲労と喉《のど》の渇きで水筒を空にした兵隊たちが、クリークの汚水を飲むのが原因だった。いったん下痢が始まると、兵たちは急速に衰弱し、あっという間に息絶えた。私はその手当に奔走した。幸い私は岡山医大在学中に乗馬をやっており、行軍中も馬で行動したため、体力を消耗せずにすんだ。

五月中旬、京漢作戦は成功裏に終わり、七月に師団は沖縄への転進を命じられた。行軍と鉄道での移動をこま切れに続け、上海《シャンハイ》に到着したのは八月上旬だ。ここで三隻《せき》の輸送船に分乗した。東支那海を渡る三日の航海中、船酔い者が続出した。大陸ではそれぞれ歴戦の勇士を誇った中隊長や小隊長が、真青な顔になり半病人同様で横になってしまった。

幸い私は、瀬戸内海育ちのため船酔いを全くせず、船酔いの将兵を横眼に、ひとまず内地に帰れる喜びで胸をふくらませていた。

八月十九日の那覇《なは》到着後、上陸のために舟艇《しゅうてい》に乗り移った。しかしこの舟艇は舟底に火薬を積んでいたらしく、煙草《たばこ》の火が引火し、途中で大爆発が起こった。乗っていた全員が海に投げ出された。爆発の場所は舟の中央部であり、私は怪我《けが》をせずにすんだものの、完全武装のままなので浮いているのがやっとだ。すぐ脇《わき》に、全身火傷《かしょう》を負った兵が泳いでいたが、助けようにも余力がなかった。兵は一分もしないうちに海中に沈んだ。

やっとの思いで岸に泳ぎついたときには、四名の死者と八名の負傷者を出していた。すぐに師団副官であるA中佐から呼ばれた。死傷者を出したのは軍医の落度であり、大隊付軍医三名のうち最上級の中尉《ちゅうい》である私に、責任をとれと言う。舟艇の爆発も負傷者の溺死《できし》も、いわば不可抗力に違いなく、一介の軍医にはどうすることもできない。私は断固突っぱねた。

この副官がその後、私の所属部隊長となり、ことあるごとに睨《にら》まれる破目になった。沖縄に上陸した翌日から、連日の壕《ごう》掘りが師団の仕事になった。このとき第六十二師団は、第六十三と第六十四の二旅団からなる歩兵大隊を八個擁し、その他に工兵隊、輜重《しちょう》隊、通信隊を配下に置いていた。

沖縄の防禦《ぼうぎょ》を受け持つのは、第三十二軍、いわゆる球《たま》部隊であり、その隷下に私たちの第六十二師団、満州から移動した第二十四師団、山砲師団と言われた第九師団の三師団がつき、さらに独立混成第四十四旅団が加わって、総兵力は十八万を誇っていた。

第六十二師団が牧港地区、第二十四師団が嘉手納《かでな》の北・中飛行場方面、第九師団が首里城南の南部地区、独立混成第四十四旅団が北方地区という分担を命じられた。

私たちはひたすら、地下壕の築城に励んだ。洞窟《どうくつ》陣地作りの目的は三つあった。第一に敵の砲撃に抗堪《こうたん》するため、第二に、自軍の火力を発揮するため、第三に互いの交通を可能とするためだ。沖縄特有の自然洞窟を利用して、何とか敵の艦砲射撃と砲爆撃に耐えられるくらいの壕が造成できた。

問題は第二と第三の目的である。この二点は、軍医の私から見てもお粗末としか思えなかった。人間には防禦のために一度もぐり始めると、どこまでも掘り下げる本能があるとしか思えない。掘ること自体が目的化してしまうのだ。ところが、掘り下げれば掘り下げるほど、敵を攻撃する砲と銃座の設置が困難になる。いわば野戦陣地の側面が希薄になってしまう。

また一方で、深く掘れば移動のトンネル造りも困難になる。人間の心理はモグラと異なり、横に掘り進むよりも、縦に掘りたがるところがあるようだった。たとえ細い通路を造っても、その程度の広さでは、甲地点から乙地点までの迅速な兵力移動など不可能だった。

要するに日本軍の戦略は、ひとことでいえば、蛸壺《たこつぼ》戦術といえた。蛸壺であれば、敵を攻撃することもなく、互いに他の蛸壺と交通する必要もない。沖縄という島に、各大隊が蛸壺を掘り、米軍の攻撃に耐えるだけ耐えるのが、この戦いの目的だという雰囲気がどの大隊にも漂っていた。

強固な陣地を造ろうにも、築城材料は決定的に不足していた。コンクリートも鉄材もすぐに払底《ふってい》した。師団長は大本営宛《あ》てに削岩機を輸送するように何回も電報を打ったが、ナシのつぶてだという。結局、将兵一団となって円匙《えんぴ》（シャベル）と十字鍬《じゅうじぐわ》を振り上げ、人手で掘らざるを得ないのだが、用具はすぐにチビてしまう。

軍医としての私の仕事は、そうした削掘現場での手足の傷の治療くらいで、たいしたことはない。いきおいM部隊長からは、軍医といえども鍬を手にするように命じられ、毎日慣れない穴掘りにいそしんだ。

こうしたなか、十月十日の払暁《ふつぎょう》、突如として沖縄本島東南海上に、低く編隊機群が現れた。鳥の大群のような米機グラマンは、東の方の海岸沿いにいる私たちの大隊の上を軽く飛び越え、那覇の小禄《おろく》飛行場や那覇港へと迫って行く。

遠雷のような編隊の響きを、高射砲が散発的に迎え撃ったがすぐに沈黙してしまった。迎撃のために飛び発《た》つ日本軍機は皆無だ。編隊機群の動きは、あたかも演習のように自由闊達《かったつ》だった。金属音を発して次々と急降下して機銃掃射を加えたあと、再び舞い上がる。それは逆《さか》おとしで獲物に襲いかかる禿鷹《はげたか》を思わせた。

第一波の空襲が終わると、次は爆撃機の攻撃が第二波、第三波と続いた。爆弾が投下される地響きは、私たちのいる所まで届く。

那覇の街のあちこちで黒煙が上がっていたが、これが炎に変わったのは、午後になって米機群が焼夷弾《しょういだん》の雨を降らせたからだ。点火した火に石油を注ぐのと同じで、市内は火焔《かえん》地獄と化しているようだった。

燃えるべきものはすべて火を発しているに違いなく、黒煙が市上空に立ち込めた。その黒煙は私たちの頭上にも広がり、薄煙を通して太陽は朱色の盆に変わった。やがて風が吹き始め、海上の空気すべてが、那覇の方になびいていく。

いつの間にか空襲は止《や》んでいた。しかし那覇の街はまだ燃え盛っている。夕方になると、その猛火が夜空を染め出した。時折高い火柱が上がるのは、集積された糧秣《りょうまつ》弾薬に引火したからだろう。私たちは火焔の中を逃げまどう住民の群を想像して、声さえも出ない。しかしこれは、いずれ沖縄全体と私たち師団が対峙《たいじ》しなければならない現実のはずだった。

同日の空襲で那覇は灰燼《かいじん》に帰し、ここに沖縄戦の火ぶたが切っておとされた。

このあとも私たちは空襲の合間をぬって、地下壕の築城に励んだ。空襲の恐ろしさを知っただけに、将兵ともども穴掘りに向けての真剣さが増加した。穴はいよいよ深くなった。

そんなモグラ生活が続くなか、沖縄に布陣していた三個師団と一個旅団のうち、第九師団に台湾への移転命令が下された。比島（フィリピン）決戦に備えて台湾から転用された師団の補塡《ほてん》のためだ。約三分の一の兵力を削られた沖縄には、本土から別の師団が補充されるという。

しかし制空権も制海権も失われつつある沖縄周辺の海域で、二万あるいは三万人の将兵を乗せた輸送船団が、無事に離島、着島できるのだろうか。この二ヵ月あまり米軍の空襲を体験してきている私たちの眼には、甚だこころもとなく見えた。

十二月中旬、第九師団の転出を受けて、残り二師団と一個旅団の守備配置が変更された。いわば引越しである。第六十二師団は、牧港地区から首里周辺地区および知念《ちねん》半島の担当になった。南部地区に布陣していた第九師団のあとは、ほぼ第二十四師団が占め、本部半島から島尻《しまじり》南部地区にかけては、独立混成第四十四旅団が布陣した。危惧《きぐ》していたとおり、師団の補充は空手形に終わった。私たちの師団は、西原《にしばる》村東西線から嘉手納寄りを第一線の防禦地として、それより後方に堅固な縦深陣地を築こうとした。この陣地に米軍を誘引して決戦を挑むという作戦だ。

上陸して来る敵に対する戦闘としては、海上攻撃と水際《みずぎわ》攻撃が最も有効であるのは言をまたない。しかし迫る敵艦隊を海上攻撃しようにも、陸海軍とも手持ちの飛行機は取るに足りない数だった。水際攻撃も、本土からの増援を期待できない今、画餅《がへい》に等しい。ここは文字どおり、背水の陣をしくしかない。

配置変更になって、私たちの大隊も西原村から知念寄りに移動した。もちろんその辺の地下陣地は他の部隊によって築かれたものだ。部隊が違うと陣地の造り方も微妙に異なる。いわば別のヤドカリが棲《す》んでいた貝殻に、新たに引っ越すようなもので、しっくりとこない。他人の着物はやはり着づらく、自分流に仕立て直さないと安心できないのだ。

私たちは、自分たちが納得できるように陣地を掘り直すしかなかった。モグラ生活の合間には、持久戦に備えて、わずかばかりの土地を開墾して、春の種播《たねま》きに備えた。兵の話では、カボチャやニガウリが最適ということだった。

二十年の三月二十六日、米軍はまず、那覇の西方二十キロの洋上にある慶良間《けらま》諸島を占拠した。続いて、慶良間と那覇の中間にある無人の神山島《かみやまじま》に上陸した。そこに大砲を二十門以上据えつけ、第三十二軍司令部のある首里をめがけて、昼夜の別なく撃ちまくってきた。

これに対して友軍には、九六式十五センチ加農《カノン》砲わずか二門しかなく、しかも神山島に砲弾は届かない。

そしていよいよ四月一日の早朝、那覇北方三十キロほどの読谷《よみたん》から北谷《ちやたん》にかけての海岸線に、猛然と接近する米艦隊の大群が遠望された。

嘉手納沖の海面は、二百隻を超える艦船で埋めつくされ、前列に並ぶ戦艦と重巡十数隻が、まず海岸線に集中的に砲撃を開始した。爆煙と火煙が上がるなか、後方の航空母艦から飛び発った無数の米機が、煙幕を潜《くぐ》り抜け、急降下爆撃を繰り返す。

これに対して日本軍の反撃は一切なく、拱手《きょうしゅ》傍観のありさまだ。そのうち米上陸部隊が、水陸両用戦車を含む千数百隻の上陸用舟艇に乗り、一斉に海岸の砂浜に向けて殺到し始めた。その隊形には一糸の乱れもない。まるで津波が岸に押し寄せるような荘厳《そうごん》さだ。身をかがめ遠望する私たちは、背筋が凍るのを覚え、誰も口をきかない。

このとき、本島から十数機の友軍機が飛上し、敵艦船に特攻を仕掛けた。数隻を沈めることができたが、これも焼け石に水だった。

砂浜に堂々と上陸した米軍は、その日のうちに読谷の北飛行場と、嘉手納の中飛行場を占領した。物資の陸揚げも円滑であり、その量の多さに私たちは再び驚嘆した。

米軍上陸後も、空と海からの猛烈な砲爆撃はやまない。その攻撃の下で、西原村東西線から嘉手納寄りの、第一線正面の主力となっていた第六十二師団は、迎撃に備えて満を持していた。

地上戦は、師団右翼が布陣する東海岸から始まり、私たちがいる第十一大隊正面では、それより一、二時間ほど遅れた。

これに先立って私は、救護班として私の衛生班に配属されていた沖縄現地の女性たち六十名を、全員親元に帰らせた。私たち大隊が分散して潜む地下壕は小さく、足手まといになる恐れがあった。しかしそれは表向きの理由で、本心では私たちのぶざまな死にざまを見せたくなかったのだ。

第六十二師団が展開する第一線から、主として第二十四師団が防禦する本島南端に至る日本軍の陣地は、砲爆撃に対しては極めて強かった。人手で掘った壕《ごう》と自然洞窟を結びつけ、これらを網目のような坑道でつなぎ合わせていた。

反面、いわゆる馬乗り攻撃にあうとひとたまりもない。敵はまず強烈な火力によって、日本軍を地下壕や洞窟陣地、あるいは蛸壺陣地に追い込む。追い込まれたほうは、中に閉じ込められて視野がきかなくなる。すると敵は、その死角から悠々と地下陣地に肉迫して、馬乗りになる。

あとはこれまた悠然と、壕にたてこもる日本兵に対して、火焔放射器を使ってあぶり出すのだ。

放射器を積んだ戦車が先行し、壕近くに着くと米兵がそれを背負い、穴に向けて発射する。逃げ出す兵を、待ち受けていた射撃手がここぞとばかり狙《ねら》い撃ちにする。

少し大きな地下陣地には、火のついた石油缶が投げ込まれた。小さな陣地には手榴《しゆりゆう》弾《だん》を投げ込み、隠れていた日本兵が飛び出すと、一斉射撃を加えた。丘の上に構えた蛸壺陣地から日本兵が一斉射撃に出れば、敵は間髪を容《い》れず後方の砲兵隊に援護射撃を求める。迫撃砲の着弾で、日本兵がたまらず蛸壺から出たところに、敵の自動小銃が火を噴いた。

第三十二軍はこの事態を予想し、大きな自然洞窟内に、野戦病院や隊繃帯所《ほうたいじょ》を開設していた。特に南風原《はえばる》にある野戦病院には、二千名を収容する余裕があった。

日がたつにつれ、彼我《ひが》の戦力の差はもはや歴然としてきた。日本軍が一発撃つと、相手は十発どころか百発撃ち返してくる。連日、多数の日本兵が急造爆雷をかかえ、敵の戦車に特攻攻撃をかけた。文字どおりの玉砕である。

四月十二日、戦勢挽回《ばんかい》のため、私の所属する第十一大隊を含む三個大隊と一個旅団が、夜襲を敢行した。敵に多大な損害を与えたものの、味方の消耗が激しく失敗に終わった。

私が率いる衛生班も、最初にいた壕にはいられなくなった。大隊本部が布陣する前田高地の壕に、五、六十名の傷兵を連れてほうほうの態《てい》で後退した。

日頃から私には冷淡だったM部隊長が、またもや目をむいて怒鳴った。

「馬鹿者《ばかもの》、ここに負傷者を置くと士気に影響する。軍医でありながら、そんなことも分からんのか。早く後退しろ」

私はまた部下と将兵を伴い、暗くなるのを待って壕を出た。歩ける傷兵は歩かせ、歩けない重傷者は担送である。南風原の野戦病院に向けての移動には、四時間あまりかかった。

ところがようやく野戦病院に着いてみると、負傷者が一杯で収容できないと断られた。もたもたしていると夜が明けてしまう。傷兵を連れて今さら部隊に戻ることもできない。

進退窮まって、私は病院長に泣きついた。どうすべきなのか、そこは院長の指示に従う他はない。

「仕方がない。外にある戸板を持って来い。それで寝かせる場所を作れ」

ほっとして壕の外に出ると、なるほど戸板が山と捨てられていた。部下と共にこれを集め、壕内に傷兵を横たわらせる場所を作った。

病院長は私に戦況を質問してきたが、あきれたのは私のほうだった。戦闘の火ぶたが切られてからというもの、病院長以下の軍医たちは傷兵の手当に昼夜追われ、壕外の状況を全く知らなかった。私の説明で、ようやく形勢がひどく悪いことを思い知ったようだ。

患者の収容が終わると、私と衛生兵はまた暗さの残るなかを本部の壕に戻った。

隊付軍医としての私の仕事は、集められた大隊の負傷兵に止血の応急処置をし、夜になるのを待って、野戦病院に運ぶことだった。野戦病院に着くたび、傷兵の数は増えているのが分かる。しかし病院内に配置された軍医の数は同じだ。何回目かに病院に辿《たど》り着いたとき、病院長から援軍を頼まれた。砲弾の破片で負傷したのだろう。その傷兵は右手首を吹き飛ばされ、痛みに呻《うめ》いている。もはや肘《ひじ》関節離断しかなかった。

衛生兵二人にろうそくをかざさせ、メス一本で肘から下を切断し、縫合を無事すませた。もちろん麻酔なしでであるが、患者は呻く力さえなくし、呆然《ぼうぜん》と閉眼しているだけだった。

この一例が、この戦いで私がした唯一《ゆいいつ》の手術となった。

前田高地の大隊本部と、後方の野戦病院の間の行きつ戻りつを繰り返していたある日、再び部隊長から怒鳴られた。

「今、戦線は膠着《こうちゃく》している。お前たち軍医は本部ばかりにいてはならない。二人で手分けして各中隊をまわれ」

もちろん私たちは本部の壕の中にじっとしていたわけではない。運び込まれて来る傷兵に壕内で応急手当を施しては、担送していたのだ。担送するには衛生兵だけでは足りず、軍医をひとり残して、あとの二人は運搬役にまわっていた。日頃から私を冷眼視していた部隊長には、いつも壕内にとどまっているように感じられたのだろう。

我々は夜明け前に壕を飛び出し、分担を決めてそれぞれ三方に散った。私は当番兵を伴い、歩兵砲中隊の布陣場所へ走った。しかし前に行ったことがある壕がなかなか見つからない。当番兵と二人でやっと探し当てたが、以前は大きな入口だった所が、砲撃を受け、人ひとりやっと這《は》い入れるくらいに小さくなっていた。

中に入ると、敵の砲弾が炸裂《さくれつ》するたびに天井の土が落ちてくる。壕内の材木による補強は、見るからに弱々しく、このままでは早晩生き埋めになるにちがいない。中隊長は次の日の夜、後方への後退命令を出した。後退場所は首里の亀甲墓《きっこうばか》だったが、もちろん据えつけた砲は取りはずして移動させなければならないので、ひと晩ではすまない。尺取り虫のように、壕づたいに進むしかなかった。

昼の間は壕の中に身を隠し、じっとしている。暗くなってから一日分の食糧を作り、闇《やみ》に紛れて次の地点に移動する。昼間、飯盒《はんごう》炊さんをすれば煙が上がり、当然敵の格好の攻撃目標になる。飯炊《めした》きは夜に限られた。

夜だからといって、移動は簡単なものではなかった。敵は照明弾を撃ち上げるので、明るいうちは動かず、後方の地形をじっと見ておいて頭にきざみつける必要がある。再び暗闇に戻ってから、後退するのだ。

敵は昼夜を問わず、間断なく撃ちまくってきた。死角だと思われる場所でも、油断がならない。弾丸が飛んで来そうもない岩陰で私たちが小休止していたとき、すぐ近くにいた兵士が声も出さずに倒れた。私と当番兵のいた場所から三メートルも離れていなかった。

傷口は、心臓の上に小さな孔《あな》がひとつあるのみだった。近くで砲弾が破裂し、その破片が死角にはいり込み、胸部を直撃したのだ。

後退を続けている間に、砲中隊はバラバラになり、私も正確な日付の感覚を失った。

連日連夜の戦闘で追い詰められてくると、動物的な勘が働くようになる。

「軍医殿、この道は弾痕《だんこん》が多くて弾が飛んで来そうであります。通るのはやめましょう」

いつも傍にいる当番兵が私を制した。なるほどよく見ると、一面に弾のあとがあり、いかにも不吉な予感がする。しかしこの道しかないという勘が頭の隅でひらめいた。

「いや、今通ろう。ぼやぼやしていたら却《かえ》ってやられる」

声をかけて駆け抜けた直後、砲弾が雨あられと降りそそいだ。

五月中旬、暗くなりがけに行きついた壕の中で、部下だったS軍医少尉《しょうい》と、同じ大隊の下士官にばったり遭遇した。下士官とは大隊本部の壕でよく顔を合わせていた。

私たち四人は互いの無事をたたえあった。

下士官の話では、大隊本部は全滅したという。敵の馬乗り攻撃にあったのだ。都合の悪いことに本部の地下壕の出入口は、敵の陣地の方を向いており、出入りするたび頻繁に狙撃《そげき》された。そのため部隊長は工兵隊に命じて、別の出入口を掘らせていた。

しかし私が本部の壕を出た翌々日、部隊長はこの新しい出入口から脱出しようとして射撃にあい、戦死したという。閉じ込められた中で副官も自決した。その後間もなく、本部壕は敵に馬乗りされたのだ。下士官が脱出できたのは、工兵隊の二、三人と別の出入口をやっとのことで掘り抜き、夜闇《よやみ》を待って脱出したからだった。

S軍医の話でも、訪れた中隊のありさまは私の知っている歩兵砲中隊と大同小異だった。大量の戦死者と傷兵が出て兵力が何分の一かになって以後、大隊の編成替えも行われ、私たち軍医の所属も何度か替えられたらしい。しかしそれが現時点でどうなっているのか、新しい部隊の本部がどこなのか、誰も知らなかった。

私たちは行きあった他の部隊の兵たちとともに、なおも南の方に後退を続けた。夜間、頼りになるのは耳だ。敵との距離が近いと、砲弾の発射音を聞いただけで、砲の位置、砲弾の大きさと着地点の見当がつくようになる。

ところが、砲弾の数があまりに多いと、その予想がつけ難い。思いがけない所で爆発が起こるのだ。

砲声にあわてて一斉に伏せた瞬間、軍刀を吊《つ》るしていた革が切れた。どこをやられたのか恐る恐る四肢を動かしてみると、動く。かすり傷ひとつ負っていなかった。

「軍医殿」

すぐ横にいた当番兵の声で、彼の向こう側に伏せていた部下のS軍医の方を見た。

絶命していた。背中にあいた穴が、軍衣を血に染めていた。

五月下旬、やっと南部に後退し、壕を見つけた。いわゆる洞窟壕《どうくつごう》で、入口は大きく開き、中央に木が生えている。中にはいろうとしたが、既に奥の方まで、日本兵で一杯だった。入り込める隙《すき》などなく、入口付近に立っていると、突然敵機の飛来があり、急降下されて激しい機銃掃射を受けた。

もはやこれまでと観念したが、入口に銃弾は飛んで来ず、こともあろうに奥の方にいた数名に死傷者が出た。

この頃第六十二師団は、軍司令部のある摩文仁《まぶに》の前方正面に位置する与座岳《よざだけ》を拠点として、最後の陣を張っていた。二ヵ月にわたる悪戦苦闘で、甚大《じんだい》な損耗を受け、師団兵力は四分の一から五分の一くらいになっているはずだった。

師団参謀たちも戦死や戦傷で次々と倒れ、幹部候補生出身将校二人が、これに代わっているという噂《うわさ》だった。

当番兵、下士官兵数人で地下壕に潜んでいるとき、私は何度も近くに密林のような深い山があればと思った。沖縄戦が始まるひと月前、私は中国戦線から一緒だったF部隊長の東京転属に随行した。沖縄の北飛行場を飛び発《た》って、宮崎県の新田原《にゅうたばる》飛行場に着いた。そのとき最も印象に残ったのが、宮崎の山々の広さと深さだった。

沖縄本島の南部には丘しかない。北部の最も高い与那覇《よなは》岳でさえ五百三メートルに過ぎない。この周辺に宮崎のような深い山が存在すれば、私は絶対に逃げのびる自信があった。

しかし今私たちのいる場所は、森どころか林もない平地で、すぐ後ろは海だ。これ以上は後退できない。文字どおりの絶体絶命の窮地だった。私は、猟師たちから絶壁に追いつめられ、絶壁を次々と墜《お》ちていく鹿《しか》の群を思い浮かべた。

食糧は底をつき、身体《からだ》は疲労困憊《こんぱい》の域を超えている。私はまた一年前の中国戦線を思い出した。そこではわずかな負傷でも名誉の戦傷として大切に扱われたが、ここでは誰も負傷者の面倒を見てくれない。軍医の私さえ、後退につぐ後退で、軍医携帯嚢《けいたいのう》すらどこかに打ち捨てていた。自分の身を生きのびさせるのに精一杯なのだ。重傷者の中には、手榴弾で自決する者さえ出てきた。将兵に死者が出れば、いかに自決とはいえ、所属と氏名、死因と死亡状況を記録に残すのが軍医の務めではあるものの、私には認識票を探す余裕さえなかった。

六月上旬、戦闘はさらに激化してきた。六月中旬頃になると、俄然《がぜん》、米軍は強襲を開始し、戦線は混乱状態に陥った。

軍司令部の命令が何なのか、私たちには届かない。いやそれどころか、摩文仁にある第三十二軍の司令部がどうなっているかも、私たちには分からなかった。もうこうなると、戦争ではなくなる。米軍は野獣狩りのように日本軍を襲い始めた。いや野獣なら、もっと素速く逃げられるはずだが、私たちは傷つき疲れ果てた烏合《うごう》の衆《しゅう》でしかなかった。内地から膚身《はだみ》離さず持って来た千人針も、虱《しらみ》の巣窟《そうくつ》となったので、捨てた。何の感慨もわかなかった。

千人針を捨てたことが転機になった。どちらが勝つか負けるかの戦争ならば、命を賭《か》けて戦わねばならない。しかし今となっては勝敗はもう決まっている。軍司令部の命令さえ届かないではないか。こんな戦いでむざむざと死ぬのは犬死《いぬじ》にに等しい。

軍医とはいえ、私は戦争については分からないことだらけだった。沖縄戦の始めの頃、兵科の将校たちにこの戦争の見通しについて何度か訊《き》いたことがあった。すると九割までが絶対に勝つという返事だった。あとの一割が、うーんと言ったきり沈黙した。それまでの戦況を見る限り、毎日毎日どこかで日本軍がやられ、敗退続きなのに、どうして勝つと断言できるのか、私は不思議でならなかったのだ。

「援軍が来るか、大きな台風でも来て、敵に大損害を与えない限り、勝つ見込みはない」

私は部下の軍医や衛生下士官に言ったことがあった。その後、首里の亀甲墓に後退したとき、現地の新聞に掲げられた〈敵敗北寸前〉という大きな見出しを眼にした。中味を読む気さえしなかった。

六月下旬、私は最後まで生きのびる決心をし、生還を夢みて同士を募った。もちろん私の当番兵と、途中からずっと行動を共にした衛生下士官も賛同してくれた。将校は私のみであり、応じた下士官、兵は十四人になった。

暗くなるのを待ち、海岸を北へ北へと歩き始めた。照明弾が上がれば、私たちの姿は丸見えだったろう。幸い海からも陸からも、照明弾は上がらない。

不思議に、暗闇の奥での砲撃音も聞こえなかった。日本軍には、もう白兵戦の余力さえ残っていないのだ。夜襲の恐れがなければ、敵も夜間は、将兵ともども眠って疲れをとるに限る。その間、隊の周辺に歩哨《ほしよう》を立てればすむ。夜明けとともに、再び野獣、いや野兎《のうさぎ》狩りに精を出せばいいのだ。

私たちは一晩中、歩き続けた。そのうち朝になった。近くの岩陰に三、四人ずつ分かれて身を潜めた。私は軍衣を脱ぎ、虱取りにかかる。じっとしているより、そんなことでもして身を忙しくするほうが、気が紛れた。

虱取りの途中で、岩陰から恐る恐る首を出して覗《のぞ》くと、遥《はる》か向こうの断崖《だんがい》絶壁に米兵がいた。二人が小銃を持ち、獲物を狙《ねら》うかのように行ったり来たりしている。

ここまで距離はあり、しかも崖《がけ》だ。仮に見つかっても簡単には下って来られまい。これなら大丈夫だと私は高をくくり、再び虱取りにかかった。

ところが二十分もしないうちに、上の方で突如声がした。

「戦争は終わった。出て来なさい。殺しはしない」

流暢《りゅうちょう》な日本語だが、日本人の発音ではない。私は反射的に、だまされてたまるかと思った。急いで上衣を着て、海の方に向け、岩陰を出ようとした。

ところが、海をいざ一望すると、びっしりと敵艦船がいる。その数、大小合わせて三十は下らない。これでは到底逃げおおせるものではない。

私は虱取りの終わっていない上衣を、軍刀の先に結びつけ、高々と掲げた。動悸《どうき》のために胸が苦しくなったが、他の十三名があとに続くのを見て、いくらかおさまった。

台地の上では、自動小銃を持つ兵や火焔《かえん》放射器を背負う兵が二十名近くいた。その後方には、戦車一台も控えている。

実際にこうして敵と対峙《たいじ》してみると、装備の違いもさることながら、軍服そのものの差も明らかだった。こちらは擦り切れ、泥と血にまみれたボロ布のような服をまとっているのに対し、相手はおろしたてのような軍服を着ていた。

米兵が銃を構えるなかで、私たちは軍衣を脱がされ、ふんどしひとつになった。捕虜である自覚を投降兵に植えつける方法でもあったろうが、虱退治の方策でもあるのかもしれない気がした。虱退治の一番手っ取り早い対策は、虱の巣になった衣服を打ち捨てることだった。

汚れた軍帽と軍靴、ふんどしのみの姿で一列になり、私たちは歩かされ、最後にトラックに乗せられて、嘉手納の捕虜収容所にはいった。

収容所にはいってから、私は六月十八日に出された軍司令官の命令を知った。

――今や戦線錯乱し、通信もまた途絶し、予の指揮は不可能となれり。自今諸子は、各々《おのおの》その陣地に拠《よ》り、所在上級者の指揮に従い、祖国のため最後まで敢闘せよ。

さらばこの命令が最後なり。

軍司令官命令が出されたあと、摩文仁山頂が占領され、軍司令官と参謀長は摩文仁洞窟前で自決した。軍経理部長もこれに従った。

南風原にあった野戦病院の大きな壕も、米軍の砲撃で崩壊していた。中にいた二千余名の戦傷者が生き埋めとなって死亡、院長以下の軍医全員も戦死していた。もちろん私たちが命がけで前線から運び続けた将兵も、生き埋めになった犠牲者の中に含まれているはずだ。

捕虜生活中に、大きな台風が来た。その前日から私は熱を出し、寝ていた。同じ天幕内に、重症で動くことができない中年の准尉《じゅんい》がいた。他の連中は、もっと頑丈な天幕に避難していた。

私はこの哀れな病人を見捨てるわけにはいかないと思った。一晩中天幕の裾《すそ》を押さえ、風で倒れないようにした。どうにか倒れずにすんだが、病人は台風一過した正午過ぎ、息を引きとった。

軍医としての最後の仕事は、この天幕の裾押さえだった。

軍医候補生

私は昭和十七年四月に北海道帝国大学医学部に入学した。三年後の二十年三月、学業を一年短縮されて仮卒業となった。医師免許証もないまま、四月十五日、陸軍軍医学校への入学を命じられた。〈希望〉による〈採用〉の体裁をとってはいたものの、それ以外の道は歩みにくい仕組みになっていた。医学生における学徒出陣とでも言えようか。

陸軍軍医学校長から北大医学部長に通牒《つうちょう》された三月十四日付の書面には、細部にわたる指示が記載されていた。

一、集合場所について
1. 場所　神奈川県高座《こうざ》郡相模《さがみはら》原町臨時東京第三陸軍病院
小田急電鉄「小田急相模原」下車
2. 集合前日に到着せるも、宿舎準備は当校にてなしあり
3. 入校時の付添いは禁ず

二、携行品
1．被服類（着装し来るものを含む）
イ．襦袢《じゆばん》三以上、袴下《こした》二以上、褌《ふんどし》三以上、靴下三以上
ロ．靴（編上靴を可とす）常用のもの、上靴
2．日用品
イ．手拭《てぬぐい》一、ハンカチ二、洗面具塵紙《ちりがみ》等日用品若干
3．その他　行李《こうり》もしくは大型トランク
4．携行書類
イ．簡単なる医学参考書
ロ．軍用図書（所持しあるもののみ持参）
勅諭《ちよくゆ》集、戦陣訓《せんじんくん》、歩兵操典《そうてん》、教練教科書、作戦要務令、内務令、礼式令、陸軍刑法懲罰令、衛生下士官候補者教程草案、衛生兵教程
ハ．筆記具
ノート五冊程度、鉛筆その他筆記具若干（赤青鉛筆を含む）
5．その他
軍刀は極力携行せしめられたし

三、その他着意すべき事項
1．軍人勅諭は暗記しあること
2．入校者の親戚《しんせき》、知己に対する挨拶状《あいさつじょう》は許可せず
3．入校後出戦までは休暇外出面会等許可せざる予定につき、家事整理等完全に処理しあること
四、身上調査に関する事項
別紙調査表宛名《あてな》
東京都牛込区戸山《とやま》町　陸軍軍医学校教育部
尚《なお》三月末日まで到着するごとく手配されたし

私は両親と共にあたふたと準備を急いだ。挨拶状は出してはならぬというので、親類縁者や中学高校の友人たちにも内緒の仕度だ。持参すべき日本刀は、父親が軍刀用に求めていた〈井上真改《いのうえしんかい》〉が家にあった。

四月十二日、携行品を詰め込んだ行李と日本刀を持って、学生服のまま札幌《さっぽろ》の駅頭に立った。駅には多くの人が集まり、出征の幟《のぼり》を何本も立て、万歳の連呼をしている。当の出征兵士の姿は人の波の中にあって見えない。

それに比べ私のほうはいわば学徒出陣なので、少し離れた所にひっそりと立ち、見送るのは両親と弟、妹二人だけだ。

青函《せいかん》連絡船に乗り換え、二日がかりで東京まで近づいたものの、大宮で汽車は停まった。前夜、東京に大空襲があり、それ以上は進まないという。

仕方なく日本刀を右手に、行李は背に担《かつ》いで歩き出す。荒川放水路の鉄橋を渡り、上野を目指してさらに歩く。向こうからは、昨夜焼け出された罹災者《りさいしゃ》が薄汚れた姿でやって来る。大きな風呂敷《ふろしき》包みを背にし、やかんや鍋《なべ》などの家財道具を手に持っている。全員が大宮に向かっているのに、学生服の私だけが行李を背に、日本刀をひっさげて逆行しているのだ。

「頑張って国を守って下さい」

口々に言われ、恐縮する。

「はい、一生懸命やります。あなたがたも元気を出して頑張って下さい」

そのたびに私は力強く答える。

ようやく荒川の鉄橋を渡り切ったところで、変わり果てた赤羽駅が目にとびこんできた。上野はもうすぐという安心感とは裏腹に、東京はどうなっているのかという心配が頭をもたげてきた。日暮里《にっぽり》、鶯谷《うぐいすだに》を通過し、上野に近づくにつれて、車輛《しゃりょう》の残骸《ざんがい》が眼にとまるようになる。不安がふくらんだ。

大宮から線路づたいに三十キロ以上は歩いたろうか、いざ上野の山まで辿《たど》り着いて私は唖然《あぜん》とした。三年前、高校を卒業したときに一度だけ訪れていた東京とは、あまりの変わりようだった。見渡す限りの焼野が原で、ほとんど新宿まで見渡せる。

上野からはあらゆる交通手段を探し、焼野となった東京を呆然《ぼうぜん》と眺めながら新宿に行き着く。駅には教育隊から派遣された連絡兵がいた。小田急で相模原に行くように指示を受け、十四日の夕刻、やっとの思いで教育隊に到着する。前日着のため、夜は他の軍医候補生とともに兵舎に泊めてもらった。

候補生の大部分は、十五日の十時頃に軍医学校正門に陸続《りくぞく》と到着し、前日泊の私たちと合流した。

この新設の軍医学校は、相模原の臨時東京第三陸軍病院、いわゆる臨東三に特設されていた。もともと軍医学校は東京の戸山にあったが、全国から集められた二十年四月入校の軍医候補生千六百五十名を収容する余地はなく、臨東三の一部を校舎として使う臨時の軍医学校が開設されたのだ。軍医中佐が統率する教育隊の正式名は軍医候補生教育隊で、秘匿名《ひとくめい》は誠部隊《まことぶたい》になっていた。大隊に統一された誠部隊は四個中隊に分かれ、中隊長は軍医少佐である。各中隊はさらに六つの区隊に細分化され、区隊長には軍医中尉《ちゅうい》があてられていた。区隊長はすべて軍医候補生出身であり、戸山の軍医学校卒業後、数年間の戦地勤務ののちに、軍医学校教官として帰任した選りすぐりの軍医だと聞かされた。私たちとわずか三、四歳しか違わないのに、随分年上に見えた。

その日のうちに内務班が決定され、体格検査のあと入隊式があった。私は第三中隊の第二区隊に配属された。区隊長は満州医大出身のK軍医中尉で中肉中背、軍人精神旺盛《おうせい》に見える区隊長の中でも、学究肌で控え目な印象を受けた。

与えられた宿舎は、小学校の教室のような大部屋に、ベッドが二列に並んでいる。そのベッドが各自の居所であり寝所なのだ。さっそく支給された軍服に着替える。軍曹の襟章《えりしょう》がついている。靴も軍靴にはき直した。

臨東三は陸軍の四肢障害者に対する終末病院で、義足義手をつけた患者が多いためか、集団で訓練のための歩行や歩行練習をする姿が目についた。

翌十六日には入校式があり、学校長である軍医中将の短い訓辞があった。強調されたのは二つ、〈言われたことは必ずやれ〉と〈区隊長の真似《まね》をしろ〉だ。続いて素養試験を受ける。簡単な内容で一般常識と医学生としての基礎知識を問うものだ。翌日の午前には主に走力をみる体力検査が実施された。最後には、砂のはいった背嚢《はいのう》を担いで百メートルを走った。私はここで早くも音《ね》を上げた。こんな猛訓練があと二ヵ月も続くと思うと溜息《ためいき》が出る。

午後、四十九名の候補生ひとりひとりに対してK区隊長の短い面接がもたれた。実直な区隊長だという私の印象は間違っていなかった。他の区隊長のように私たちを「お前」や「貴様」などと呼ばず、必ず姓に候補生をつけて呼んだ。

「わずか二ヵ月の訓練だから、講義も訓練も分刻みになる。しかしこの短い密度の濃い鍛練は将来、軍医になったとき必ず役立つ。軍医が終わって医師になったときもだ」

区隊長は私に言った。区隊長の口から〈軍医が終わって〉の言葉を聞いたとき、私は少し眩暈《めまい》のようなものを覚えた。私の一生は当然軍医で終わるような気がしていたからだ。軍医が終わるときとは、一体どういうときなのか。面接が終わったあとも、区隊長の言葉は謎《なぞ》かけのように残った。

面談の内容はひとりひとり異なるらしく、候補生の間で話題になることはなかった。

面接のあと、今度は中隊長の訓辞があった。これからお前たちは幾度となく失敗していくであろうが、そのたびに内省を加えれば、失敗は成功につながる、その意味で、成功とは自己内省の加わった失敗の蓄積である、という内容だ。

〈失敗は成功のもと〉とは言い古された言葉だが、その間に〈自己内省〉を入れたところが斬新《ざんしん》だと私は思った。

そして夜の点呼前、私たち区隊員は互いに自己紹介をしあった。名前は一度には覚えられないが、出身校の多様さには驚いた。同時に日本国内には医学部がこんなに多いのかと感心した。北から言えば北海道、東北、東京、名古屋、京都、大阪、九州の各帝大出身者がおり、金沢医大、新潟医大、千葉医大、岡山医大、長崎医大、熊本医大の官立大学が加わり、この十三校には付属医専もあるので、そこの出身者もいる。

さらに公立医大の京都府立医大、私立医大では慶応大学医学部、慈恵医大、日本医大と続き、医学専門学校の岩手医専、東京医専、昭和医専、大阪医専、日大医専、九州医専卒がいた。

さすがに外地にある京城《けいじょう》帝大や台北《たいほく》帝大の出身者はいなかったが、K区隊長は私立の満州医大卒なので、各地の卒業生がひとつの区隊に見事に寄せ集められていたと言ってよかった。

面接を経て、K区隊長は候補生の顔と名前を完全に覚えたとみえ、どこで会っても、〈○○候補生〉とたちどころに呼ばれた。

各区隊には区隊長付きの伍長《ごちょう》が一名ずつ配置されていた。名目上は区隊長付きではあるものの、区隊長と候補生とのつなぎ役であり、連絡係だ。私たちの区隊長付きは

Y伍長で、K区隊長の薫陶《くんとう》よろしきを得てか、温厚な人柄のうえに世話好きに見えた。私たちはいちおう軍曹待遇なので、Y伍長よりは位が上である。Y伍長も私たちの名前をすぐに覚え、私たちを〈○○候補生殿〉と呼びはじめた。私たちのほうは〈伍長さん〉と言うようになった。

私たち軍医候補生全体の教育長はS軍医中佐で、ラバウル帰りという噂《うわさ》だった。朝の整列のとき、遠目にも敬礼の姿が美しく、あんな敬礼をしたいと私はひそかに思った。

十八日にも中隊長の訓辞があり、そのあと二十日まで、教官である軍医少佐たちから、入れかわり立ちかわり、防衛講話や衛生講話などの講義を受けた。二十日の午後、初めて消しゴムと葉書の配給があり、翌二十一日にも、内務令講義後に、マッチ、ちり紙、鉛筆、歯ブラシ、歯磨き粉、石けんの配給があった。

同時に三人に一挺《ちょう》の三八式歩兵銃が配布されたが、以後この手入れと掃除が私には苦痛になった。細かい部品が多いのはともかく、こんな旧式の銃が今さら戦闘で役に立つとは、とうてい思えなかったのだ。

二十二日が入校後初の日曜日で、午前中は配給品その他に名前を記入するのに費やす。午後、営内の松林の中に坐《すわ》り、区隊長の前で、区隊員それぞれが正式な自己紹介をすることになった。松林の隅には桜の木がまだ花をつけている。私には何だか春の遠足の小休止のように思われた。

しかしこの講話のないひとときの過ごし方は、各区隊それぞれに異なっていた。中にはどこの区隊か、二人がかりで大きな松の根を引きずりながら駆け足をさせられている者もいた。私はそれを見やりながら、隊員たちがお国訛《なま》りで故郷の話をするのに耳を傾けた。名古屋出身のひとりがお国自慢で鰻《うなぎ》のかば焼きの話をしたのをきっかけにして、次々と故郷の食い物の話になった。

京都の候補生が夏のはも料理のうまさを口にすると、鹿児島出身の者がきびなごの刺身をもち出し、山形出の候補生が桃のうまさをひとしきりしゃべる。私の番になったとき、カニにはいろいろあるが、何といっても毛がにのうまさが格別だと言ったところ、次の次に立った長崎医大出身の仲間が、いや渡りがにも毛がに以上にうまいとやり返して、一同大笑いになった。

食い物の話になったのも、学校で出される食事が貧しく、常に空腹感から逃れられなかったためだ。入校初日に赤飯が出たと思って食らいつくと、生まれて始めて食べる高粱《コーリヤン》飯だった。それ以後も、食事といえば丼《どんぶり》すりきりの高粱飯一杯と味噌汁《みそしる》、大豆と昆布の煮付け、それに沢庵《たくあん》のみだ。こんな空腹が続けば、体力を失ってしまうのではないかと、私は心配になった。それでなくても、体力には自信がなかったからだ。このときの自己紹介以来、夜の自習のときは、決まって食い物の話がでるようになった。東大出身のひょうきんな仲間が、「あそこの寿司《すし》はうまい。またその横の店のあんこの一杯詰まった饅頭《まんじゆう》は絶品だ」と言いながら、落語家の手つきよろしく、食べる仕草までしてみせる。聞いていた一同、思わず生唾《なまつば》を飲み込んでしまう。

空腹から一刻も早く逃れたい思いで、私はカレンダーを作り、一日一日と終わる毎《ごと》に消していくようにした。ところが隊員の中には、より詳しいカレンダーを作る者が出た。一日が朝食、昼食、夕食と三食分に分けられ、一食口にする毎に鉛筆で消していくのだ。

隣の第二中隊では、行軍中空腹に耐えかねて、畑から掘り出した芋を食って見つかった候補生も出た。区隊長から殴打《おうだ》された挙句、一日中寝台の前に不動の姿勢で立たされたらしい。空腹のうえに体力を消耗する罰を与えられるのは、たまったものではない。

同じ第三中隊の別の区隊の隊長は、北支《ほくし》戦線から帰国したばかりだった。その厳しい訓練ぶりは、はた目にも気の毒に感じられた。朝礼の際、最後に列に加わった二人は、必ず練兵場を一周させられる。毎朝誰かが最後の二人になるのは必至で、私は遠くからその姿を眺め、あの区隊に配属されたならば、今頃は臨東三の病院に収容されていたなと思った。当初は同じ候補生が何度も走っているのを見たが、そのうち顔ぶれが毎日変わるようになった。おそらく候補生同士で話し合い、当番を決めて、最後に列に並ぶ二人を決めるようにしたのに違いない。そうすれば、動作ののろい候補生ばかりに負担がかかるのを防げる。

別の区隊では〈対抗ビンタ〉が売り物になっていた。貴重品を左内ポケットに入れていなかった者がひとりでも判明すると、区隊長は「切磋《せっさ》琢磨《たくま》用意！　かかれっ」と号令をかける。二列に並んだ候補生たちは、目の前の戦友を殴らねばならない。区隊長の「交代」のひと声で今度は殴られる側になる。「初年兵の教育はこんなものではないっ」が区隊長の口癖らしい。

連帯責任が重視されたその区隊では、落伍者が出ても、仲間が交代で担《かつ》いで、行軍を続けた。小休止になっても腰をおろすことは許されず、「兵には腰をおろして休ませるが、将校は敵がどこから来るか、見張らねばならぬ」と注意されると言う。

幸い私たちの区隊ではそんな手荒な訓練はなかったものの、空腹に毛布一枚だけの寝具では寒さが身にこたえた。そのうえ、暗くなると必ず南京虫《ナンキン》が跳梁《ちょうりょう》した。これには体質の差があるらしく、全く被害を受けない候補生もいる反面、私はよく刺されるほうで、方々が腫《は》れて赤くなる。痒《かゆ》さも格別だ。痒みとひもじさに寒さも重なって、寝つきが悪くなる。そのうち南京虫対策として、米軍の無線を傍受して作成したという殺虫剤が配布された。布袋にはいっており、それを叩《たた》きつけるようにするのだが、粉をいくら散布しても、南京虫の跳梁はやまなかった。

入校第二週からは、敬礼練習と軍隊符号や内務令の学習、略図の書き方、戦傷講義、救急法、三角巾《さんかくきん》の使用法、人工呼吸、止血法などの修練が始まった。

入校して十日もたつと、私たちも独特の軍隊言葉を使えるようになり、動作もどこか妙に軍隊調になった。

講義のたびに、ガリ版刷りの資料が配布されたが、文字が薄かったり、にじんだりして読みにくい。紙もぺらぺらで、千六百枚以上刷るうちに原紙が裂けたのだろうが、判読できない箇所もある。

日を追うごとに、私は〈自分〉がなくなり、千六百余名のなかの〈員数《いんずう》〉になっていくような気がした。唯一《ゆいいつ》、自分を確認することができるのは、夜の自習時間に書く修養日記で、翌朝Y伍長が全員の分を回収し、昼過ぎに戻される。そこにはK区隊長の朱筆で、短い感想が付記され最後に印鑑がおされている。毎日全員の日記に眼を通して、付記するのも大変な苦労に違いないが、区隊長の美しい筆跡を見るだけでも私はほっとした気持になった。区隊長が員数ではなく、ひとりの軍医の卵として私を見てくれているような気がしたのだ。

私はその日の行事とともに、一、二行だけ北海道の気候や食い物、家族などについて所感を記すことにした。それについての朱筆は何もはいらなかったが、朝、洗濯場でひとり袴下《こした》を洗っていたとき、K区隊長から声をかけられた。

「札幌の雪では雪だるまが作れるそうだが、満州の雪はサラサラで握れもしない。雪合戦もできん」

区隊長は、私が子供の頃に家族全員でこしらえた雪だるまについて記したことを覚えていたのだ。「そうでありますか」と恐縮して答えると、区隊長は続けた。

「ご両親に葉書は出しているか。心配されとるはずだよ。元気でいると書けば、実際に元気になる」

区隊長は私に笑顔を向けてから立ち去った。区隊長は、私が日々の訓練で消耗してきていると感じ、気を使ってくれたのだ。

実のところ、私は入校初日以来毎日の高粱飯にげんなりしていた。米はわずかで、麦が少量と、大豆《だいず》粕《かす》が混じり、大部分は高粱だ。決してうまくはないが、食べないと確実に空腹になる。隊員の中には、栄養失調のため胆汁の緑色で染まった下痢に悩まされる者も出てきた。私は下痢こそしなかったものの、排便時に、決まって不消化の高粱糞《ぐそ》を目にしていた。朝の味噌汁も薄く、具も少ない。六十二キロあった私の体重はもう五十五キロになっていた。栄養失調のため、夜には頻尿になった。

そんななか二十八日は、午前、午後ともに駆け足の行進で、朝露を踏んで、相模原を横切った。相模原の大地はあくまでも黒く、小休止のときに沃土《よくど》を握ってみると、手までも黒くなった。高台の手前で匍匐《ほふく》前進を何度も繰り返しているうちに、右足首を捻挫《ねんざ》し、帰り道は腫れた足を引きずりながらの行進になった。痛みをやわらげてくれたのは、相模原の心地よい夕風だった。

翌日の午後、K区隊長が何を思ったのか訓練を早く切り上げ、私たちを区隊兵舎に戻らせた。

「きみたちは食糧も少ない。それに兵隊になるわけでもない。体力を無駄に使ってはいかん。仮眠！」

にやりと笑って出て行き、Y伍長も私たちに兵舎の暗幕を下ろさせて、区隊長のあとを追う。

私たちは左右に分かれた自分の居所で横になる。仮眠と言われても急に眠れるものではなく、あちこちで私語が起きる。週番が立ち上がり、「私語は禁止」と告げるものの、沈黙は数分しか続かない。私は痛めた足首をさすりながら、この不意に訪れた無為の時間を、最高の贅沢《ぜいたく》に感じた。

空腹に加え、入校当日の晩から始まった空襲は毎日のように繰り返され、私たちは慢性の睡眠不足に悩まされていた。突然の空襲警報で起こされ、燈火《とうか》管制の闇《やみ》の中を、先行者の軍衣の端を握り、ムカデの行列のようにして兵舎から出る。外にある地下防《ぼう》空壕《くうごう》は深く広かった。Y伍長《ごちょう》によると、これは臨東三の兵と患者たちがスコップとツルハシ、モッコだけで造ったのだという。

幸い、空襲による直接の被害はなかった。敵機の目標は、立川《たちかわ》の飛行場、厚木《あつぎ》の海軍航空隊や座間《ざま》の陸軍士官学校であるようで、常に頭上を通過して東京や横浜方面に向かった。

空襲は夜間だけでなく、日中の講義中にもあった。「空襲警報」「退避」の号令で、舎外に飛び出す。すると、グラマンがすぐ頭上にあり、飛行士の顔まで見えた。

ある講義中の空襲警報のとき、外に出遅れた私は、戦友と共に三人で、近くにあった素掘りの防空壕に待避した。こわごわ頭上を見上げると、超低空で、グラマンと、厚木から飛び発《た》ったと思われる友軍の戦闘機の間で撃ち合いが始まった。突然、すぐ近くで大音響がして、私たちは壕の中で身を縮めた。警報が解除されて出てみると、壕から三十メートルくらいの所に、グラマンの革張りの補助タンクが落ちていた。

頭上を通り過ぎるB29の編隊を見せつけられた日もあった。陽光を受けたジュラルミンの機体はあまりに美しく、私の眼には恐怖心を超えて一種の美術品に映った。

夜間空襲の際は、数条の探照燈《たんしょうとう》が伸び、着色された曳光弾《えいこうだん》による対空砲火が、あたかも花火のように夜空を明るくした。東の市街地は、焼夷弾《しょういだん》による猛火で一連の火災の帯となり、地平線が赤く染まった。

空襲のあい間に次々と繰り出される講義には、一課目が終わるたびに試験が設けられていた。私は試験終了とともに、その課目についてはさっぱり忘れ、頭の中を空っぽにすることにした。暗記ものが不得手な私なりの工夫だった。

隊員には必ず役目がついてまわる。週番の他に点呼係、兵器係、不寝番《ふしんばん》、掃除当番、炊事当番、正副の区隊取締候補生など、数週ごとに役目を交代した。

一週間間隔で、隊員全員での便所掃除が命じられた。素足と素手で、便器を磨く。二時間ほどかけて便所の隅から隅まで光るくらいになったときには、すがすがしい気持になった。

閉口したのは入浴の回数が少ないことだ。ほぼ十日に一回で、大風呂《おおぶろ》に白く濁った湯の深さも三十センチくらいしかない。泡の立たない石けんで身体《からだ》を洗い、湯につかるともう入浴完了である。三分間で風呂にはいれることを学んだ。

五月になると、防疫《ぼうえき》や軍陣衛生、毒ガスの講義とともに、防空演習、対戦車法、挺《てい》身《しん》奇襲、銃剣術の訓練が始まった。

中旬、海軍衛生学校教官数名の出張見学があるとの達示で、私たちは昼食後、舎内の清掃を命じられた。もちろん私物の整理もしておかねばならない。終わる頃、K区隊長がY伍長を従えて、室内の整頓《せいとん》ぶりを点検しに来た。二列に整列していたが、床にあるごみが私の眼にとまった。そのまま放置すべきか一瞬迷った。しかし区隊長の目の前で、すばやく敷布《しきぶ》団《とん》の下に入れた。怒鳴られるのを覚悟したが、区隊長も伍長も素知らぬ顔だった。

区隊長の口から、戦艦大和の沈没とドイツの降伏を知らされたのもこの頃だ。新聞は、伊首相ムッソリーニの無残な死も報じていた。

これ以後、訓練はいよいよ厳しさを増した。臨東三から原町田《はらまちだ》まで、ゲートル着用の軍靴の音をたてつつ、往復駆《か》け足をさせられる。走るたびに軍靴の踵《かかと》が減っているのが分かり、このまま繰り返せばスリッパの底みたいになるのではないかと思われた。

軍事訓練では、梱包爆雷《こんぽうばくらい》を背負って体当たりをする対戦車肉攻《にくこう》訓練までやらされた。軍医がこんなことをするようでは国も末期症状だろうという思いを振り払うのに苦労した。体当たりだけでなく、米軍本土上陸を想定して、秘密兵器と称された青酸ガス含有液を入れたガラス瓶を戦車に投げつける訓練もある。いくら秘密兵器でも、手で投げるようではもはや万策尽きているとしか思えない。

原町田までの駈け足行軍のとき、季節の推移を見せつけられた。たんぽぽの花は既にしおれ、代わりに麦の背丈が伸び、緑の色を濃くしている。K区隊長は小休止だと言って、草原に寝ころぶように命じた。草いきれを感じつつ、空に浮かぶ雲を眺める。あまりの平穏さに、居眠りしてしまいそうだ。二十分たっても、三十分たっても小休止終わりの声はかからない。隣の隊員が寝息をたて始め、いびきが大きくなったところでY伍長の号令がかかった。ほぼ一時間の休息が大ごちそうのように思われ、帰途の駈け足も不思議と苦にならなかった。

東京、横浜方面への空襲の頻度が増え、やがて昼夜の別なくほとんど連日になり、そのたびに防空壕避難の命令が出る。しかし臨東三が直接被弾するわけでないことは分かっており、私たちが壕の入口の所で空を見上げていてもやかましく言われないようになった。東京方面の空が真赤に染まるなか、B29の大編隊が爆音高く頭上を過ぎ去る。全部が通過するのに優に二時間はかかる。稀《まれ》に被弾した敵機が赤く焼けて、こちらに向かって来る。私たちはとっとと落ちてくれと祈るばかりだ。一機落ちると帰路のために積んでいるガソリンで、少なくとも一町四方が火の海になるという。その中にはいっては、たまったものではない。

翌朝、練兵場には電探《でんたん》妨害のための銀紙がひらひらと風に舞っていた。米軍に上陸された沖縄の苦戦が伝えられたのは六月初めだ。沖縄出身の隊員が悲憤《ひふん》慷慨《こうがい》し、空手の型を示して無念の思いを発散するのを私たちは同情しながら眺めた。今日の沖縄の苦渋は明日の本土の辛酸でもあった。

六月になっても変わりなく日課は続く。火線《かせん》救護、傷票や患者名簿の使用法、両手軍刀術、担架訓練、実兵偽装、防毒面装着法、収容拠点勤務、繃帯所《ほうたいじょ》勤務など、よくもこんなに教えることがあるものだと内心であきれた。

十日、ついに将校行李《こうり》の配給があった。中を開けてみて私たちは驚いた。この物資不足の折、よくぞ揃《そろ》えたと思われる品ばかりだ。新品の革脚絆《かわきやはん》、将校靴、夏用・冬用の将校服、襦袢《じゆばん》、革ベルト、雨具、外套《がいとう》、革靴などだ。そして各自が持参してきたさまざまな日本刀は、見事に軍刀に誂《あつら》え直されている。

閉口したのは、空襲のたび、この将校行李をかついで壕に待避せねばならないことだった。

十一日、二ヵ月散髪屋にも行かなかった私たちの頭髪を処理するため、中隊から古いバリカンが貸し出された。お互い、隣のベッドの戦友と髪を刈り合う。

　卒業式を明日に控えた十四日の午後、各人の配属先が決定した。たいていは郷里の陸軍病院に配属されたが、この時節、朝鮮半島行きを命じられた区隊員たちは落胆し、言葉もかけてやれないほどだ。成績が悪かったから仕方ないと諦《あきら》め顔の戦友もいた。私の配属先は、北部軍軍医部で、札幌郊外の月寒《つきさっぷ》の陸軍病院が赴任先だった。

　十五日、午前十時からの卒業式では、第一中隊第二区隊の隊員が軍医候補生代表として挨拶《あいさつ》をした。東大卒らしかった。式終了とともに壮行会となり、二ヵ月ぶりに鯵《あじ》の塩焼きを口にした。午後は自由行動で荷物の整理に費やし、夜になって中隊長に任官と任地の申告に行く。そのあと区隊での送別会に移り、湯呑《ゆの》み七分《しちぶ》の酒が振る舞われた。

　最後に〈海征《うみゆ》かば〉の斉唱を二度繰り返す。歌っているうちに、隊員のあちこちからすすり泣きが始まり、私も涙をこぶしでぬぐいながら声を限りに歌った。見るとK区隊長もY伍長も涙を流している。二ヵ月の猛訓練と苦しみがこの涙で浄化される思いがする。

「諸君はこの二ヵ月、本当によく頑張ってくれた。ひとりの落伍者も出さず、考課の成績も他の区隊より常に上位にあった。私はきみたちの区隊長であったことを、この上なく誇りに思う」

K区隊長が、隊員の顔をひとりひとり見ながら最後の挨拶をする。厳しい面もある区隊長ではあったが、決して理不尽な厳しさではなかった。唯一、戦陣訓の暗唱だけは絶対に手を抜かず、毎日のように反復させられた。暗記したのが後ろから二番目か三番目だった私に、区隊長はあきれ顔を見せた。

入校の日、学校長が「区隊長のようになれ」と言った言葉には全く同感だった。実際私たちにとって、K区隊長が軍医としての、いや人間としての模範に思えた。

「どうか諸君、健康に注意し給《たま》え。決して病死してはいかん。戦死もしてはならん。これから諸君は軍医だ。最後まで生きぬいて傷病兵の手当てをし、不幸にも戦病死した将兵については、その骨を拾い、名簿を持って、生還してくれ。

そしてもし、諸君が軍医でなくなったときは、今度は国民の健康を守る医師として、全力を尽くしてくれ給え」

目を真赤にした区隊長はそう言うと、Y伍長を従えて区隊長室に下がった。

〈諸君が軍医でなくなったとき云々《うんぬん》〉という区隊長の言葉が妙に頭に残った。入校直後の隊員面接のときも、〈軍医でなくなったとき〉について言及されたのを思い出した。戦陣訓暗唱には厳しかったが、K区隊長は、若い軍医の卵である私たちの将来が、この戦争のあともっと長く続くのを見通しているのではないか。

十六日は朝から小雨だった。第一陣出発の東北軍管区に配属された軍医候補生たちは、五時前に発《た》った。

朝食は、区隊長との最後の会食になった。この日も区隊長の目は真赤だった。第一陣の出発前の挨拶を受けたせいに違いない。朝食がすむとすぐに東部軍管区の配属組が出発し、区隊長はそれを見送ったあとぽつりと言う。

「もう送るのはこりごりだ。私はみんなに見送られずにこっそり出て行く」

西部軍配属の連中が九時頃、挨拶のために区隊長室に行くと、紙片が机の上に置いてあった。

――第二区隊見習士官諸官のご健闘を祈る。

私たちは慌《あわ》てて後を追い、駅まで走ったがもう電車は出たあとだった。見送りに行き駅から戻って来る他の区隊の見習士官たちに訊《き》くと、確かにK区隊長はその電車に乗られたという。いかにも控え目なK区隊長らしい別れ方だった。区隊長とともにY伍長もいつの間にか姿を消していた。

午前中に各自荷物を梱包してトラックに積む。同じ北部軍管区要員が集められ、編成作業が終わる。北大出身で他の区隊にいた同期生たちのほとんどが、北部軍配属になっていた。西部軍の要員が発ち、昼食をとったあと、いよいよ朝鮮軍と私たち北部軍要員の出発になる。朝からの小雨もやんで、所々に青空がのぞく。安堵感《あんどかん》とこれから先どうなるかの不安がないまぜになり、営門を出てからは、誰も口をきかない。黙々と原町田駅まで歩いた。

焼野が原同然になっている東京を改めて眼にしながら上野に着き、そこで東北本線の汽車に乗る。三等車の軍隊輸送であり、輸送指揮官には北大同期のN見習士官が任じられていた。補助官として軍医学校教官のF軍医中尉《ちゅうい》がつく。

一路北上し青森に着いたものの連絡船は一隻《せき》もなく、函館《はこだて》までは貨物船で渡った。北部軍司令部のある札幌には、十七日午後、まだ陽の高いうちに到着し、月寒の軍司令部に行って申告をすませた。宿舎は、歩兵第二十五連隊の留守兵舎だった。連隊の本隊は樺太《からふと》国境にあるという。ここで十日あまりを無聊《ぶりょう》に過ごした。軍医学校での分刻みの毎日とはうって異なり、何もすることがない。月寒陸軍病院にいても上官ばかりで息がつまる。いきおい、何かと理由をつけて外出する。とはいえ町に出たところで、食べられるものといえば海草麺《めん》くらいだ。これほど暇であれば、各々《おのおの》の郷里に二、三日帰泊させてもよかろうにと、同僚たちからは不平が出た。それでもここにいる間に、五十キロそこそこになっていた私の体重も、五十五キロ近くまで戻った。

七月初旬、いよいよ各自の配属先が決まった。私を含めた三名は室蘭《むろらん》陸軍病院分院である。他の見習士官にも軍管区内の各陸軍病院の他、樺太や千島《ちしま》への新任地が示される。また海を渡らなければならない樺太、千島行きの同僚たちはさすがに落胆を隠せない。

朝早く病院長に転出を申告して出発した。しかしこの日、早朝から敵艦隊艦載機の攻撃が始まり、汽車がなかなか進まない。夕方とうとう登別《のぼりべつ》近くのトンネルにはいったまま動けなくなった。五時間あまり待ってトンネルを出、深夜やっと輪西《わにし》に到着した。

着いたものの、町は燈火《とうか》管制下にあって真暗だ。駅に将校行李を預け、私たち三名は手探り状態で分院に辿《たど》り着いた。

「お前たち、何しに来た」

これが私たちを迎えた当直の高級医官の第一声だった。

「軍の配属命令で来ました」

「何だと。そんな連絡は受けていないぞ」

高級軍医は首をかしげ、私たちは顔を見合わせる。おそらく連絡はあとから文書か何かで届くのだろう。こういうことなら、二、三日ゆっくり実家に寄って来るべきだった。後悔したが後の祭だ。

「まあ、来たなら仕方がない。はいって休め」

宿直室のような部屋で、ようやく身体を伸ばし、目を閉じることができた。

翌朝、病院裏の山上にある高射砲陣地の通信室に行かされる。八丁平《はっちょうだいら》に布陣している八八式高射砲大隊の軍医部長であり、病院長を兼任しているU大尉からの連絡を待つためだ。

突然、通信室内に緊張が走った。

「敵艦見ゆ、敵艦見ゆ。御崎《みさき》ではどうか。敵の後続輸送船団が続行している見込み」

通信兵が叫んだ。

私は演習にしては変だと思い、他の二人の見習士官と顔を見合わせる。どこか昔の映画の一場面を見ているようだ。

そこへU病院長から電話が来て、私が出た。

「状況はこのとおりだ。至急、傷病兵すべてを地下壕《ちかごう》に収容せよ」

赴任の申告をするどころの騒ぎではない。私たち三人は通信室を出て、分院まで駆け下り、診療部長のW少尉に報告した。幸い傷病兵たちは、昨日の艦載機の空襲時に壕内に避難させられていた。

報告が終わるか終わらないかのうちに、砲弾が落下し始める。艦砲射撃は、まず御《ご》前水《ぜんすい》にある日本製鋼所あたりを攻撃目標にしたようだ。人家が木の葉のように空高く舞い上がり、ゆっくり落下していく。そのあと腹に応《こた》える音がする。家の中に人がいれば、その結果は言わずもがなだ。

敵の観測機が一機、空に舞っている。着弾地点が少しずつこちらに近づいてくる。御前水、輪西を攻撃し、今は日本製鉄所だ。昼夜の別なく操業しているので、従業員がまだ工場内に残っている可能性もある。いち早く防空壕に避難していても、あの砲撃では直撃弾を食らわないとも限らない。

分院近くに住む住民が、手鍋《てなべ》を下げて地下壕に逃げ込んで来た。自分たちの粗末な防空壕では危いと思ったのだろう。爆発音とズシンズシンという地鳴りのようなものが入り混じる。大きな破片が飛来し、もう外にはいられない。住民を中に誘導したあと、私たちも避難する。

砲撃目標は、確実に絵鞆《えとも》半島側からこちらに移って来ていた。頑丈に造られている地下壕だからそう簡単には破壊されないだろうが、入口を塞《ふさ》がれてしまうと生き埋めになりかねない。着弾点がはずれてくれよと祈る気持でいたところ、砲撃はすぐそばの中島町《なかじまちよう》あたりで終わった。

やれやれと思う間もなく、W少尉から命令された。

「お前たち、すぐ兵二名を連れ、それぞれ担架を持って陣地を回り、傷者を収容せよ」

私たち三人は方向を分けて散り、トラックに乗り各陣地を回る。陣地の場所など私は皆目分からないので、兵に従うだけだ。幸いどの陣地にも負傷者はいない。

しかし民間人の被害はすさまじく、もがれた手足が道に転がっているかと思えば、チョッキのようになった胴体の一部が電線にぶら下がっていたりする。負傷者は多数いるようだが、民間人を陸軍病院に収容するわけにはいかない。

途中でまた分院から連絡が来た。敵の艦隊が再び南下しており、再度砲撃の恐れがあるという。トラックの中にいては、身を隠す場所もない。ほうほうの体《てい》で帰院した。

帰院すると、昨日の空襲でやられた腹部打撲の海軍兵曹長と虫垂炎《ちゆうすいえん》の兵の手術を、さっそく任された。手術をしろと言われても、軍医学校で実習を受けたわけではない。医学部にいたとき、手術を見学しただけだ。それどころか私たちはまだ医師免許証を貰《もら》っていないのだ。躊躇《ちゆうちよ》しながら見ると、他の二名の見習士官もそれぞれ負傷患者をもたされており、手助けを乞《こ》うこともできない。

えいままよという気持で、二人の患者を壕内の手術室に運ばせる。どちらの患者から手をつけるか迷ったが、医学書上の知識でできそうなのは虫垂炎のほうだ。腹部打撲の患者も苦しんではいるが、内臓があちこちやられている可能性もあり、手術には時間がかかりそうだ。

手術室はしかし艦砲射撃で停電しており、電燈がつかない。仕方なく、二本のろうそくを衛生兵が持つことになった。麻酔をかけ開腹したまではよかったが、腹腔《ふっくう》内がよく見えない。もっと明かりを近づけるように言うと、ろうそくの溶けたしずくが腹腔内に落ちる。しかし構ってはおられない。覚えていた手順どおりの手技を終えたときは、一時間半が経《た》っていた。

すぐに腹部打撲の患者に麻酔をかけて、開腹する。腹腔は血の海で、どこがどうなっているか、皆目分からない。どうやら左脇腹《わきばら》からはいった弾片が、小さな動脈を傷つけ、胃の裏側あたりで止まっているようだ。その破片を取り出そうとまさぐっているうちにも、出血はひどくなる。開腹から一時間もしないうちに出血多量で死亡してしまった。

翌日、分院に戻ったU病院長から、民間人の死傷者を概算でいいから調べよと言われ、兵一名を連れて公私立病院を回る。どの病院も、負傷者で溢《あふ》れていた。医師たちはそれこそ不眠不休で治療と手術に追いまくられており、事務職員も赤い日をこすりながら、私の質問に答えてくれた。運び込まれた負傷者と、院内で死亡した患者数をノートに書きつけた。

しかし、病院に運び込まれないままに死亡した住民がどれくらいいるかは、これでは把握できない。家屋の崩壊や、あちこちにあいた大きな穴を見ると、その被害の大きさが推しはかられる。道端にはまだ放置されたままの死体もある。散乱した人体の部分を集めて、火葬にしている煙も、町のそこここで上がっており、特有な臭気が鼻をつく。

負傷者約千八百名、死者約三百名という集計をU病院長に報告した。全体の死者は、およその十倍ではないかと申告したところ、U大尉は顔をしかめ、「これはまだ序の口だろうな」と呟《つぶや》いた。

この予想は的中した。艦載機の空襲は繰り返され、私たちは患者を地下壕に運び入れ、また運び出す作業に追いまくられた。屋根に大きく赤十字の印をつけている病院だから敵機の襲撃を受けないだろうという予想は、見事にはずれた。普通の民家と同じやり方で、グラマンが襲って来る。高射砲陣地はすべて艦砲射撃を受け、稼働《かどう》は不可能になっていた。たとえ反撃したところで、集中攻撃を受けるだけだ。

七月上旬、入院患者を空襲警報とともに地下壕に避難させ始めたが、間に合わない。

三分の二がようやく退避したところで、グラマン一機が、爆音と共に機関銃を発射しながら北の方から襲って来た。機関銃の音と爆音が一瞬の間に病棟の上を通り過ぎたと思うと、病棟内で「カランカラン」という乾いた音が響く。銃弾が室内で跳ね返る音だ。私たちは病室の壁に張りついて身を縮めるしかない。

飛行機がやっと飛び去り、助かったと安堵した数瞬後、また爆音が北から襲ってきた。同じ敵機が反転して戻って来たらしい。ところが今度は、前とは違う爆発音が、隣の病棟でした。そのあと敵機はこちらをあざわらうようにして銃撃し、去って行った。

隣の病棟では大騒ぎになっていた。小型の爆弾が病室の脇に落ち、その破片で窓際《まどぎわ》にいた患者が死亡、三人が重傷を負っていた。同じ病棟の診察室にいた看護婦は大腿《だいたい》部《ぶ》に銃弾を受けた。

その四日後にも、艦載機三機が襲って来た。このときの空襲警報は遅く、私は上官のW少尉とともに手術中だった。機銃掃射はすさまじく、私たちは手術台に患者を残したまま、床に伏せた。銃弾は手術室の屋根から壁にかけてめり込み、生きた心地はしない。麻酔で眠っていた患者も目を醒《さ》まし、慌てて起き上がろうとする。私は患者の耳元で、空襲だからと必死で説明した。このときロケット弾が落ちたのは病舎の脇で、屋根がざっくり吹き飛ばされていた。

こうした空襲のたび、近くにある兵舎と軍需工場から多数の外傷や火傷《かしょう》の患者が搬入された。手術室は患者で溢れ、私たちは廊下でも外傷患者の手術を余儀なくされた。その日はほとんど徹夜になった。

徹夜の治療のあとは、たいてい不発弾処理の救護班として出動を命じられる。径四十センチもある砲弾が青光りして、尾を空に向けて不発のまま立っている。工兵隊員が動かそうとしてもびくともしない。

室蘭ドックの構内には、五百キロ爆弾が残っていた。動かそうにもあまりに危険であり、重くて海までは到底運べない。四名の工兵隊員がすぐ脇に穴を掘り、二人抱えで爆弾を抱きかかえて穴に入れ、爆発させたという。大音響とともに土砂が噴き上がり、できた穴は直径二十メートルくらいになった。

B29爆撃機数十機による空襲では、機銃掃射とは次元の異なる恐怖も味わった。空襲警報と空襲が同時に始まり、避難する間もない。屋根にバケツで水をぶちまけたような音がして、窓枠が燃え始める。爆弾と焼夷弾《しょういだん》でやられた病棟はひとたまりもない。衛生兵ともども必死の防火作業をする。向かってくる熱気のため、鉄兜《てつかぶと》の上から防火用水をかぶり、延焼を防ぐために必死だ。ガラガラガラという音が頭上に迫り、病棟をかすめて焼夷弾が庭に落ちる。油脂の火の粉が飛び散り、足元まで振りかかる。それを手でもみ消す。その間、残りの者は患者たちを地下壕に退避させ、それが終わる頃にやっと敵機は去った。幸い燃えたのはひと病棟のみで、十数人が負傷したが死者は出なかった。

そんななかでも、勉強会も兼ねた院長以下、軍医全員の夕食会は週一回行われていた。

私は今までずっと気になっていたことを口にした。私たち三人の見習士官は、軍医学校は卒業したもののまだ医専や大学は正式に卒業しておらず、従って医師免許証も所有していないのだ。それなのに、いっぱしの医師として分院で働かされている。これでいいのだろうかという疑問だ。

これにはU病院長も驚き、うーんと唸《うな》ってしまった。

「そういうことか。すぐに方面軍司令部に問い合わせよう。返事がくるまでは、当座、この分院では現状のまま勤務してよい」

しかし返事がないまま八月になり、広島には特殊爆弾が投下された。強力な光を発する新型爆弾であり、白い服装の者が比較的熱傷の被害が少ないとU病院長から聞かされた。

長崎でも同様の爆弾が落とされ、街はほとんど全滅したらしかった。本州と九州にひとつずつ新型爆弾が落とされたわけで、次は北海道と四国だろうと噂《うわさ》する衛生兵もいた。その際、敵は札幌のような大きな町はねらわず、長崎同様、工場と港を擁するこの室蘭が目標になると言う者も出る。いったんそんな話を耳にすると、そうかもしれないという思いが頭にこびりつく。室蘭に投下されても嫌だが、両親や妹、弟のいる札幌も嫌だ。

不安のなか八月十五日、U病院長から大事な放送があるので聞くようにとの達示が来た。心静かに耳を澄ましたものの、雑音が多くてよく聞きとれない。要するに無条件降伏だとは理解した。

すべては終わったのだ。涙が流れる。軍医学校の二ヵ月、そしてその後の二ヵ月はいったい何だったのかという思いが、頭に去来する。何もする気がしない。誰とも会いたくない。この日の午後、私は病棟にも出向かず、ひとりの患者も診察しなかった。

翌日、分院内にはやっと落ち着きが戻った。戦争は終わったが、ここには多くの傷病兵がいる。私たちの仕事は残されていた。

北部軍では除隊が行われ、部隊の兵隊は次々と帰郷していると聞かされるなか、どういうわけかU病院長もいなくなり、W少尉が新病院長になった。

分院では医薬品も底をつきかけていたが、それ以上に食糧不足だった。治療をする前に養わなければならない傷病者を、私たちはかかえていた。W新病院長の命令で、私が食糧を求めに札幌に赴くことになった。兵一名を連れ、道《どう》の食糧に関係している札幌の叔父のところへまず行く。叔父は再会を喜んでくれ、缶詰工場や興農公社《こうのう》、古谷《ふるや》製菓に案内してくれた。

ここでも職員の反応はさまざまだった。戦争に敗《ま》けたのに、よくも兵隊面《づら》して来るものだとけんもほろろに断られる反面、国のために尽くした傷病者のためどうぞ食べさせて下さいと言う所長もいた。缶詰、キャラメル、砂糖、干し肉を行李《こうり》一杯分けてくれた。

翌日、苗穂《なえぼ》にあった軍の糧秣《りようまつ》所に赴いた。しかしそこには、帰郷する将兵に配給されたのか、何ひとつ食糧は残っていなかった。残留していた中尉《ちゆうい》に、将校は兵隊と一緒ではなく、二等車に乗るものだと却《かえ》って注意を受けた。戦争は終わったのにまだ階級にこだわっているのかと、私は腹が立った。

八月下旬、ひとりの傷病者を受け持たされた。終戦のどさくさに紛れ、トラックに軍需物資を積み込んで逃げた兵隊だった。天罰が下ったのか、列車にぶつかりトラックは横転、下腿《かたい》の開放性骨折を負っている。米軍がいよいよ進駐してくるので、重症患者は札幌の陸軍病院に送れとの命令が来ていた。まずは診察してからでないと送り出すことはできない。患者には診療録がついてまわるからだ。

ところがその患者はパピプペポが円滑に言えない。咬筋《こうきん》の痙攣《けいれん》もある。大学で習ってはいたが、私が初めて診る破傷風《はしょうふう》だった。

病院には期限切れの血清が二本あった。二本とも使ってみたが効かない。衛生兵に室蘭中の病院を探しまわってもらっても、やはりない。

付き添っている戦友が可哀《かわい》想《そう》に思うのか、患者の肩を撫《な》でる。そのたびに痙攣が誘発される。触れてはならぬと指示するものの、主治医の私にもなすすべはない。

「軍医殿、頼みます。あの汽車の汽笛をとめて下さい。あれが鳴るたび身体《からだ》が痛みます」

患者は息も絶え絶えに訴えるが、私にはどうすることもできない。ついに明け方、息を引き取った。

分院に勤務しながら、英米捕虜兵隊の医療係も命じられた。全道の捕虜が室蘭に集められ、二百名はいた。身体の弱っていた捕虜も、占領軍から食糧が届けられるようになると、みるみる体力を回復した。私が驚かされたのは、両足の裏に五十以上の魚《うお》の目ができた捕虜だった。私が丁寧に魚の目を削ってやると、歩くのに苦労しなくなったと喜んでくれた。

九月になって、私たち三名の見習士官はようやく月寒の陸軍病院に呼ばれた。

「お前たちは医師の資格を持たない学生だから、軍医として扱うわけにはいかない。位一等下げ、軍曹とする。これが第五方面軍司令部の命令だ」

ひと月半前私たちを威勢良く送り出した病院長は言った。「その代わり」と言って病院長は、私たちに一時金二百五十円と白米三合を支給し、無期休暇の証明書を書いてくれた。

私はその夜、なかなか寝つけなかった。さまざまな思念が次から次に襲ってきたからだ。

最後にひとつの考えに行き着く。私は、臨東三の軍医学校で、最初と最後にK区隊長が言ってくれた言葉を反芻《はんすう》していた。〈軍医でなくなったとき〉が間違いなく今日なのだ。明日からは全く軍医とは関係のない日々が始まる。

翌日私は、見習士官の服や靴をW病院長に返上し、将校行李の中から学生服と靴を取り出して身につけた。その他の諸々《もろもろ》の中味は、よく仕えてくれた衛生兵たちに分け与える。そして軍と名のつく書物や、区隊での寄せ書きはすべて焼き捨てた。

昼少し前、私は軍医学校に行くために札幌駅に立ったときと同じ学生服を着、軍刀を手に分院をあとにした。軍医学校同期の他の二人は軍服のままだった。将校行李も持っていた。いきおい私の学生服姿は目立ったが、私は気にしない。気にするどころか、胸を張って歩く。

九月下旬、北大の卒業式に参列し、文字どおり大学を卒業して医師免許証をもらった。

〈軍医でなくなったときも、国民の健康を守る医師として、全力を尽くしてくれ給《たま》え〉というK区隊長の言葉は、その後も埋火《うずみび》のように胸に残った。大学病院、公立病院、そして町医者と、守備位置は変わったが、埋火は私の指針だった。息子に譲った診療所で週二日診療している今日でも、私の胸で埋火は消えていない。

八十九歳の今に至るまで、月寒の陸軍病院長から出された無期休暇については、何の音沙汰《おとさた》もないままだ。

戦犯

昭和十八年十一月、ニューギニア島の西三分の一とモルッカ群島を含むオーストラリアの北地域、いわゆる濠北《ごうほく》方面防衛担当として、第四南遣艦隊が設立された。基地はアンボンである。

その二年前の十六年十二月、三ヵ月繰り上げで岡山医大を卒業した私は、海軍軍医依託学生だったためすぐに軍医中尉《ちゅうい》となった。館山《たてやま》の海軍砲術学校でひと月の基礎訓練を受けたあと、築地《つきじ》の海軍軍医学校に入校した。そこで三ヵ月の臨床訓練を終えて十七年の六月末に卒業、ジャワ島東部にあるスラバヤ一〇二海軍病院に赴任し、一年半勤務した。アンボンの第四南遣艦隊に軍医大尉《だいい》として着任したのは、十九年の一月一日だった。

第四南遣艦隊の総兵力は、軍属を含めて一万八千であり、陸軍も広島の第五師団を中心として、その地域に二万人の兵力を配置した。

これに対して連合軍は、ニューギニア北岸沿いにフィリピンをめざし、大攻勢をかけていた。日本軍は敗勢の一途を辿《たど》り、海軍は戦勢を整えるため、セラム島カイラト地区に不沈空母としての第二アンボン航空基地の築城に着手した。

この航空基地の建設には、ニューギニアから転進して来た第二〇一設営隊があたり、陸軍からも野戦第十八飛行場設営隊の全面協力を得ることができた。艦隊司令部は建設責任者を送り、ジャワ島から原住民三千人、ボルネオからダイヤ族百人、さらに近辺の島からも数百人の原住民を集めて投入した。

私は、この三千数百人の原住民と、これを監督指揮する司令部関係者の衛生医療業務の担当として、セラム島に派遣された。他方、第二十五海軍特別根拠地隊所属の第十二防疫《ぼうえき》班も、日本軍将兵のマラリア防疫を目的として進出した。

食糧輸送は既に途絶しており、在庫食糧を食いつぶしながらの、現地調達を余儀なくされていた。持参薬品も不足し、原住民労働者三千数百人に対する医療面での対策は貧弱極まるものだった。

診療所には、私の他にインドネシア人医師が一名、看護兵が二名いるだけで、人員は極端に少ない。

そのうち雨期となって、果たせるかな使役原住民、ことにジャワ島から連行されて来た労働者に、病気が続出し始めた。当初の予想に反して、細菌性赤痢が猖獗《しょうけつ》を極めた。連日労働者たちは、「ベラダラ、ベラダラ（血便）」と言って押し寄せた。加えて、雨期の寒さと、使役による過労と衰弱で、肺炎が多発した。しかし患者を治療しようにも、持参していた赤痢薬のトリアノンや、下痢止めのアヘンチンキとクレオソートは数日で底をついていた。

患者は発熱して痩《や》せ衰え、次々と死んでいく。あまりにも患者が続発するので、私は労働者宿舎に出向き、居住環境を点検することにした。宿舎は、敵襲を避けるためにジャングルの中にあった。しかし椰子《やし》の葉で葺《ふ》いた屋根と、竹で編んだ床にアンペラを敷いてあるだけで、囲いなどない。労働者たちはそこに、薄い布切れを身に巻きつけてごろ寝している状態だ。

便所は少し離れた所に穴を掘って造られ、板が二枚さしかけてある。屋根と周囲は椰子の葉で覆《おお》っているものの、不潔極まりない。大便の後始末は木の葉でしているらしく、穴の中や周辺には、使ったあとの葉っぱが散らかっていた。これでは容易に経口感染するはずである。

食事も貧弱そのものだ。サゴ椰子のパペダという葛粉《くずこ》に似たでんぷんと芋が主食で、それに漁撈《ぎょろう》班が捕った魚がわずかにつく。連れて来られた労働者は、もともと重労働などしたことのないひ弱に見える者がほとんどで、慣れない場所での連日の作業が一層こたえるのに違いなかった。

ともかく赤痢は隔離が第一なので、海岸の河口付近に病舎を造ったものの、いくら病舎を急造しても患者を収容しきれなかった。

そんななか、肺炎で運び込まれた患者の手首と足首に、縄で縛ったような皮下出血斑《はん》があるのを見つけた。通訳を呼んで訊《き》くと、どうやら労務を監督する日本人軍属に、怠けた罰として棒にゆわえつけられ、雨の中に一日放置されたらしかった。いわば見せしめにされたのだろう。

薬もなく、患者は高熱を出したまま三日後に死んだ。強制的に連れて来られて重労働につかされ、住む場所も食い物も粗末なうえに、労務の監督からは牛馬の扱いを受けては、死んでも死に切れなかったろう。

私は司令部の建設部責任者である大尉のところに赴き、現場で指揮をとる軍属たちに、リンチまがいの行為を禁じるように申し入れた。

というのも、私はスラバヤの海軍病院にいた頃、似たような海軍兵患者を診ていたからだ。

患者は十七歳の水兵で、港に停泊中の艦艇から下半身の打撲で収容されていた。臀部《でんぶ》が皮下溢血《いっけつ》で暗黒色に腫脹《しゅちょう》し、滲出物《しんしゅつぶつ》も出ている。高い所から落ちて尻餅《しりもち》をついたからだと記されていたが、診察した私にはすぐに察しがついた。

「おい、これはストッパーで撲《なぐ》られたのだろう。白状しろ」

「いいえ、ラッタル（階段）から落ちたのであります。自分が悪いのであります」

患者はうつ伏せになったまま、東北訛《なま》りの返事をする。

「誰がやったのか。兵長あたりか。いずれにしても制裁は禁じられていたはずだ」

「いいえ、落ちたのであります」患者は口を割ろうとはしなかった。

「お前はこんな目にあって、海軍が嫌になったろう。つらいだろう」私はなおも問い詰めた。

「いいえ、自分は海軍が好きであります」

答える患者の目には涙が溢《あふ》れていた。

よく訊くと、東北の寒村に生まれた彼は、無給で地主の家の下僕になっていた。食事は稗《ひえ》か粟《あわ》かくず米、副食はたくあんか、それがなければ塩だった。不作の年、父親は可愛《かわい》がっている馬を手放したがらず、上の姉が売られて行った。

それに比べると、海軍の訓練は楽しいし、これくらいの打撲は何でもないと言う。

「七円も家に送れます。アンパンも食えます。ラムネも飲み、お汁粉も腹一杯食べました。おばあちゃんに食べさせたかったです」

アンパンは幼いときから憧《あこが》れの食い物であり、地主の子が食べるアンパンが羨《うらや》ましかったらしい。海軍に志願して現金も初めて持つことができたし、米の飯や肉など、カロリーの高い食事を摂《と》れる海軍は彼にとって極楽だと言う。

「お国のために戦死するのは本望であります」

泣きながら訴える少年兵患者を前にして、私は胸が詰まった。

患者は三週間ばかり入院したあと、勤務していた軍艦に復帰した。その巡洋艦〈球《く》磨《ま》〉が、ペナン西方で敵潜水艦によって撃沈されたのを知ったのは、私がアンボンに転任してからだった。

日本軍の水兵とは異なり、この設営基地に連れて来られた原住民労働者たちは、地獄の苦しみを味わっていると言ってよかった。住居も粗末であり、食糧とてなく、病気になっても治療を施されず、そのうえリンチが加えられるのだ。

分かってはいるものの、軍医である私にはなすすべがなかった。ジャワ島から来た労働者はこうして続々と死んでいった。ひとりボルネオから来たダイヤ族の百人だけが、部族長を中心として団結が強く、もともと苛《か》酷《こく》な環境に慣れているのか犠牲者を出さなかった。

五月頃から米軍機による爆撃の頻度が増し、労働者の中にも死傷者が出始めた。同時に原住民の逃亡が続出するようになった。食事もろくろく与えられず、病気にはなる、空からの襲撃もあるでは、逃げ出さないほうがおかしい。監督する司令部の将兵たちも、逃亡食い止めにやっきになったが、大した効果はなかった。

セラム島では、私たちのいるカイラト地区以外にも、島の東端に位置するプラで基地の設営が行われていた。そこでも原住民労働者が疾病《しっぺい》と逃亡で激減し、築城が頓挫《とんざ》していると伝えられた。

皮肉なことに、この窮状を救ったのは連合軍だった。十九年の九月十五日、連合軍はセラム島の北五百キロにあるモロタイ島に上陸、占拠した。アンボンやセラム島は全く蚊帳《かや》の外に置かれた形になり、セラム島での基地建設は意味をもたなくなった。

ここに至って艦隊司令部は、航空基地は未完成のまま残して、建設諸部隊のアンボン引揚げを決定した。海軍部隊の大半はアンボンに籠城《ろうじょう》し、連合軍の出方をうかがうという戦略がとられた。

アンボン島に布陣する日本軍は約一万七千人であり、八割が海軍である。原住民はおよそ五百人と見積もられていた。ここでにわかに食糧問題が浮上してきた。

第四南遣艦隊としては、〈アンボンを制するものは濠州《ごう》を制す〉と言われたアンボン軍港基地を、何がなんでも死守しなければならない。とはいえ、火山でできた小島なので麾下《きか》部隊の台所をまかなうのは不可能だ。そこで目をつけられたのが、アンボン島のすぐ北方に東西三百キロにわたって横たわるセラム島だった。ここをアンボン部隊の食糧補給基地と定め、アンボンに近い島の西半分の南端を三分割し、それぞれに支隊を送ることが決定された。

支隊には当然隊長がいる。ことあろうに、三支隊のうちの一支隊の隊長に私が発令された。もともと食糧補給などは、主計科士官が担当すべき管掌《かんしょう》であるのは言をまたない。東部アマハイ支隊と西部ホアマル支隊には、それぞれ主計大尉が隊長として任命されたのに対し、中央のカイラト地区の隊長だけが軍医大尉の私だった。

私はこれを不服として、艦隊軍医長のY大佐に面会を申し込んだ。私としては、命令を忌避するのではなく、あくまで主計科士官の担当領域を侵したくないという理由を表向きにした。

「これは参謀長の判断なのだよ。私としても寝耳に水の話で、きみと同じ理由で反対の意向を伝えたのだが」

Y軍医大佐も困惑気味の表情を隠さなかった。「きみのカイラト第二アンボン基地築城のときの働きぶりが、参謀長の耳にはいったのだと思う」

「あそこでは、軍医として何の働きもしておりません。原住民労働者はバタバタと死んでいきました。私は何もできず、切歯扼腕《せっしやくわん》するのみでした」

答えながらも、あのときの悲惨さに胸が塞《ふさ》がるのを覚えた。

「それだけでなく、きみは陸軍との問題にも配慮したと聞いている」

軍医長はなおも言いつのった。

私はそうだったのかと、思い起こした。カイラト地区では、陸軍兵士や軍属が体調不良を訴えたときなど、乞《こ》われて往診したことがあった。敵機の爆撃で負傷した下士官が仮設診療所に運ばれてきたときも、応急処置を施していた。

カイラト地区には第五師団隷下《れいか》の第二十一連隊が布陣しており、連隊長のS大佐やO主計中佐とも知遇を得ていた。

「セラム島に布陣している陸軍の広島第五師団も、食糧調達の重要性は海軍と同じだ。ここで陸海抗争を起こしては本末転倒になる。陸軍とはあくまで仲良くしておかねばならん。参謀長は、そのあたりのことを熟慮して、きみに白羽の矢を立てた。ここはひとつ、頑張ってくれないか」

軍医長からそこまで言われては、もはや再考の余地は残されていなかった。私は観念して訊いた。

「陸軍と折衝するとき、私自身は何という身分で当たればいいのでしょうか」

「そうだな。艦隊付高級医官のままでは奇妙だな。これは参謀長に言って、考えてもらおう」

Y軍医大佐は納得したように答えた。

後日届いた私の所属部署は〈西セラム海軍駐在武官府〉であり、身分も〈武官府長海軍大尉〉となっていた。私はあまりの大仰さに、こんな看板は表に掲げられないと思った。

私の担当地域は、海岸線にして約百キロである。交通路としては、人がやっと通れるくらいの海沿いの道が一本あった。管内に警備隊派遣隊と海軍特別警察隊から二十名の下士官兵を選抜し、他に軍属三十名が私の配下にはいった。

二千人の原住民を動員して、既にあった一ヵ所の農場の他に開拓農場を二ヵ所つくり、五ヵ所に食糧集荷所を設けた。作物はタピオカと甘薯《かんしよ》、野菜、それにサゴ椰子のでん粉くらいのもので、蛋白質《たんぱくしつ》の類はない。採取した食糧は、大発《だいはつ》（大型の発動機艇）や原住民の帆かけ舟に積載して、夜間アンボンに向かわせた。

私の仕事といえば、連日農場や集荷所を歩き、原住民の二、三人乗り手漕《てこ》ぎの丸木舟であるコレコレに乗って、海岸線を行きつ戻りつすることだ。管内の下士官兵と軍属を叱咤《しつた》激励し、原住民には感謝し、笑顔を向ける。

働かせるばかりでは不満がつのるので、週に一度休日を設け、原住民の村長に命じて踊りの会を開催させた。ダンスなどしたことがなかったが、これも務めのひとつだと思い、盆踊りだと自分に言い聞かせて、村長の娘と踊った。

胸は粗末な布で覆《おお》ってはいるものの、半裸に近い若い娘の手を取って踊るのは、生まれて初めてだ。相手はまだ十五、六歳だろう。向こうも恥ずかし気であり、周囲からはやんやの喝采《かっさい》をあびた。太鼓の音が止《や》んでも、なかなかやめさせてくれない。また太鼓が鳴り出して、村長の娘と私の踊りが続く。私は軍靴《ぐんぐつ》のままであり、相手の裸足を踏みつけはしないかと気が気でならない。全身の肌が黒いなかで、歯茎や手のひら、足の裏の赤さだけが妙になまめかしかった。

原住民の労働に対する報酬は無いに等しかった。せいぜい日々の食糧を与えるくらいで、たとえ軍票《ぐんぴょう》を支給しても買える物がない。早く言えば強制労働だった。

これでは不満をもつのが当然である。休日はあっても、自由は束縛されている。アンボンからの食糧の催促が過大なので、監督の軍属は住民を酷使しがちになる。

そのうえ陸軍による原住民の引き抜きも発生した。これを阻止しようにも、海軍の軍属は軍属としての悲しさで、陸軍兵には抵抗できない。私に苦境を訴えてくるので、私は何回となく陸軍側に折衝に赴いた。しかし陸軍も必死であり、引き抜いた原住民を返してくれない。

現地のみでは解決困難とみた私は、艦隊に上申し、陸軍第五師団と艦隊との間に、桜星機関という交渉機関を設置してもらった。しかしこれで、すぐに風通しがよくなるものではない。

さらに陸軍の憲兵が敵通《てきつう》の疑いで、海軍の使用原住民二人を連行する事件が起き、住民の間に不安が広がった。連合軍の攻勢が一層強まっている現在、憲兵がスパイ狩りにやっきになっているのも無理はない。

しかしこのまま事態を放置していれば、集団脱走が起こらないとも限らない。私は二十一連隊の連隊長S大佐のところに、直接かけあいに行った。

「海軍のほうでもやられましたか」

大人《たいじん》の風格のあるS大佐は、私の訴えを聞くなり困惑の表情を見せた。使役している原住民の連行は、陸軍でも一度ならず起きているという。

「しかしわしたちも、野戦憲兵のやることには口出しができんのだよ。アンボン島やセラム島地域の保安防諜《ぼうちょう》を担当しているのは第五野戦憲兵隊で、その本部もつい最近アンボンからセラム島のピルに移っている。憲兵隊は第二方面軍の直隷下にあって、連隊長ごときでは手も足も出ない」

S大佐は自嘲《じちょう》気味に言い、解《げ》せない顔をしている私を見て続けた。私としても、海軍には存在しない憲兵の指揮系統については全く無知だった。

「わしの連隊が所属する第五師団は、第十九軍の隷下にあった。それが新たに第二方面軍に編入されて現在に至っている。ということは、第五野戦憲兵隊は第十九軍と同じ序列に位置すると思っていい」

そんなものかと私は納得し、原住民たちをどうなだめたらいいのか困惑した。連隊長は例によって羊羹《ようかん》の一片と茶を持って来させて、供してくれた。甘党の大佐は、これまでも私が来るたびに羊羹を出してくれていた。私のほうも甘い物には目がなかったので、ありがたくおしいただいた。

「あんたも知ってのとおり、もともとこの地域は対日感情が悪い。敵の諜報部隊が活動するにはうってつけの土壌になっている。キリスト教の宣教師たちも、濠《ごう》軍の秘密指令で動いているらしい。そのうえ、日本軍の進攻で白旗を上げたオランダ軍も、降伏前に各地に武装諜者団を組織している。この諜報網の摘発に、憲兵隊はやっきになっているのだ」

S大佐は私を慰めるように言う。「ここはもう、嫌疑が晴れて、連行された原住民が無事で戻って来るのを願うしかない」

連隊長の宿舎をあとにしながら、私は原住民二人が戻ることとは、万が一にもあるまいと思った。徹底的に訊問《じんもん》され、たとえ容疑が晴れて放免されても、そのときはもう虫の息になっているのだ。

事実、二人は戻って来なかった。軍属たちはいっそう原住民の引き締めにやっきになった。

幸いだったのは、軍医として関与した航空基地築城のときと異なり、病人があまり出ないことだった。前回は他の島から連行された労働者ばかりだったのに対し、今回は、もともとセラム島に住む原住民だったのがその理由だろう。しかも労務内容自体が、前回は土木作業であり、今回は農作業だった。

ところが年が明けた二十年の三月、使役していた原住民が、監督の軍属から殴打《おうだ》されて死亡する事件が起きた。

原住民に対して極力休日を与え、酷使しないように指導していただけに、裏切られた思いがした。

死んだのはまだ若い男性で、外傷はない。私は軍属と、その農場を管理する下士官を呼びつけて事情を訊《き》いた。軍属は、ジャワ島から労働者を連行して来た際に同行した中年の日本人だった。見たところ特に凶暴な印象も与えず、屈強な体格でもない。私の前でひたすら平身低頭するだけだ。

「日頃からこっちの言うことを聞かないので、今日こそはと思い、しごいてやったのです。十発くらい顔を殴ったところで倒れ、急に息が荒くなったのです」

下士官のほうは、直接手は下さなかったものの、軍属の殴打を黙視していたらしい。

「あの男が他の原住民を煽動《せんどう》して、なるべく働かないように仕向けていたのです。自分もこのままではしめしがつかないと考えていました」

弁解するようにそう言った。

悔いても仕方がなく、ここはもう下士官と軍属に同じあやまちを繰り返さないように注意するしかなかった。

私は二人を連れて、村長の家に謝罪に行った。手土産は、私たちにとっても貴重な清酒一本しかない。幸いだったのは、死んだ男がひとり者だったことだ。村長は華僑《かきょう》の通訳を通じて、死んだ者はもういくら嘆いても仕方ないと言い、私たちの謝罪の態度だけは認めてくれた。

帰途、私は奇妙な考えにとりつかれた。それは航空基地築城のときに病死させた何百人もの労働者と、今回の殴打によるひとりの死との比較だった。ひとりの死より、何百人の死のほうが何百倍も重たいはずなのに、前回は誰に対しても謝罪などしていない。これは病死と撲死の違いからくるものだろうか。

いや病死とはいえ、その原因は強制的に連行して来て、劣悪な環境で酷使させたことにある。直接手を下しはしなかったものの、故意にした点では撲死と大して違わない。それなのに謝罪の気持が起こらなかったのは、謝罪すべき相手が身近にいなかったからだろう。そしてもうひとつ、あの何百人もの病死については、責任そのものも曖昧《あいまい》だった。

まずは連行して来た海軍の部隊や軍属がおり、ろくな住居と食事も与えなかった司令部がいて、さらに突貫工事のために酷使した現場指揮者がいる。その先にいるのが、衛生医療業務の担当として派遣された軍医の私だ。私は病気が発生しても、有効な手立てを講じなかった。薬品もなく、感染の拡《ひろ》がりを防ぐのに充分な隔離病舎も造らなかった。しかしそれは、私が怠惰だったのではなく、第四南遣艦隊そのものに、薬品と資材がなかったからだ。

他方、今度の殴打死は、軍属が直接手を下したことに起因している。下士官はそれを黙認していた。他の原住民への見せしめだと考えたからだろう。しかし軍属や下士官兵を管理する立場にあるのは、カイラト地区の支隊長である私だ。むしろ責任は私にあると言っていい。

とはいえ、殴打した理由は、軍属の命令を聞かず、わざと怠け、他の仲間にもなるべく働かないように若者が煽動していたからだ。当然といえば当然だろう。平たく言えばただ働きであり、自分たちが日本の海軍に協力するいわれなどないのだ。まして連合軍のスパイと通じておれば、怠けることがそのまま日本軍への抵抗につながる。

この堂々巡りの考えは、その後も私の頭に去来したが、何度考えても結論には達しなかった。

四ヵ月後、私たちは敗戦を迎えた。

モルッカ群島方面に布陣していた陸海軍は、連合軍の命令ですべてセラム島西部ホアマル半島に集結させられた。

そこに行くのにはもちろん船便しかない。私は支隊内の部下たちをまず先便で出立させた。最後に私と部下三名でカイラト地区を離れる準備をしているところへ、日頃から通訳を頼んでいた華僑が、息せき切って報告に来た。

「トアン(旦那《だんな》)、原住民が桟橋に行く途中に集まっています。トアンを襲撃するようです。ここは海岸沿いの細道を通って桟橋に行って下さい」

ひょっとしたらこれも罠《わな》かもしれないと思ったが、華僑の言葉を信じるほうに賭《か》けた。兵一名と軍属二名を従えて、海沿いの間道を走った。

辛うじて桟橋に辿《たど》り着き、待っていた大発に乗り込んだ。桟橋を離れ、セラム海峡に出たとき、私は所持していた軍刀と短銃を海に投げ入れた。ホアマル半島の収容所にはいれば、武装解除は必至だった。

半島にある収容所では、ほとんど自活を強いられた。農地とてあるわけはなく、木を伐採し、荒地を耕すしかない。ついひと月前まで、自分が使役していた原住民と同じ境遇に置かれたのだ。

そして同時に始まったのが、濠軍による戦犯狩りだった。俘虜《ふりよ》の虐待《ぎやくたい》や原住民に対する残虐行為が、アンボンとモロタイ島において裁判にかけられるようになった。

嫌疑をかけられた将兵と軍属は、ある日突然指名を受け、収容所から姿を消した。少しでも疑いのある者は連行されて首実検を受ける。毎日五、六人が連れ去られた。疑いの晴れた者もいるはずだが、戻って来る者は皆無だ。おそらく別の収容所に移されたのに違いなかった。少しでも身に覚えのある者は、内心びくびくしながら毎日を過ごさねばならない。できることなら収容所から逃げ出したかったが、収容所を出れば原住民に捕えられ、連合軍に突き出されるか、リンチにあうのが関の山だろう。私自身も他人事《ひとごと》ではない。誰にも相談できないまま一抹《いちまつ》の不安をかかえつつ、農作業に精を出すしかなかった。

敗戦から五ヵ月が過ぎた二十一年の一月末、濠軍が引揚げ、代わって、戦前のインドネシアの統治国である蘭《らん》（オランダ）軍が進出して来た。

もともと蘭印はジャワ島、ボルネオ島の大部分、スマトラ島、セレベス島、ニューギニア島西半分からなり、オランダにとっては資源庫とも言える重要な植民地だった。この蘭印の資源である石油、鉄鉱、ニッケル、錫《すず》、ゴム、綿、砂糖などを、日本が狙《ねら》ったのだ。蘭印攻略を担当した第十六軍は次々と要所を攻撃、開戦から三ヵ月後には、七万人の蘭軍が軍門に降《くだ》った。

それだけに蘭軍の日本軍に対する怨念《おんねん》は深く、戦犯追及の執念は濠軍の比ではないと予想された。俘虜問題はもちろんのこと、宗主国の体面を回復させるために、原住民に対する暴虐行為を槍玉《やりだま》にあげるはずだった。

事実は予想どおりの結果になり、収容所から連行される人数も増えた。四月上旬、農耕作業中の私のところに伝令が来た。〈戦犯として呼び出されたから至急海軍司令部に来られたし〉という内容だった。

微《かす》かな予感はあったものの、戦犯裁判は基本的に上層部から実施されると私は考え、これまで不安を打ち消していた。

司令部に着くと、軍医長から呼ばれた。

「蘭軍から指名収容される陸海軍の戦犯の中で、軍医はきみひとりだ」

軍医長は困惑した顔で私に告げ、慰撫《いぶ》するように続けた。「従って、きみが戦犯者の病気の治療を受け持たされるはずだ。蘭軍にもその旨《むね》は了解を得てある。長期にわたることと覚悟して、相当量の薬剤を持って行ったがいい」

軍医長はそう言い、直属の上司であるE軍医少佐に命じて、薬品と診療器具、顕微鏡まで箱詰めにしてくれた。

海軍司令部のあるイハの桟橋には、多数の士官、下士官、兵、軍属が見送りのために集まっていた。見送りがこれだけの数いる事実は、逆に私の気持を萎《な》えさせた。いよいよこれが最後かもしれないと思いながら、敬礼をして機帆船に乗った。私も無言、送る方も無言だった。

桟橋の突端で、私に向かって拝むような仕草で、何度も頭を下げている者がいた。私にはすぐ見分けがついた。怠惰を決め込んだ原住民の若者を殴打した軍属だった。

私はぼんやりとその軍属の姿を眺めた。合掌の意味は分かった。『あの原住民を殴打致死させたのは自分です。原住民の告発で、軍医殿が私の名を挙げれば、必ず私が連行処断されます。ですから、絶対口を割らないで下さい』。

私は頷《うなず》きもしなかった。口を割らないということは、一切の事態に対して自分が責任を負うことを意味する。口を割れば軍属に責任をなすりつけることになり、それは海軍士官として恥ずべき行為には違いない。私は一介の軍医でしかなかったが、カイラト地区の支隊では「長」のつく職責にあったのだ。責任を免れることはできない。〈責任〉の文字が、重しのように私の頭を占めつつあった。

途中、別の港に寄り、今度はポンポン船に乗り移った。既に十五、六人の日本兵が乗り込んでいて、話をするうち、陸軍からの戦犯容疑者と分かった。襟の階級章は既になく、序列は不明だが、すべて下士官と兵のようだった。誰もが不安を胸に抱き、言葉少なだ。

船がのどかな音をたてて、海岸べりを進む。これが川なら、まさしく三途《さんず》の川かもしれないという気持がふと湧《わ》き、私はその不吉な思念を何度もかき消した。

長時間ポンポン船に乗ったような気がしたが、実際には二時間くらいだったかもしれない。私たちがピルの桟橋に着くやいなや、待ち受けていた連合軍の現地兵が、六、七人鉄砲を振りかざして走り寄って来た。

発砲はしないものの、私たちを殴り、突き飛ばし、倒れれば足蹴《あしげ》にし、鉄砲尻で叩《たた》きつける。勢いをつけて走って来て、どた靴で蹴飛ばす。私たちは全く無抵抗のままだった。

持参した医療材料も、中を開けられ、略奪された。私が片言のインドネシア語で、

「私は軍医だ。蘭軍の一番偉い人と交渉がついている」と叫んでも、無駄だった。他の日本兵も同様で、持ち物はすべて没収された。現地兵のうさ晴らしがすむと、私たちは二列に並ばされた。通常の行進ではなく、両手は交互に頭の上まで上げ下げし、足は膝《ひざ》を曲げずに高々と跳ね上げるやり方だ。

沿道には文字どおり、原住民が黒山のように押し寄せて、罵言怒声《ばげんどせい》を浴びせかける。勢いづいた現地兵が、これ見よがしにまた私たちに殴りかかる。私の横を行進していた日本兵は、小銃の柄で頭部を強打され、卒倒した。頭から血を流し、意識もうろうとしているので駆け寄ると、どた靴で下腹部を蹴り上げられた。

その兵は置き去りにされたが、おそらくそのまま死亡したのではなかったか。

約三キロの行軍が、怒声と殴打の連続であり、鉄条網を張りめぐらされたバラックのひとつに叩き込まれたとき、やっと放免されたと思った。しかし実際は、これがまだ地獄門への第一歩に過ぎなかった。

床のないバラックには明かりひとつなく、しかも足を伸ばす余地もない。両膝を曲げるだけ曲げ、横の日本兵の顔も判別できない暗闇《くらやみ》の中で、互いにもたれかかるような恰好《かっこう》で眠った。

翌朝、暗いうちから叩き起こされ、獄舎前の広場に集められた。バラックは二十数戸あり、おのおの十名から二十名が押し込まれているようだった。

バラックを背にして、右側に陸軍、左側に海軍が並ぶようになっていた。全員が階級章を取っており、自己紹介をするわけでもないので、誰が士官か下士官か兵か、全く分からない。服装で若干の区別がつく程度だ。

四、五日して、海軍ではどうやら私が最先任士官であることが分かり、海軍の人員点呼の役がまわってきた。号令をかけ点呼を終えると、インドネシア語で人員報告をする。陸軍のほうは百六十四名、海軍は百四十三名だった。

この朝暗いうちからの点呼は毎日続いた。前日の重労働で皆疲労困憊《こんぱい》しているので列が乱れた。そのうえ暗いので、よく人数を間違える。その都度、報告役の私が足蹴にされ、突き飛ばされた。

作業は、森林伐採と土木工事ばかりだ。全く受身の作業であり、どこに連れて行かれ、何の工事をさせられているのか皆目分からない。お互い口を開くことはほとんどなく、監視兵の目を盗んで、小声で早口を交わすしかない。

排便排尿の場所は、収容所の傍を流れている川の上だった。両岸に大きな木を二本さし渡し、横に打ちつけた板の上にしゃがんだ。川の両岸に剣付き鉄砲の監視兵が立っている。その都度敬礼をして順番を待ち、十数人が板の上に一列に並び、尻《しり》から下を丸出しにする。原住民が見ていても頓着《とんちゃく》するわけにはいかない。そのうえ川面《かわも》はかなり下にあり、足場も揺れ、不安定極まりない。

そしてこの高架式便所の少し上流が、五日に一度の洗濯と行水の場になっていた。それも、詰合わせて十五分しか許されない。着替えの衣服などない。着ている軍服を脱いで裸になり、身体《からだ》も服も一緒くたに洗った。しかし三百人が一斉に川の中にはいるので、水は泥水になる。十五分たっても、身体に泥がついたままのことが多い。それでも上がらないと、殴る蹴るの罰を受けるため、走って岸に上がり、服を絞り、身につけるのだ。

夜間の用便のため、バラック一戸あたり一個の濠軍メリケン粉空缶が配られた。直径二十五センチ、高さ五十センチしかなく、何人かが下痢をすると、入れ代わり立ち代わりその上にかがむ仕儀になる。明かりもなく、お互い膝を曲げ坐《すわ》って眠っているすし詰めのなかをドラム缶の所まで行かねばならない。人を踏みつけ、手探りで用を足した。

起床時には、ドラム缶が横倒しになっていることもあった。あたりの人間の手足が下痢便で汚れ、衣服にしみ込んだりした。しかし誰ひとり文句を言わず、不運と諦《あきら》めて土や草でこすり落とした。

私たちが最も緊張するのは、未明の点呼整列の時だった。罪状が明白になった者は、前に呼び出された。軍服の胸に赤い布を縫い込まれ、連行されて行く。帰って来ることは決してない。残された者も、明日は我が身の一蓮托生《いちれんたくしょう》だ。安堵《あんど》はできない。

二ヵ月くらいして、新しい収容所に移された。自分たちが開墾して地ならしをし、丸太を切って造った小屋だった。かなり広い敷地が鉄条網で囲まれ、四隅に望楼があり、銃座が据えられている。

八戸ある小屋の屋根は天幕で、周囲は開けっ放しになっていた。囲いがない分、監視はしやすいはずだ。この小屋では足を伸ばして寝ることができた。しかし毛布一枚なく、横なぐりの雨が降ると、水浸しになった。

二ヵ所ある便所は、川の上の高架式から、深く掘った穴の上に板を渡しただけのものに変わった。熱帯の大きな蠅《はえ》がまたたく間に発生し、用を足す間に、顔と言わず尻といわず、まとわりついた。

新しい収容所でも、未明の点呼と戦犯の呼び出しは、前と変わらない。三週間ばかり経《た》った頃、点呼と人員報告をし終えた私の名前が呼ばれた。そのときの海軍の人員は百二十一名に減り、陸軍のほうは百名を少し上回るくらいに減少していた。

たいして口はきかないものの顔見知りになった同僚たちが見守るなか、海軍では私ひとり、陸軍では三名が、胸に赤布を縫い込まれた。私は、頭のなかで、海軍の人数は明日から百二十になるのだと、ぼんやり考えていた。

収容所を出るとき、四人の誰もが後ろを振り向かなかった。これまで私たちが見送った戦犯たちもたいていは同じだったのだが、その理由がようやくのみ込めた。連行されて行くのは、戦場に向かうのと同じなのだ。戦場では後ろを振り向かない。振り向けば、いつ弾丸にやられるか分からない。私たちがこれから向かう裁きの場は、まさしく新たな戦場だった。

私たち四人は二台のジープに乗せられ、凸凹《でこぼこ》道を揺られて桟橋に着き、二百トン近くある船に乗せられた。袋の積み上げられた船倉に押し込まれたものの、どこに向かうかは全く分からない。二人の現地兵が、無表情で銃口をこちらに向けていた。船の速度はポンポン船と違ってかなり速く、しばらくするとゆるやかに揺れ出した。外洋に出たと私は思った。

空腹には慣れていたが、胃の重苦しさには、ひもじさだけでなく、これから先に起こる事態に対する恐怖と不安が加わっているような気がした。ひとりの監視兵が運んで来たトウモロコシのスープを、私たちは黙々と口に入れた。

船には十時間近く乗っていただろうか。立ち上がるのが許されたのは便所に行くときのみで、もちろん監視つきだ。

船の揺れが小さくなり、私は船がどこかの港にはいったことを知った。エンジンが停止し、貨物が運び出される直前に、船倉から出された。甲板に上がり、夕暮れどきの港を見渡す。眼の前に広がっているのは紛れもないアンボン港だった。

上陸すると小型トラックの荷台に乗せられ、四人一緒に足枷《あしかせ》をはめられた。後ろ手にもされて縛られる。目隠しをされる前、私は懐《なつか》しいアンボンの街もこれで見納めかと思い、建物の白と海の青さを目に焼きつけた。

三十分ほど揺られてトラックは停車し、足枷だけがはずされた。目隠しが取られたのは建物の中にはいってからで、四人は地下倉庫のような部屋に閉じ込められた。ここで冷えきったジャガイモと細切れ肉のスープ、硬いパンのかけらを与えられた。この日二度目の食事を、明日からの運命を考えながら口に入れた。

翌日、私たちはひとりずつ呼び出されて、蘭軍の軍服を着た中年の白人から取り調べを受けた。通訳には三十代半ばと思われる華僑《かきょう》の女性がついた。

私に関する書類は十頁《ページ》ほどの紙束になっており、取調官がオランダ語で読み上げ、女性が通訳した。私の罪状は二つあった。ひとつは、セラム島海軍航空基地築城に際して、使役に使われた原住民に多数の病没者を出したことだ。第二には、これも予想したとおり、同じくセラム島カイラト地区に隊長として、原住民を動員、酷使し、リンチを指揮したとされていた。

二つの罪状のうち、最後のところだけが事実と異なるので、私は反論した。

「原住民を酷使した点は認めますが、リンチだけは部下に厳しく禁止していました」

通訳の言葉を受けて、取調官は私に冷ややかな眼を向けた。使役されたひとりが日本人の殴打《おうだ》で死んだのは、リンチではないのか、その責任は指揮したお前にあるのではないか、と逆に反問された。その点は認めないわけにはいかず、私はさらに抗弁する気力を失った。この取調官を前にしては、何を言っても無駄だと観念した。

この蘭軍の取調官が、戦時中、日本軍の捕虜として北海道に連行され、夕張炭鉱で働かされていたことを、陸軍の戦犯容疑者から知らされた。こちらを蔑《さげす》むような目つきは、その憎悪《ぞうお》から来ているのに違いない。私たち四人は、いくらあがいてもどうにもならない所に、立たされているのだ。

私の取り調べは三回で終わった。何のことはない、既に段取りされた調書の内容を、追認するだけの作業と言えた。

裁判の場に連れ出されたのはさらに二週間後だ。オランダ語の通訳には、取り調べのときと同じ華僑の女性が当たった。しかし告発する検事も、裁判官もすべて蘭軍の将校であり、私たちの弁護には誰もつかない。しかも、検察側が罪状を読み上げる内容も、求刑が死刑かどうかも、通訳は一切されなかった。

女性華僑は、裁判官が私に発する質問のみを日本語に直した。

セラム島に海軍基地を造設するとき、原住民のおよそ何人が病死しているか、軍医として把握しているかと、裁判長は質問を投げかけた。

私は、せめてもの抵抗だと心決めして、インドネシア語で答えた。人員の数え方であれば、戦犯収容所で毎朝申告していたので頭にはいっていた。

「およそ三百人です」

法廷にいた十人ほどの原住民から、どよめきが起きた。華僑の女性は当然インドネシア語も解するらしく、オランダ語に直す。今度は居合わせた白人たちのほうが揃《そろ》って眉《まゆ》をひそめた。

裁判長は室内のどよめきが沈まるのを待ち、渋面のまま、軍医の私が現場の医療責任者として、それらの命をなぜ救わなかったのかと訊《き》いてきた。

「居住環境も劣悪であり、伝染病に有効な医薬品も払底《ふってい》していました」

伝染病が多発することは、当然予測されたのではなかったのか、そのための準備を貴官は怠ったのではないか、というのが次の質問だった。

「ある程度の病気が出ることは分かっていましたが、ここまでひどいとは予想しませんでした」

答えながら、私は確かに自分が大変なことをしでかしたのだという自責の念にかられていった。

そのような事態になったことが分かって、あなたは何らかの処置を講じたのか、裁判長はさらに問いかけた。

「離れた所に病舎を建設して、患者をそこに隔離したのですが、追いつきませんでした」

ならばどうしてもっと多くの病舎を造らなかったのか、裁判長は畳みかける。

「資材も人手もありませんでした」

本来は、資材も人手もすべて航空基地建設のために用意されたもので、病人用ではなかったのだ。

懸念《けねん》したとおり、裁判長はそこをついてきた。足りなければ、軍医として艦隊司令部に要求はしなかったのか、という問いかけだった。

「しませんでした」

私の日本語がオランダ語に訳されると、溜息《ためいき》のようなものが室内に広がった。

それではもうひとつ尋ねるが、同じような病気は、日本軍の将兵の間には出なかったのか、裁判長が私を冷ややかに見つめて訊いた。私は一瞬返答に詰まった。原住民と日本人の比較など考えたこともなかったからだ。

「日本人の間に伝染病は出ませんでした」

その理由は、と裁判長から訊かれ、私はまた数瞬考えた。

「たぶん体質の差かと思います」

裁判長は私の返答を軽蔑《けいべつ》するかのように聞き流し、体質の違いと言っても、現地の住民は、暑さに慣れているのではないか、と反論した。体質よりも、住まわせていた小屋の粗末さ、食糧の貧しさに原因があるのではないか。裁判長は、どこか私を諭す口調でそうつけ加えた。

「それもあると思います」

私は答えた。そもそも、私が軍医としてセラム島に派遣された最大の目的は、司令部関係者に対する医療と衛生だったのだ。三千数百人におよぶ原住民の衛生管理は、重要視されていなかった。何人かの犠牲者が出ても、それは不可抗力だとみなされていたのだ。

さらに追及されると覚悟していたが、時間がないのか裁判長は別の質問にうつった。

私が予想していたとおり、カイラト地区で隊長として、二千人の原住民を農作業に駆り出した件についてだった。しかしこのときは前回の航空基地築城と違って、病死者は出さなかった。私は尋問にもその旨《むね》を正直に答えた。ところが裁判長の質問はそれだけにとどまらなかった。部下に対して、使役する原住民の殴打を許していなかったかと訊いてきたのだ。

「いいえ、私は地区隊長として、部下が原住民に危害を加えないように、最大限の注意を払いました。私自身は、使役する住民に対して、感謝の念をもち、慰撫《いぶ》のために、休日には踊りの会ももうけました」

私の発言がオランダ語に訳されると、裁判長は傍聴席の方に顔を向け、そのうちのひとりを指さした。

私は、右の方の席に十人ほどの原住民がいることは分かっていた。航空基地築城に際して死亡した原住民が三百人とインドネシア語で答えたとき、驚きの声が上がったのも、その席からだった。

裁判長から指名された原住民は立ち上がり、通訳の言葉を聞き終わると、ゆっくりと右手を上げ、私に人差指を向けた。それまで原住民の見分けはつかなかったが、私を指さす男が、あの村長だとようやく分かった。白いシャツを着て、いわば正装をしていたので判別できなかったのだ。

村長はインドネシア語で短く答え、通訳がオランダ語にする。裁判長は大袈裟《おおげさ》に頷《うなず》いた。

使役された村長の証言によると、ひとりの住民があなたの命令によって殴打され、死亡した。間違いはないか、裁判長は鋭い視線を私に向ける。

「若者がひとり、撲死したのは確かです。しかしそうしたリンチを私が命令したことは、一切ありません」

しかし実際は死亡例が出た。リンチをするなというあなたの命令が不充分だったのではないのか――。裁判長の言葉が日本語に訳される間、私はセラム島イハの桟橋の突端で、手を合わせていた軍属の姿を思い浮かべていた。

あなたはこの事件には無関係だと主張するのか、と裁判長は私に向かって訊く。

「いえ、そうは思いません。部下の行為の責任は私にあります」

それ以外の返答は、私には思いつかなかった。同時にこうして答える自分の発言で、私が何か極悪非道の人間に変わったような気がした。

裁判長が原住民の方を向き、締めくくるように話し始める。自分の結論を得々としゃべるような表情だった。華僑の通訳はまずそれをインドネシア語に直した。私にはもちろん解せないが、村長を含め、原住民たちは時々頷く。

被告人はまずセラム島カイラトにおいて、軍医としての責務を果たさず、使役された三千数百人のうち、約一割の三百人を病死させた。次に、同地区の使役隊長として、ひとりの住民が殴打死するのを指揮官として傍観していた。

間違いないか、と裁判官は私に訊いた。細かい点では異存があるものの、大筋はまさしくそのとおりだった。

「間違いありません」

答えたとき、私はもう死刑は間違いない気がした。軍医として三百人を病死させ、地区隊長としてひとりを殴打死させた事実は、もはや動かせない。三百人の病死と、ひとりの撲死が、裁判では同じ重さで裁かれたのが、釣り合いを欠いているような気もしたが、他方、合計三百余人の死を、自分ひとりの死で償うのは、理にかなっているようにも思えた。

閉廷が告げられて部屋を出る際、私はまた自分の不運にも思い至った。セラム島カイラトに軍医として派遣されたのは、もちろん私の意志ではない。航空基地建設が中止となり、今度は食糧確保のため、軍医でありながら支隊長に任命されたのも、私の希望ではなかった。すべて艦隊司令部の決定であり、命令だったのだ。

私としては、国のため一生懸命働いたと、全身全霊をもって言える。そしてまた、私以外の軍医が私の立場に立たされていたとしても、別の道を辿《たど》ったとは思えない。とすれば、この罪は、日本人の誰もが背負わねばならなかったのだ。

しかしこうなると、罪を犯した当の張本人は誰かということになる。それは日本という国であることは間違いなかろう。とはいえ、その国を成立させているのは、日本人であることも間違いない。

容《い》れ物である国そのものに罪を背負わせることはできない。やはりその中に住む誰かが罪を負うべきなのだ。

いや、そもそも裁判長が結論として指弾した二つの事件が、本当に罪だといえるのだろうか。私の疑問はまた振り出しに戻っていた。

ひと月後の二十一年八月、判決言い渡しのため、私は再び法廷に呼び出された。裁判長の前に立たされたのは私ひとりではなく、もうひとり、陸軍の憲兵准尉《じゅんい》もいた。やはりセラム島の勤務だったと言う。同じ死刑の求刑だから、簡便さのために、二人同時の判決言い渡しになったのだろう。

この時点で私は死刑を覚悟した。三百人を病死させ、ひとりを撲死させた事実が不問に付されることなどありえないからだ。

判決はオランダ語でなされた。日本語の通訳はない。裁判所を二人で出、憲兵准尉が右の方に連行されたので、私もそのあとに続こうとすると、制止され、左の方に連れて行かれた。

どうしてだと華僑の通訳に訊くと、「あなたは死ぬまでの刑です」という答が返ってきた。それならやはり死刑ではないかと思い、私はまた右の方に行こうとした。すると、現地兵から腕をつかまれた。そこでやっと、〈死ぬまでの刑〉が終身刑だと分かった。

二十一年の秋、判決の二ヵ月後に私はジャワ島バタビヤ（ジャカルタ）にある蘭軍チビナン刑務所に収容された。

その刑務所には、セラムの他、アンボン、モロタイ、チモール関係の日本人戦犯が収容されていた。陸軍憲兵や海軍特別警察隊員の数が目立った。

刑務所内では、すべて二十人ずつ足枷《あしかせ》をはめられて移動した。そして二十五年末、いよいよ帰国となったが、桟橋までの五キロの道のりを、やはり二十人を連ねた足枷のまま行軍した。港で約千人の戦犯が、蚕棚《かいこだな》状の船倉に詰め込まれ、蘭軍MPの護衛のもと横浜に上陸した。

横浜からは護衛が米軍MPに替わり、トラック五十台に分乗し、巣鴨《すがも》刑務所に収容された。

巣鴨プリズンにおいて五年半を過ごした後、私の刑は無期から有期二十年に減刑された。同時に仮釈放となり、三十一年八月、巣鴨プリズンを出た。

アンボンの蘭軍法廷での終身刑の判決から十年が経過していた。

緑十字船

昭和二十年二月二十三日、時計の針は午後八時を指していた。

ここ西南太平洋の海上、ベトナムとカンボジアの沖合には、既に夜の帳《とばり》が下りている。私の乗る五千トンの病院船ばいかる丸は、一隻《せき》の護衛艦も伴わず、洋上を静かに南下していた。

上甲板で、右手後方洋上に視線を向けたとき、私は目を見張った。日本郵船所属の阿波丸《あわまる》一万一千トンが近づいていることは、先刻の船内放送で知らされていた。その船が、約三百メートル後方、ばいかる丸の右舷《うげん》寄りに後続する恰好《かっこう》で、指呼《しこ》の間に迫りつつあった。

私は船内放送の内容を反芻《はんすう》する。

——今回、敵国、米国および連合軍の要請により、東南アジアに捕えられている連合国軍の捕虜に対し、連合国軍側が用意した食料などの援助物資を届けるため、阿波丸が起用された。去る二月十七日、門司《もじ》港を出発し、今夕、わがばいかる丸に近づくことになっている。阿波丸は以上の理由により、連合国側より安全が保証され、撃沈されることはない。そのため目印として、緑十字の標識が船《せん》腹《ぷく》にとりつけてある。

闇夜《やみよ》のため、阿波丸の輪廓《りんかく》ははっきりしない。とはいえ、船の中央にある煙突の近くにとりつけられた巨大な緑十字の標識は目にはいった。ばいかる丸と比較しても、巨大な船体である。

乗客はひとりも見えない。闇の中に、緑十字を浮かび上がらせるために、その付近だけが青白く照らされている。どこか不気味な幽霊船のような印象を与え、思わず背筋が冷たくなった。

私のいる病院船の上甲板は、それとは対照的に、赤十字の大きな標識が、あたかも火が燃えるように赤く照明されている。

十数分、私は阿波丸を凝視し続けた。阿波丸の船足は早く、やがてばいかる丸を追い越し、緑十字は進路前方の穏やかな波間にかき消された。

ようやく我に返って甲板を降りた。船室内にはいったものの、船内は高温多湿で、汗が噴き出る。寝苦しさのあまり、三時間後私は再び上甲板に昇った。阿波丸の姿は既になく、上空には鮮明な南十字星が認められるだけになっていた。

私は軍の命令により、短期現役の同期の軍医四名と、前任地の台湾からサイゴンに赴任途上だった。

それまで病気ひとつしたことのなかったのが、何の因果か、翌二十四日、突然三十九度の発熱に見舞われた。こともあろうにパラチフスの診断名がつけられ、船内に隔離された。小さなガラス窓からやっと海面が眺められる船底の狭い一部屋が与えられた。

熱は容易にひかず、私はあるいはこのまま病死かという怯《おび》えとともに、敵潜水艦の魚雷攻撃を受ければもうおしまいだという恐怖にとりつかれた。ここ西南太平洋は、緒戦以来、数々の海上の激戦が続き、彼我《ひが》の損害は数知れない。

なるほどこのばいかる丸は病院船なので、戦時国際法で攻撃は禁じられている。通常の輸送船と見間違えられないように、船腹にも甲板にも、大きな赤十字の標識がある。乗り組むのも軍医と看護婦、運行上必要な船員のみだ。もちろん戦闘員や武器弾薬の輸送は許されない。

しかし、実際のところ一般科の陸軍将校が数人乗り込んでいるのを私は知っていた。軍馬こそ見なかったが、武器弾薬の積載については私のような下級軍医が知る由《よし》もない。船艙《せんそう》深く隠匿《いんとく》しておれば、分かるはずはないのだ。

加えて、一年半前の十八年秋の病院船ぶえのすあいれす丸の例もあった。ラバウルから傷病兵千余名を乗せてパラオに向かう途中、米軍の爆撃機に襲われた。幸い直撃弾はなく、至近弾で船体に亀裂《きれつ》を生じただけだったので、沈没するまで間があった。ほとんどの傷病兵は運良く脱出することができて、救助された。

高熱で割れんばかりの頭をかかえているうちに、私は次第にどうでもなれという気持になっていた。毎日ガラス窓から海を眺め続けた。撃沈されれば、何の変哲もないこの眺めが、この世の見納めとなる風景には違いなかった。

快晴が続き、波は穏やかであり、一望千里何も遮るものがない大洋の真《ま》っ只中《ただなか》を、船は一路シンガポールを目指して南下して行く。二回ほど、敵潜水艦の接近を知らせる船内放送があったが、雷撃は受けず、その姿も望見しないままに過ぎた。

三月三日、一週間以上経《た》っても私の発熱は解熱《げねつ》しないまま、さばいかる丸はシンガポールに入港した。

入港と同時に艀《はしけ》が波をけたてて近づき、内地の陸軍病院に後送する担送患者の搬入が始まった。

艀に同乗して来たサイゴンの南方総軍の中佐参謀が、私たち新任軍医に対して命課《めいか》を行う。私たちは、マレー半島地域を所轄《しょかつ》する第七方面軍に転属を命じられていた。

翌三月四日、私たちはとりあえずシンガポール港の埠頭《ふとう》に上陸した。そこで何頭もの象を見て驚かされた。内地では動物園かサーカスでしか見たことのない象が、物資運搬の使役に使われている。地面にころがっている芋を、長い鼻で器用に口の中に入れていた。

翌日、私たちは五人揃《そろ》って第七方面軍司令部に出頭した。軍医中将のF軍医部長に無事の部隊到着を申告し、それぞれの任地に向かうことになった。

しかし私はまだ解熱しておらず、シンガポール市内の南方第一陸軍病院にひとり入院を命じられた。入院場所は、伝染病専属病棟のある筑紫《ちくし》分院で、直ちにそこに送られ、ベッドに伏す哀れな身になった。

伝染病患者のみを扱う筑紫分院は、シンガポール医科大学の校舎を接収して使用しており、広大な土地に瀟洒《しょうしゃ》な白亜の建物が点々と建ち並んでいた。

とはいえさすがに伝染病病棟であり、私は入院するなり、直ちにふんどし一枚以外持ち物は全部一時預かりになった。病衣と毛布一枚をまとってベッドに寝るように命じられた。絶対安静のため、履物もない。便所に歩いて行くことも厳禁された。

すぐに菌検査が始まり、パラチフス菌もマラリア原虫も陰性と出た。結局入院十日後に、前任地の台湾で罹患《りかん》したデング熱だという診断がついた。

そういえば、前任地の台湾でもデング熱の患者を診た。蚊が媒介する感染症で、感染後数日で突然発熱し、いったん高熱は少し下がるもののまた上昇する。この二相性《にそうせい》の発熱が特徴といえば特徴で、私にもあてはまる。胸のあたりに多少の発疹《はっしん》が出たのも、デング熱に合致する。幸いだったのは、この疾患が自然治癒《ちゆ》し、後遺症も残さない点だった。

「君もデング熱にかかって、やっと一人前の南方人になったな」

分院長のO軍医少佐は、奇《く》しくも私の軍医学校での教官だったが、確定診断後の回診で、私の肩に手を置いて言った。

退院の近づいた三月下旬、隣のベッドに面会者があり、うつらうつらしていた私は、思わず会話に聞き耳をたてた。例の緑十字の船、阿波丸が話題になっていたからだ。

面会者は、三十歳くらいの体格のよい民間人で、白っぽい生地の半袖《はんそで》、半ズボン姿だった。患者のほうは四十歳くらいの軍属で、こちらも私と同じく退院を間近にひかえていた。

面会者の話では、阿波丸はばいかる丸を追い越したあと、二月末にサイゴン港に入港し、ついで三月一日シンガポール港にはいったらしかった。既に、連合国側から託された捕虜に対する救援物資は降ろされ、捕虜収容所に運ばれたという。私は、それから先の話に耳をそばだてざるを得なかった。

「それで、ぼくも阿波丸に乗船して内地に帰りたいと思って、志願したんです。しかし乗船員は二千五百人と限定されています。撃沈しないという敵国の保証があるので、志願者が多いのです。ぼくは抽選にもれて、残念ながら阿波丸には乗れなくなりました」

面会の男性は無念そうに言い、さらに続ける。「憲兵隊に知人がいるので聞いたのですが、ここ数日、シンガポール周辺で、スパイによる無電が頻繁に飛びかっているそうです。その中に、日本軍が阿波丸にボーキサイトや生ゴム、タングステンなどの戦時禁制品を多数積載、約束違反をしていると報じた者がいるといいます。それで憲兵隊の精鋭たちがスパイ摘発に乗り出していますが、まだ無電の出所をつかまえていません」

「禁制品を積んでいるというのは、本当なのか」

軍属の患者のほうが訊《き》いた。

「ぼくもそこは知りませんが、火のない所、煙は立たないと言いますし」

民間人の男は答え、話題は別の方向へ移って、阿波丸の話はそれっきりになった。

私はまどろみ中に水をかけられたように、眠気も吹っ飛んでしまった。

もし禁制品の積載が本当だとすれば、いやそうでなくとも敵のスパイがそんな無電を送っているとすれば、日本に戻る阿波丸が攻撃されないという保証はない。私の脳《のう》裡《り》には、闇の中に溶け込んでいた緑十字の不吉な色が浮かび、なかなか消えなかった。

入院中、いくつもの慰問団がやって来た。歌や踊りで、歴戦の白衣の勇士を慰め、励ますのだ。

目新しかったのは、中立国スイス国籍の少女の踊りだった。まだ十四、五歳で、おかっぱの赤毛の髪に真紅のリボンをつけ、えんじ色のワンピースを着ている。父親が奏《かな》でるヴァイオリンに合わせ、病院内の集会所でヨーロッパ風のダンスを披露してくれた。その躍動感に、私はしばし自分が患者であることも、戦地にいることも忘れた。

退院の前日、陸軍伍長《ごちょう》である婦長の案内で、院内の庭を散歩した。広々とした庭には、さわやかな風が吹き通り、私はいよいよ戦地に赴く緊張感を新たにした。

三月二十一日、分院長のO軍医少佐に治癒退院の申告をする。分院長からは激励を受け、看護婦たちに見送られて分院を後にした。

翌二十二日、シンガポール駅まで行き、停車場司令部で汽車での出発の打ち合わせをした。しかしシンガポール発バンコク行きの国際列車は、英印軍の空襲で鉄路が各所で分断されており、発車のめどは当分たたないという。ビルマで行われたインパール作戦で日本軍が惨敗《ざんぱい》を喫して以降、優勢になった英印軍は、その勢いをマレー半島にまで伸ばしているのだ。

汽車が動き出すまでの間、このシンガポールに留まるしかない。私は市内見物を決め込んだ。

しかし雨期にはいったのか、実によく雨が降る。しばしの晴れ間を盗むようにして市内に出た。

白亜のシンガポール政庁は海に面して建ち、前面の緑一色の芝生広場によく映えている。動物の剥製《はくせい》では世界一と言われる博物館の中には、ライオンや虎《とら》、象やワニなど各種の動物が一堂におさまっていた。庭園には、巨大な南方原産の植物が所狭しと生い茂っている。近くにある英国総督官邸を接収した日本軍司令官官邸は、厳重なコンクリート塀で囲まれていた。

インドの愛国志士チャンドラ・ボースの率いる、インド国民軍のキャンプも訪ねることができた。衛兵所にただひとり制服制帽で銃を持って立っているのは、何と十六、七歳の少女だった。それくらい、国民軍にはいる志願兵は払底《ふってい》しているのかもしれなかった。

三月二十五日、海岸通りにある大丸百貨店の入口で、日本人の家族連れと出会った。亭主は商社に勤めているとおぼしき三十五、六歳の男性で、パナマ帽をかぶり、麻の夏服を着ている。その妻君は和服姿で、まだ就学前と思われる男の子と女の子を連れていた。

夫のほうは、私の新しい軍服姿から、最近内地から来たことを読みとったのか、丁重な言葉をかけてきた。

「最近、内地は物資不足と聞いておりますが、内地への土産には、何を持って帰ったらよろしいでしょうか。今回、阿波丸に乗って帰らせていただくことになったのです」

私は内地の砂糖不足を教えてやり、「砂糖が一番です」と答えた。

夫妻からは感謝され、百貨店の中で別れたものの、このときも阿波丸の緑十字が頭の中に去来した。

三月下旬、停車場司令部のM中尉《ちゅうい》から連絡があり、いよいよ四月二日に国際列車がシンガポールを発《た》つ旨《むね》を知らされた。私がいる宿舎二階の隣室の住人に、廊下でばったり会ったのは翌日だ。

四十歳は超えていると思われる老中尉で、顔は浅黒く南方焼けをしている。互いに会釈《えしやく》を交わしたあと、彼の方から欣然《きんぜん》と話しかけてきた。

「いよいよ内地帰還を命じられて、帰ることになりました。今次大戦の最初から参加していたので、数年ぶりの帰国です」

私はこれまでの労をねぎらい、無事を祈った。どういう方法で帰路につくのか問いかけようとしたとき、老中尉のほうが感慨深そうに口を開いた。

「運良く、阿波丸に乗せてもらうことになりました。出港は、あさって十八日です。内地は、敵機の空襲によって随分変わっているでしょうね」

私は内地の空襲の状況を説明し始めたが、またしても、あの不気味だった阿波丸の緑十字が、頭をよぎる。

もちろんそんな一抹の懸念《けねん》など口にすることはできず、「御武運長久を祈ります」と言い合い、握手して別れた。

この時期、敵英印軍の勢力拡大は日増しに強くなっているようであり、シンガポール港も敵空襲の範囲内にはいりつつあった。阿波丸が出港した翌々日、敵機の夜間空襲を受け、港に停泊中の船が四隻《せき》沈められた。そのうちの油槽船《ゆそうせん》一隻は、私がシンガポールを発つ前日まで、赤々と夜空を焦《こ》がして燃え続けた。阿波丸の出港後の惨事であり、私は胸の内で緑十字船の無事を祈った。

四月二日の朝八時、私はシンガポール停車場に行き、汽車に乗り込んだ。汽車は薪《まき》を焚《た》いて走る旧式の蒸気機関車だ。小型の客車が軍将校用専用車になっている。黒光りする調度品は、明治時代に貴賓用に造られたものか、威厳に満ちている。乗客は十人にも満たなかった。

熱帯の炎天下を走るため、窓はすべて開け放たれた。汽車はほどなくシンガポール島を後にして、ジョホール水道の一直線に延びた鉄橋を渡った。そのまま北上し続けた。

昼少し前、私は窓外に眼をやり、声を上げそうになった。真赤な花が一面咲き乱れる中を、汽車は走っていた。試しに反対側の車窓にも眼をやる。やはり同じような血潮色の草原だった。

汽車は人影のまばらな駅で時々停車しては、水を補給し、薪を積んだ。かと思うと、敵機の空襲を避けるためだろうか、両脇《りょうわき》に大樹がそびえる山間の駅に長い間停車したりした。

私は途中の駅でマンゴスチンを買い、腹を満たした。シンガポール滞在中に、この珍しい果物が好物になっていた。

日が暮れて、車外の荒野に眼を移すと、青白く明滅するものがある。蛍の大群だ。

幾万、幾百万匹いるのか、いや幾億匹でも足りないに違いない。これほどの夥《おびただ》しい数の蛍は、この先何年続くか知らないがもう私の生涯で眼前に現れることはないはずだ。私は陶然となって静かな点滅を見続けた。

考えてみれば、私の運命とて、目の前の蛍と似ていなくもない。いつ命が絶たれるかは神のみぞ知る、なのだ。蛍を眺めているうち、自分の運命をとやかく懸念するのが馬鹿《ばか》らしくなった。この蛍の光芒《こうぼう》のように、今を力の限り点滅すればいいのだ。私は新任地を前にして、肚《はら》を据えた。

翌日クアラルンプールを通過し、タイピン駅に着いたのは翌々日の夕刻だった。駅には、先着のN高級軍医が迎えに来ていた。

「ご苦労さま、今回は特に部隊長殿の御配慮で、部隊長殿の自動車を出していただきました」

N軍医大尉と車に同乗し、部隊の宿営地に向かった。

「あまり大きな声では言えませんが、俺たちはどえらい所に来てしまったようです。この町から宿営地に通じる道中にある村々は、治安が悪く、現地の警察が土匪《どひ》の一団に連れさられて、この道も峠のところで一時交通が途絶えていました」

N軍医は付近の地理や、赴任する歩兵部隊について解説してくれた。歩兵部隊が所属する独立混成旅団は、もともとサイゴンに駐留しており、連合軍の上陸作戦に備えて、マレー半島まで南下したのだという。マレー半島を縦貫する舗装道路は鉄道と同じく、シンガポールを起点として北上、クアラルンプール、タイピンを通って遥《はる》かタイ国に延びる。タイピン郊外一帯の山地はタイピンヒルと呼ばれ、各部隊は中隊毎《ごと》に分散して、街道沿いに展開し、陣地構築中らしかった。

「あの山に大きい洞窟《どうくつ》があって、でかいコウモリが鈴なりです」

N軍医は右手の車外を指さしたが、霧の流れが感じられるだけで、山は見えない。

「何しろ、この辺の藪《やぶ》にはガラガラ蛇がいるので、油断もできない」

地の果てに流されたような感覚に襲われ、声も出なかった。

自動車は霧に包まれた小さな峠を超えて宿営地に着く。ゴム林の端の粗末な小屋が、その夜の私の寝所だった。寝ようとしたが、隅のほうで奇妙な音がする。裸ろうそくをかざすと、戸口一枚隔てて小部屋があり、ひとりの兵が鼾声《いびきごえ》を発して眠りこけていた。どうやら彼が将校当番らしい。最初は虎のような鼾が気になったが、そのうち私も寝入った。

翌朝六時に起床し、窓を開けるなり、感嘆の声を上げた。霧に煙って、椰子《やし》林が眼下に広がっている。昨夜自動車で送られてきた街道が、下り坂となり、霧の向こうに消えている。霧は時に濃く、時に淡く流れ、あたかも南画のような情緒を加えた。

当番兵の案内で、少し登った所にある部隊司令部に行き、赴任の申告とともに昨夜の自動車の手配の礼を言った。そんなことはどうでもいいという態度で、部隊長は応じる。

「いいな、軍医とて特攻隊である。いざとなったら爆雷を抱いて、敵の戦車にもぐるんじゃ。いいか」

司令部から少し離れたゴム林のはずれにある苦力小屋《クーリー》が、部隊の医務室になっていた。軍医は、昨夜迎えに来てくれたN軍医大尉と私の二人で、衛生下士官がひとり、衛生兵が三人いた。

N軍医の話では、街道沿いに中隊毎に散らばっている部隊は、どこも陣地構築に大童《おおわらわ》らしい。連隊が所有している唯一《ゆいいつ》の迫撃砲はもう砲身にひびがはいり使いものにならず、シンガポールからの輸送を待っているところだという。

現地民が離反し、匪賊《ひぞく》が横行して暴行略奪が行われるなか、部隊を最も悩ませているのはマラリアだった。将兵の八割は栄養失調とマラリアによる貧血で体力はなく、残りの二割が細々と陣地造りをしていた。

着任早速、私は自転車に乗り、街道を上り下りして、各中隊をまわった。患者は再発を繰り返し、慢性の経過をたどった。無理もない。三度の食事は、青ナスの塩汁と現地製の塩干魚だけだった。兵たちはまずいこの塩干魚を、ネコマタギと呼んでいた。猫も食べずに跨《また》いでいくからだ。飯は砂まじりの粥《かゆ》であり、食べるのに要領がいる。温湯をそそぎ、箸《はし》で手早くかきまわし、砂が沈んだところを見はからい、上のほうを食べるのだ。

重症マラリアの患者は一夜にして昏睡《こんすい》状態になり、翌朝一緒に寝ていた同輩に死亡しているのを発見されたりする。かと思えば瀕死《ひんし》の患者をトラックに乗せ、六十キロ離れている野戦病院に担送中、死なれることもあった。野戦病院で死者の搬入は断られ、物騒な深夜の山道を、匪賊の襲撃にびくびくしながら戻った。

私には、こんな清浄な場所にマラリアが跋扈《ばっこ》しているのが不思議だった。蚊の姿さえなかなか見つけ難いのだ。

霧は朝に夕に湧《わ》き、峠に昇っていく。夜半に窓から眺めると、高い椰子の葉が夜霧に濡《ぬ》れてさやさやと鳴る。

街道沿いには、清冽《せいれつ》な渓流が岩を嚙《か》んでいる。私は暇をみて当番兵とともに流れに降り、水を浴びた。澄んだ水の岩陰に魚が群をなして遊び、私が垢《あか》を落とすと喜んで寄って来た。

岸辺には真紅の花が咲き、日の照りつける草原にも、野草がケシに似た赤い花をつけている。私の死体もこんな赤さでこのあたりの土を彩《いろど》るのだという思いが突然去来し、悄然《しょうぜん》となった。

一日一度はスコールがやってきた。一方の山肌が突如煙って轟々《ごうごう》と鳴り出す。音は次第に近くなって、程なく激しい雨が来る。草木は一斉に白い葉裏を見せ、ざわめき始める。

朝と夕の霧を眺めていると、西南太平洋で出会った阿波丸の緑十字がよく思い出された。あのとき感じた不気味さと不吉さは、この霧に閉ざされた私たちの運命とは無縁ではなかった。

七月のある夜、けたたましく緊急配備の命令が出され、弾薬の分散と出動準備が下命された。敵の機動部隊がペナン沖に接近したのだと言う。しかしこれはすぐ解除された。

待っていたシンガポールからの迫撃砲はまだ着いていない。着くめどもたっていないらしかった。

そして八月十六日、青い月影の戸外から駆け足で戻って来た主計少尉が告げた。

「軍医さん、これは事実だ。戦争が終わったよ。街ではニッポンマケタと原住民が喜んどるよ」

私は、待ち焦がれていたものが手にはいったような気がした。反面、これで良かったのだろうかという否定する気持にもかられ、最後には、「生きねばならんなあ」と呟《つぶや》いていた。涙がとめどなく頰をつたった。

翌十七日、ゴム林の前で終戦式が行われた。高く掲げた日の丸をしずしずと降ろして、部隊長以下、遥かに東の方を伏し拝んだ。君が代を唱《うた》うことになり、N軍医がその指揮をとった。

この日以降、私たちの部隊は復員の日を待ちつつ、英印軍の命令に従ってマレー半島をジグザグに南下した。ぼろぼろの軍服をまとい、汗と垢で汚れ、飢餓に悩まされ、望郷の思いを内心に秘め、私たちはとぼとぼと歩く。

この落日の軍隊の列に、沿道に列を成している華僑《かきよう》が唾《つば》を吐きかけ、私たちの頭をこづいた。

「コノバカヤロ、バカヤロ」

華僑たちは、日本軍が発行した軍票で作った大きな旗を振りかざして連呼する。

私たちはうつむき、この侮辱に耐えながら歩くしかない。黙々と移動する敗軍の列に、時折スコールが降りそそぎ、それが止《や》むと強烈な赤道下の太陽が容赦なく照りつける。

私たちは仕方なく昼間は原野に眠り、夜間に入るとともに行動した。やっと辿《たど》り着いたヴィドル収容所は、広大な草原とゴム林が交叉《こうさ》する所にあった。ここに滞在させられたひと月あまりの間、私たちの部隊から作業隊一個中隊が、東海岸の町メルシンに派遣され、軍医の私も随行を命じられた。作業隊といっても、何のことはない。その町に駐屯する英印軍の使役である。

私たちは暗いうちに起床し、裸ろうそくの下で粉味噌《こなみそ》と野草の粥をわずかにすすって出発する。メルシンの町は爆撃の跡も生々しく、華僑が大部分の町並みには中国旗と赤旗が翻《ひるがえ》っていた。

椰子の葉が風に鳴る海岸で小休止したとき、樹陰で大きな貝を拾った兵が、しきりにそれを耳に当てている。

何をしているのか、と問う私にその兵が答える。

「はい軍医殿、自分はこの貝で、家の裏山の風の音を聴いているのであります」

さし出された貝を私も耳に当ててみる。なるほど松風の音がする。私も郷里の神社の御堂で寝そべっていたときに聴いた、樹木が風に鳴る音を思い出していた。

英印軍のキャンプ内では、便所を含めての清掃一切、ごみ運び、どぶさらえ、土木工事に、奴隷《どれい》のようにこき使われた。

このあとも英印軍の命令で、収容所を二ヵ所移動させられ、最後は黒い大きなトラックに詰め込むだけ詰め込まれてシンガポールに到着した。私にとっては半年ぶりのシンガポール島だったが、私たちが放り込まれたのは、港にある巨大倉庫だ。周囲には鉄線が張り巡らされ、戸口には冷たい表情の英国兵が立番をしている。

この倉庫でひと晩過ごしたのち、船に乗せられてスマトラ近くの無人島レンバンに移送された。ここの収容所で約十ヵ月を過ごし、米軍のリバティー型復員船に乗せられた。この船は奴隷船ともいえる構造で、坐《すわ》っていても頭のつかえそうな上下間隔で、船底から甲板下まで何層も板で床が造られている。立って歩けないので、寝ているだけである。海が荒れると、床に敷いたござと一緒に、人間が片側に寄せられる。反対側に傾くと、その人間の山が傾いた方角に崩れる。

それでも四十日後、佐世保港に無事に入港した。二十一年の九月で、敗戦からは一年余が経《た》っていた。

帰りついた郷里で、私は思いがけない事実を知らされた。緑十字船の阿波丸で遭難したものと信じられていたのだ。私が最後に母親宛《あて》の航空便を出したのは、台湾を出航する前日の二十年二月十九日だった。次の任地に出発する旨《むね》は知らせたが、それっきり便りをしなかったのが仇《あだ》になっていた。

この噂《うわさ》には、実際に私の中学時代の親友で海軍にはいったSが、阿波丸に乗り合わせて犠牲になったことが大いに関係していた。

ひと足先に朝鮮から復員していた兄から、改めて阿波丸の悲劇を知らされた。三月二十八日シンガポールを出港した阿波丸は、四月一日午後十一時頃、台湾海峡で米潜水艦によって魚雷攻撃を受け、瞬時に撃沈されていた。ただひとりの生存者を残し、乗客と船員二千人あまりは、船と運命を共にした。

私が大丸百貨店の前で会った親子四人も、宿舎で隣室だった老中尉《ちゅうい》も、死者のうちに含まれているはずだった。あの時点では、五人とも、阿波丸に便乗できることを僥倖《ぎょうこう》だと信じていたのにだ。陸軍病院の伝染病病棟で耳をそばだてた敵スパイの無電が、あるいは阿波丸撃沈の下地になったのかもしれなかった。

緑十字船阿波丸に追い越された私が乗っていた病院船ばいかる丸が、その後どうなったかも気になった。新聞社に問い合わせて、消息が分かった。ばいかる丸はあのあと内地に無事に戻り、二十年の五月、大分県沖で機雷に触れ、座礁《ざしょう》大破して、現在もそのまま風雨にさらされているとのことだった。

突撃

昭和二十年、歩兵第一七七連隊の仮寓《かぐう》兵舎で編成された第百七師団の突撃隊は、N大尉《たいい》以下三個中隊千五百名の兵員から成っていた。小隊長は全員、この七月に任官したばかりの見習士官だった。軍医は高級医官のM軍医少尉と軍医見習士官の私のみで、数日前に、突撃隊転入兵員の健康診断を終えていた。

動員された現地召集の新兵を満載した列車が、来る日も来る日も、登り勾配《こうばい》を息づかい激しく奥地へと走り去って行く。

私たちがいる三国山監視哨《かんししょう》は、ちょうど満州国、内蒙《ないもう》、外蒙が接する地点にあった。五叉溝《うさこう》操車場を眼下に俯瞰《ふかん》する七十メートル高地付近は、丘陵が入り込む要害の地で、歩兵第一七七連隊が仮営していた。さらに南に千メートル下ったなだらかな斜面には、第一七八連隊の長い三角兵舎が散在している。部隊兵員の多くは、周辺の高地で陣地の構築作業に余念がなかった。

谷あいの山際《やまぎわ》沿いには、白城子《はくじょうし》から興安《こうあん》、索倫《ソロン》、白海《はくかい》、五叉溝、白狼《はくろう》、阿爾山《アルシャン》を経て杜魯爾《トロル》に至る白杜《はくと》線が走っている。杜魯爾のかなた五、六十キロ奥地のハンダガヤには一個中隊が分遣されており、道は外蒙古との国境にあるノモンハンへと続いていた。

この一帯の丘陵地は、大興安嶺《だいこうあんれい》山脈の西南の果てで、起伏の多い地形が見渡す限り広がり、西の方で蒙古草原へと変貌《へんぼう》する。高地と高地の谷間には例外なく渓流がみられた。所々に淵《ふち》をつくり、蛇行しながら幾多の支流を集め、川幅を広げながら流れていく。

高地の北斜面だけは、針葉樹が鬱蒼《うっそう》と生い繁《しげ》っているものの、南斜面は全く一本もない草原になっている。低地には湿地が多く、ゆるやかな斜面がわずかに開墾され、点在する小さな集落からはか細い炊煙が上がっていた。

深夜、人っ子ひとりも住まないような遥《はる》か彼方《かなた》の山奥で、時折閃光《せんこう》が走ることがあった。部隊にもたらされた情報によると、ソ連軍の先遣隊が諜報《ちょうほう》活動のために越境しているらしい。夜間の警戒は、特に厳重にするようにとの達示《たっし》が届いていた。

しかし私の眼には、この地帯に展開する関東軍一個師団の働きがあれば、北と西の防禦《ぼうぎょ》は鉄壁のように映った。

八月九日、晴。

早朝、遥か南方の山頂上を、戦闘機の編隊が珍しく頻繁に往来していた。私は友軍の機動演習でも始まったのだろうと思い、気にもとめなかった。

しかし朝食後間もなく、師団司令部から緊急通達があった。ソ連軍が一方的に宣戦布告し、八日夜半より全満各地で侵入を開始したという。目下、新京（長春）、奉天（瀋陽《しんよう》）方面が空襲を受けている。今後命令のあるまで待機せよ、という内容だ。

兵舎は仰天のあまり、一転して蜂《はち》の巣をつついたような騒ぎになった。果たして、五叉溝操車場付近の上空に、ソ連軍戦闘機が一機飛来したのが認められた。トンビのように幾度となく旋回し、駅に向かって銃撃を繰り返したあと、私たちの兵舎の上を爆音高く飛び去った。

司令部から今しがた戻ったE主計伍長《ごちょう》が、息をはずませながら被害の状況を報告した。帰る途中の街道で猛烈な爆撃に遭遇し、地面に伏せたまま、顔も上げられないくらいだったと言う。五叉溝構内と貨物集積場も、相当な爆撃を受けたらしい。

夕刻、翼に日の丸も鮮やかな戦闘機の大編隊が、上空を北方に向かって去って行く。いよいよ友軍の反撃が始まったのだ。

非戦闘員を満載した最終列車が、白煙を長々と残して白城子へ下って行った。

明日はどうなるのか。緊張と不安のなかで眠りにつく。

八月十日、曇、時々しぐれ。

突撃隊第一中隊に出動命令が下り、トラックに分乗する。二百台のソ連軍戦車隊がハルハ河を渡河し、阿爾山に向かって南下中だという。

トラックは本道からそれて、三国山方面に向かう。山あいの湿地帯にはいった所で自動車隊は空襲を恐れて停止、この先は無理だと知らされ、中隊将兵は全員下車した。国境線は間近と思われるものの、見渡す限りこのうえなく静かだ。一面の葦原《あしはら》が、そよ風に波打つ。

低地を望む台地の林の中に、壕《ごう》を設営した。中隊長のO少尉《しょうい》と共に、膝小僧《ひざこぞう》を抱えて露営する。

八月十一日、晴。

明け方から、阿爾山方面の高地帯に遠雷のような砲撃音が轟《とどろ》き渡った。音は山々にこだまして不気味さを増す。砲撃音は時々刻々と大きくなり、戦闘が身近に迫っているのを実感する。

午後、赤い星をつけたソ連軍戦闘機が一機、爆音高く飛来した。二十メートルの超低空で、私たちの潜む湿地帯に伝単《でんたん》（ビラ）を撒《ま》き散らし、金属性の余音を残して飛び去った。伝単は投降を勧告するものだった。

宵闇《よいやみ》が迫ると砲撃はいつの間にか止《や》んでいた。真夏とはいえ、大陸の夜間は冷える。

S小隊長と、ひとつ外套《がいとう》に抱き寝する。

八月十二日、晴。

払暁《ふつぎょう》とともに、砲撃の轟音《ごうおん》が山と谷に響き渡った。音響の移動によって、ソ連軍が正しく白杜線に沿って進撃して来るのが判別できる。事実、阿爾山、白狼間の峡谷で、連隊の一部隊が敵戦車を迎撃して奮闘中だという情報がもたらされた。しかし私たちの突撃隊第一中隊の正面には目下異状はない。突撃隊第二中隊も増員、配置された。師団司令部は後方に退き、庁舎はもぬけの殻であり、倉庫に煙草《たばこ》の〈前門〉が山と捨てられていたと、報告の兵が言う。

砲撃は終日続く。宵闇が迫る頃、五叉溝方面で、地面をなめるような紅蓮《ぐれん》の炎が立ち昇った。軍の建物を焼き払ったのに違いなかった。

夕刻、突撃隊に撤収命令が下った。師団は新京に向かって下るのだという。内心で胸をなでおろす。強心剤、麻薬、繃帯《ほうたい》材料、外科嚢《げかのう》などを、背嚢と軍医携帯嚢の中に詰め込めるだけ詰め込んだ。隊医笈《たいいきゅう》は、衛生兵に手伝ってもらい、壕に埋めたり沼地に投げ込んで処分した。

突撃部隊は暗がりの中、粛々と本街道に出た。しかし一本道の街道は、阿爾山地区から退いて来る他部隊の人馬、車輛《しゃりょう》が入り乱れ、延々と先に続く。五叉溝地区の火災は天を焦《こ》がす勢いになっていた。

突撃隊は師団の最後尾にあって、必死の強行軍になる。軍靴《ぐんぐつ》の音以外に人声ひとつ聞かれない。五叉溝山腹に点在する三角兵舎が、月明かりの下にかすかに見分けられた。

張りつめた空気に、ソ連軍が間近に迫って来るのが手にとるように感じられる。突撃隊の行軍は速歩というより駈足《かけあし》に近い。先行の部隊と入り乱れ、闇の中に人馬と車輛がひしめきあい、自分の部隊も見失いがちになる。

八月十三日、晴。

朝霧のたちこめた川辺の森林の中で大休止となった。人員点呼によって、三名の落伍者があることが判《わか》った。しかし、他の部隊に紛れ、先に行ったのかもしれない。

第三中隊から一小隊が出て、白杜線の鉄橋と、五叉溝街道の木橋の爆破に向かった。やがて、轟然とした爆音と爆風が林の中を突っ走った。

この爆破で、ソ連軍の追撃が四、五時間は遅延する見込みだと、第三中隊長T中尉から報告があった。

日中の炎暑はまさしく灼熱《しゃくねつ》そのもので、日射病で横倒しになった軍馬がのたうって苦しんでいる。

師団主力は既に遠く去ったのか、食糧の詰まったかますや、輜重《しちょう》のマーチョ（馬車）が到る所に置き去りにされている。落伍した兵隊の群が、三々五々後を追っていた。

突撃隊は西口《せいこう》丘陵の谷峡《こくきょう》に散り、徹宵《てつしょう》した。

八月十四日、薄曇り、時雨《しぐれ》あり。

未明、突撃部隊は峠を越えて、西口扇状地に下った。一帯は麦畑とソバの畑地だ。ソバの白い花が今を盛りに咲き揃《そろ》っている。白杜線に沿って下って行った先頭の師団病院部隊が、ソ連軍戦車と接触して西口に引き返して来た。その後も、師団の他の部隊が次々と西口に集結して来る。

内蒙から国境を突破したソ連軍は、一挙に索倫を突いて、白城子に進出したらしい。そうなると白城子経由で新京に向かうのは無理で、師団は行く手を塞《ふさ》がれた形になった。戦況が判明するまでは、ここ西口で陣容を立て直すしかない。

西口は三方を山に囲まれた三角盆地で、北方の頂点が大興安嶺の山道に通じている。午前中いっぱい、師団の全員は蛸壺《たこつぼ》式の縦穴を掘り続けた。放棄された軍馬だけが、草原のあちこちで無心に草を食《は》んでいる。平原の真中を流れている小川の岸に、一本の立木があり、そこが戦闘司令部になっていた。

時雨が襲ってきた。投げ棄《す》てられた兵隊の貯金通帳や軍事葉書、奉公袋がそこここに散らばっている。

私は将校行李《こうり》が横倒しになっているのを見つけた。中に医書が入っている。「内科診療の実際」と「鳥潟《とりがた》外科学総論」など、五、六冊はある。手にとると、防疫《ぼうえき》給水部の同僚Uの記名があった。医書は今や私にも無用の長物だった。

兵隊が集まっているので近寄ると、水飴《みずあめ》のいっぱい入った樽《たる》を囲んでいた。飯盒《はんごう》の蓋《ふた》ですくっては、なめている。その脇《わき》には塩鱈《しおだら》がうずたかく打ち捨てられていたが、誰も見向きもしない。

兵隊たちはどこか遠足にでも来ているような気楽さでいる。戦闘が始まって以来、点呼もなくなり、敬礼もなくなった。突撃隊の名を聞くと、偉ぶっていた他の部隊の将校たちも、「いや、御苦労様」と言って、手のひらを返すように柔和になった。

昼近く、全員が蛸壺にはいった。砲撃の轟きは、次第に近くの山々にこだまし出した。谷間の所々で白煙が上がる。追撃して来たソ連軍は、師団を包囲する作戦に移ったようだった。午後になって砲撃音はいよいよ激しくなり、西の高地からは銃撃音も届く。やがて高地に布陣した師団の機関銃隊が全滅したと伝えられた。

西方高地の砲撃が静かになったとき、昨夜私たちが越えてきた峠の鞍部《あんぶ》に、戦車が一台、また一台と姿を現した。稜線《りようせん》に隠れてはいるが、中型戦車が七、八台認められた。

その瞬間、今まで鳴りをひそめていた味方の山砲の第一弾が発射された。砲弾はものの見事に、先頭の戦車の前部に命中した。戦車はそのまま動かなくなる。

穴から首だけ出して見ていた兵たちが「やった、やった」と口々に叫ぶ。が、それも束《つか》の間《ま》で、先頭の戦車はもぞもぞと動き出し、道路脇に身を寄せる。後続の戦車がそれを回避して前進し、砲口を開いた。

一発、二発、三発と、敵弾は飛来し、頭上で炸裂《さくれつ》した。背後の山越しにくる味方の迫撃砲弾も、これに応戦する。撃ち合いは数分間続き、その間、壕の周囲で砂礫《されき》が飛び、砂塵《さじん》が巻き上がった。

ところが山砲の反撃はそれのみで、あとは沈黙してしまう。突撃隊には応射の能力はない。歩兵銃が彼方の戦車に届くはずはなく、届いたところで蜂が象の足を刺すようなものだろう。

一万五千の師団兵員は蛸壺の中に潜み、動かない。地上には人影はなく、一尺ばかりの麦穂だけが高く天を衝《つ》いて見える。敵弾が飛来すれば、着弾地点付近の蛸壺にいる兵は、無抵抗のまま死ぬ他ない。五体は跡かたもなく四散してしまうのだ。

狭い穴の中にひとり屈《かが》み込んでいると、墓穴にはいったような孤独感に襲われる。誰もが同じ気持なのだろう。砲弾の炸裂のあい間に、あちこちの穴から兵が首だけを出し、お互いの無事を確かめ合う。

無抵抗で動けないまま、砲弾を受けっ放しの長い時間が経過した。戦車からは、こちらの山腹は丸見えなので、明るいうちに砲弾を撃ち込めるだけ撃つつもりなのだろう。よくもこんなに砲弾があると感心するくらい、砲撃は続いた。五分くらい間隔があいたかと思うと、続けざまに撃ってくる。かと思えば、時計ではかったように、一分おきに規則正しく砲撃音が続く。どこか戦闘というより、ソ連軍は砲撃そのものを楽しんでいるようにさえ思える。

そのうち、薄絹のような夕靄《ゆうもや》が谷の方から湧《わ》き上がってきた。霧が山麓《さんろく》を包みはじめ、冷ややかな夜気が肌に感じられるようになった。

いつの間にか砲撃は止んでいた。

首を出して見ると、十数台の戦車群は相変わらず峠の鞍部に並び、砲口をこちらに向けている。

突撃隊に大きな被害はないようだった。あたりは暗くなってきた。

司令部の高級参謀M大佐が、作戦上の責任を感じて自決したという。第一七八連隊の軍医中尉は被弾して重傷を負い、足手まといになると思ったのか、こちらも自決していた。その部下の軍医見習士官は腹部に貫通銃創を受けて戦死した。

I大尉の指揮する連隊の一部が、挺身《ていしん》奇襲、戦車斬込《きりこ》みの命を受けて出発した。周囲は既に暗く、人の顔の分別さえつかないほどになっている。戦車群のいる西の高地から、頻繁に照明弾が打ち上げられた。照明弾は蛍火のように上空を流れて漂い、やがて消える。

突撃隊は道路上に集合せよ、と伝令が触れてまわり、私たちは蛸壺から出た。足にからみつく麦の穂を踏みしめ、無言で山腹を下る。

「二十三時を期して、突撃隊全員は敵戦車群に対して挺身奇襲を行う。現在時刻は二十時三十分である」

命令を下す突撃隊隊長N大尉の顔は、夜目にも蒼白《そうはく》に見えた。夜光時計の針だけが、蛍光を放って青く光っていた。

全員が戦闘に慣れているわけでもない。一個大隊ともなれば、主計もあれば、私のような衛生部もあり、梱班《こりはん》もある。軍刀、あるいはゴボウ剣しか持たない兵が大部分だ。特に梱班などは突撃隊要員として転属して来たばかりで、銃はおろか、軍刀もない。いわば素手の素人《しろうと》集団が攻撃に参加して、果たして何ができるのか、私には怪しまれた。

突撃隊の小隊長たちも、まだ任官したての見習士官で、内地からの軍刀が間に合わず、刃のない形ばかりの代理刀を腰に吊《つ》るしていた。

私自身、戦車攻撃に際して軍医がどういう配置につくのか、指示がないので分からない。上官のM軍医少尉も同じだろう。ひょっとしたら、アッツ島のバンザイ突撃的な終末になるという思いが頭をかすめた。

全員に手榴弾《しゆりゆうだん》が二個から四個支給された。特に通達はされないものの、そのうちの一個はいざという時の自決用だとは、誰もが思っていた。

道路上、あるいはその周辺に分散して、ゆっくり西の方の峠道に移動する。ソ連軍の圧倒的な戦闘能力を見せつけられたあとでは、周囲の草むらや狭隘《きようあい》な地形の向こうに、敵が潜んでいるように思える。しかも草の茂みはあちこちにあるのだ。

味方の突撃隊は千数百名はいるはずなのに、心細さは昼間蛸壺の中にうずくまっていたときと同じだった。この孤独感は、暗闇の中で押し黙っていると、いやがうえにも増す。そのせいか、兵隊たちは低い声でざわめきあっている。何をしゃべっているのか分からない。小隊長の制止など効果がない。

西の方にある黒い山の峰々に、狐火《きつねび》のように信号燈《しんごうとう》が明滅しはじめた。尾根づたいにソ連軍が移動し、互いに連絡しあっているのに違いない。点滅燈は四つ五つと増え、北へ北へと数を加えていった。

先に出発した戦車斬込み隊が、敵戦車の機銃掃射を受けて大損害をこうむったと伝えられた。峠の鞍部で輪状に動き回る戦車群は、照明弾を打ち上げて死角をつくらず、機銃掃射を繰り返すため、接近困難らしい。

こちらに連発銃や対戦車砲があるわけではない。攻撃方法は三つ、遺骨箱程度の大きさの急造爆雷を布に包んで首に下げ、それを戦車のカタピラの下に投擲《とうてき》するか、火焔瓶《かえんびん》を投げるか、肉攻して戦車の掩蓋《えんがい》から手榴弾を投げ込むしかない。

作戦を決められないまま、峠を仰ぐ地点まで来たとき、戦闘司令部からの伝令が届いた。突撃隊の出撃を中止し、師団は即刻、北方の山岳地帯に撤収せよという。張りつめていた緊張が急にゆるむ。

N大隊長も放心したようになり、部下の人事係曹長と当番兵に両脇から身体《からだ》を支えられていた。

見回すと、本部でありながら、将校は各中隊、小隊に散っていて、将校はN大隊長と私の二人だけだ。

山岳に向かう北の退路はひとつしかなく、遥《はる》か行く手の谷あいには紅《あか》い炎が昇り、時々何かが爆発するように大きな火柱を噴き上げた。敵はもう北方にもまわっているのかもしれない。

にもかかわらず、闇《やみ》の街道上には撤退する各部隊の縦列がうごめいている。確認すると、南方に布陣していた第一七七連隊所属の各大隊の隊列だった。

突撃隊のN大隊長は、相変わらず足をふらつかせていた。曹長が近寄って来て、「どうしましょうか」と私に訊《き》く。

傍に寄ると酒気がした。おそらく突撃命令の前に、景気づけに酒を口にしたのに違いない。それが、突撃中止の命令による気合抜けと共に、足にきたのだろう。こうなれば私たちだけで代わる代わる両腕を抱えて歩くしかない。

「行軍序列は大丈夫ですか」

曹長がまた私に訊く。こんな火急の時に、行軍序列のへったくれもない。第一、突撃隊の本部でありながら、近くに副官もおらず、上級将校もいないのだ。「構わん」私は返事した。

第一七七連隊の後に続いて、N大隊長を抱えるように引っ張って行く。まがりなりにもこの突撃隊大隊本部が動けば、後は第一中隊、二中隊、三中隊とついてくるはずだった。

またしても昨夜に劣らない必死の強行軍だ。谷あいの低地は泥濘《でいねい》で、所々水溜《みずたま》りをつくっている。膝《ひざ》まで泥の中に埋まりながらそこを脱すると、今度は岩礫《がんれき》のころがる岩山道になった。荒削りの岩壁が両側から、入道雲のようにせり出している。その陰に敵が待ち受けていれば、もはや全部隊に逃げ場はない。

落伍《らくご》して自分の部隊を見失った第一七七連隊の兵士たちが入り混じりつつ、私たちにつかず離れず追従してくる。

頭から顔にかけてべっとりと血糊《ちのり》がこびりつき、軍帽も失った二等兵が近寄って頭を下げた。私の襟章で軍医と分かったのだろう。

「砲弾の破片でやられました。耳が聞こえません。部隊が分からなくなりました。どうか一緒に連れて行って下さい」

「ようし、ついて来い」

私の返事に、二等兵は手揉《ても》みするように頭を下げた。

途中で司令部のくろがね四起に追いつく。

「こら、どこの部隊か」

乗っていた将校のひとりから誰何《すいか》された。曹長はおどおどして答えられない。

「突撃隊」

私が言うと、先方はえらく低姿勢になり、「どうぞ、行って下さい」と道をあけた。

これで行軍序列が公認になったも同然だった。

敵戦車が後ろを追っかけて来ていると、誰が言うともなく伝わってきた。突撃隊に雁行《がんこう》して、各部隊が速歩行軍になった。追いつ追われつ、どの部隊も先を争って走る。前方で炎上していた火は、擱坐《かくざ》した師団のトラックが焼ける炎だった。何十メートルかおきに、十数台のトラックが故障したまま放置されていた。

見ると、トラックの脇で仰向けになり、苦しんでいる兵がいる。両手、両足を中途からもぎとられていた。似たような半死半生の負傷兵は、その先にもいた。しかしもはや誰も顧みる者はいない。軍医の私とて、構ってはいられない。

撤退する行軍の流れは負傷兵を見捨てたまま、奔流となって闇の中を突っ走った。

八月十五日、曇のち晴。

あたりがようやく明るみはじめた頃、湿地に続く斜面で、大休止になった。敵戦車は、すぐ近くまで追撃して来たが、途中から引き返した模様だという。

ソ連軍の戦闘機が一機、遠くの山陰を北から南へ飛んでいく。偵察機による索敵《さくてき》だろう。こんなところを爆撃機か戦闘機かの編隊に襲われたなら、もはや万事休すだった。

大休止の間に、携行の乾パンを食う。空腹が満たされると、疲労感が襲ってくる。草地に身体を横たえ、しばしうたた寝をした。

百メートル程下の山路に、積荷を満載したトラックが、点々と放棄されていた。西口をいち早く山中に回避した師団トラックだった。先頭車輛《しやりよう》を敵機に爆破され、動きがとれなくなったところを、さらに機銃掃射をくらったのだ。運転手は、逃げたか撃たれたか、もはや姿はなかった。司令部から、トラックの積荷には近づいてはならぬという達示が届いた。

大休止の間に、突撃隊隊員十名あまりの傷の手当てをした。戦傷よりももっぱら足まめの治療だった。

この日は終日、斜面で食ったり寝たりした。

八月十六日、晴。

突撃隊副官が来て、トラックにいろいろな物があるから行ってみようと私に言う。近づいてはならぬという通達は、既に反故《ほご》になり、将兵に知らせが行き渡っていないだけらしい。

副官と二人で斜面を下った。なるほどトラックの中のかますには、塩、砂糖、干物、石けん、タオルその他の日用品が山をなしている。私たちは砂糖を手でつかみ、思い切り頰張った。

後ろのトラックは、爆撃されて後部が骨組みだけになっていた。積荷の爆弾が破裂して、積載物が周辺に吹き飛ばされている。一面に紙屑《かみくず》が散乱している。ところがよく見ると、すべて紙幣だった。大部分は満州国紙幣だが、日本紙幣も混じっている。破損していない十円札、五円札を、二人で五、六万円くらい拾い集めた。使うあてなど思いの外だったが、眼前の紙幣の誘惑には勝てなかった。

八月十七日、晴。

師団は、現在地の斜面を動かない。幸い昨日と同じく、頭上にはソ連機の飛来はなかった。

兵隊たちが三々五々斜面を下って、トラックを荒しはじめた。もう誰もとめる者はいない。またたく間に将校行李がぶちまけられた。

赤や黄、青色の女物の着物が野ざらしになっている。さすがにそれを着ようとする兵隊はいないが、夜具や布団《ふとん》類は、兵隊たちが蟻《あり》のように連なって部隊に運んでいる。露営にそれを使う魂胆だ。各々《おのおの》将校行李には持ち主がいるはずだが、遠くで苦々しく思いながら見ているだけなのだろう。

八月十八日、晴。

師団司令部が運転技術者を募集してきた。突撃隊本部のS衛生伍長が応募する。しかし師団はまだ動かず、終日、無聊《ぶりよう》にて過ごす。敵機の影もなく、砲撃の音さえ聞こえない。これで大休止四日目を終えた。

八月十九日、曇のち雨。

運転手が揃《そろ》い、トラックの修理もすんだらしく、トラック隊が東に向かって動き出した。その後を、負傷者を縄で括《くく》りつけたマーチョが五、六台、ガラガラ音をたてて走る。

余りの苦痛に、重傷の准尉《じゅんい》が自決したという。

再び行軍である。歩いても歩いても、夏草の茂る山道が、登り下りしながらどこまでも続く。雲が低く垂れて、雲行きが怪しい。

果たして午後には雨がぱらつき出し、次第に勢いを増し、夕刻には篠《しの》つく豪雨となった。

私は雨具も外套《がいとう》も放棄していたので、被《おお》うべきものがない。雨滴は容赦なく顔面を叩《たた》き、襟をつたって背中に流れ込む。兵隊の中には、携帯天幕を頭からかぶっている者もいる。将兵ともども惨々《さんさん》たる行軍である。

ようやく川べりの林の中で大休止となる。携帯天幕を綴《つづ》り合わせて幕舎を設営し、焚火《たきび》をたいて軍衣を乾かす。

このあたり、ハマコーザというらしい。

八月二十日、晴。

終日、服を乾かし、部隊は休養する。

八月二十一日、晴。

また行軍である。長い隊列は、山峡《さんきよう》の草地を歩み、湿地を踏み、林を通り、森を抜けた。

川の流れに行く手をはばまれると、素裸になり、装具をすべて頭に載せ、渡河した。

全員が渡りきったあと、川べりの森林の中で露営する。山頂に、上弦の月が蒼白《あおじろ》く輝いている。

八月二十二日、曇。

疲労のあまり、隊列を離れ、草原で仮睡した。行軍の列は蟻のように長々と続き、絶えることがない。空腹に兵の列も乱れがちで、鉄砲も天秤《てんびん》担《かつ》ぎになっていた。

手持ちの乾パンも既に尽き果て、赤白の花をつけた山ニラを採って、炊さんする。

興安嶺《こうあんれい》の峰々は左右に迫って絶壁をなしている。屹立《きつりつ》した峰があちこちで様々な奇岩奇勝をつくり出し、見事な渓谷美だ。

この渓谷の狭間《はざま》に広がった松林の中で大休止となり、点々と焚火を燃やして露営する。

岩魚《いわな》をとる手榴弾の炸裂音《さくれつ》が、峡谷にこだまする。しかし、わずかの魚と山ニラの塩煮ではどうにも腹は満たされず、寝つけない。

いつになったら山から出られるのか、みんな溜息《ためいき》ばかりだ。山気が凍えて底冷えがする。

八月二十三日、曇のち雨。

再び行軍。しかし昼過ぎ、遥かかなたに平野が見えた。満州の大平原だ。部隊はにわかに活気づき、足取りも軽く、曲がりくねった峠道を下る。先行する師団の列は、のたうつ大蛇のような長さで動いている。

見渡す限りのたまねぎ畑にはいった。列は先頭から乱れ、兵たちが畑に分け入る。生のまま、たまねぎにくらいついている。大隊長が馬を駆って兵たちを制し、列中に追い戻す。

雨が降り出し、やがて車軸を流す大雨になる。ずぶ濡《ぬ》れになって、草原に仮設天幕を設営する。

兵隊がたまねぎを山と集めて来た。火を焚くが、暴風雨のため煙が外に出ない。

八月二十四日、晴。

煙にやられて、両眼が全く見えない。各幕舎から、同様の患者が続出して往診を求められるが、肝腎《かんじん》の軍医がこれではどうにもならない。

失明したのかと思い、身震いしたが、部隊の出発が午後になり、視力は次第に回復した。栄養失調に煙害が重なったのに違いなかった。

部隊は再び峠を登る。美しい蒙古《もうこ》人《じん》部落を通過した。男たちが家毎《ごと》に並んで、不安気な視線を向ける。昨日、ソ連軍の戦車が山裾《やますそ》を通って行ったらしい。再び敵と接触するのかと思うと、身が縮まる。師団の将兵に、現在どれほどの士気が残っているだろう。

峠を下り、川辺の草原に設営した。

「軍医さんがいると心強いからな。やられたときは頼みますよ」

行きずりに呼びかけられた突撃隊第三中隊長T中尉《ちゆうい》の言葉を反芻《はんすう》する。実際に戦闘になったときの事態を想像して、暗澹《あんたん》たる気持にかられる。突撃隊が編成された当初は気構えができていたが、十日間も撤退行軍が続いたあとでは、どこか気力が萎《な》えていた。このまま撤退が続いたほうが、戦闘よりはましだ。しかしそんなことは誰にも他言できない。

八月二十五日、薄曇。

部隊は高粱《コーリヤン》畑の中を行軍する、遠く畑の尽きるあたりには、丘陵が波状に起伏している。

昼の大休止のあと、再び行軍となる。突撃隊は師団の最後尾にある。

突如、先方の丘陵地帯で、乱射の銃声が響いた。部隊は停止した。師団の尖兵《せんぺい》が、ソ連軍と遭遇して戦闘が始まったのだという。

作戦命令が発せられた。


——我が師団は号什台《ごうじゆうだい》において、敵一個連隊と遭遇せり。我方より敵に無条件降伏を促したるも応ぜざるにより、我が軍は敵を包囲、せん滅せんとす。


突撃隊はN大隊長から各中隊に戦闘配置の命令が伝達された。本部と第一中隊を先頭にして、第二、第三中隊と駈《か》け足で前線に移動していく。

輜重《しちよう》隊の馬匹《ばひつ》や車輛、マーチョは高粱畑に回避し、歩兵部隊に道をあけた。軍馬だけが無心に、たまねぎの茎を横くわえにしてかじっている。

ソ連軍は、低地を俯瞰《ふかん》する高地の尾根沿いに散兵線を敷いていた。師団がこのまま進撃しても、狙《ねら》い撃ちされるだけで不利なのは明らかだ。

第一七七連隊と第一七八連隊は、深く台地の左翼に進んで展開する。突撃隊は最右翼をからめとるように、裾野の高粱畑に散った。師団の梱隊《こりたい》車馬は、後方のたまねぎ畑の中に遮蔽《しやへい》された。

私たちが動くにつれて敵の機関銃が火を吹く。銃弾が金属音をたてて頭上を飛び、身辺の土に小さな黄煙を上げて食い込む。

ソバ畑は白い花が真盛りで左方に広がっていた。味方の七門の山砲が火を噴き、釣《つる》瓶《べ》打ちに台地の後方に砲弾を撃ち込む。敵が少しずつ峰を伝い、台地の後ろへ退《ひ》いていくのが見える。

そのまま対峙《たいじ》するかたちで日が暮れた。焚火をたいて、たまねぎをかじる。夜空の丘に小銃の散発音がする。銃声を聞きながら、夜露に濡れてまどろんだ。

八月二十六日、晴。

朝は静かに明けた。遥《はる》か向こう、山裾の高粱畑の穂の上に、ラマ教の塔が見える。正面から陽を受けて、金光を反射して眩《まぶ》しい。

十一時頃、師団は再び隊形を整えて行軍となった。突撃隊は最後尾に続く。

しかし三十分も進まないうちに、右手の高地に十人程の黒い人影が出て、隊列に向かって機関銃を乱射し始めた。先行の部隊が乱れ、斜面に散開して応射する。

峰の陰に多数のソ連兵が現れ、銃弾の厚みが増す。師団の車輛部隊はこれを回避して、左方に移動した。高粱畑は見る間に人馬と車輛に踏みにじられ、味方の将兵が次々に倒れていく。

銃弾だけでなく、迫撃砲弾も飛来して炸裂する。ソ連軍の戦闘機が三機、高地の背後から姿を見せた。敵機は師団の頭上を旋回しながら機銃弾の雨を降らせる。機銃掃射の弾道は、ミシン針が通るように大地を突っ走り、高粱の茎を砕き、野草をなぎ倒し、土煙を上げる。第一中隊の分隊長I伍長が胸板を貫かれて即死した。あちこちで負傷者が出始める。

味方の山砲がようやく砲火を開いた。

ソ連軍の機銃連射と迫撃砲弾の炸裂の中で、こちらは草地に伏せたまま頭も上げられない。

すぐ脇《わき》にいたY上等兵が倒れた。見ると腹部を貫かれている。S伍長も突然顔面を血《ち》塗《まみ》れにして伏せた。頰部《きょうぶ》の盲管銃創だ。兵が数人、迫撃砲の破片で足を負傷する。大腿部《だいたいぶ》から下腿にかけて、無数の小鉄片がダニのように食い込んでいた。

負傷兵はその場にうずくまり、部隊は入り乱れて前進を続ける。

いつの間にか西の空が茜色《あかねいろ》に映え、真赤な太陽が山の端《は》に沈んでいく。戦闘機も去り、砲撃もやみ、高地の所々で散発的に小銃の音がするだけだ。時折、流れ弾が身近に空を切った。

N大隊長は数人の部下と共に、高地の鞍部《あんぶ》の陰に突っ立ち、後ろから追いついて来る兵を待っていた。

谷を隔てた向かいの台地に、数人ずつ右往左往している。敵兵か味方の兵かは判然としない。鞍部からよく見おろすと突撃隊の兵で、二人三人とばらばらになって、斜面を登って来る。

大隊長から、兵一名を連れて落伍した負傷兵の状況を見、そのあと部隊を追跡するように命じられた。

衛生兵ひとりを伴って高地の斜面を下る。

登って来る負傷兵が私を見、「軍医さん」と言ったきり、その場にへたり込む。傷口に繃帯《ほうたい》をして激励すると、再び気を取り直し、斜面を上がって行く。

丘の上に第二中隊が集合していた。第三中隊の行方が分からないという。

鞍《くら》のない、打ち棄《す》てられた軍馬が、高粱畑の中でガサガサ音をたて、葉をむしり喰っている。軍帽を失い、剣も銃も持たない裸足の兵が、うつろな眼をして歩いている。

正気を失っているのだろう。誰を狙うのか、どこからともなく小銃弾が空を切る。夕靄《ゆうもや》が長くたなびいて流れる。草地の斜面に、戦死したＩ伍長の屍体《したい》が打伏《うちふ》して硬直していた。

戦闘の終わった戦場は、海底のように静まり返っている。敵か味方かも不明な兵隊が若干名、遠くお互いを探るように姿を見え隠れさせている。

部隊の影はどこにもない。ソ連軍の巻電線や弾薬箱があちこちに転がっている。かと思うと、見覚えのある師団長の小型乗用車が、部品を取りはずされて傾き、置き去りにされていた。

本隊に戻るために越えた高地の頂に、二人の日本兵が死んでいた。死骸《しがい》に無数の蠅《はえ》がこびりついている。いずれも若い兵だ。すぐ脇に、径二メートル程の迫撃砲弾の穴がえぐられていた。屍《しかばね》の間にソ連兵用の円形飯盒《はんごう》があり、中に大豆が炊《た》かれている。昼食をしようとしたところに、砲弾が炸裂したのに違いない。ひとりの兵の腰のお守り袋が破れ、数枚の守り札がはみ出していた。

船型をした大きなマーチョが転覆し、厚い胴衣を着たソ連兵の屍体が傍に転がっていた。函《はこ》の中をかき回してみると、ロシア文字で書かれた書類に混じって、手垢《てあか》でかすれた家族の写真が出てきた。

焚火をした痕跡《こんせき》があった。その後方に迫撃砲弾の薬莢《やっきょう》が散乱し、あたりに悪臭がたちこめている。首と胴だけになった牛の屍体が三頭、無雑作に転がり、腸がはみ出し、風船のように膨らんでいる。

落伍した各部隊の兵たちが、師団主力の通った轍《わだち》の跡を、三人四人と集まりながら追って行く。

台地は一面の草地だ。敵機の空襲があれば、もはや遮蔽物はない。

夕刻、最後尾の部隊に追いついて訊《き》くと、突撃隊は師団の最先頭にあるという。軍靴《ぐんぐつ》の音を頼りに、薄闇の中を全速力で行軍した。

八月二十七日、曇。

突撃隊からは完全に遅れてしまったまま、夜が明け始める。一万数千の師団兵員の通った跡は、高粱が倒れ、草地が荒れ、畑も平らになっているので、道筋だけは分かる。

途中、突撃隊の落伍兵十二、三名と合流した。たまねぎを生でかじり、茎をかんで水分をとる。昼過ぎ、川岸の葦原《あしはら》に屯営する部隊にようやく復帰した。

上空を、師団の行動を監視するように、ソ連軍の偵察機が悠然と飛行して行った。

第三中隊長T中尉は大腿部を撃たれて戦死し、小隊長のひとりA見習士官も戦死したという。S衛生一等兵も行方不明で、第三中隊の兵はまだ数名しか戻っていない。

夕刻、二個中隊になった突撃隊は、馬上のN大隊長を先頭にして出発する。師団の先陣であり、月明かりの下、街道を強行軍する。トラック隊のヘッドライトが、幾条もの光芒《こうぼう》を放ち、後ろから私たちの影を地面に這《は》わせながら、追い抜いて行く。

八月二十八日、晴。

払暁《ふつぎよう》、土塀に囲まれた音徳爾《イントール》の町にはいった。下士官たちが戸毎に民家の扉を叩《たた》く。満人が怯《おび》えた顔で扉を開くと、各部隊は中になだれ込んで土間に腰をおろす。室内には、甘酸《あまず》っぱいニンニク臭が満ち、鼻につく。各戸に分散して、死んだように眠った。

八月二十九日、晴。

夜が明ける。突撃隊本部になった中華料理店で、傷兵の手当を始める。高級医官のM少尉と私、衛生兵三名で、六、七十名の傷病者を治療した。下痢患者が十数名いた。行軍の途中で飲んだ泥水で、大腸カタルを起こしたものだ。歩行不能者は病院部隊に回した。

昼過ぎ、真赤な日の丸をつけた友軍機が一機飛来し、町の上空を爆音高く一旋回したあと、町はずれにある飛行場に着陸した。

ソ連軍将校を伴った関東軍司令部参謀が、師団司令部のある旗公署にはいって行ったと衛生兵が言う。やがて公舎である旗公署の屋上の旗竿《はたざお》に、シーツを四枚縫い合わせた白旗が上がった。全員が外に出、風にはためく白旗を放心したまま眺めた。まだ誰にも敗戦の実感がわかないのだ。

「みんな、よくやってくれました。御苦労でした」

N大隊長が丁重に言い、沈痛な顔で首を垂れた。

暗然とした雰囲気が支配したのは束の間《つかま》で、そこここで兵隊たちがはしゃぎ始めていた。

「いよいよ内地に帰れるぞ」

口々に言い合っている。

しかしその日も、第三中隊は戻らなかった。

翌日、私たちは、日本が八月十五日に降伏したことを知らされた。

そして第三中隊の消息がもたらされたのは、さらに五日後だった。

号什台で最後尾を守って、師団主力を見送った第三中隊は、突然山頂から機関銃の猛射を受けた。中隊長は大腿部をやられて倒れ、A小隊長も戦死した。被害が続出し、高粱畑に退避したあと、チチハルを目ざして苦難の行軍を続けた。途中、現地人の襲撃を何度も受けては撃退し、師団の進路とは反対の方向に進み、やっと嫩江《のんこう》に辿《たど》り着く。川岸に沿って下り、チチハルに到着したが、既にそこにはソ連軍が進駐し、大部隊が群がっていた。

ソ連軍との停戦後、チチハル北大営に収容されていた日本軍将校団から、第三中隊に終戦を伝えるために特使が派遣された。

しかし日本軍将校の後ろに銃を持ったソ連兵がついているのを見て、指揮をとっていた小隊長二人は、終戦の伝達を信用しなかった。

「嘘《うそ》だ。捕虜だから、そう言わされているのだろう」

そう叫んで、ソ連兵のひとりを狙《ねら》い撃ちにした。特使たちのトラックは慌《あわ》てて引返し、その直後、ソ連軍の反撃が開始された。

第三中隊は嫩江の中洲《なかす》まで追い込まれ、ソ連軍の戦車の包囲のなか、戦闘機の銃撃と戦車の砲撃で壊滅したという。

終戦を知らないまま、およそ半月の無駄としかいえない戦闘で、師団は約一割の兵員に戦死者を出していた。

しかし、この先、内地に帰還どころか、師団全員がシベリアに抑留され、酷寒の地での使役で、その戦死者の数倍の人命が奪われる結果になるとは、この時点で誰も想像していなかった。

出廷

昭和十一年、私は日本医科大学を卒業して、眼科学教室に入局した。同期生のうち、軍医を志す者は既に在学中に軍医依託学生になり、早く軍役をすませたい者は卒業後に短期現役軍医を目ざした。私は当初から軍医など頭になく、普通の医師の道を進みたかった。

しかし翌年起こった北支事変は、日を追うごとに拡大して長期化の様相を呈し、軍医不足が明らかになった。陸軍軍医部ではこの不足を補うために、軍医の増員を計画し、軍医予備員制度を設けた。これは徴兵検査で乙種合格となった医師を対象にし、名目上は〈志願〉の形式をとっていた。

軍医予備員になると、召集後、居住地に近い陸軍病院への入隊が命じられる。入隊時は陸軍衛生上等兵であり、一週間後に伍長《ごちょう》、三週間で除隊となり同時に衛生軍曹に任官できる。まさにトントン拍子の昇進で、通常どおり二等兵で召集されるよりも、軍医として召集されたほうが楽なのは明白である。従って私の在籍する教室でも、ほとんど全員が志願者になった。

徴兵検査で乙の下であった私も、二等兵で召集されてはたまらないと考えて志願し、昭和十五年、習志野《ならしの》の陸軍病院に上等兵として入隊した。これが私の軍隊生活の第一歩となった。

陸軍の広大な練兵場のある習志野一帯は、全くの野原と言ってよかった。陸軍病院はその原っぱの入口に位置し、総武本線津田沼駅からも遠く、夜は全くの闇《やみ》になる。召集兵の家族が弁当を作って持参し、暗闇の塀越しに差し入れする風景も見られた。

軍医予備員での召集兵は三十歳以上の年配者が多く、大学教授、大病院の院長も混じり、大半は妻帯者だ。私は若いほうの部類である。軍隊語でいういわば地方出（民間人出身）の集団なので、軍人の服務規則や日常生活の勝手が分からず、うろたえることばかりだった。

こうした民間人に、軍隊生活を身をもって知らせるための入隊制度なのだが、私たちの内務班長であるS歩兵伍長は、幸い威張った態度はとらなかった。三十半ばで、言葉少なで、いつも浮かぬ顔をしている。

入隊三日目、早い夕食を終えて雑談をしているとき、まだ消燈《しょうとう》点呼時刻でもないのに、この内務班長が姿を見せた。「上官！」と誰かが叫ぶ。私たちは驚き、各自の寝台の前で直立不動の姿勢をとる。

「休め！」

S班長は言い、例の浮かぬ表情で続けた。「みんなそのままで聞いてくれ。君たちのうち、今日の昼過ぎ、営庭でM中隊のN少尉《しょうい》殿に欠礼した者があるということだ。今しがた俺が呼ばれ、貴様の教育が悪いとさんざん油を絞られた。まだ君らに集団歩行中の敬礼を教えていなかった俺にも責任がある。上官に対しては、どこで会っても敬礼することを忘れんでくれ。

二人以上歩いている時は、最初に見つけた者が他の者に合図して、一列縦隊に並ぶ。そして先頭の者が〈歩調とれ〉と言い、〈頭《かしら》、右〉または〈左〉と号令をかける。上官が通り過ぎられたら、〈直れ〉と言い、ついで〈歩調やめ〉と言って普通にかえる。分かったな。これからはくれぐれも気をつけてくれ。でないと俺がまた絞られる。以上、終わり」

S伍長は暗い顔のまま班長室へ帰って行った。

班長が口にした欠礼者とは、私を含めた三人のことだった。昼食後、食事当番である私たち三人は、飯缶《めしかん》を炊事場に返すため営庭を横切っていた。営庭の半ば近くまで来たとき、突然後方から「おい、そこの兵隊！」と呼びとめられた。

振り返ると、二十歳《はたち》を少し越えたばかりと思われる歩兵少尉が、こちらを睨《にら》んで立っていた。

「貴様たちは本官に欠礼したな。俺が中隊本部から出て来たのが見えたはずだ。眼にはいらなかったのか」

言われてみると、若い将校がひとり、中隊本部か何かは知らないが、兵舎の陰から出て来たのを見たような気もする。しかし五十メートルくらいは離れていたので、気にもとめずに歩いていたのだ。まさかその将校にあとをつけられていたとは。

どうやって謝るのかも分からず、私たち三人は飯缶をぶらさげて突っ立つだけだ。私たちのうちで一番年長である病院長のKは、寒いので片手を軍袴《ぐんこ》の物入れに突っ込んだままだった。

少尉はその横柄《おうへい》な態度にますますいきり立ち、私たちの官給の軍服の襟章を睨みつけた。

「何だ、貴様らは衛生兵か。だが上等兵にもなって、敬礼ひとつ知らないとはもっての外だ。そこへ一列横隊に並べ！　気合いを入れてやる」

いよいよビンタの洗礼かと観念した私たちは、横に並ぶ。私が真中で、左がK病院長だ。少尉は股《また》を開いて身構える。順番としてはKが最初、私が二番手だ。

しかし少尉が腕を振り上げ、その掌《てのひら》が顔に当たる瞬間、Kは反射的にひょいと身をかがめた。少尉の掌は空を切り、足はよろめき、二、三歩たたらを踏んだ。

思いもよらぬ出来事に呆気《あつけ》にとられたのか、少尉は闘志も失《う》せた表情で怒鳴った。

「貴様らは何中隊の兵だ？」

何中隊かと訊《き》かれても、私たちには所属中隊などない。

「はあ、我々には中隊はないのであります」

三人を代表してKが答える。

「何だと？　それじゃ貴様らは一体何だ」

「我々は軍医予備員候補生で、そこの陸軍病院に入隊している者らです」

「我々？　我々なぞ言わず、自分らと言え、自分と。で、その軍医予備員何とかというのは一体何なんだ。詳しく言ってみろ」

「はあ、我々、いえ自分らは医者でして、万一召集を受けたときは軍医になるため、軍隊生活を経験する目的で入隊したものであります」

ここでもKが要領よく答えてくれた。

「なあんだ。貴様らは医者か！　軍医の卵か。うーんそうか。それでいつ入営したんだ。何？　三日前だと。三日なのにもう上等兵か。そうか医者か。軍医の卵か」

少尉は解《げ》せない顔で繰り返し、やがて急に言葉づかいを変えた。

「まあいい。だが君たちは地方では立派な先生かもしれんが、軍隊では軍隊の規律がある。以後気をつけ給《たま》え。さあ、遅くならんうちに早く炊事に返しに行け」

少尉はそう言い、腰の軍刀を揺すり上げ、営門の方へ去って行った。

この事件から三、四日後、私たちが早くも伍長に任官する前の晩、S伍長はまたふらりと姿を見せた。また誰かがへまをやらかしたのかと思ったが、そうではなかった。

「君たち、結構なことだな。入隊するときが上等兵で、一週間がたつかたたない明日はもう伍長だ。この俺は伍長に任官するまで何年かかったと思う。四年半も苦労した。これでも俺は昇進の早いほうなんだ」

内務班長としては、どうしても自分の愚痴を私たちに聞かせたかったのだろう。私たちも同情しながら班長のぼやきを聞いた。

この陸軍病院では外出は禁止であり、例外として乗馬の練習をする者に限って許可されていた。私たちは外出したさに、恐る恐る馬の背に跨《また》がり、外の空気を吸った。しかしこの規則も、全員が伍長になって数日後、著名な内科の教授の息子が落馬骨折、入院してから廃止になった。

こうして全部で三週間の軍陣医学の講義と一般歩兵訓練を終え、いよいよ除隊の日を迎えた。私たちは金を出し合って、S伍長に餞別《せんべつ》として金一封を贈った。その他に各自が使わなかった新品のシャツや市販の煙草《たばこ》、禁制のウィスキー、家族から差し入れされた菓子なども添えた。S伍長は金品を前にして初めて顔をほころばせた。私たちも、この大人しい班長の下で訓練を受けられたことを感謝した。

除隊の日、陸軍病院長から〈任陸軍衛生軍曹〉の辞令をもらい、病院の門を後にした。

大学の眼科医局に戻ったあと、教室員には次々と召集令状が来た。教室内に残っているのは、教授と助教授、それに古参の講師、肋膜炎《ろくまくえん》の後遺症をもつ助手、そして私くらいになった。残された者は昼夜の別なく、ひたすら診療に追いまくられ、研究もまともな診察もできない状態になってきた。

これも十六年十二月の日米開戦、戦局の拡大のゆえに他ならない。翌十七年の四月十八日には、B25双発爆撃機十六機による本土初空襲があり、東京市民の度肝をぬいた。大学構内にいた私は、濃緑色の双発機が低空飛行で南から北へ飛行するのを見物した。間もなく大きな爆発音が聞こえ、私は初めて敵機の空襲だと分かった。空襲警報のサイレンが鳴ったのはそのあとだ。これは王子方面にある造兵廠《ぞうへいしょう》を爆撃したもので、敵機は中国上海《シャンハイ》方面に去ったと報じられた。

こういう時局にあって、私も赤紙は免れないと覚悟した。ところが大学の人事で都合よく東京逓信《ていしん》病院に赴任することになり、逓信医となった。大学の医局では無給副手だったが、ここに赴任して初めて月給をもらった。

しかし十八年三月、ついに召集令状が届いた。赤飯で祝われ、町内の歓呼の声に送られ、千人針の晒《さら》し木綿の腹巻をした私は、東京第二陸軍病院に入隊した。

入隊早速、陸軍衛生部見習士官の身分が与えられた。軍医として入院患者の診療をする半面、待遇は下士官扱いである。兵舎内で生活し、しかも見習中として軍の訓練を受ける。医師としてはどこか冷遇されているような気がしてならない。

陸軍病院では結核患者が多かった。規則で寒中でも白木綿の病衣のみであり、病状はなかなか良くならず、次々と死亡していく。医薬品不足のため、手をこまねいている他なく、毎日のように死亡診断書を書いた。

召集の見習士官は、ほとんど臨床経験の豊かな医師と言えた。同僚の内科医が、患者が呈した頬部《きょうぶ》の限局した紅潮を見て、髄膜炎だと喝破し、上級主任軍医に報告進言した。しかしこれが却《かえ》って仇《あだ》になり、間もなくフィリピン方面作戦部隊付として飛ばされた。

軍医の勤務は病院付か兵科の部隊付かに分かれ、さらに赴任先も国内、外地、戦地がある。外地勤務には、輸送船の沈没、戦地での戦病死の危険が伴う。本職の軍人は別として、私たち召集軍医の本音は、生命の危険な外地への赴任など御免蒙《こうむ》りたい気持だった。

病院の近くには、騎兵第一連隊と陸軍獣医学校があった。赴任してひと月もたたない頃、私はまたしても上官に対して欠礼をしてしまった。東北沢の駅で、駅から颯爽《さっそう》と出て来た若い騎兵中尉をただぼんやりと眺めてしまったのだ。

「おい、そこのお前、官、姓名、所属を名乗れ」

一喝された私は、まごつきながらもその通りにした。

「そうだろうと思った。衛生部軍医でなかったら処罰するのだが、許してやる」

自分よりは年上の身体《からだ》の貧弱な見習士官を哀れと思ったのか、騎兵中尉はそのまま立ち去った。

陸軍病院で三ヵ月ほど過ごした頃、また新たな命令が来た。俘虜《ふりよ》収容所付軍医兼任の発令である。英会話を少しかじっていた私は、これで実地訓練もできると思いつつ、収容所のある川崎市扇町に行った。

収容所は、丸太棒と天幕で造られており、巡業の芝居小屋かサーカス小屋を思わせた。収容人数は約百名で、英、米、仏、蘭、濠（オーストラリア）、比（フィリピン）の俘虜がいた。桟敷《さじき》のような板張りの床の上に軍用毛布を敷き、そこが居所と寝所を兼ねている。

この寝所は両側にずらりと並び、中央に地面むき出しの通路が設けられている。それに、小学校にあるような長い洗面所と便所、簡易シャワーが付設されていた。

職員は所長以下幹部が軍人で、他の多くの軍属と共に隣接する粗末な民家を与えられていた。軍医の私と衛生兵たちは、少し離れた別の民家に住まわされた。

俘虜の処遇については国際赤十字の俘虜に関する条約があり、それに基づいて監禁状態がとられている。しかしその他の待遇について、私は全く知識がない。国民全体が物資不足にあえぎ耐乏生活をしているなかで、どういう食事を俘虜に与えるべきなのか。健康維持のためにどんな運動をさせればいいのか。医薬品欠乏の折、病気になったらどんな治療を施すべきなのか。俘虜は日本政府の官有なので、俘虜の死は衛生部の責任に帰される。

分からないことだらけのなかで、私は白人俘虜の食事はパンが常食だと思い、衛生兵に探させたが見つからない。俘虜に訊くと、ポテトでもよいと言う。それならと決心し、北海道から馬鈴薯《ばれいしょ》を調達して、時折食事に供することができた。ポテトが皿の上に載ったとき、俘虜たちは大喜びした。

俘虜の多くは英国の将校である。決して卑屈な態度はとらず、私にも「今に英米軍は戦局を有利にもっていき、日本は必ず負ける」と意見を言う。これら将校たちは、俘虜の待遇に関する条約によって労役に服させることができない。結局は所内で遊ばせておく以外に策がない。しかしそれでは無聊《ぶりょう》なので、私は近くのテニスコートでテニスをさせることにした。

コートの周囲は金網で囲まれ、外には出られないようになっている。外からは集まった日本人が俘虜たちを珍しげに眺めている。そのうち若い将校と日本人の娘が仲良くなり、娘は毎日のように見物にやって来た。将校もいつの間にか日本語を覚えており、日本軍の手旗信号を手で表現するようになったのには驚かされた。娘のほうも手旗信号は学校で学習しているはずで、笑みを浮かべながら両手を動かし交信する。別段、他人に迷惑をかけるわけでもなく、私は傍観することにした。

将校たちには元来精神力と体力が備わっており、最小限度の食事でも労役免除なので健康状態が良かった。これとは対照的に、下士官や兵は毎日使役労働に駆り出された。

出勤先は、収容所の近くにある日本鋼管の工場だ。軍需工場として日夜連続操業をしていた。体格のいい彼らは、重油入りドラム缶一本をひとりで運べる。日本人の労働者は二、三人でないとかつげない。俘虜の労働力は生産能力上大きな助けになっていた。いきおいそれだけ食事も多く与える必要があり、私は昼食はできる限りよくするように指示した。

この昼食の弁当を見た日本人工員たちが、抗議を申し込んできた。自分たちより俘虜のほうが食事が良いと言うのだ。受けて立った私は労働力の向上を理由に弁解につとめ、ようやく引き下がってもらった。

ところが、白人俘虜は体力があっても、機敏性に欠ける。一名が熔鉱炉《ようこうろ》の中に墜落して、一瞬のうちに命を失った。あるいは、床に溢出《いっしゅつ》した灼熱《しゃくねつ》の熔鋼塊に足をとられ、大熱傷を負う事故も多発した。病気になった者や災害重傷者は、相模原《さがみはら》の臨時東京第三陸軍病院に入院させた。この病院は広大な野原の中に位置し、規模も大きい。衛生兵は、数百メートルもある板張りの廊下を自転車で往復していた。

俘虜の治療には私も全力を尽くしたものの、薬品欠乏下では充分な治療はできない。外傷薬も手元にはなく、一般の薬局を探し、わずかながら調達できた。これも俘虜にしてみれば焼け石に水の治療であり、不満が続出した。

夏が過ぎ、秋が近づいたある朝、職員から呼び出されて俘虜たちのいる所へ行った。起床時、俘虜は全員寝所で起きて坐位《ざい》となり、背中を後ろの壁にもたせかけて点呼を受ける。しかしひとりの俘虜が返事をしないという。近づいて身体《からだ》に触れると、そのまま横倒しになった。目は半開きである。驚いた職員がかぶっている毛布を急いではねのける。そこは腰から下、股間《こかん》から足まで、一面の血の海だった。私は俘虜の脈をとったが、もう触れない。

失血死だと判断して、衛生兵を呼び、この俘虜を医務室に運ばせた。裸にして下半身を検査してみて出血部位が分かった。陰嚢《いんのう》精索内の動脈が切断されており、そこからじわじわと出血したものと思われた。細い動脈は血圧が低くなると通常は閉塞《へいそく》してしまう。精巣《せいそう》を栄養する動脈は細いとはいえ、腹部大動脈と腸骨動脈からの分枝であり、容易に閉じなかったのだ。

俘虜がいた所を探させると、安全剃刀《かみそり》の半刀が見つかった。夜半にこれを用いて自分で陰嚢内を切断したのに違いない。将来を悲観しての自殺であり、私は弔いの気持で、詳細な死体検案書を作成した。

この事件のあと、寒さがつのっていくのにつれて、死亡者が続出した。犠牲となる俘虜は大部分が蘭領や仏印、比島の混血兵であり、そもそも日本の寒さには慣れていない。そのうえ使役による体力の消耗と気力の喪失で、栄養失調と肺炎を併発したものだ。食糧事情も悪く、薬品もない状況下では、私にもなすすべがなく、沈痛な思いで死亡診断書をその都度書いた。全部で十五、六枚にはなったろう。

師走《しわす》が近づく頃、請《こ》われて民間敵国人の収容所を視察した。横浜の海岸近くの大きな建物に、英・米・蘭・仏の民間人が三百名くらい収容されていた。建物には大きな隔壁があり、男女別々の収容である。お互いの交通会話は禁じられている。しかし何の娯楽もないなかで彼らから申し出があり、時折のコーラスや歌だけは例外とされていた。

私が訪れたときも、男性たちが突如として歌い始めた。なかなかの音量であり、コーラスが止《や》むと、ひとりの男性がかん高い声でアリアのようなものを歌った。女性側に行ったときは、若い女性がひとりで声を張り上げて歌う。英語でもドイツ語でもなく、フランス語のようだが、意味はもちろん私にも案内の職員にも分からない。

しかしどうやら、歌詞が即席のものであり、そこに隔壁の向こうへの伝達がこめられているようにも感じられる。別室に戻ってから所長にそれを指摘した。

「やっぱりそうでしょうか。私たちも、歌で意思疎通《そつう》をしているのではないかとにらんでいたのです」

所長は頷《うなず》き、歌を禁止すべきかどうかを私に訊《き》いてきた。

この収容所には専属の医師はおらず、食糧事情も悪い。それなのに彼らが病気になりにくく志気も高いのは、日本の気候に慣れているせいでもあろうが、歌によってお互いを励まし合っているからだとも考えられる。いわば歌がカンフル剤になっているのだ。

私の意見に所長も同調し、今後も歌については黙認するようだった。

俘虜収容所付兼任も約半年で終わり、十八年の末、元の東京第二陸軍病院に復帰した。しかしそこにいたのは一週間のみで、世田谷にある同院の大蔵分院勤務となった。そこは麦畑の中に建てられた広大な平屋の病院であり、主として結核患者を収容していた。

傷病兵の間では、〈鬼の金岡、地獄の東二〉という言い方がはやっていた。地獄である東京第二陸病より少しましな金岡病院とは、大阪陸軍病院の金岡分院のことである。そこでは、朝起床すると〈瓶こすり〉と称する重労働が待っているらしかった。しゃがんで、板張り廊下や病棟床面を牛乳瓶でこすり、艶《つや》出しをするという。それに比べると、同じ陸病の分院とはいえ、大蔵分院は回復期の患者に適度な運動をさせて、体力の増強をはかるくらいのことしかさせていなかった。

大蔵分院を無事退院すると、召集解除されて自宅に帰る者と、原隊に復帰して再び軍務につく者とに分かれる。

赴任してすぐ、私はまたもや自殺の現場に呼ばれた。診ると、和式剃刀で前頸部《ぜんけいぶ》を真横に切っている。出血は既に止まっていたが、気管起始部が見事に切断され、後壁の粘膜部のみでわずかに上下につながっていた。呼吸は気管切口からのみであり、発声はもはやできない。血圧も低くなく、脈拍がやや弱いのみである。

患者はもともと東京市電の運転手だった補充兵で、肺結核は治癒《ちゆ》したものの、元来虚弱であり、今後の部隊勤務を悲観しての自殺と考えられた。

声を出せない患者は、自分が間もなく死亡するものだと決め込んでいた。手真似《てまね》で紙と鉛筆を持って来させ、私の前で遺書のようなものを書き始めた。自分の生い立ちや、これまでの職業、仕事上の失敗、借金問題、関係のあった女性たちへの伝言、恥など一切を、懺悔《ざんげ》の言葉を連ねて詳細に書き出す。

見かねた私が、「お前は死なないから心配するな」と言っても、気休めの慰めだと思ったのか聞き入れない。

遺書は一時間にわたって書き続けられた。おかしいやら気の毒やらで、私は患者が書き終わるのを待って言った。

「あの世に行くにも、喉《のど》がこの傷のままではいかにもまずい。塞《ふさ》いだほうがいい」

患者も素直に受け入れ、私は局所麻酔で気管縫合をした。

幸い病創は十日ほどで治ったものの、精神的な落ち込みはその後も続き、ようやく笑顔が出たのはひと月後だった。こうなると病院規則に従い、原隊復帰の手続きをするしかない。申し訳ないとは思いながらも、書類を書き、送り出した。

大蔵分院での比較的楽な勤務が一ヵ月を過ぎたとき、私に別の命令が届いた。今度は召集交代要員の輸送任務付軍医として、中国への出張である。私としては初めての戦地行きになった。目的地は揚子江の上流、湖北省の武漢三鎮からさらに二百キロさかのぼった沙洋鎮《さようちん》の近くだという。私は地図を出して眺め、溜息《ためいき》をついた。この長い航路であれば、無事に行き着けるかどうか、また着いたところで、無事に帰って来られるかどうか知れたものではない。私はここに至って初めて、病気治癒して再び戦地に帰される兵たちの気持が分かった気がした。

交代要員を乗せた輸送船は、十九年の二月中旬、博多港を出港した。朝鮮海峡には米潜水艦が出没しており、将兵たちは対潜哨戒兵《しょうかいへい》として交代で甲板に立つ。輸送船には攻撃能力はない。波間に見える敵の潜望鏡と魚雷の航跡をいち早く発見して、回避行動をとるのが関の山だ。万が一敵の魚雷攻撃を受ければ、船はひとたまりもなく爆発沈没してしまう。

幸い無事に釜山《ふざん》に入港して、軍用列車に乗り換えた。列車は有蓋貨車《ゆうがい》で、寝具や暖房はもちろんない。朝鮮を経て鴨緑江《おうりょっこう》を渡る。満州国の山海関《さんかいかん》を通って中国にはいり、昼夜走行した。朝鮮の国土には緑がなく禿山《はげやま》ばかりなのに対し、中国はただ広大無辺、山は見えず、どこまで行っても黄土と平地である。

大きな町で列車は休息し、食糧などを補充する。水が違うからか、交代要員兵の中では腹痛と下痢が多発した。

北支から中支にはいると、敵八路《はちろ》軍の列車襲撃が最も警戒された。八路軍は蔣介石《しょうかいせき》の国府軍よりも装備と訓練に優れ、夜陰に乗じて線路近くに待ち伏せをして急襲する。

八路軍のチェコ製の軽機関銃は高性能であり、これで集中攻撃されると身動きができない。貨車は蜂《はち》の巣のように穴があく。機関車がやられると、おしまいである。

チェコ機銃特有の軽い音を聞くと、私たちは一目散で敵の反対側に飛び降りる。線路脇《わき》の側溝に平伏し、味方の迎撃による敵の後退を待つしかない。敵襲は二回あり、若干の負傷者が出たものの、大事には至らず、無事に揚子江の乗船地、南京《ナンキン》市対岸の浦口《ほこう》港に到着した。

そこからは輸送船で揚子江を遡行《そこう》する。昼間は敵機に攻撃されるため、夜間のみの航行である。昼の間は上陸して、街の建物に隠れたが、南京虫と毒トカゲに悩まされた。

三月十日、ようやく漢口に到着したまではよかったが、下船の際、ついに敵のP38

双胴長距離偵察爆撃機に発見された。

将兵たちは甲板上に集合し、桟梯子《さんばしご》を下って岸壁に上陸している最中だった。その密集状態のところに機銃掃射されたのだから、逃げるすべはない。川に転落する者、全身に弾創を受けて倒れる者。埠頭《ふとう》は一瞬にして阿鼻叫喚《あびきょうかん》の地獄図になった。

敵機の反復攻撃がようやく終わって、私と衛生兵は手当てと治療に忙殺された。治療といっても、敵機の機銃弾は高速回転であり、射入口は小さくても射出口はラッパのように破砕拡大されて、手のつけようがない。重傷者は、漢口の兵站《へいたん》病院に運んだ。

補充兵を届ける部隊は、応城という小さい町の近くにあり、麦畑の中に民家が点在する場所に駐屯していた。兵舎は土壁造りの民家風で、歩兵部隊の向かいに衛生部隊兵舎があった。孤立した部隊であり、時折の米軍機の爆撃がある他は、比較的平穏な毎日のようだった。敵襲がなければ、将兵たちはのんびりしてもよく、昼寝さえも許されていた。日夜訓練に明け暮れる内地の部隊とは大違いである。

衛生部隊も、将棋の駒《こま》のようにあちこちに動かされる私のような衛生部見習士官と異なり、ここでは大切にされている印象を受けた。

この部隊に世話になったのはわずか一週間であり、私は交代の将兵たちと共に、往路と全く逆の旅程で、五月内地に帰り着いた。しかし席の暖まる暇《いとま》もなく、今度は東部第八十三部隊付軍医兼柏《かしわ》陸軍病院付となった。初めての歩兵部隊付である。

部隊は千葉県柏町と我孫子《あびこ》町の中間にあった。近くに東部第七十七部隊工兵連隊があり、両部隊を受け持つために柏陸軍病院が開設されていた。第八十三部隊は歩兵連隊編成で、この地域の防衛と、召集動員兵編成および訓練を主要業務にしていた。赴任して間もなく、再度の出張勤務を命じられた。今回は砲台造りの作業隊の医療担当だという。

砲台建設地は、伊豆半島の小室山中腹にあった。ここから相模灘《さがみなだ》に向かって、敵艦や上陸用舟艇を砲撃するのが目的だ。大砲そのものは台座とともにトンネル内に隠し、砲撃時に軌道上を前進して外に出、発射後に後退させる仕掛けになっていた。

私が担当するトンネル掘りの歩兵隊は五十人の編成で、近くの川奈《かわな》村の民家に宿泊した。作業に使う工具を実見して私は驚いた。ダイナマイトこそ用意されていたが、あとはスコップと土運び用の大八車《だいはちぐるま》があるのみだ。

当初の危惧《きぐ》どおり、トンネル内で土砂崩れが頻発した。兵士が生き埋めになっても、掘り出すには人力しかなく、窒息で死者が続出する。まだ生きている負傷者は伊東病院に搬送し、死者には死亡診断書を作成した。軍医の仕事とはすなわち死亡診断書書きなのかと、私はしばしば溜息《ためいき》をついた。

私はここで、生まれて初めて飛行機雲を見た。敵機と思われる飛行機が超高度の青空を、北から南へ白い線を引いて動いて行く。私は被弾した機が燃料漏れを起こして逃げて行くのかと思った。しかし途中で速度が落ちるわけでも墜落するのでもない。長距離偵察機の吐く飛行機雲だと、あとになって教えられた。

砲台の完成を見ないまま、私はその年の秋、再び原隊に復帰した。私の新たな任務は、召集兵の身体検査だ。戦局はいよいよ急を告げており、間もなく本土空襲と敵軍上陸が予想された。この防衛のために、国内に残っている男子の大部分が召集される事態になった。

しかし実際に召集される新兵の身体検査に出てみると、とても兵役に耐えられないような男子ばかりだった。ただ定員数を満たすために、元来虚弱か病身の者が駆り出されている。検査の翌日から歩兵訓練が開始されるものの、その装備からして軍人のそれではない。軍服は中古品であり、軍靴《ぐんぐつ》はないので地下足袋をはいている。持たされる小銃は数人に一挺《ちょう》しかなく、他は銃型をした木製銃を貰《もら》う。もちろんそこには白兵戦用の銃剣などついていない。腰の水筒も竹の筒だ。

兵隊の中には、日本がどの国と戦っているのかも知らない者もいた。小学校もろくに出ていないのか、文字さえ書けない者もいる。受刑者あがりも混じっていた。

十一月になると本土爆撃が始まった。迎え撃つ日本の高射砲は精度が悪いうえに、射程が短い。B29の編隊はこれを小馬鹿《こばか》にしたように、連日低空で来襲する。時折、零戦《れいせん》が迎撃のために飛び発《た》ち、敵空母から発進したグラマン戦闘機と空中戦を演じた。零戦は直線飛行は高速だが、回転や反転に弱い。格闘戦技に敗《ま》けて墜落するのは、たいていは零戦だ。

墜落機の検視に行くのも、私の仕事だった。友軍機は日暮れの薄暗い田んぼの中で落下炎上している。私は破壊した機体の間から、死亡した操縦士を探す。数十片となった肉塊は、部位の区分もつかない。わずかに残った硬い跟骨《こんこつ》が踵《かかと》の骨だと分かるくらいだ。粉々になって焼け残った泥土《どろつち》まみれの肉片を、田の水で洗い石油缶に詰めた。この石油缶は近くの寺に一時保管してもらい、燈火《とうか》管制中で火葬はできないので、あとで埋葬した。

日本の高射砲陣地は次々と撃滅され、B29爆撃機の空襲は超低空飛行で行われるようになった。ラジオには、僚機との無線通信に英語でしゃべる声まではいった。

昭和二十年の二月、部隊長から呼ばれた。

「近くに被弾して落下した敵機がある。そこから女の声が聴こえる。もし生きていたら捕えて来い」

私は兵を連れて墜落現場に駆けつけた。墜《お》ちた場所は林と畑の間にあり、破壊炎上した機体が百メートル四方に飛散している。所々にまだ煙が上がり、燃えた燃料と油の臭気が強く鼻をさした。

四発発動機のB29を目の前で見て、私はその巨大さに圧倒された。機体は一メートル近く地下に埋没《まいぼつ》し、操縦室と思われる部分には、たった今飲んだと思われるコーヒーが少量はいったカップがあった。

風防ガラスは、防弾も兼ねた合成樹脂製で、厚さは二、三センチもあろうか。私はその重さにも驚かされた。衛生材料を入れた箱が見つかり、開けてみると、包帯、接着剤、副木《そえぎ》、鎮痛薬の自動注射器など、初めて目にする緊急器材が多量にある。私はそっくり貰《もら》うことにし、兵に運ばせた。

B29の乗員は十一、二名で、その中に女性の通信兵がひとり混じっているはずである。人体を探したものの、生存者はいない。身体は火傷《かしょう》と裂傷爆傷のため粉々になり、土にまみれ油臭を放っている。人身区分などできず何人分かも判断できない。金属の認識票をようやく六枚見つけることができた。肉塊の男女の区別は到底不可能で、巨大な機体の落下衝撃のすさまじさを物語っていた。

私は以上の所見を部隊長に報告し、死体検案書を作成した。

この頃から柏陸軍病院でも薬剤が完全に底をついた。何もないよりはましと、衛生兵たちは薬草を探しまわったが、薬剤将校の中にも薬草に詳しい者はおらず、私たち軍医も同じだった。厨房《ちゅうぼう》で働く軍属から教えてもらうほうが手早く、衛生兵たちは当番を決めて、付近の山野を歩きまわった。

皮膚外傷の化膿《かのう》患者は、日中外に出し、紫外線に当てるようにした。局所にウジ虫をつけるウジ虫療法も考案された。患者たちは気味悪がったが、少なくとも患部が悪化することはなかった。

B29による空襲は、本土各地の都市でいよいよ熾烈《しれつ》になった。空中から落とされるのは油脂焼夷弾《しょういだん》で、一度着火すると水をかけてもなかなか消えない。消したと思って油断していると、思わぬ場所からまた発火する。こんな空襲騒ぎのさなかに私は軍医少尉《しょうい》に任官した。召集されて二年二ヵ月たっていた。

八月十五日の終戦は、私にとっては遅過ぎた感があった。軍医少尉にはなったものの、少なくとも私自身、こんな生活をあと一年も二年も続けていく士気はもちあわせていなかった。病院中が涙にくれるなかで、私はやれやれと肩の荷をおろす思いをおし隠していた。

終戦を悲しむ声が二日ほど続いたあとにやってきたのは、さまざまな流言蜚語《りゅうげんひご》だ。

米軍が上陸すれば、まずイの一番に捕えられるのが職業軍人で、これは沖縄や外地の戦場の跡片付けに徴用されるという。その妻や家族は米軍のメイドに使われ、特に若い婦女子は米兵に連行されるらしい。

そのためか、京浜、神奈川地区から多くの若い婦女子が柏付近にやって来て、山の中に隠れ住むようになった。米軍が上陸するのは、相模湾か東京港あたりに違いなく、そこよりは千葉県のほうが安全というわけだ。近くの農家の納屋《なや》にも、顔に鍋墨《なべずみ》を塗り、畑仕事用の汚れた着物を着て隠れている娘が何人もいた。

ところが八月が過ぎ九月下旬になっても、米兵はやって来ない。都会から来た娘たちは退屈しきり、こわごわと納屋から顔を出す。進駐して来た米兵は、日本人が思ったほど悪質ではないという噂《うわさ》も立ち始める。娘たちは救われたような顔つきで鍋墨を落とし、野良着《のらぎ》をもとの洋服に着替えて自宅に帰って行った。

私は終戦後も残務整理のため病院に残り、九月下旬ようやく召集解除になった。

十月から、召集前に在籍していた東京逓信《ていしん》病院に復職し、柏町から通った。電車があるのは病院と松戸駅の間で、松戸駅から柏駅までは、乗客が窓から出入りする混雑した列車に乗る。仕事が終わって帰り着く頃には、顔は機関車の煙の煤《すす》まみれになった。

ようやくこんな通勤にも慣れ出した十二月の初旬、通勤の帰途、上野駅の構内放送で私の名が呼ばれた。すぐ駅長室に来るようにとの指示に従い、駅長に会いに行く。

「たった今、占領軍司令部から通知があったのですが、戦犯関係者として、明朝、柏警察署に出頭をお願いします」

駅長はそれ以上のことは自分も分からないと、すまなそうに頭を下げた。

私は言いようのない不安にかられて、電車に乗る。敗戦とともに連合軍の戦犯狩りが始まっていることは知っていた。しかし私には全く関係のない、他人事《ひとごと》だと思っていた。

軍人であった二年間に、どこで連合軍の俘虜《ふりょ》と接点があったのかを、重苦しい胸の内で振り返ってみる。確かに二ヵ所で私は敵兵と接触していた。ひとつは川崎の扇町にあった俘虜収容所で、半年間に多数の俘虜の死亡診断書を書いた。もうひとつは、柏陸軍病院で下級軍医として墜落機の検視に赴いたときだ。散らばった肉塊の多くは日本兵のものであったが、稀《まれ》に米兵パイロットのものもあった。そしてそのうちの一回では、B29の乗員十一、二名の死体検案書を作成していた。

それらの書類が残っていたので、私の名前が米軍当局の眼にとまったのには違いない。しかし死亡診断書や死体検案書を書くのが、はたして罪になるのだろうか。まさか、書類を書いた者が、そうした俘虜や敵兵を死に追いやったと見なされてはいないだろう。

柏町の宿舎に帰っても、腹も空《す》かず、眠気もなかなか来ない。暗い天井を眺め、この二年間に自分のやってきたことを反芻《はんすう》するしかない。

そのうち、ひょっとしたらと頭の中でひっかかるものが出てきた。川崎の俘虜収容所で何枚もの死亡診断書を書いたのは事実だが、罪だとして問われているのは、そこで私が良質の治療を行わなかったからではないか。つまり、それだけ死者を出したのは、何かこちらに落ち度があったからだと見なされているのではないか。

そう考えると、なるほどそれこそが、私が戦犯関係者として呼び出される原因に他ならないという気がしてきた。俘虜たちの多くを死に追いやった原因は、第一に食糧不足、第二に薬品不足、第三に過酷な労働、そして第四に寒さだ。この四つが原因だと、私は闇の中で指を折る。

とはいえ、この四つは、私が個人的に引き起こしたものではない。食糧不足は、日本中どこでもそうだった。俘虜収容所だからといって、特に多くの食糧の配給があるわけはない。薬品にしても同様だ。れっきとした陸軍病院でも、ろくな薬品はもう残っていなかった。俘虜に課された重労働にしても、駆り出したのは私ではない。国の方針がそうだったのであり、俘虜になった兵を使役することは国際条約で認められている。天候にいたっては、もはや人間がどうこうできるものではない。

それとも、俘虜の防寒対策をしなかったのが、収容所付の軍医である私の落ち度だと米軍当局は見なすのだろうか。なるほど、あちこちからボロ布を集めて、南方出身の俘虜たちに着せてやれば、少しは寒さを防げたかもしれない。丸太棒と天幕造りの収容所の中で、ストーブでも焚《た》かせれば、多少の暖はとれたのかもしれない。

重労働に関しては、体力の弱った俘虜には過酷すぎると、軍当局に進言すべきだったのかもしれない。この論法でいけば、不足する医薬品にしても食糧にしても、私が軍当局に直接間接に抗議して、解決をしなければいけないことになる。

しかし私は見習士官であり、最下級の軍医だったのだ。軍当局への進言なり抗議をする資格など、初めから付与されていない。もしそれをすれば、たちどころにどこかに飛ばされ、別の下級軍医がそこにやって来るだけだ。その軍医だとて、やることは私と寸分違《たが》わないはずだ。

堂々巡りの考えは、またもとのところに戻ってしまう。明け方少し眠っただけで、翌朝柏警察署に出頭すると、署長から丁重な挨拶《あいさつ》を受けた。

「申し訳ありません。先生には、戦争犯罪人の証人として横浜の法廷まで出頭していただかなければなりません」

「出頭するのは証人としてですか」

私は署長の発言の中にあった〈証人〉に、いくらか安堵《あんど》を覚え、確かめずにはいられない。

「証人としての出頭だと聞いております。裁判は、日本占領軍米第八軍司令部アイケルバーガー中将指揮下で行われる、B・C級陸軍戦争犯罪裁判です」

署長は机の上の紙片を見ながら答えた。

そうか、戦争犯罪人としての出頭ではなく、証人としての出頭なのだと、私はひとまず胸をなでおろした。

「さっそくこれから横浜の法廷に出向いてもらいます。警察官をひとりつけさせます。勤務先の病院には、私のほうから事情を説明して了解をとりますので、安心して下さい」

安心してくれと言われたものの、あまりの急転直下の出来事なので、逆惑うばかりだ。警察署長から電話を受けた病院の事務でも、びっくりするはずだ。噂はたちまち院内中に広まり、私が戦争犯罪人そのものになったと、噂に尾ひれがつく可能性もある。

付き添って一緒に署を出た警察官も、私をどう扱っていいのか当惑した様子で、手錠や腰縄こそないものの、私が逃げ出さないか警戒していた。明らかに会話を避けていて、世間話もできない。いきおい制服の警察官の横にいる私の存在は目立ち、車内で私に向けられる視線もどこか鋭い。

私はまだ疑心暗鬼を振り払えないでいた。証人として出頭させるというのは表向きで、実際は犯罪人にされているのではないか。戦犯に指名された元軍人が逃亡する話も多く聞いていた。証人扱いするのも、逃亡させないためではないか。無口な警察官を前にして、またしても不安になる。

柏から横浜までは、汽車と電車を乗り継いで三時間かかった。昼飯のうどん代は、警察官が私の分まで出してくれた。私のおごりでも良かったが、警察官は署長の命令だと言って譲らない。これにも不吉なものを感じた。

午後一時、気のつまる思いで出廷した。被告席には、当時の収容所の所長以下、下士官、兵の全員が頭を丸坊主《まるぼうず》に剃《そ》られ、青い囚人服を着て坐《すわ》らされている。収容所の職員全員を戦争犯罪人として訴えていた。訴えの内容は、職員が俘虜を殴り、暴行虐待《ぎゃくたい》して死亡させたというものだ。

私が弁護側の証人であるのは間違いなかったが、同じ収容所の職員として被告席にいないのが不思議なくらいだった。通訳には、日系米国人の上等兵がついた。

私は俘虜たちが提出した証拠書類を見せられて驚いた。彼らは収容所職員の悪事行状を逐一紙に書いて、ジュースや牛乳の瓶に詰め、地中に埋めていたのだ。戦後釈放された際、これを掘り出していた。

この証拠を前にしては抗弁の仕様がない。検事の追及の仕方を聞いていると、部下がやったことは上官の監督不行き届きであり、当然上官の責任になる。責任は上司、またその上の上司へと上がっていき、最終的にはすべて収容所長の犯罪にされる。所長といっても川崎の俘虜収容所長は少尉に過ぎない。この下級将校が責任の行き着く先である。

私は検事と証人、被告のやりとりを聞きながら大変なことになったと身震いを感じはじめた。米軍の論理でいくと、環境や衛生、食糧、病気、虐待、死亡に関するものは、すべて軍医の責任になる。私が被告席ではなく、証人席にいることすらおかしなことではないか。

思い起こせば、私も部下の衛生兵の虐待に無関係ではなかった。俘虜の中に態度の悪い、反抗的な者がいて、衛生兵が「軍医殿、ひとつ殴らせて下さい」とおうかがいをたてたのだ。私はそんなとき黙認して実行させていた。実際どのくらいのぶん殴り方であったかは知らなかったが。

幸い被告席にその衛生兵が坐っていないところからすれば、そのときの殴打《おうだ》は問題にされていないのかもしれない。

いよいよ弁護側の証人として私の番になり、種々の質問を受けた。私はできるかぎり当時の国内事情を説明し、被告に有利になるように証言した。被告席に坐らせられてもおかしくない私自身の弁明といってもよかった。

弁護人の質問が終わると検事の反対尋問になる。この尋問の冒頭、検事は私が収容所では所長につぐ上官であることをただした。確かにそうで、見習士官は私ひとりだった。検事は質問の中でその点にたびたび言及し、本当の責任はお前にあるのではないかというような口のきき方をした。私は冷静さを装《よそお》い、弁護人への答弁のときと同じく、当時の逼迫《ひっぱく》した状況を縷々《るる》声明し、肝腎《かんじん》なことになると、「不明である」「忘れた」と答えた。

休憩時間になったとき、弁護人将校と二世の通訳が、「検事勾留《こうりゅう》で訴追される可能性もあるので早く帰れ」と言う。

つまり、証人席から被告席に移すために、検事が私の身柄を拘束して、新たに証拠集めをするかもしれないと言うのだ。やぶへびとはこのことで、私は裏口から逃げるようにして建物を出た。外の空気を吸い、生き返った思いがした。

帰りの電車の中で、私は自分が俘虜たちの槍玉《やりだま》にあげられなかった理由をあれこれ考えた。他の職員たちと少しばかり異なったのは、軍医の責務上、彼らの便宜をなるべくはかろうとしたことだった。ほんのいっ時ではあったが北海道から馬鈴薯《ばれいしょ》を取り寄せたし、将校たちには健康維持のためにテニスもさせた。テニスコートの周囲に集まった日本人の中に若い娘もいて、英国の将校と仲良くなったのも不問にした。

多少英語ができたというのが、若干の好印象につながっていた可能性もあった。彼らの訴えに耳を傾け、こちらができないことはできないとその都度説明したのがよかったのかもしれない。俘虜の将校の中には、比島の中学校教師もいて、何かにつけ話をした。早晩日本が敗北する予想も率直に私に伝え、私は半ばそうかもしれないと思っていたので、いきり立ちもせず、頷《うなず》いていた。軍医としての私の立場に一番理解を示してくれたのも彼だったような気がする。

翌日、病院に出勤すると、私の裁判出廷のことはもう知れ渡っていた。午前中に院長に呼ばれ、いきさつを報告した。

クリスチャンである院長は顔をくもらせ、自分の知り合いの召集少尉の話をしてくれた。半年間どこかの俘虜収容所長をしたが、戦犯として部下の責任を問われ、絞首《こうしゅ》刑《けい》になったばかりだという。その少尉は一橋大出身で敬虔《けいけん》なクリスチャンであり、自分は何も悪いことはしていない、すぐに帰ると家族に言い残し、拘引《こういん》された。そのまま帰ることはなかった。

私の裁判出廷はその後も二回あった。呼び出されるたびに、弁護人が注意してくれたように、検事から訴追されるのではないかと怖気《おじけ》づいた。裁判にかけられると無罪はほとんどなく、俘虜を一回殴打すれば一年の懲役が相場だと言われた。

二十一年の二月、私が証人としての出廷にびくびくしているとき、勤めている逓信病院でも、復員した事務員が戦犯になることを恐れて、屋上で首吊《くび》り自殺した。

私の横浜への出廷は二月下旬でようやく終わった。収容所長以下被告席の元同僚たちがどういう判決を受けたのかは、知らないままだった。知らないというよりも、知りたくなかった。それが理不尽な裁判に対する私なりの抵抗でもあった。

やっと寒さがゆるみかけた三月の末、今度は極東空軍の戦争裁判に喚問された。法廷は皇居前の明治生命ビルに設けられていた。

裁判の内容は、柏地区で撃墜されたB29爆撃機の乗員のうち、落下傘《らっかさん》で着地した者や、墜落時生存していた者を、地区の民間人が殺害したというものだ。戦争中、民間国防青年隊は、敵兵は皆竹槍《たけやり》戦術で刺殺せよと訓練されていた。ところがジュネーブ条約では、降伏した無抵抗の敵兵を殺害するのは違反であり、実行者は戦犯となる。日本降伏後に米軍が押収《おうしゅう》した書類の中に、B29乗員の死体検案書があり、私の名前が判明したのに違いなかった。

横浜では弁護側の証人だったが、今回は検事側の証人にされていた。いざ法廷にはいってみて、私は衝撃を受けた。柏地区でよく顔を合わせていた民間人青年男女が十数人、青い囚人服を着せられて被告席に並んでいる。横浜のときと同じように、男は全員が丸坊主だ。

証人である私に対してあらかじめ取調室で尋問があり、これに基づいて証言するようになっていた。もちろん通訳つきだ。検事の言い分を聞いて、私は腹が立った。

「墜落時には生存していた米兵を刺殺したのに、軍医である貴官はすべて墜落死したかのように死体検案書を書いている。これは虚偽である。刺殺したことを証言せよ」

と言うのだ。因縁つけも甚だしい。

「何千メートルもの上空から墜落し、地上に激突炎上した敵機に、生存者があることは医学的に考えても常識上もありえない。死体検案書に書いたとおり、全員墜落死である」

私も証言台に立つのは初回ではなく、冷静かつ力を込めて答えた。

ところが検事のほうはそれでは引き下がらず、ねちねちと訊《き》いてくる。死体検案書を書いた件ではそうかもしれないが、検案書を書かないでやり過ごした事件もあったのではないか。墜落しかけた機体から落下傘で降下した兵もいたはずだと尋問を重ねた。

「なるほど、一、二名落下傘で降下した兵がいて、着地の際、拳銃《けんじゆう》で威嚇《いかく》してきたので、民間人に刺殺され、後に機体墜落場所に運ばれて焼かれた者もあったかもしれない。しかしこれは私自身、現認していないことである」

検事の執拗《しつよう》さから、今度は私自身が偽証罪でそのまま勾留されはしないかと、内心怯《おび》えながら第一回の裁判を終えた。

そのあとも二回、裁判に呼び出されたものの、私の言い分は何度訊かれても、初回のときと変わるはずがない。それ以上の真実はないからだ。

三回目の証言が終わって取調室に下がったとき、検事が事務員に小声で言うのが耳にはいった。

「This fellow is no use. Okay, to go home.（こいつは役に立たない。帰らせていい）」

結局検事側の証人としては役立たずという理由で、そのままお役御免になった。

民間人に対するこの裁判がどうなったか、私には不明のままだった。

そして一週間後の五月三日、東条英機元首相ら二十八人をA級戦犯とする極東国際軍事裁判が開廷した。

医大消滅

私は昭和十五年、設立されたばかりの佳木斯《チャムス》医科大学に十八歳で入学した。当時満州には、私立の満州医科大学の他に国立の新京医科大学が既にあり、この昭和十五年に三校が新たに創設された。私が入学した佳木斯医大と、哈爾浜《ハルピン》医科大学、盛京医科大学の三校である。

家庭の事情から、満鉄に勤務する伯父夫婦に引き取られ、大連で育った私が佳木斯医大を選んだ理由は、採用学生人数が五十名と最も少なかったからだ。こうした少人数であれば、医学教育も懇切丁重に行われるに違いないと思った。もうひとつ、学長はかつて東京戸山の陸軍軍医学校長も務め、同時に陸軍軍医総監に任じられた軍医の鑑《かがみ》のような人物だから、間違いないという伯父の勧めもあった。中学卒業以上の学歴が入学条件だった。

いざ入学してみると、この二つの予想は見事に適中した。学長が掲げる学校設立の目標は、外地にあって満州に居住する日本人同胞のみならず、各種民族全体の健康管理のメッカを創立することであった。学生数五十名に対する教授陣も四十名近くにのぼり、しかもどの教授も、学長を慕って集まった新進の医学者ばかりだった。それだけに同志的つながりも強かった。

全寮学舎と付属病院は、満州北辺の地、かなたにビギンスカヤを望む松花江《しょうかこう》の江畔に建てられていた。学長以下の教授陣は学生と同じ寮に起居し、三度の食事も一緒である。

食事は判でおしたように、高粱《コーリヤン》飯に身欠鰊《みがきにしん》、ひじきの煮つけ、わかめまたは芋がらと油揚げの味噌汁《みそしる》で、時々芋の煮ころがしがつく。それでも食事前には、全員が手を合わせた。

「吾《われ》ら、今国家の恩を思う。誠心努力、誓ってこの恩に報ぜん。いただきます」

寮内では、深夜T学長自らが、寝入っている私たちを巡回することもあった。私は、学長が学生の乱れる布団《ふとん》を直して歩く姿を、毛布の間から垣間見《かいまみ》たことがある。

覚悟をしていたものの、佳木斯は大連よりは寒く、また暑かった。冬は地下も凍る零下三十度以下になり、夏は夏で大陸特有の灼熱《しゃくねつ》地獄になった。そして比較的過ごしやすい春と秋は黄砂が舞う。そうしたなか、夏季には集中講義があり、極寒の冬季と酷暑の夏季の二回、私たちは教授陣に引率されて開拓地を巡回診療した。

昭和十九年に卒業した私たち五十余名は、それぞれ満州の各病院、開拓団の訓練所病院などに散って行った。内地から来た学生の中には、戦火のなか故郷に帰るという進路を選択する者も三、四名いた。

私は教授の慫慂《しょうよう》もあり、そのまま大学付属病院に残る道を選んだ。大連の伯父もそれをよしとしてくれた。

患者の診察をし、教授の助手として学生の指導をする日々は、日本の戦況に暗雲が垂れ込め始めていたにもかかわらず、やり甲斐《がい》もあり、楽しかった。冬季と夏季の巡回診療では、開拓の地で日夜努力している同級生との再会を喜ぶこともできた。同級生の中には、ソ満国境近くの医療に恵まれない辺境の地で孤軍奮闘している友人もいて、私は自分がまだ温室に留まっている事実を再認識させられた。

そして二十年の八月八日、前日の卒業試験第一日目を終え、二日目にはいる九日の朝方、ソ連の開戦進駐が知らされた。

既に本土に新型爆弾投下のニュースを聞いており、この日も未明、耳をつんざくような爆弾の音が響いていた。学生たちは「師団司令部だろう」とか「いや松花江の鉄橋だ」と騒いでいた。

思えばこれに先立ち、六月頃からソ連が参戦するのではないかという噂《うわさ》はあり、邦人の中には引き揚げの準備をする者も出ていた。しかし七月末、関東軍報道部長の大佐が講演に来て、騒ぎを鎮《しず》めた。講演の要旨は、日本とソ連は日ソ中立条約で固く結ばれているというものだった。

「ソ連は信義を守る国であり、絶対に条約を破らない。皆さんは安心して、各自の職業に務めて下さい。日本内地は連日空襲で惨憺《さんたん》たる有様ですが、ここ満州は全く安全地帯です。在満の同胞は幸福そのものですから、内地の人たちの分まで、一生懸命働いて下さい」

私も聞いていてそうかと思い、他の聴衆たちも胸をなで下ろして帰って行った。いったんまとめた引き揚げ荷物を再びほどいた者が大部分だった。

そんな事情で、未明の爆弾音は、私も学生も、そして教授陣も誰ひとりソ連軍のものとは思わなかったのだ。米軍がとうとう満州にはいり込んで来た、とくらいに考えていた。

ソ連侵攻のニュースで、卒業試験は中止との決断を学長が下した。

午前十時、本当にソ連軍が攻撃を始めたという情報がはいった。

午前十一時、牡丹江《ぼたんこう》の第五軍司令部から学長に通達があったらしく、佳木斯医大の教官と学生は全員、救護班に参加することになった。

学生にとってはまさに学徒動員のようなものである。学生たちは早速に倉庫から自分の行李《こうり》やトランクを持ち出し、必要のない着物類を詰めて、満人部落に出かけて行く。叩《たた》き売りをして、いくらかの現金を持ち、寮に帰って来た。荷物をこのまま寮に置いておいても、強奪されるのが関の山なのは明白だった。

夕食時、T学長から説明があった。学長の態度はあくまでも泰然としていたが、言葉には無念さがにじみ出ていた。

「学業半ばにして、諸君を戦場に送り出すことは、誠にしのびない。しかし今は国家危急存亡のときであり、これが私たちにできる奉仕だと思う」

そう前置きして、今後とるべき行動が示された。最高学年の四年生は、第五軍司令部入隊のため、明日十日朝出発する。指揮をとるのは外科学のM、K両教授である。そして十翌十一日、職員の家族、事務職員、看護婦たちが新京に向かって避難する。

二日、残った学生と教授陣を学長自らが引率して牡丹江に向かい、先発隊と合流する。

K教授に師事していた私は、学長に申し出て先発隊にはいることを許された。

その夜、私は両教授と共に、外科器械や繃帯《ほうたい》材料、外用薬その他の必要品の梱包《こんぽう》に忙殺された。

四年生の学生たちには三八式歩兵銃が支給される。その夜はまさに出陣前の静けさになった。明日から襲いかかる新たな運命に誰もが不安をいだき、それが親しんだ学《まな》び舎《や》と別れなければならない悲壮感と、ない交ぜになる。学生の中には、四年間克明にとったノートを捨てるのはしのびなく、かといって携行はできず、思い余って防空《ぼうくう》壕《ごう》に埋める者も出た。

私もまんじりともしない夜を覚悟していたが、梱包作業の疲れのためか、深夜過ぎに眠りに落ちた。

十日の早朝、先発隊が寮舎の前に整列する。軍医の経験をもつM、K両教授は、既に日頃とはうって変わった軍服姿だ。

集合した私たちに対して、T学長の訓示と挨拶《あいさつ》がなされる。

「どうか、これまでの四年間、ここ佳木斯医科大学で学んだことを武器にして、将兵の治療に邁進《まいしん》してもらいたい。諸君の卒業試験はまだ終わっていないが、本日この朝をもって、諸君は佳木斯医科大学卒業となる」

学長はここで言い止《や》み、四年生全員の顔を確かめるように一同を見回す。それから学舎の方に眼をやった。

「私たち後発組がこの医科大学をあとにするのは、明後日十二日である。牡丹江で諸君と合流する手はずになっている。そして残念ながら、明後日をもって佳木斯医科大学は閉校とする。十五年の初めからここに赴任して五年半、わずか五年半の勤務であったが、私をはじめ教授教官は、どこの医科大学にも負けない教育を、諸君に施してきたつもりである。本日めでたく卒業と相成った四年生諸君は、胸を張って戦場に赴いてもらいたい。そして無念にも学業を半ばにして中断することになった三年生以下の諸君は、どうかこの戦時を生き抜き、平和を勝ちとったあかつきに、幸いにして存続している医科大学において、学業を続けて欲しい。そのためには、私は学長として最大の援助と便宜をはかる覚悟でいる。以上」

整列した学生たちからは、すすり泣きも聞こえた。

その後M教授の短い訓辞を受けた私たちは、二日後に出発する本隊の先遣隊となって校門を出た。

学寮は市街路から最も遠い場所に位置し、一路佳木斯駅をめざして行進を始める。学生たちにとって、この寮から駅までの道には、寮生活時代のさまざまな思い出がこめられていた。私自身、街で遊び過ぎて時間を忘れ、帰寮点呼に遅れまいとして、全速力で駆けた日が幾度となくある。この道を二度と通ることはあるまい。それぞれが思い出をかみしめながら歩を進める。

ちょうど寮と鉄路の中程まで行った地点で、学生のひとりが慌《あわ》て出した。寮に忘れ物をしてきたのだという。M教授が取りに戻るのを許可し、私が同行するように命じられた。

二人して駆け足で戻ると、もう学寮には現地の満人たちがはいり込み、家探しをしていた。私は怒鳴りながら、脅かしのために銃を構え、実包を一発放つ。満人たちがひるむ間に、学生が荷物を取り、一目散で隊列に戻った。

駅に着くと、貨物列車が既に煤煙《ばいえん》を吐きながら出発を待っていた。どの貨車も、持てるだけの荷物を持った満鉄職員や政府役人の家族で満ちている。青壮年の男性は現地召集を受けたのに違いなく、目立つのは老人と婦女子ばかりだ。大きな荷物を持ち、両手にヨチヨチ歩きの子供の手を引いている母親もいる。どの引き揚げ者もそわついて、不安な顔をしている。

幸い私たちには貨車一輛《りよう》が確保されていて、すし詰めになって乗り込む。準備が整うと、ようやく列車が南下し始めた。

市街地を出るとすぐに見渡す限りの畑になる。このあたりは、私も学生時代、開拓団実習生として、初めて鍬《くわ》を持った場所だった。今、開拓団が耕した畝《うね》は、一里はあると思われるほど長く、内地の畑とは全く異なる様相を呈している。

貨物列車は停止と進行を繰り返し、弥栄《いやさか》、飛行場のある千振《ちぶり》、杏樹《きょうじゅ》、林口《りんこう》とわずかずつ進んで行く。牡丹江の駅に到着したのは、翌十一日の朝だ。ところが、列車が駅に着くのを待ち受けていたように、三機のソ連機が飛来して機銃掃射を始めた。私たちは貨車から飛び降り、構内とは逆方向に走り、物陰に身を潜める。

ソ連機が去ったのを確かめて隊列を整え直し、M教授を先頭に、K教授を後陣にして新市街の方に向かった。そこには陸軍病院の分院があり、私たちが次の指令を待つ場所だ。

指令がはいるのは停車場司令部であり、分院の軍医少尉《しょうい》と私が出かけた。駅前の広場には現地召集の兵隊が集められ、三八銃も持たず、木銃を手にして駆け足をしている。

停車場司令部で伝えられた内容に、私は耳を疑った。私たちに入隊を命じた第五軍司令部は、こともあろうにすでに朝鮮国境に引き揚げたという。私たちの新たな入隊先は関東軍司令部に変更されていた。関東軍司令部があるのは新京である。そこに行くにはまずハルピンを目ざさなければならない。

しかしそれ以上に私たちを驚かせたのは、ソ連軍の先頭を成す戦車部隊が牡丹江に向かっており、あと二時間で到着する見込みだという知らせだった。その前に引き揚げ列車が来るとの返事に、私は軍医少尉とともに分院に駆け戻った。

私たちはいわば衛生部隊であり、戦闘部隊ではない。しかも入隊場所は今や新京である。M教授はただちに出発を命じた。

牡丹江の駅に到着した無蓋《むがい》列車は、引き揚げ用に改造され、三段になっている。ここでも男性の引き揚げは後回しにされたようで、やはり政府役人や満鉄の婦女子が下段から詰め込まれていた。私たちは最上段に登ることを許された。

無蓋列車なので、トンネルをくぐるたび煤《すす》で顔も手足も真黒になる。

ハルピンには夕刻着き、一時間ほど休憩したあと、K教授に同行して停車場司令部に赴く。ここでも思いがけない指示を聞かされた。

「ソ連軍は目下三方面に分かれてこちらに向かっている。黒河から南下する軍、ハイラルから攻めて来る軍、そして牡丹江から追撃して来る軍だ。我々はここハルピンで三正面作戦を行う。君たち若手のバリバリの軍医は、ここに踏みとどまり戦って欲しい」

停車場司令の大佐の懇願を、K教授はやんわりと断った。あくまで新京の関東軍司令部に行くのが先決だという理由を、大佐は渋々認めてくれた。最初に来る列車に乗って南下するように指示された。

その有蓋列車は陸軍病院の引き揚げ列車でもあり、患者である傷病兵たちが多数乗せられていた。間もなく新京に着くというとき、満州国軍の近衛《このえ》兵《へい》が反乱したという情報がはいる。三八銃で武装していた私たちは、M教授の命令で各車輛の昇降口の所に散る。実弾を充塡《じゅうてん》して構えた。いよいよ駅が近づくと、威嚇《いかく》のために何発か発砲する。

私にとって、新京の駅は学生時代、何回か降りた所だが、今は日本軍の将兵、中国人、引き揚げの邦人家族で混雑をきわめている。

私たちは駅前で集結し、関東軍司令部に向かう。今まで通過してきた牡丹江やハルピンの町に比べ、人の数が多い。中国人も日本人も朝鮮人も、不安気な表情をして行き交う。

建物こそ以前の威容を保っていたが、関東軍司令部の中はもぬけの殻だった。関東軍の精鋭はもう平壌《へいじょう》へ引き揚げたと聞かされ、私たちはまたかという思いがした。軍の命令に従って学舎をあとにしたものの、牡丹江では命令を出した第五軍司令部に去られ、ここ新京では関東軍司令部に去られていた。日本軍の逃げ足の速さに、私は内心で腹が立った。

仕方なく軍人会館に集まり、そこで小休止をし、K教授と私が文教部にやらされた。文教部は日本の文部省にあたり、郊外にあった。行ってみると、そこにも文部大臣はおろか政府高官さえいない。指示を仰ぐ本体が、もう姿を消していた。国民を守るべき軍だけでなく、役人すらも韋駄天《いだてん》走りで退去している事実に、私たちはあいた口が塞《ふさ》がらなかった。

こうなると、私たちに残された道はただひとつ、この新京にとどまり、学長や下級生で構成された後続部隊を待つことだった。後続部隊とは今もって連絡はつかないが、南下する際、必ず新京は通るはずだ。

私たちは軍人会館に仮泊を決めた。ここに滞在している間に、敗戦の知らせを正式に聞かされた。既に、ハルピンに着いたとき、「日本が負けた」という噂《うわさ》は耳にしたが、それは先読みの誤報だったのだ。

今さら敗戦と聞いても、もうこの何日かでその実感は充分に味わわされており、何の感慨も起こらない。M教授やK教授、学生たちも同様だった。

新京の町も、大きな変化はなく、日本軍の軍馬が中国人や朝鮮人の手に渡ったらしく、ものすごい速さで荷車を引いていた。

そのうち陸軍の残留部隊から依頼が届いた。ソ連の進駐部隊が新京に着く前に、関東軍の倉庫を整理したい、ついては手伝ってくれとの頼みだ。何もすることがないので渡りに舟であり、七、八名ずつのグループ分けをして、交代で出かけることにした。

行ってみると倉庫内には、軍靴《ぐんぐつ》や長靴、下着類、その他の生活必需品が山と積まれていた。軍の車にそれを積み込むのだが、どう処分されるのかは私たちにも分からない。帰りがけ、大八車よりは小ぶりな輜重車《しちょう》に、労賃として軍服や軍靴、砂糖などを山と貰《もら》い、意気揚々と軍人会館に戻った。着のみ着のままで学舎を出た私たちにとって、これは思いがけない配給品になった。

学長以下の後続部隊が新京に到着したのは十八日夕刻だった。私たちは再会を喜び合った。この後続部隊は遅れて出発しただけに、先発隊以上に苦労していた。

私たちより二日遅れの十二日出発の予定だったが、ソ連軍が既に林口まで進撃して鉄路を破壊したという情報がはいった。林口は佳木斯《チャムス》と牡丹江を結ぶ鉄道の途中にある町で、そうなるともはや直接の牡丹江行きは不可能である。いったん綏《すい》佳《か》線でハルピンに出て、そこから牡丹江に行くしかない。学長が駅長にかけあい、特別列車を出してもらったのが十三日だ。衛生材料や医薬品は、すべて学生たちが分担して持つことにした。

「沿線の各駅には避難民が殺到していて、汽車に乗せろと言う。しかし列車はもう老人や子供、女性で満員で乗る余地はなかった。乗れなかった避難民は泣き叫んで、地獄の阿鼻叫喚《あびきょうかん》だったよ」

私と同じ助手で内科の教授に師事していたNは、情景を思い出したのか声をつまらせた。「汽車が進むにつれて、線路づたいに歩くよぼよぼの老人や、赤ん坊を背負い、子供の手を引いて歩くおかみさんの姿を何組も見た。汽車は止まるわけにはいかず、俺たちは『元気でね』くらいの声しかかけられない。

裸同然でやっと乗り込んで来た避難民のおやじに聞くと、野良《のら》仕事の最中、牛も馬も何もかも放り出し、家に駆け戻って妻子を連れ、着のみ着のままで駅に駆けつけたらしい。冬仕度はおろか、鍋釜《なべかま》食器類なども持っていないんだ」

それはそうだろう。ソ満国境にある開拓地には、要所要所に開拓団本部が設置されていた。しかし本部から各集落は相当離れている。集落から集落へは伝令が走って行って知らせ、集合する駅を伝えたのだ。

「集落ごとの団体となって駅に急いだらしいけど、子供連れの母親たちは遅れがちになる。衝動的に子供を川の中に捨てたものの、流れていくわが子を見てたまらなくなり、自らも飛び込み、二人とも溺死《できし》した例もあったらしい。かと思うと道端で泣いている子供がいるので尋ねてみたところ、『お母ちゃんがぼくを捨てて行ってしまった』と答えたという話も聞いた。たまらないよ」

学長以下後発部隊が乗った列車の進行は遅く、ハルピンとの中間にある駅に着いたのは十五日の夕刻だった。ここで駅長から全員下車を命じられた。中央から命令があり、ハルピンや新京は避難民でごった返しており、鉄道で南下する者は全員下車して、そこで当分滞在させることになったのだという。そのため、駅近くの畑の中には、大きな天幕が十数張建ててあった。

学長と大学事務長が駅長とかけあう間、Nは教授に同伴して天幕の中を見に行った。

「中には老人や女子供を中心に百名くらいいたけど、異臭ふんぷんだ。下にはござも敷いていなくて、草の上に直接寝ている。みんなやつれ果てて蒼白《あおじろ》い顔をし、嘔吐《おうと》する者や、天幕の隅で下痢している子供もいる。ここで過ごすかと思うと、ぞっとしたよ」

駅長とかけあっても埒《らち》があかないので、T学長は停車場司令の陸軍大佐に面会を求め、最後にはやっと認めてもらった。

「学長は、是が非でも先発隊のいる牡丹江へ行って合流する必要がある、そこで軍の衛生勤務を補助すべき任務を受けている、一刻も早くハルピンに行き、そこから牡丹江へ向かわなければならないと主張された。

すると、停車場司令の大佐は声をひそめて、ここだけの話だがと話しはじめた。学長は日本の無条件降伏を聞かされたんだよ。俺たちも知らなかったけど、ここにいる避難民も知らされていない。混乱を恐れてのことらしい。そうするともう牡丹江に急いで行っても何にもならない。ここは腰を据え、この町で次の指令を待ってくれと大佐は譲らない。学長は困ってしまった。窮地を救ってくれたのは何だったと思う？」

Nは私に謎《なぞ》をかけるような顔をした。私に分かるはずがない。

「その大佐が鹿児島訛《なまり》だったので、学長は確かめ、自分も鹿児島出身だと言って名乗った。すると大佐はT学長の高名さを聞いていたようで、がらりと態度を変えた。ハルピンまで責任をもって汽車を出す、しかし昼間だと外の避難民が騒ぐので夜半に出発、ということになったんだ。まさに地獄に仏だよ」

汽車が出たのは夜中過ぎで、この車内で教授以下学生たちは、日本の無条件降伏を学長の口から聞かされた。

ハルピンに着いたのは十六日だったが、ここも天地をひっくり返したような大混乱であり、長居はできそうもない。学長は停車場司令と駅長に交渉し、何とか夜半に無蓋列車を出してもらうことができた。すし詰め状態でやっと十八日に新京に着いたのだ。

十九日、先発隊の四年生に対してのささやかな卒業式と、大学の解散式が行われた。軍人会館の五、六階に続く階段に全員が整列、厳《おごそ》かななかで式は進行した。

「これで諸君には自分の力でしばらくここにとどまるか、内地に帰るか、選択してもらう。今、急いで内地に戻っても混乱のきわみにあると思う。しばらく新京にとどまる諸君のために、私はできうる限りの便宜をはかるつもりでいる。

それにしても心残りなのは、学業半ばにして医学の道を断たれた下級生諸君だ。どうか内地の医学部にはいり、道を全うして欲しい。そのための編入に関しては、私とここにいる事務長で全力を尽くす。国は破れたかもしれないが、山河は残る。山河が残れば日本国民も残る。長い戦争に疲れ果てたうえに、これから先も国民の窮乏生活は続くと思われる。そんな国民の衛生と健康を守るのは、諸君をおいて他にない。どうかこれからの人生は、己れのためというよりも、国民のために捧《ささ》げて欲しい。佳木斯医科大学は、誕生したばかりのところで消滅したけれども、諸君の心の中ではこれからも生き続ける。諸君どうか無事に内地に帰り、また元気な姿を見せてくれたまえ」

学長は目を赤くしながら言い終えると、声を低めた。「すまないが、最後に諸君の興亜寮歌を聞かせてくれたまえ」

思いがけない所望に、階段の上に立ったのはNだった。私を横に手招きし、音頭《おんど》をとるNの脇《わき》で声を出すことになった。

興亜寮歌は、在学中から何かの宴がもたれるたびに、最後には必ず学長が望んだものだった。

一、雲濤《うんとう》万里の志を抱き
千里広野に我立ちぬ
興亜の黎明《れいめい》告ぐるべき
輝く使命の風に駕《が》し
理想の駒《こま》に鞭《む》打《ちう》ちて
はろけき行く手に進まなん

一番を歌い終わったとき、私は胸に突き上げてきたものを感じ、思わず唇をかみしめた。階段の下にいる学生たちも同じらしく、早くもこぶしで目をぬぐっている者もいる。

Nはそんな動揺を振り払うように、さらに身振りと声を大きくする。

二、波静かなるスンガリ（松花江）の
江上に月のかかるとき

ああ興安の嶺《みね》遠く
望みの翼はばたいて
相寄り結ぶ一群の
清き心の雁《かり》ぞ飛ぶ

もう学生たちのだれもが、すすり泣きをしながら声を出していた。M教授は何かをこらえるように天井を見上げ、その脇でK教授は目を赤くして歌に唱和している。私はこの寮歌を全員で歌うのは今日が最後なのだという思いにかられ、声を限りに歌う。横で腕を振るNの動きも声も力強さを失っていない。

三、朝《あした》の露に夕《ゆうべ》の音に
思郷の心湧《わ》きくとも
我に剛毅《ごうき》の誓いあり
尊き天祖の宏謨《こうぼ》あり
若き生命の雄叫《おたけ》びは
八州の崖《がけ》に応《こた》えかし

私はそっと脇を見やる。学長がハンカチを目に当てている。学長の涙を見たのは初めてだった。事務長もたまらず、くしゃくしゃになったハンカチで目と鼻をぬぐう。思い溢《あふ》れてか学生たちは肩をくんだ。

四、時代の波に棹《さお》さして
世紀の旗をひるがえし
先人の踏みし土の香に
萌《も》えなん花ぞ穢《けが》れなく
満州野ヶ原の夕映えに
そびゆる甍《いらか》興亜寮

Nが腕を振るのをやめ、私の肩にまわす。もう教授たちも同じように肩を組み、上体を揺らす。学長と事務長だけが、直立の姿勢で、私たちの動きを眺めやる。

次が最後の五番だ。私とNは顔を見合わせて声を限りにした。

五、朔風荒《さくふうすさ》み雪を捲《ま》き
妖雲《ようウん》空を閉すとも
世の濁流を叱咤《しった》して
頭上破邪《はじゃ》の剣かざし
聖《きよ》き北斗の瞬《また》きを
久遠《くおん》の楽土といや増さん
久遠の楽土といや増さん

歌い終わると、全身の力が抜けたように感じ、立っているのがやっとだった。期せずして拍手が起きる。学長も教授陣も手を叩《たた》いている。

軍人会館の職員がやって来て、事務長に何か抗議をしている。どうやら、大声が会館の外に漏れ、何事かと思った現地の住民が集まり出したらしい。

こんな大学最後の日までもこそこそと振舞わなければならないのかと、私は情けなくなった。すぐに軍人会館を出るからと、学長が職員をなだめ、私たち教官を一階の出口付近に並ばせた。学生や卒業生たちを見送るためだ。

頼る知人がある者はそこに身を寄せ、ない者はひとまず郊外の緑園まで向かうように指示された。学長と教授陣だけはしばらく軍人会館に残るので、いよいよのときは相談に来るように言われた。私はK教授から、知人の住所を書いたメモを手渡された。

「知り合いの開業医だ。訪ねて私の名前を言えば何とかしてくれるはずだ」

K教授から言われ、内地での再会を誓った。

私は大連の伯父に連絡をとることも考えたが、この混乱のなかでは伯父夫婦もいち早く内地に引き揚げている可能性のほうが高かった。第一、大連まで南下するにしても鉄道事情は悪く、ここに留まるより危険は大きい。

身寄りがないのは鹿児島出身のNも同じで、当分は二人で新京に滞在することを決めた。少なくとも学長はじめ教授陣が新京にいるうちは、ここが私たちにとって最も安全な地と言えた。

緑園は、新京の中心地から約五キロ東方にある新興の住宅地で、関東軍の軍宿舎が二、三千戸建てられていた。電車で二十分くらいの距離だという。しかし混乱の中、電車が動いている気配はない。私とNは歩き出した。途中から雨が降り始めたが、えいままよと思いながら歩き通す。

緑園の旧軍宿舎の家屋はどこも空家になり、現地人がはいり込んでいないのが不思議なくらいだ。おそらく一般人の民家ではなく軍宿舎なので、現地人からの略奪を免れているのに違いなかった。

私とNは越冬に備えて、最も石炭の残っている官舎を選び、住居にした。その後の二日間、付近の家を軒なみ家探しして、米やその他の食料、衣類を集めた。

三日目に、私たちはK教授のメモにあった駅近く朝日町の開業医を尋ねた。O医師の専門は小児科で、ちょうどその日の午前中、K教授が来て私たちのことを頼んでくれたらしかった。

「学長以下、教授たちは、学生の身の振り方の世話で大変らしい」

O医師は気の毒げに言った。「私のような市内の開業医を一軒一軒回って、上級生を二、三名助手として住み込ませてくれるよう頼んで歩いている。下級生に対しては、大きな商店を片っ端から訪ねて、店員として使ってもらえないか、頭を下げているそうだ。しかも学長は当座の食費として、自腹をきって金子《きんす》を学生たちに渡しているというから、なかなかできることじゃない」

O医師とK教授は九州帝国大学の同期だという。K教授ら臨床系の教授陣は、学生たちの身の振り方がつき次第、空になったホテルや料理屋で、診療所を開く予定にしていると聞かされた。

私とNはO小児科医院の分院という形で、すぐ裏の小さな家を診療所にすることになった。住居をそこに移すには手狭なので、当分は緑園から通うつもりにした。分院という看板の重みもあったのだろう、患者はその日から集まり始め、午後はO医師の指示や患者の頼みで、Nと交代で往診にも出かけた。そのうち市内と緑園を結ぶ電車も動くようになり、通勤は楽になった。

緑園には、居留民会の指示もあって引き揚げの日本人が次々と到着し、ほどなくどの空家も一杯になった。

診療所で診る患者は、北満州や北朝鮮からの引き揚げ者が多かった。患者のほとんどは栄養失調気味で、眼疾や下痢、肺炎などに加え、途中で現地の住民に襲われたための外傷が目立つ。

往診先で、少し向こうの家で出産が始まったので診てくれと頼まれたときには、嫌な予感がした。これまで出産を診たのは何回かあったが、自分で取り上げたことはない。かといってこの場に至って断って、帰るわけにはいかない。肚《はら》を決め、その家に案内されて、さらに驚いた。

布団《ふとん》に寝かされている妊婦は額に玉の汗を浮かべて呻吟《しんぎん》している。家族の説明では、妊娠七ヵ月での早産だと言う。骨盤位で、既に赤ん坊の片足が先に出ている異常分娩《ぶんべん》だ。しかも陣痛はいよいよつのってきているので、もう猶予《ゆうよ》はない。

落ち着けと自分に言い聞かせながら、その実、無我夢中で助産をしているうちに、両足と両手が出た。しかし頭部がどうしても出て来ない。私も妊婦も汗だくになっていた。もう駄目かもしれないと思った瞬間、妊婦がひといきみし、頭が出てきて、赤ん坊の泣き声が響き渡った。

幸いどこにも異常はなく、元気に泣き続けている。嬉《うれ》し泣きする妊婦を慰め、家族が感謝するなか、私は早速にその家を退出した。首尾よく行ったのに、なぜか一刻も早くそこを去りたかったのだ。

夕方になって家族が金品を持って御礼に来た。母親も赤ん坊も元気な旨《むね》を聞いて、私はようやく胸をなでおろした。

八月下旬、いよいよソ連軍が新京に進駐して来て、おさまりかけていた混乱が再び騒動に変わった。O先生宅や私たちの分院に最初にやって来たのは、通訳を連れた軍医だ。思った以上に紳士的で、私とNはドイツ語を日本語にまぜて診療の内容を説明する。最後は握手を交わして別れた。

しかし、そのあとに進駐して来た一般のソ連兵は、軍医とは対照的にタチが悪かった。緑園の住宅地にも、ソ連兵がかっぱらいにやって来た。緑園では櫓《やぐら》を組んで見張りをつけ、ソ連兵が来ると一斗缶を叩いて知らせた。しかしそんなことにはお構いなく、ソ連兵は銃を突きつけ、金品やカメラ、時計など、金目の物を持ち去っていく。

九月上旬、O医師が蒼《あお》い顔をして私たちの分院に姿を見せた。

「すぐ近くの順天病院長のご一家が集団自決された。家族七人と看護婦二人の計九名で、青酸カリ自殺だ。遺書が残されていた。ソ連兵の横暴を憎み、生きて恥をさらすより、霊魂として祖国に還《かえ》ったほうがよい、という内容だった。いい先生で、家族ぐるみのつき合いだったが」

O医師は無念そうに唇をかむ。「全くあいつらは集団強盗だよ。上官から命令を受けているのかもしれん。空家になっている官公舎や会社から、机や椅子《いす》、暖炉、扇風機など、手当たり次第に運び出して貨車に積み込んでいる」

O医師はそこで声を低めて続けた。

「ここだけの話だが、T学長は、私の友人の医師宅に身を隠されている」

「なぜですか」

私たちには寝耳に水の知らせだ。

「学長は佳木斯医科大の前、陸軍軍医学校の校長を務められていたろう。そのとき細菌戦の研究に関与していたのではないかという嫌疑だ。確かにハルピンの南にある平《へい》房《ぼう》には、関東軍直轄《ちょっかつ》の研究所があったようだ。今、軍司令官や、関東軍の軍医部長や第五軍の軍医部長など、高級軍医たちが次々とソ連軍に捕えられているという噂《うわさ》だ。もちろんソ連に対して細菌戦などやっていないし、研究もT学長には全く身に覚えのないことだよ」

「学長は大丈夫でしょうか」

私はたまりかねて訊《き》く。ソ連軍ならどんな難癖でもつけかねない。

「しばらくの辛抱だ。佳木斯医科大学を卒業していない学生のためにも、自分はこんな濡《ぬ》れ衣《ぎぬ》でソ連に拉致《らち》されるわけにはいかない、学生全員を内地の医大に転入させるのが、自分の責任だと、T学長はおっしゃっているそうだ」

私とNは学長がソ連軍に見つからないことを祈るしかなかった。というのも、ソ連兵たちは七、八人が連れ立ち、現地人を通訳にして、一軒一軒家探しをしていたからだ。

家探しは表向きで、実際は白昼堂々の強盗だった。まず玄関で「武器を出せ」と怒鳴り、武器などないと答えると、「それでは家中の捜索をする」と言って、靴のまま上がり込む。額の裏に隠してある金時計や、押入れの隅に隠した万年筆など、金目の物を片端から没収していく。

九月中旬、私は往診先の家でソ連兵と出食わした。若い女性が二人いる家で、もちろん二人とも顔に墨を塗り、兵隊の服を着ていたが、胸の膨らみは隠しおおせない。ひとりが高熱を出しているというので、問診をしている最中に、銃を手にしたソ連兵が二人突然上がり込んできたのだ。咄嗟《とっさ》の出来事に私は身がすくみ、声も出ない。ソ連兵が二人を手込めにしようとした矢先、女性二人は懐《ふところ》から薬のようなものを出し、呑《の》み込んでそのまま倒れた。驚いたのはソ連兵のほうで、私に何か言い置いて、退散して行った。

私は胸をなでおろして、ソ連兵が戻って来ないのを確かめ、二人に声をかけたが、目を開けてくれたのはひとりだけで、熱のある患者のほうは既に息絶えていた。ソ連兵の前で青酸カリを飲むふりをすれば強姦《ごうかん》されずにすむという噂があり、二人はそれを実行していた。一方は本当に青酸カリを口にし、助かったほうの女性が飲んだのは、栄養剤の「わかもと」だった。私は自分の力でソ連兵を追い払えなかった非力を悔い恥じいるしかなかった。

夏の暑さが消え秋が深まり出すと、栄養不足のうえに不潔な邦人の間で、発疹《はっしん》チフスが流行し始めた。居留民会からO医師に依頼があり、私が午後、往診のようにして毎日収容施設に通うことになった。

患者は邦人の引き揚げた大きな空家に収容されていた。その一室を医務室にしたものの、薬といえば強心剤とリンゲルの注射のみだ。高熱にうなされ、うわ言を言っている患者のそばで、私は何もできない。ただ医師がいるという状況を患者に見せるのが、慰めといえば慰めに違いなかった。

回診のときは防疫服《ぼうえきふく》を着る。真白い上着とズボン、膝《ひざ》までの長い靴下をはく。医務室に戻るときは、しらみがびっしり張りついていた。

死者が出るたび居留民会に知らせた。すると学生が数人やって来て、硬直した死体を大八車に乗せて火葬場に運んで行く。

この間にも、邦人避難民は新京におし寄せ続けた。大部分は緑園の軍官舎に収容され、その数は二万人を超えた。避難民の衣類は夏服であり、官舎に残された布団も、一軒に二、三世帯が収容された人数には満たない。食糧は、日本人会の配慮で高粱《コーリヤン》が送られた。しかし開拓団の邦人はそれまで米ばかり食べており、高粱の炊《た》き方も知らない。ようやく食べることが出来ても下痢を起こした。

本格的な寒さが訪れる前に、これも日本人会の営繕班の手で窓や井戸は修理された。とはいえ、しらみや蚤《のみ》の駆除は充分でなく、発疹チフスが続々と発生し出した。毎日、二、三十名の死者を見るようになった。

私はここで佳木斯から来た避難民とも会った。その中に、佳木斯の町で相当大きな雑貨店を経営していた家族もいたが、かつての豊かな暮らしとは裏腹の悲惨な状態に置かれていた。夜半請《こ》われて行ったときには、主人はもう息を引き取っていた。

緑園で死人が出ても、花もなく線香もなく、もちろん棺桶《かんおけ》もない。死者は着のみ着のままで、臨時墓地となった畑に運ばれる。そこには深さ二尺、幅三尺、長さ六尺の穴が掘られていて、死体を横たえ、土をかぶせるだけだ。埋めた当夜、現地の満州人がやって来て土を掘り返し、死人の衣服を剝《は》ぎ取って行く。発疹チフス死であろうと赤痢死であろうと、頓着《とんちゃく》しない。そのあとの土のかぶせ方がおざなりのため、野良犬《のらいぬ》が掘って死骸《しがい》の手や脚を食い切った。日を追う毎《ごと》に寒さがつのり、一日の死者数は百名にも達するようになった。墓地の土盛りも数千に達した。

十月にはいって、私は発疹チフスの収容所だけでなく、他の伝染病患者を収容している場所にも行くように請われた。O小児科分院での診療はNに任せ、私は朝から収容場所に行く。患者は、夫がシベリア捕虜となって送られ、残されて生活苦から栄養失調になった女性や、肺結核が多かった。その他にもアメーバ赤痢、細菌性赤痢、腸チフス、マラリア、コレラの患者までが揃《そろ》っていた。

ここでも有効な薬などない。私にできることといえば回診のみだ。栄養失調患者は全身浮腫《ふしゅ》となる。肺結核の患者はたいてい第三期であり、全肺が侵され、バリバリという音が聴診で聞こえた。重症結核患者は、毎日のように息を引き取っていった。

結核患者は最後まで意識は清明だ。呼吸が怪しいとの知らせで傍に行くと、目を見開いて私の顔をじっと見る。

「先生、大丈夫ですか」

患者の問いに私は「大丈夫です。大丈夫ですよ」と答える。患者は安心して頷《うなず》き、脈をとっている私の手を握って死んでいく。何度となく固く握った死人の手を、冥福《めいふく》を祈りながら私の手からはずしてやる。

赤痢患者や栄養失調の患者に対しても、出されるのは毎日高粱食だ。これでは助かるはずもなく、私は日本人会の事務局に談判した。一日でもよいから、白米の粥《かゆ》を食べさせてもらいたかった。願いはかない、やっと一日分だけ白米の粥になった。焼け石に水の処置だが、患者からは感謝された。

十月の初め、日本人会の事務局で、同期卒業のSと会った。あまりのやつれぶりに私のほうはSと気づかず、先方から呼びかけられて分かったのだ。

Sは卒業とともに、勃利《ぼつり》の開拓民訓練所病院の診療主任として赴任しており、私も一度会いに行ったことがあった。勃利は佳木斯より百五十キロくらい南にある町で、病院自体は町から五十キロほどソ満国境に近づいた山奥に設けられていた。

「お前、いつ新京に着いたのだ」

目が凹《くぼ》んで頬のこけたSに、私は訊かずにいられない。

「一週間前」

Sは立って話すのもしんどいようで、脇《わき》にあった丸椅子に腰をおろす。

「苦労したろう?」

「ここに辿《たど》り着くまで、三千人は死んだ」

「三千人」私は息を吞む。

「青少年訓練員の四千五百人を含めて、最初六、七千人はいたが、最後は半分になった」

Sは暗い顔で生唾《なまつば》を吞み込む。

「ソ連軍が国境を越えたという知らせで、開拓団の全員が山を下った。ほとんど着の身着のままだ。最初苦労したのは水だよ。行けども行けども水はない。喉《のど》はからからに渇いて、舌はぱさぱさする。唇も真白に乾き、割れて血がにじむ。最後には声も出なくなる。みんな水という水は口にした。湿地の草の根にたまっている濁った水や、道の轍《わだち》にたまった赤錆《あかさ》びた水も飲んだ。ボウフラの浮いた小さな沼の水も、飲まずにはいられない。病気になると分かっていてもだよ。それでも横道河子《おうどうかし》のジャングルの中では、五、六日一滴の水も飲めなかった。最後に小さな谷あいに小川を発見したときは、きれいな水に顔を埋《うず》めて思いきり飲んだ」

「ジャングルにいたんじゃ、終戦も分からなかったのじゃないか」

「全く知らなかった。今から考えると、無意味な逃避行だ。ハルピン方向に行くには、どうしても牡丹江を渡らなければならない。しかし川向こうにソ連軍の歩哨《ほしよう》がいるとの情報で、俺たちは昼は山に隠れ、夜になって渡河地点を探した。

ようやく見つけた場所は、渡河地点まで二百メートルくらいの湿地帯を越えなければならない。しかし遮蔽物《しやへいぶつ》がないので、ソ連兵から見つかる公算が高い。俺たちを引率していたのは四名の陸軍将校で、ここで赤ん坊に泣かれては発見される。赤ん坊は殺せということになった。

将校が言うには、こんな難行軍では赤ん坊もどうせ死ぬに決まっている。それよりはここで殺したほうが、全滅の憂《う》き目にはあわずにすむと言うのだ。

乳幼児を連れていた母親が七、八人はいたろうか。当然、最初は誰ひとり返事をしない。業《ごう》を煮やした将校たちは、もし殺さねば、親は渡河を許さんと息まいた。親たちは泣く泣くわが子の首を絞めたり、それがどうしてもできない親は、人に頼んで絞め殺してもらった。犠牲になった無心の乳幼児は九人いた。それを一ヵ所に並べ、埋葬する余裕もなく、湿地帯を横切った。膝上までつかるぬかるみなので、全員が渡り終えるのに二時間くらいかかった」

Sはふうっと溜息《ためいき》をつく。私の脳裡《のうり》には、湿原の縁に並べられた赤ん坊たちの姿が浮かび上がる。

「今から思うと、何もそこまでしなくてもよかったと悔やまれる。しかしそれは生き延びた今だから言えることで、当時はみんないずれ死ぬものと思っていた。ただそれを引き延ばすには、乳幼児の殺害もやむをえないという観念にとりつかれていた――」

敗戦を知らなかったばかりの不幸だが、私たちの場合はそれが一週間ですんだ。しかしソ満国境にいたSたち開拓団ではひと月も続いたのだ。

「二人にひとりは死んだのだ。前線の軍隊でも、ここまでの消耗率ではないはずだよ。衰弱死した者、匪賊《ひぞく》に殺された者、川に流された者、アメーバ赤痢で死んだ者――。残った者も、へとへとに疲れ、頬骨はとび出し、髭《ひげ》は伸び放題、頭髪は埃《ほこり》にまみれて茶色になっている。顔は日焼けと垢《あか》でどす黒くなった。

若い生命をこれ以上失うのは忍びない。いくら残忍なソ連兵でも、何の罪もない青少年を意味なく殺害はしないだろうと、訓練所長や幹部連中は覚悟を決め、いさぎよく投降することにした。

そこで、俺たちが今どのあたりにいるのか、地形を調べてみたんだ。すると牡丹江の南、寧安《ねいあん》の奥にいることが分かった。八年前、俺たちが開拓の鍬《くわ》を打ち込んだ地だった。

俺たちは武器を捨て、白旗と赤旗を先頭にして、ソ連軍がいると思われる方向に進んだ。八虎力《はちこりき》という集落に近づいたとき、数十名の満州人に出会った。自分たちは日本人ではあるが軍隊ではない、青少年開拓団であることを説明した。それから先は、満州人の自警団に取り囲まれ、重い足を引きずって東京城《とんきんじょう》に着いた。それが九月十五日の朝だ」

Sは暗い目をしたままひと呼吸、ふた呼吸して続ける。どうしてもこれだけは話しておきたいという様子に、私は言葉を失い、ひき込まれるように頷くだけだ。

「きみも知っているとおり、曠野《こうや》の果てに沈みゆく初秋の夕陽ほど荘厳《そうごん》なものはない。しかしあのときの夕陽は、悲痛と哀愁に満ちたものだった。俺たちの周囲には、見世物さながらに満州人たちが集まり、口々に悪罵《あくば》と嘲笑《ちょうしょう》を浴びせかける。かつては同志、兄弟と呼び、共に民族協和を唱えた精神は、もはや露ほども感じられなかった。俺たちは虫けら同然に追いたてられ、街はずれにある倉庫に放り込まれた。

疲れてはいたが、床のコンクリートが冷たく、それが自分たちの体温で温まるまでは眠りにつけない。外ではソ連軍兵士と満州人が勝ち誇ったように雄叫《おたけ》びをあげていた。

夜が明けてソ連兵による宿舎の割り当てが始まった。宿舎は旧満鉄の社宅だったが、屋根があるだけで、窓ガラスはない。社宅の大きさに応じて、四十人、五十人がひと所に入れられた。俺たちの前には日本軍の捕虜が一時はいっていたらしく、脱穀前の高粱と粟《あわ》が麻袋に入れられたまま放置されていた。ひと月の間、食べる物もろくになかった俺たちは、その麻袋に飛びついた。

床にはござも敷かれていないので、枯草を集めて来て敷きつめた。馬小屋と一緒だよ。俺がいた宿舎には訓練所長と看護婦以下七人の女性、訓練所の青年が二十名近くいた。

ところが夕刻になって、武装した八人のソ連兵がどやどやと乱入して来た。俺たちを睨《にら》みつけたあと、頭《かしら》と思われる兵士が、看護婦のひとりの手首を握って引っ張り出そうとする。八人がかりで彼女のもんぺを切り裂き、泣いて抵抗する彼女にナイフを突きつけ、代わる代わるに犯し始めた。

俺は思わず立ち上がったが、胸元に自動小銃の銃先が突きつけられ、どうすることもできない。八人のソ連兵が思いを遂げ終わるまでの時間は、死ぬほど長かった。訓練所長も俺も、他の青年たちも唇をかんで泣くしかなかった。

ソ連兵が目的を達して立ち去ったあと、犠牲になった看護婦は、『わたしを殺して下さい』と半狂乱になって泣いた。慰める言葉もなく、俺たちは自分の無力を申し訳なく思うだけだった。訓練所長が、この苦しみは君ひとりのものではない、日本国民全体の苦しみだ、この悲しみと苦痛の中から新しい日本が誕生するのだ、と言ってくれて、俺はいくらか救われる思いがした」

Sは泣いていた。静かに泣き、こぶしで涙をぬぐう。

私はSに、私たち三人で一緒に住むようにもちかけたが、Sは首を振る。どうしても訓練所の青少年たちを見殺しにはできないと言う。仕方なく私は、SにNが住んでいる家の住所を教えて別れた。

私たち医師は、市内を歩き回る際に赤十字の腕章を巻いた。それをつけていれば、ソ連兵から自動小銃を突きつけられて金品を強奪されないからだ。やがて一般の日本人もそれを真似《まね》するようになった。私とNは靴の中やズボンの折り目に金を入れ、市内で食料品を買い込み、五キロの道を歩いて、緑園の家に戻った。

そのうち新京の県人会の会長と知り合いになった。ハルピンから引き揚げてくる日本人のための収容施設を開くという誘いに、Nと私は大いに乗り気になった。興安通りに、満州国軍の航空隊の将校の宿舎があり、そこの一階を診療室、二階三階を病室にした。医療側は、元陸軍病院長だったT少佐と私たち二人、三人の看護婦のみだ。

この急ごしらえの病院から少し離れた場所に花王石鹼《せっけん》の病院があり、私たちを引率して来たM教授が病院長を務めていた。私とNはしばしば教授を訪ね、診療面でも教えを乞《こ》うことができた。

二十年の十二月、南支から満州に戻って来る中共軍のために、私たちの病院が接収されることになった。私とNだけが残り、T少佐と看護婦は避難民として日本に帰って行った。

私たちも避難民に加わることもできたが、事態がここまで至ると、もう最後まで満州に残ってみようという気になった。私たち二人は何といっても満州の佳木斯医大の第一期の卒業生なのだ。他の医師たちとは違うという自負があった。T学長以下の医科大学の要人たちもここにとどまっているという事実も、私たちの意を強くしてくれたのだ。

中共軍の先遣隊に医療器具と薬品類を渡したあと、二人は検疫《けんえき》の仕事にまわった。Nは南新京から出ている引き揚げ列車の検疫官になり、私は松花江の中の島で日本人の検疫業務に従事した。

松花江は新京とハルピンの真中よりやや北を流れ、北の方から引き揚げる日本人は全員、中の島に集結させられていた。

ハルピンからの引き揚げ者は、見るも哀れな姿をしている。冬の真最中なのに着る物すらなく、腰に筵《むしろ》を巻きつけている。荷物もなく、顔や手足は何ヵ月も入浴していないため、真黒になっていた。生活は天幕の中であり、夜は筵の上に横たわる。米だけは何がしかの配給があり、粟と混ぜた食事が出された。

しかし栄養不足と数ヵ月に及ぶ疲労で、ようやくここに辿り着いたものの、発疹《はっしん》チフスや腸チフスで死亡する邦人が相ついだ。

その頃、新京市内では中共軍と国府軍の市街戦が始まっており、必要な医薬品を市内まで受領に行く際、途中で中共軍兵士と間違えられて、国府軍から狙《ねら》い撃ちされた。弾丸が耳元をかすめ、慌《あわ》てて匍匐《ほふく》前進し、やっと目的地まで行き、暗くなるのを待って中の島まで戻った。

春になって、新京はほぼ中共軍が支配するようになり、市街戦は散発的になった。

私とNは検疫業務を終え、新京市内の日本人居留民会に戻った。

ようやく引き揚げが始まったのは二十一年の七月上旬だ。船が出るのは奉天をさらに南下した所にある葫蘆島《ころ》だという。ひとつの船に乗れるのは八百人らしく、居留民会は病人や婦女子を優先させて送り込むことになった。当然引率の医師や看護婦も必要になり、医療従事者にもその勧誘が来た。Nと私は、最後までの残留を申し合わせていた。いきおい年配の医師から帰国することになり、私たちはT学長を七月中旬に見送り、世話になったM教授とK教授とは、八月上旬に駅頭で別れた。

引き揚げに際しては、中共軍から再三通達が届き、貴金属や宝石類の持ち帰りは一切禁止とされた。許可されたのは、夏冬の服一着ずつと毛布一枚、もしくは布団《ふとん》一枚だけだ。乗車前と葫蘆島の上船前に厳重な検査を行い、仮に違反者があれば、本人のみならず同行引き揚げ者八百人も引き揚げを取り消し、全員永久に抑留するという。抗する者などおらず、文字どおりの着のみ着のままで、邦人たちは出発して行った。

八月下旬、日本人居留民会に中国人がやって来て、往診を頼まれた。患者は重症アメーバ赤痢だという。中国人街まで案内され、家にはいると、三十歳くらいの病人は土間に寝かされていた。

中国では死が近づくと土間に寝かせる風習があるとは聞いていたが、自分の眼で見るのは初めてだ。

　確かにアメーバ赤痢で、持参した特効薬の塩酸エメチンを注射してやる。翌日再び往診したときには、土間の寝具も片付けられ、患者は室内のソファでくつろいでいた。五日ほどして、居留民会にやって来たのは元気になった患者本人だった。お金を持参してきたうえに、何度も何度も頭を深々と下げて帰って行った。

　ようやく九月上旬、私とNは新京最後の引き揚げ者として列車に乗った。葫蘆島をめざして南下する途中、錦州の手前で降ろされ、鉄条網を張り巡らせた収容施設で十日間を過ごした。

　ようやく葫蘆島に着いたが、そこで検疫業務についていたのが、同期生のKだった。再会を喜び合い、彼の宿舎に招待されて度胆《どぎも》をぬかれた。生活は実に豊かで、食い物も豊富にあり、洗濯でさえもガソリンで動く機械を使っている。機械が止まると洗濯物は乾いていた。

「ここで検疫業務をやれば、生活には困らないし、金もたまる。今、慌てて内地に帰っても、困窮が待っているだけだよ」

　そう言うKの言葉も自信たっぷりだった。Nは大いにその気になったが、私のほうは帰心矢の如《ごと》しだった。ここまで来てしまえば、もう船に乗るだけで日本なのだ。

Nは居残りを決め、私だけが引き揚げ船に乗った。佐世保に着くと二泊の停留を命ぜられた。収容施設でDDTによる防疫や検疫を受けるためだ。

収容施設では上海《シャンハイ》方面からの引き揚げ者と一緒になった。着のみ着のままの私たちと違って、彼らは大きな荷物を何個も持っていた。

いよいよ列車に乗るとき、私は東京までの引き揚げ組の大隊長を命じられた。ほぼ七年ぶりの内地のあちこちに、空襲の爪跡《つめあと》が残っていた。しかしすべてが懐《なつ》かしく、実父母が住む東京が空襲下でどうなってしまったか、想像する余裕もなかった。

あとがき

精神医学の恩師、中尾弘之《ひろゆき》先生は私の文章の師でもあった。一九八八年、先生の九州大学退官のあと、医局長を務めていた私も教室を去った。

直接の師弟関係はそこで途絶えたが、書き上げた論文や小説はその都度先生に贈った。旬日を置かずに、欠かさず読後感を記した手紙が届いた。

一九九二年刊『三たびの海峡』のときは、本文中の記述「戦隊を組んだB29が急降下して絨毯《じゆうたん》爆撃をした」に対して、細かい字でびっしり、誤りが指摘されていた。葉書が手元にあるので、そのまま再録する。

・急降下について

まずB29は、急降下爆撃をしない。またできない。水平爆撃です。

急降下できるのは単発の爆撃機。有名だったのは、ドイツの急降下爆撃航空団所属の急降下爆撃機（スツーカ）であったユンカース87（Ju87）。

日本海軍では99式艦爆。単発の爆撃機でも水平爆撃しかしない97式艦攻（艦上攻撃機）もありました。

双発の爆撃機で、急降下の性能をもっていたのは、陸軍では4式重爆〈飛竜〉、海軍では陸上爆撃機〈銀河〉でしたが、その性能を生かしてはいなかったと思います。

・絨毯爆撃について

数百機の重爆撃機で、都市を破壊してしまう爆撃法です。ドイツの都市を破壊したイギリスの4発爆撃機〈ランカスター〉が有名です。もちろん水平爆撃です。日本に対するB29の空襲は、工場の爆撃はしましたが絨毯爆撃といえるものかどうか。日本の都市への空襲は、主として焼夷弾《しょういだん》投下で、木造の都市を焼き払うほうが、効果的でした。3月10日の東京空襲が、その典型的なものでした。

・戦隊について

飛行機では編隊といいます。海軍の軍艦については、戦隊といっていました。

精神科の教授が、戦争と軍事にどうしてかくも詳しいのか、私は腰を抜かさんばかりに驚いた。後日、先生が陸軍軍医依託学生だったことを知り、その謎《なぞ》の一部は氷解した。実のところ先生は、陸軍ではなく海軍のほうの依託学生になりたかったようだ。

これは下衆《げす》の勘ぐりだが、給費額の多寡《たか》が影響したのかもしれない。

中尾先生は旧制佐賀高校出身で、昭和十九年九州帝国大学医学部入学である。その年、九大医学部では入学試験が実施されず、各高等学校に定員の割り当てが来たのだという。入学試験をやろうにも、学生たちにとって九州各地その他から、福岡に集まるのは不可能だったのだ。

こうした経緯があって、軍医という存在が気になりはじめた。調べていくうちに、偏見が打ち砕かれていった。それまで、軍医などは医師のうちのほんのひと握りがなるものとばかり考えていたのだ。

事実は異なった。依託学生は軍医に直結する道だが、先の大戦では軍医補充制度によって、ほとんどすべての医師が根こそぎ、動員されていた。

医学は最先端の知見と技術を不断に求める学問である。その一方で、古びた医学知識や医療技術はすぐさま打ち捨てられる。

総動員された軍医たちの体験も、それに似た運命をたどった。体験そのものが医学医療の枠内におさまらず、しかも敗け戦《ま》さであったために、忘却されるのも早かった。その体験は、戦争という荒波に翻弄《ほんろう》されただけに、正当な医療とはかけ離れた苦渋に満ちたものになった。後世に伝えるよりは、胸の内に秘める道を、多くの元軍医は選んだのではなかったか。

しかし、医師は修練の過程で、珍しい症例や新知見を報告する教育を授けられる。知識や技術の共有化のためである。軍医としての体験を書き残した文章は、そうしたやむにやまれない衝動から生まれたものに違いない。

遺言にも似たちぎれちぎれの文章を拾い集め、復元する作業中、私は今は亡《な》き先輩医師たちにマイクを向けている錯覚にかられた。

将校でありながら、軍医たちには戦争の大局は見えない。与えられた持ち場で、ひたすら戦病傷の兵たちや住民を治療し、またその亡骸《なきがら》を処理する任務に邁進《まいしん》するしかなかった。満足な医薬品も医療器具も不足する現場での、彼らの心痛と悲憤は、いかばかりであったか。

主として内地、あるいは旧満州国という戦場にあった、十五名の医師たちの声に耳を傾けた今、私はただ深く頭《こうべ》を垂れるばかりである。

主要参考資料

『日本陸軍総覧』新人物往来社　一九九五
『地域別　日本陸軍連隊総覧』新人物往来社　一九九〇
『陸軍師団総覧』近現代史編纂会編　新人物往来社　二〇〇〇
『兵隊たちの陸軍史』伊藤桂一　新潮社　二〇〇八
『日本陸海軍爆撃機・攻撃機1930―1945』文林堂　二〇〇七
『日本陸海軍偵察機・輸送機・練習機・飛行艇1930―1945』文林堂　二〇〇九
『日本の戦闘機』光人社　二〇〇二
『大日本帝国海軍全艦艇』世界文化社　二〇〇八
『日本の軍装』中西立太　大日本絵画　一九九三
『図説　太平洋戦争』太平洋戦争研究会　河出書房新社　一九九五
『悲傷　少年兵の戦歴』毎日新聞社　一九七〇
『第二次世界大戦（太平洋戦編）』毎日新聞社　一九七〇
『昭和　二万日の全記録5　一億の「新体制」』講談社　一九八九
『昭和　二万日の全記録6　太平洋戦争』講談社　一九九〇
『日本憲兵正史』全国憲友会連合会　一九七六

『日本憲兵外史』全国憲友会連合会 一九八三
『沖縄戦と住民』月刊沖縄社 一九九五
『埋火』臨東三軍医候補生卒業五〇周年記念誌 一九九五
『続 埋火』西田尚紀編 誠会 一九九九
『国に問われる責任』軍医学校跡地で発見された人骨問題を究明する会編 樹花舎 二〇〇九
『証言大刀洗飛行場』福岡県筑前町 二〇一〇
『筑前町立大刀洗平和記念館常設展示案内』筑前町 二〇〇九
『ルソン戦―死の谷』阿利莫二 岩波書店 一九八七
『戦塵風塵抄』伊藤篤 私家版 一九八一
『原爆が消した廣島』田邊雅章 文藝春秋 二〇一〇

※

千葉良胤：我が青春の思い出 日本医事新報三六〇〇：六三―六六 一九九三
小酒井望：軍隊四年 日本医事新報二一五四：五一 一九六五
小酒井望：入局の頃 日本医事新報二六七五：七二―七三 一九七五
右近文三：工場衛生を担当した大阪陸軍造幣廠の思い出（上） 日本医事新報三〇七一：六九―七二 一九八三
藤田貞彦：軍医予備員候補生 日本医事新報二六五九：七五―七六 一九七五
伊藤宏：童謡 日本医事新報二四一六：五四 一九七〇

吉森卯三郎：十七期生天童に集うの記　日本医事新報二六九四：七三—七四　一九七五
小幡好照：ああ、名古屋の町—中部第二部隊軍医候補生の記録—　日本医事新報三〇九九：六九—七〇　一九八三
緒方弘之：九大海軍軍医依託学生の会　日本医事新報三四二八：七一　一九九〇
緒方弘之：クラス会　日本医事新報三五八五：五七　一九九三
松尾一郎：幻の軍歌「陸軍衛生部」の歌　日本医事新報二六六五：六八—七〇　一九七五
筒井純：患者二百人収容の病院を十分間で造る演習　日本医事新報三三五四：六四　一九八八
志方勝之：軍医今昔第1篇　大日本帝国陸海軍軍医　学士鍋一二三：七三—七七　二〇〇二
志方勝之：軍医今昔第2篇　軍医従軍記　学士鍋一二四：一八—二一　二〇〇二
志方勝之：私　二つの19年　学士鍋一四四：三四—四三　二〇〇七
神谷昭典：戦時下医育史攷　日本医事新報三六九三：六七—六九　一九九五
飯田芳久：コレラ談義　日本医事新報二一〇九：五六　一九六四
大森茂：コレラの想い出　日本医事新報一六八五：四九　一九五六
斉藤章二：門倉桃太郎先生と測量艦　日本医事新報二九五九：三一　一九八一
杉山大是一：卒業五〇年　日本医事新報三七一八：一〇六　一九九五
諸橋芳夫：マリアナ沖海戦記補遺　日本医事新報三五六二：四九　一九九二
西本忠治：真珠湾攻撃の朝食　日本医事新報三〇一一：一一五　一九八二
村田三千彦：思い出　日本医事新報三六六七：八　一九九四

新海明彦：平林正さんを偲んで　日本医事新報三五八五：五七―五八　一九九三
廣瀬貞雄：戦後五〇年に思う　日本医事新報三七四三：五五　一九九六
片岡茂和：三十年目の軍医見習尉官　日本医事新報二七〇九：六三　一九七六
山形操六：戦没者の記録　日本医事新報三〇四〇：九八　一九八二
織田五二七：喜寿の感懐　日本医事新報三六五四：七二―七三　一九九四
織田五二七：名古屋での日本医学会総会と海軍軍医学校たてよこ会総会　日本医事新報三七一〇：七二―七三　一九九五
畑一郎：海軍軍医科戸塚二期徳山総会と回天　日本医事新報三九二八：七三―七四　一九九九
関亮：昭和七十年　日本医事新報三六九〇：二九　一九九五
関亮：医杁　日本医事新報三八九七：四〇　一九九九
金井泉：古い文箱の底から―若き軍医への提言―　日本医事新報三一五二：六四―六七　一九八四
大村一郎：陸海軍病院の診療録　日本医事新報三六八九：一二四　一九九五
福原正三：陸軍病院回想記　日本医事新報三九一五：六四―六五　一九九九
町田保：ブーゲンビル島における剖検記録　日本医事新報三四六三：五七―五九　一九九〇
依田幸内：湖南戦線拾遺　日本医事新報二一七六：六一　一九六六
里見三男：ペスト菌追跡のこと　日本医事新報二一五三：六二―六三　一九六五
岸本茂次郎：陸軍軍医学校第十七期生会　日本医事新報二二八一：一二三　一九六八
浅野建夫：旧軍人恩給に対する冷遇　日本医事新報二四八八：七一　一九七二

榎本明雄：コレラの水際作戦　日本医事新報三〇八七：六一　一九八三
山本俊一：コレラの脅威　日本医事新報二五一八：九〇　一九七二
黒川清之：満鮮コレラ防疫の想い出　日本医事新報二〇七一：三七　一九六四
池田苗夫：コレラ患者収療病院船勤務の経験　日本医事新報二〇九〇：四三―四五　一九六四
奥田邦雄：満州の思い出（四）―コレラ防疫―　日本医事新報三八九八：五九　一九九九
木下真澄：ある蒙古人医師夫婦の物語　日本医事新報三一〇〇：六二　一九八三
古川宰：陸軍衛生部依託学生　飛行機練習学生の思い出　学士鍋一〇六：一八―一九　一九九八
国見寿彦：海軍軍医として太平洋戦争に散華したクラスメートたち　学士鍋七七：二〇　一九九〇
国見寿彦：太平洋戦争に散華した九大医学部第37回（昭和17年）卒業の海軍軍医科士官　学士鍋七八：三五―三六　一九九一
望月洋平：大東亜戦争で戦没した九大医学専門部一回生（陸軍関係）　学士鍋八〇：三八―三八　一九九一
望月洋平：九大医学専門部一回生の海軍戦没者　調査の次第・故人の面影　学士鍋一〇二：六五―七一　一九九七
高尾健嗣：太平洋戦争において陸軍で散華した九大医学部昭和十七年卒業生など　学士鍋九七：三六―三八　一九九五
高尾健嗣：太平洋戦争で散華した九大医学部昭和十七年卒業生など（続）　学士鍋九八：五七　一九九六

高尾健嗣：卒業後戦地や外地に征った級友たちなど　学士鍋一一一：五九―六四　一九九九
高尾健嗣：卒業後戦地や外地に征った級友たちなど（続）　学士鍋一一二：五一―五二　一九九九
高尾健嗣：卒業後戦地や外地に征った級友たちなど（続―2）　学士鍋一一九：二九―三一　二〇〇一
井口潔：終戦異聞―九大銃器庫事件始末記―　学士鍋五六：四〇―四五　一九八五
原田直彦：まけいくさ　日本医事新報三三九一：六二―六六　一九八九
落合時典：高度三千米、落下傘ひらけず　日本医事新報二二一七：五四―五五　一九六六
石橋修：兼勤軍医　日本医事新報二一六六：五一―五二　一九六五
松田健：見果てぬ夢（一）―我が旧制中学校時代の想い出―　日本医事新報二六七〇：六五―六七　一九七五
斉藤健：悲劇の緑十字船「阿波丸」の回想　日本医事新報二九四三：六一―六三　一九八〇
丸山正典：あの頃―回想（1）　日本医事新報二〇五九：五〇―五一　一九六三
丸山正典：コールマン軍曹殿　日本医事新報二〇六〇：五五―五六　一九六三
丸山正典：霧と兵隊　日本医事新報二二三五：五三―五四　一九六七
石崎直司：飛燕　日本医事新報三九三七：四五　一九九九
鈴木宣民：空襲の思い出　日本医事新報二四六六：六八　一九七一
岸田壮一：徴兵検査（上）（下）　日本医事新報二四六一：六九―七一　二四六二：七二―七四　一九七一

岸田壮一：陸軍病院　日本医事新報二四八四：七一―七四　一九七一
岸田壮一：徴兵検査　日本医事新報三六一四：三二　一九九三
法水正文：太平洋戦争（上）（中）（下）―俘虜収容所付軍医の手記と戦争裁判出廷の記―　日本医事新報三七七三：四一―四四　三七七四：四四―四六　三七七五：四四―四六　一九九

六

久保田重則：東京大空襲に想う　日本医事新報三三八四：五九―六二　一九八九
中尾聰子：ひとり遺されて　日本医事新報三七二一：四七―四九　一九九五
雨宮白：大空襲下の陣痛　日本医事新報二四八五：六七―六八　一九七一
堀内誠三：大学時代の思い出　日本医事新報三六二三：六八　一九九三
鎮目和夫：医学部学生時代の回顧　日本医事新報三六三五：七四　一九九三
塚本勉：私の昭和二十年八月十五日　日本医事新報三七一七：六九　一九九五
木村義民：それから丁度五〇年　日本医事新報三七四二：三〇　一九九六
中川定明：広島の原爆症（一）（二）（三）（四）（五）―京大調査班の運命―　日本医事新報三五六六：六五―六七　三五六七：六五―六七　三五六八：五二―五三　三五六九：六三―六六　三五七〇：六五―六六　一九九二
中川定明：原爆五〇年目の願い　日本医事新報三七三〇：六六―六七　一九九五
森本憲治：九大長崎原爆救援隊（前編）　学士鍋六六：二九―三九　一九八八
森本憲治：九大長崎原爆救援隊（後編）　学士鍋六七：五三―五八　一九八八

松枝張：原爆症について　日本医事新報二七一一：六三―六六　一九七六

阪田泰正：皮膚のない裸像　日本医事新報二三六三：六五―六七　一九六九

阪田泰正：毒ガス島の中の医務室　日本医事新報二四五五：七〇―七二　一九七一

伊勢重久：被爆兵士治療経験の思い出　日本医事新報三六二八：六七―六八　一九九三

長崎孝：ＩＰＰＮＷと私の証言　日本医事新報三四二一：六八　一九八九

森田久男：二つの核爆発　日本医事新報三六一一：六七―六八　一九九三

長尾乾：終戦前後の思い出―高田市在住の一年間―　日本医事新報二八三六：六一―六二　一九七八

山岸一一：映画『戦争と青春』をみて　日本医事新報三五三三：一一八―一一九　一九九二

松岡松三：私の研究歴　日本医事新報三四九二：六四―六五　一九九一

大井正：隊付軍医の沖縄戦体験記　日本医事新報三一三一：六六―六八　一九八四

米田正治：沖縄の思い出　日本医事新報二三六二：一一六―一一七　一九六九

米田正治：原子爆弾傷研究綴　日本医事新報二四八九：九二　一九七二

米田正治：旧県立Ｎ病院の最後　日本医事新報三〇二七：六五―六六　一九八二

米田正治：旧県立Ｎ病院従軍看護婦の慰霊祭　日本医事新報三一一四：五一―五二　一九八三

錫谷徹：沖縄の戦跡　日本医事新報二七四九：五五―五六　一九七七

齋藤兵治：樺太での終戦と医療（1）（2）（3）（4）　日本医事新報一五九一：二五―二七　一五九二：五一―五三　一五九三：二八―二九　一五九四：四八―四九　一九五四

吉田知子：昭和二十年樺太・豊原　正論六月号：一九六―二〇七　一九九五
原田実：風化する「北のひめゆり」　正論九月号：一五〇―一六一　一九九九
佐藤小太郎：太平洋戦争の暗影（一）（二）（三）（四）（五）―戦犯に問われた悲運の陸海軍軍医像―　日本医事新報三四六七：五九―六二　三四六八：六二―六四　三四六九：六六―六八　三四七一：六六―六八　三四七二：六五―六七　一九九〇
安武豊志男：哀し百七師団突撃隊（一）（二）（完）―一応召軍医のメモ―　日本医事新報一七七五：五八―五九　一七七六：五〇―五二　一七七七：五一―五二　一九五八
安武豊志男：満洲好日　日本医事新報一八二七：七二―七三　一九五九
安武豊志男：戦事特例による軍事予備員生活　日本医事新報二七六三：六五―六七　一九七七
安武豊志男：大興安嶺に難行軍十日間　日本医事新報三五九五：六五―六六　一九九三
安武豊志男：突然の音信　日本医事新報三六六六：三一　一九九四
安武豊志男：かぜはどこまで吹くか　日本医事新報三七四一：二九　一九九六
安河内五郎：中共軍脱走記　日本医事新報二七九一：五九―六三　一九七七
田丸勲：満州海城で消息を断った二人の陸軍病院長　日本医事新報二一七二：四六―四八　一九六五
渡辺行孝：馬と私（上）（下）　日本医事新報二八一九：六四―六六　二八二〇：七〇―七三　一九七八
石橋修：乗馬行軍　日本医事新報二一八三：五〇―五一　一九六六

金子仁郎：軍医と馬　日本医事新報二八〇三：三三　一九七八
野北九州男：易水の思い出　日本医事新報二九二八：七四　一九八〇
君島善次郎：サイパンのただ一頭の馬　日本医事新報二九三八：六三―六五　一九八〇
寺師義信：転変―二・二六事件の思い出―　日本医事新報一六一九：三八―三九　一九五五
寺師義信：終戦時の在満日本人　日本医事新報一六八五：七一―七九　一九五六
橋爪藤光：恩師・寺師義信先生を偲ぶ―胸像を「彰古館」に安置して―　日本医事新報二七九七：五九―六一　一九七七
青柳万次郎：寺師元軍医中将を讃う　日本医事新報一八二五：七〇―七一　一九五九
伊佐二久：わが青春の思い出　日本医事新報二四七六：七四　一九七一
中村栄：或る青年医学徒の手記―ソ満国境の第一線から東京まで―　日本医事新報二九三七：六六―六八　一九八〇
日原良二：吾が青春―満州日本人難民と共に―　日本医事新報二九二三：六七―六八　一九八〇
阿部精一：忘れえぬ患者―北満の司令官―　日本医事新報二七二二：六八　一九七六
宇留野勝弥：満州開拓医興亡記　日本医事新報二八〇六：九三―九五　一九七八
福島庸逸：灰色の記録（上）（下）―八・一五終戦から一週間―　日本医事新報三〇四二：六五―六七　三〇四三：六九―七〇　一九八二
福島庸逸：直子の死　日本医事新報三六二二：六七―六九　一九九三
福島庸逸：鉄嶺病院劇団奮闘記　日本医事新報三六三四：六九―七一　一九九三

福島庸逸：昭和二十年八月十五日　日本医事新報三七二二：六六―六七　一九九五
福島庸逸：ある医師の思い出　日本医事新報三八八一：六一―六三　一九九八
小林伝三郎：赤い夕陽の満州―昭和二十年八月十二日のこと―　日本医事新報三一四六：六一―六三　一九八四
横山茂：医師法違反で挙げられた彼のこと　日本医事新報一八四五：七四　一九五九
横山茂：「医師法違反で挙げられた彼のこと」後日譚　日本医事新報一八五五：六五―六七　一九五九
枝全：チチハルのK少尉　日本医事新報三四九七：六四―六五　一九九一

解説

手塚正己

大陸は酷暑の季節で、実際の戦闘による戦死よりも病死のほうが多かった。行軍中に、疲労と喉《のど》の渇きで水筒を空にした兵隊たちが、クリークの汚水を飲むのが原因だった。いったん下痢が始まると、兵たちは急速に衰弱し、あっという間に息絶えた。私はその手当に奔走した。

中国山西省で国民政府軍の追撃作戦に参加した陸軍軍医中尉《ちゅうい》の「私」は、日を経ずして沖縄に転進した。そして、昭和二十年四月一日に米軍の上陸部隊を迎えた。しかし圧倒的な物量を誇る敵軍に、日本軍将兵は各所の地下壕《ごう》や洞窟《どうくつ》陣地へと追い込まれる。

壕にたてこもる日本兵に対して、火焔《かえん》放射器を使ってあぶり出す。（中略）逃げ出す兵を、待ち受けていた射撃手がここぞとばかり狙《ねら》い撃ちにする。

少し大きな地下陣地には、火のついた石油缶が投げ込まれた。小さな陣地には手《しゅ》榴弾《りゅうだん》を投げ込み、隠れていた日本兵が飛び出すと、一斉射撃を加えた。

前線で負傷した兵を野戦病院に後送していた「私」は、院長から手術の応援を頼まれた。

砲弾の破片で負傷したのだろう。その傷兵は右手首を吹き飛ばされ、痛みに呻《うめ》いている。もはや肘《ひじ》関節離断しかなかった。

衛生兵二人にろうそくをかざさせ、メス一本で肘から下を切断し、縫合を無事すませた。もちろん麻酔なしであるが、患者は呻く力さえなくし、呆然《ぼうぜん》と閉眼しているだけだった。

やがて「私」は、糧食も尽き、疲労困憊《こんぱい》の極みに達した将兵たちと共に、本島南部の海際《うみぎわ》へと追い詰められてゆく。そのとき一年前の中国戦線を思い出す。

そこではわずかな負傷でも名誉の戦傷として大切に扱われたが、ここでは誰も負傷者の面倒を見てくれない。軍医の私さえ、後退につぐ後退で、軍医携帯嚢《けいたいのう》すらどこかに打ち捨てていた。自分の身を生きのびさせるのに精一杯なのだ。

以上の文章は、「土龍《もぐら》」から抜粋したものだが、これだけ読んでも軍医がいかに過酷な条件のもとで、任務を遂行してきたかが窺《うかが》い知れる。

私はこれまでに、数多くの元陸海軍将兵の取材を重ね、ドキュメンタリー映画を制作しノンフィクション作品を書いてきた。証言者の中には十名ほどの軍医も含まれている。それぞれ時や赴いた場所や所属などが違ってはいても、『蠅《はえ》の帝国』に登場する軍医たちと同じように、医師としての任務を可能な限り尽して、辛くも生還している。

これまで支那事変や太平洋戦争に関する書籍は、戦史や戦記はもとより小説や手記まで含めれば、膨大な数が世に送り出されている。にもかかわらず、本書のように軍医や戦時下の医師たちの働きを、これほど詳細かつ多岐にわたって描いた作品はほとんどない。

本書は、支那事変から太平洋戦争終結後までの期間、内地、満州、中国大陸、東南アジアを舞台に、軍医と医師を主人公にした全十五話からなる短編集である。主人公は古手大尉一名を除き、中、少尉、軍医見習士官、医師と、いずれもが二十代半ばの若者たちで、彼らが医学者として戦争にどう向き合ったかが描かれている。

本書の特徴は、どの話も一人称で語られているという点にあろう。読者は「私」の独白を頼りに物語の世界に入ってゆくのだが、当時の政局も戦局も、「私」が把握している程度の断片的な情報しか与えてはもらえない。

それでも帚木氏は、不自由を承知の上で、「私」の視点だけに限定している。彼らがそのときなにを考え、どのような行動をとり、その結果なにを思ったのか、個人の内面をより深く掘り下げることで、戦争の実相に迫っている。

医薬品や医療器具が欠乏した状況下、軍医たちは自ら犠牲になる危険も顧みずに、医療活動に献身する。飛び来る銃弾と砲爆撃にさらされながらも、医療班を率いて負傷兵の収容に努める。栄養失調に陥った将兵の体力維持に腐心する一方、マラリア、赤痢、コレラ、チフスなどの疫病《えきびょう》とも戦う。しかし医薬品が底をついているのだから、軍医たちは基本的に手をこまねいて死を看取《みと》るしかない。医術の道を歩む者にとって、その口惜《くや》しさはいかばかりだっただろうか。

軍医は軍刀と拳銃《けんじゅう》を帯びているが、これで敵軍と渡り合うことは滅多にない。彼らの武器は医大や軍医学校で学んだ知識と、十文字にたすき掛けした軍医携帯嚢である。この携帯嚢に詰め込まれた薬品と器具で、傷病と戦争をするのだ。

軍医とてほかの将兵とあまり変らぬ待遇しか受けていないのだから、栄養失調に陥り、病に罹《かか》ってしまうこともある。しかし、治療を施せる者は、軍医の自分以外にはいない。自身で診断し、あらゆる医学知識を駆使して病魔と格闘する。

戦場だけが彼らの働き場ではない。後方においては徴兵検査の医官、野戦病院や軍病院での勤務、占領地では原住民の医療に従事した。

戦時下の民間医師たちも、軍医に負けず劣らず過酷な体験をしている。内地の航空隊基地での空襲、広島での原子爆弾症患者の調査、東京大空襲、ソ連軍が侵攻した樺太と満州などで労苦を味わう彼らの姿がこの作品集にも描かれている。

さて、本書に目を通した読者は、多少とも戸惑うのではないだろうか。医師を主人公にしているだけに、難しい医学用語がよく登場するし、患者の容態や治療法なども専門的な言葉で綴《つづ》られている。さらに今の時代では死語になってしまった軍隊特有の言語をはじめ、組織や序列に関する著述が頻出する。

それでも作者は、説明を一切加えずに、ひたすら主人公の行動と心情を追い続けている。したがって我々は、否応《いやおう》なしに「私」の語りに耳を傾けなければならない。一話を読み終えただけで、その内容の重さに疲労を覚えるかもしれないが、次の話に進むことができるはずである。

なぜなら、「私」が語る内容に一点の曇りも感じられないからだ。

そこでは戦争を扱った書物によく登場するような、戦争や軍隊を非難したり、あるいは勇壮さを誇張したり賛美したりする姿勢は見られない。ましてや自慢話などひとかけらもない。言葉遣いはあくまで知的かつ冷静で、自分が置かれた状況と任務を、明快に語っている。

私の取材経験では、軍歴の浅い兵隊には、感情を剝《む》き出しに多弁する人が多かった。語りは、ややもすると大げさになり、ときには明らかに勘違いのはずの出来事なのに固執して譲らなかったりする。

その点、陸軍士官学校や海軍兵学校出身の元士官は、誇大な表現を用いずに、知らないことや記憶がないことは、「知りません」「忘れました」と正直に返答する。彼らのほとんどは言葉数が少なく、質問しない限りは自ら進んで話そうとはしない。したがって取材は淡々と進められる。生きるか死ぬかの瀬戸際となった場面に話題が及んでも、表情を変えることなく、あるいは口元に微笑すら浮かべて静かに語ってくれる。本書を読んでいるうちに、各編の主人公がかつて接した元士官たちと重なってきて、彼らの体験談を拝聴しているような錯覚をしばしば覚えた。

考えてみれば士官が多数の部下を持った指揮官だったように、ここに登場する人たちは医師なのである。冷静でなければ、傷病の判定も治療もできるわけがない。帚木氏は作家活動と並行して、現役の精神科医として医療に従事している。となれば軍医や医師を描くのに、これ以上最適な書き手はほかにいないだろう。だから読み手は、小説という形態にも拘《かか》わらず、本当にあった出来事のようにその世界に引き込まれるのだ。

巻末に掲載された「主要参考資料」のほとんどは、軍医や医師たちの手記である。帚木氏はこれらの体験記をもとに、一作ずつ再構築した上で、小説化したのだろうが、いわゆる作り話はしていないはずだ。そうでなくては、これほどリアリティーに満ちた物語を書けるはずがない。読者はフィクションという枠を外し、真実の話として受け止めて差し支えないのではないか。

私が取材した人の中に、元陸軍軍医大尉のM氏がいた。氏はフィリピン・ルソン島の東部山岳地帯で、二人の兵隊と共に本隊からはぐれてしまう。

彼らは何日も密林をさ迷った末に、いくつかの敗残部隊が寄り集まって生活している場所を見つけた。そこでは、軍隊の規律などとうに崩壊していて、各自が思い思いに掘っ建て小屋を作り自活していた。

M軍医は個々のグループを回っては同居を頼んだが、どこでも拒絶された。仕方なく三人は雨露をようやくしのげるだけの小屋を建て、山中で野草や木の実、野ネズミや野鳥はもとより、セミ、トンボ、イモムシ、チョウチョウまでも、食料の足しとして暮らした。

一カ月ほど過ぎると、二人の兵隊がマラリアに加え、アメーバ赤痢に罹った。S氏が携帯していたキニーネなどの薬品はとうに底をついていた。このままでは、兵隊だけでなく自身も罹患《りかん》してしまうのは確実だ。

M軍医は敗残兵たちから、転進時に放棄した臨時野戦病院の場所を訊《き》き出した。二日二晩かけて野戦病院に辿《たど》り着いた氏は、そこで撤収部隊の軍医が埋めたと思われる相当量の医療品類を発見した。

薬品を投与したことで、兵隊の病状は小康状態を得るまで回復した。しかし、栄養失調のM軍医一人で、三名分の食べ物を調達するのは限界に達していた。

「軍医殿、自分のような足手まといは殺してください」と言う兵隊に、M氏は「俺が必ずお前たちを生きて連れて帰るから、がんばれ」と励ました。

そんなころ、M軍医の存在を知ったほかの兵隊たちに診療を頼まれた。無視するわけにもいかず、その都度なけなしの薬を投与して対応した。ねだったわけではないが、患者の中にはわずかな食べ物をくれる者もいた。

やがて終戦になった。米軍に投降したM軍医たちは、捕虜収容所で半年間過ごしたのち、無事内地に生還できた。

それから四十数年後、靖国神社での慰霊祭で、私はM氏と元兵隊たちが再会する場に立ち会った。元兵隊は彼の手を握り締めて、「軍医殿のお蔭《かげ》で、生きて還《かえ》ることができました」「命の恩人です」と、涙を流しながら感謝の言葉を述べた。

M氏は「いやあ、軍医として当然のことをしたまでですよ」と、柔らかな笑みを浮かべた。

そして私に、「もしも私が軍医でなければ、とうに死んでいたでしょう。医者としての使命感が、私を生かしてくれたのです」と語った。

陸軍軍医の働き場所は陸上だが、海軍の場合は病院、陸戦隊、根拠地隊などに所属する一部の軍医以外は、艦船が勤務地になる。

ひとたび対艦・対空戦闘がはじまると、戦時治療所は阿鼻叫喚《あびきようかん》地獄と化す。次々と運び込まれる負傷者の身体は、陸戦と違って砲弾片や口径の大きい機銃弾によって、肉を削《そ》がれ骨を砕かれている。艦内で爆発した爆弾によって、火傷や二酸化炭素中毒患者も出る。だが負傷者の手当といっても、止血をするのが精いっぱいで、治療は戦闘後になる。

艦《ふね》は右に左にと回避運動を繰り返すので、軍医はリノリウムの甲板に溢《あふ》れた血液に足を取られて幾度となく転倒しながら応急処置に追われる。

味方が優勢なのか不利なのか戦闘状況は分らない。艦の傾きが大きくなったところで、どこかやられたのかなどと想像を巡らせるしかない。

艦の損害が軽微なうちはいいが、魚雷を喰らって「総員退去」が下令されても、ほかの乗員のように身ひとつで配置を離れるわけにはいかない。軍医には部下と主計科の応急員を指揮して、負傷者を艦内から運び出す任務がある。その結果、艦から逃げ遅れて命を落とした軍医が大勢いる。

「海行《うみゆ》かば」の歌詞にあるように、多くの陸軍軍医が「草生《くさむ》す屍《かばね》」だったように、海軍軍医もまた「水漬《みづ》く屍」になった。

本書収録の各編には凄惨《せいさん》な場面が何度も出てくるが、それだけではない。「徴兵検査」では、人間味丸出しの上官たち、野球の試合、徴兵検査の模様、芸者や女中との色事がユーモラスに綴られている。「脱出」では、終戦後の満州で、軍医だったために中共軍に徴用されてしまった「私」が、幾多の困難を乗り越えて内地に帰還するまでの経緯を描いている。この物語は手に汗握る上質のサスペンスとしても読める。

「偽薬」では、「私」が陸軍病院の入院患者たちと協力して芝居を上演するのだが、俳優の加東大介《かとうだいすけ》が著した『南の島に雪が降る』を思い出した。陸軍軍曹だった加東がニューギニアのマノクワリで、飢えと病に疲弊した将兵を慰撫《いぶ》するといった内容で、動機も上演するまでの苦労や喜びも、そっくりである。

たとえ満足な医薬品や医療器具がなくても、医師は心の治療によって患者の回復を後押しできるのだと、改めて思い知らされた。

読み終えて、心に残ったふたつの言葉がある。

ひとつは「軍医候補生」で、「私」は陸軍軍医学校の卒業式が終了したあと、教育隊担当の区隊長からこんな別れの挨拶《あいさつ》を聞かされる。

これから諸君は軍医だ。最後まで生きぬいて傷病兵の手当てをし、不幸にも戦病死した将兵については、その骨を拾い、名簿を持って、生還してくれ。そしてもし、諸君が軍医でなくなったときは、今度は国民の健康を守る医師として、全力を尽くしてくれ給《たま》え。

もうひとつは「医大消滅」にある。満州にソ連軍が侵攻したために、新設間もない医大は解散することになった。そのとき学長は、卒業生の「私」と繰り上げ卒業をした学生たちに次のような訓辞をする。

国は破れたかもしれないが、山河は残る。山河が残れば日本国民も残る。長い戦争に疲れ果てたうえに、これから先も国民の窮乏生活は続くと思われる。そんな国民の衛生と健康を守るのは、諸君をおいて他にない。どうかこれからの人生は、己れのためというよりも、国民のために捧《ささ》げて欲しい。

その後、日本に帰った「私」や卒業生たちは、同胞にどのような医療活動をしたのだろうか。想像するだけで胸が熱くなる。

軍医になったのは、依託学生に志願した者たちだけではない。支那事変の影響で医師不足が深刻化すると、軍医予備員制度が発足した。この制度によって、軍隊生活に耐え得る身体を有した医師のほとんどが軍医として動員された。

帚木氏は、あの戦争の時代に持てる力のすべてを傾注して、多くの命を救ってきた医学の先輩たちへの敬意を籠《こ》めて、本作を書き上げたのだ。

著者には『蝿の帝国』の兄弟編ともいえる『蛍の航跡』という作品集がある。そこには本作と同様に、軍医や医師の物語を越えて、生死の狭間に立たされた人間の赤裸々な姿が、重厚かつ詳細な筆で描かれている。

是非とも、読まれることをお勧めする。

（平成二十五年九月、映画監督・作家）

本書には、現代の観点からすると差別的と見られる表現がありますが、作品の時代性に鑑みそのままとしました。（編集部）

この作品は二〇一一年七月新潮社より刊行された。
文庫化にあたり改訂を行った。

帚木蓬生著
白い夏の墓標
アメリカ留学中の細菌学者の死の謎は真夏のパリから残雪のピレネーへ、そして二十数年前の仙台へ遡る……抒情と戦慄のサスペンス。

帚木蓬生著
カシスの舞い
南仏マルセイユの大学病院で発見された首なし死体。疑惑を抱いた日本人医師水野の調査が始まる……。戦慄の長編サスペンス。

帚木蓬生著
三たびの海峡
吉川英治文学新人賞受賞
三たびに亙って"海峡"を越えた男の生涯と、日韓近代史の深部に埋もれていた悲劇を誠実に重ねて描く。山本賞作家の長編小説。

帚木蓬生著
臓器農場
新任看護婦の規子がふと耳にした「無脳症児」のひと言。この病院で、一体何が起こっているのか——。医療の闇を描く傑作サスペンス。

帚木蓬生著
閉鎖病棟
山本周五郎賞受賞
精神科病棟で発生した殺人事件。隠されたその動機とは。優しさに溢れた感動の結末——。現役精神科医が描く、病院内部の人間模様。

帚木蓬生著
空《くう》の色紙
妻との仲を疑い、息子を殺した男。その精神鑑定をする医師自身も、妻への屈折した嫉妬に悩み続けてきた。初期の中編3編を収録。

帚木蓬生著

ヒトラーの防具（上・下）

日本からナチスドイツへ贈られていた剣道の防具。この意外な贈り物の陰には、戦争に運命を弄ばれた男の驚くべき人生があった！

帚木蓬生著

逃亡（上・下）

柴田錬三郎賞受賞

戦争中は憲兵として国に尽くし、敗戦後は戦犯として国に追われる。彼の戦争は終わっていなかった――。「国家と個人」を問う意欲作。

帚木蓬生著

安楽病棟

痴呆病棟で起きた相次ぐ患者の急死。新任看護婦が気づいた衝撃の実験とは？　終末期医療の問題点を鮮やかに描く介護ミステリー！

帚木蓬生著

国銅（上・下）

大仏の造営のために命をかけた男たち。歴史に名は残さず、しかし懸命に生きた人びとを、熱き想いで刻みつけた、天平ロマン。

帚木蓬生著

千日紅の恋人

二度の辛い別離を経験した時子さんに訪れた、最後の恋とは――。『閉鎖病棟』の著者が描く、暖かくてどこか懐かしい、恋愛小説。

帚木蓬生著

聖灰の暗号（上・下）

異端として滅ぼされたカタリ派の真実を追う男女。闇に葬られたキリスト教の罪とは？　構想三十年、渾身のヒューマン・ミステリ。

帚木蓬生著
風花病棟

乳癌と闘う泣き虫先生、父の死に対峙する勤務医、惜しまれつつも閉院を決めた老ドクター。『閉鎖病棟』著者が描く十人の良医たち。

帚木蓬生著
水神（上・下）
新田次郎文学賞受賞

筑後川に堰を作り稲田を潤したい。水涸れ村の五庄屋は、その大事業に命を懸けた。故郷の大地に捧げられた、熱涙溢れる時代長篇。

海堂尊著
ジーン・ワルツ

生命の尊厳とは何か。産婦人科医が今、なすべきこととは？ 冷徹な魔女《クール・ウィッチ》・曾根崎理恵と清川吾郎准教授、それぞれの闘いが始まる。

桐野夏生著
ナニカアル
島清恋愛文学賞・読売文学賞受賞

「どこにも楽園なんてないんだ」。戦争が愛人との関係を歪めてゆく。林芙美子が熱帯で覗き込んだ恋の闇。桐野夏生の新たな代表作。

佐々木譲著
警官の血（上・下）

初代・清二の断ち切られた志。二代・民雄を蝕み続けた任務。そして、三代・和也が拓く新たな道。ミステリ史に輝く、大河警察小説。

志水辰夫著
行きずりの街

失踪した教え子を捜しに、苦い思い出の街・東京へ足を踏み入れた塾講師。十数年分の過去を清算すべく、孤独な闘いを挑むが……。

蠅《はえ》の帝《てい》国《こく》

軍医たちの黙示録

新潮文庫　は-7-24

平成二十六年一月一日発行

著者　帚《ははき》木《ぎ》蓬《ほう》生《せい》

発行者　佐藤隆信

発行所　株式会社　新潮社

郵便番号　一六二―八七一一
東京都新宿区矢来町七一
電話　編集部(〇三)三二六六―五四四〇
　　　読者係(〇三)三二六六―五一一一
http://www.shinchosha.co.jp

価格はカバーに表示してあります。

乱丁・落丁本は、ご面倒ですが小社読者係宛ご送付ください。送料小社負担にてお取替えいたします。

印刷・二光印刷株式会社　製本・憲専堂製本株式会社

ISBN978-4-10-128824-6 C0193